Alvorada

R. P. BERTELLI

Alvorada

novo século®

São Paulo 2010

Produção editorial	Equipe Novo Século
Projeto Gráfico e Composição	Claudio Tito Braghini Junior
Capa	Equipe Novo Século
Ilustração da capa	Alexandre Barbosa
Preparação de texto	Fabrícia Romaniv
Revisão	Flávia Ragazzo

Dados Internacionais de Catalogação na Publicação (CIP)
(Câmara Brasileira do Livro, SP, Brasil)

Bertelli, R. P.
Alvorada / R. P. Bertelli. -- Osasco, SP: Novo Século Editora, 2010

1. Ficção brasileira I. Título

10-12305 CDD-869.93

Índices para catálogo sistemático:

1. Ficção: Literatura brasileira 869.93

2010
IMPRESSO NO BRASIL
PRINTED IN BRAZIL
DIREITOS CEDIDOS PARA ESTA EDIÇÃO À
NOVO SÉCULO EDITORA
Rua Aurora Soares Barbosa, 405 – 2º andar
CEP 06023-010 – Osasco – SP
Tel. (11) 3699-7107 – Fax (11) 3699-7323
www.novoseculo.com.br
atendimento@novoseculo.com.br

O amor não tem que ser complicado, ele deve ser a mistura do equilíbrio e da felicidade. Eu gostaria de ser seu par, mas tenho medo que me ache velho, infantil e jovem demais, miserável ou rico demais. Mas só quero lhe dizer algo: posso ser a metade da sua vida.

R. P. Bertelli

Dedicatória

Dedico essa obra a todos aqueles que estão disponíveis a amar e a ouvir a voz do seu coração. Tomara que eu esteja imaginando que você não seja capaz de se entregar à solidão só porque alguém o fez infeliz. Tire a mão do bolso e respire lentamente pela boca, a chuva parou e o sol está brilhando outra vez.

Posso lhe dar um conselho: não tire a chance da sua vida quando alguém sorrir e olhar bem no fundo dos seus olhos. Ela pode ser o amor que a fará completa.

Vou pegar um pouco de gelo e colocar na sua testa. Sorria, mas sempre esteja atento às verdadeiras intenções de quem o assedia. É bom ser cauteloso.

Confesso humildemente que já me apaixonei muitas vezes e que me decepcionei, mas encontrei meu verdadeiro amor.

Ouvi a voz de uma mulher, fiquei irritado. Querida, vai passar. Eu sei, não precisa ficar preocupada. Confesso que a amo com todos os seus defeitos.

Eu sorri. Ela é tudo.

Hoje estamos velhos e vivemos numa casa de repouso. Ela não se lembra mais de mim. Por um minuto me deitei ao seu lado e dormimos de mãos dadas e nos encontramos no céu. Não fiquem confusos, pois eu nunca a abandonaria mesmo estando com a mente sã.

Infelizmente nossos filhos queriam me levar para casa.

Virei a esquina e agradeci por estarem ao meu lado me dando força para ficar até o fim ao lado do meu amor.

Analisei seus rostos e cheguei à conclusão que eles ainda têm muito a aprender.

A minha mulher e filhos com carinho.

Prólogo

Depois de terem seguido o caminho das trevas, encontraram as pirâmides em meio ao deserto, e lá dentro Jesus Cristo os aguardava, deitado em um monte de palhas.

De que importava o tempo que levariam para atravessar o mar vermelho, se a longa viagem encontrava sua coerência no caminho de Moisés.

O misterioso e perfeito amor de Deus encontrava-se submerso nas areias do deserto. Com bravura esses vampiros partiram à procura do início das coisas. Tudo parecia uma miragem, mas eles não se irritaram mais e construíram seu império nos caminhos da Bíblia.

Lutaram, indagaram o porquê de tudo o que estava acontecendo em suas vidas, e um tremor percorreu suas colunas, fazendo-os ajoelharem diante do criador.

Eles venceram. Você também pode vencer o mal.

Basta um pensamento insistente que o coração cruel e cheio de rancores se transforma num xarope de flores de pessegueiro. Os poderes sobre-humanos se abrandam e os caçadores de almas se tornam amigos de suas vítimas.

O caminho entre o céu e a terra estende as palmas abertas e uma voz meiga de um anjo com a asa quebrada diz: “Você está livre, sente-se e eu o levarei até ao senhor. Antes, me dê suas mãos. Deixe seu espírito abrir-se aos mortos. Eles agora estão lhe perdoando assim como Deus os perdoa dos seus pecados”.

O mergulho do Espírito Santo nas almas desses assassinos sanguinários obriga toda a obsessiva fúria do mal a se curvar diante do bem.

Só é impossível morrer quando estamos ao lado do senhor.

Amém.

Sumário

Recordações.......... 13

A viagem.......... 31

De volta a Paris.......... 36

O colégio.......... 48

A galeria de artes.......... 55

Rio Sena.......... 61

O *atelier*.......... 72

A caçada.......... 93

O desconhecido.......... 126

Catedral de Notre Dame.......... 133

O baile.......... 149

Polo Norte.......... 181

Chegada à Noruega.......... 206

Caçada na Noruega.......... 235

A volta.......... 259

A chegada à França.......... 270

Preparativos para o Natal.......... 288

O passeio pelo rio 297
O casarão 307
De volta a Paris 319

Recordações

Nos últimos três anos passei ao lado de minha mãe e meu irmão Alexander minhas amarguras e saudades da França. A Inglaterra não me fazia mais feliz diante da beleza de suas fazendas e seus carvalhos centenários. Era hora de partir, após descobrir que meu pai tinha nos abandonado, resolvendo assumir seu amor por uma jovem bailarina de 18 anos. Cheguei a vê-la por duas vezes. Era bela e formosa como poucas. Mas ele tinha sua obrigação para com a família e nós precisávamos muito de sua presença.

Olhei para o futuro, e o círculo de uma família feliz tinha se fechado.

Embora minha mãe tentasse manter a vida normal e a família longe de problemas, o maior transtorno era me sentir só e desamparado diante dos meus 17 anos. Meu futuro, nesse momento, não passava de sombras e melancolia.

A angústia sufocou-me. Precisaria de alguns anos para recompor minha vida.

O mês de julho era um tempo de alegria e muito calor por estas bandas. Afinal, o Canal da Mancha, com seu sol escaldante e suas marés que deslizavam sob as carcaças dos navios, atraía muita gente de outros locais.

Nossa partida estava marcada para as 9h15 do dia 3 de 1785. O embarque seria feito no navio Nossa Senhora das Graças, um navio francês acostumado a navegar com o clero e a monarquia francesa por vários anos.

O conde de Alcântara e Corrêa era nossa figura mais ilustre neste dia. Podia ler em seus olhos a hipocrisia estampada, misturada a um impecável traje burguês.

Fiquei observando seus pertences serem embarcados por onze empregados. Não pareciam trabalhadores comuns, mas sim escravos. Nesta época a sociedade francesa era dividida pela intensa diferença social que amargava nossos cidadãos.

Sentiria saudades da Inglaterra, afinal de contas havia deixado para trás minha companheira de muitas lembranças boas, minha velha amiga Elisabete. Ela era uma gata de estilos graciosos, pelos cor de mel e uma agilidade desafiante para qualquer rato vagabundo. É verdade que em uma ocasião meu pai colocou fogo em seu rabo, mas isso não vale a pena ser relembrado. Ela cobriu suas mãos de dentadas, mas não foi o suficiente para que ele não desse risada no final. Homem sádico. Tentávamos ser felizes, mas na realidade ele era um ser cruel.

Já estava velha para nos acompanhar e não queria que morresse de alguma enfermidade desconhecida que assolava a França no final do século XVIII. O país vivia um caos com suas ruas empoeiradas e com o lixo se acumulando. Os sobrados eram desbotados e conseguia me recordar com paixão do rio Sena, onde podia pescar e ouvir o cantar de algumas jovens graciosas lavando roupa em meio ao movimento de embarcações que subiam e desciam deslizando sobre as ondas.

Sentei ao lado de meu irmão, o qual era um ano mais novo, na areia quente da praia e choramos algumas lágrimas por termos abandonado nosso primeiro amor. Seu nome era Melissa. Seios fartos, cabelos loiros e duas coxas bem torneadas. Tinham sido esculpidas pela mão perfeita da natureza. Às vezes não acreditava como alguém conseguia ser tão linda e ao mesmo tempo tão modesta. Usava vestidos de algodão e sempre trazia os cabelos bem arranjados sobre os ombros.

Era duro ter que dividir meu primeiro amor com meu próprio irmão, mas ela gostava dos dois com a mesma intensidade. Sempre alegre, nas despedidas beijava a nossa face e dizia adeus, deixando seu perfume adocicado por flores do campo no ar.

Ficava desapontado por não ter preferências por mim e nem por Alexander. Sofríamos calados sem poder nem ao menos arrebentar a cara um do outro de ciúmes. Ele era mais forte e mais bonito, mas, mesmo assim, tinha certeza que me olhava de uma maneira sublime.

A mãe dela, uma descendente da burguesia inglesa, creio que não nos via com bons olhos, pois sabia que nunca seríamos um bom partido para sua filhinha de sangue azul. Aprenderia a jogar com os homens até encontrar um verdadeiro lorde que quisesse se casar com sua princesa.

Ela era um pouco esnobe, mas sempre nos recebia com uma mesa farta de bolachas e doces. Tenho que lembrar também que seu pai, o Duque de Santiago, era um homem discreto e de uma fineza sem limites. Ele passava horas jogando cartas e nos ensinava como caçar veados e perdizes pelas florestas do país.

Durante esses três anos fizemos por volta de quinze caçadas. Fui até atingido por uma bala numa ocasião de uma briga de dois empregados. O ferimento foi superficial, mas a febre me incomodou por duas noites pelas quais passei muito medo ao lado de um dos escravos que mais parecia um animal no cio. Corria pela floresta em busca de alimento e quando voltava trazia às costas muito sangue e o animal sem cabeça. Para mim, ele era um louco, porém era um bom guia.

Nasceu na propriedade do pai do duque e sempre foi fiel. E fidelidade é uma moeda preciosa, mais preciosa do que o ouro e a prata. O duque sempre dizia que os bons empregados são aqueles que não interferem na vida dos patrões e não agem como cães selvagens às suas costas.

O vento do mar atrapalhava meus cabelos e arrepiava minha pele. Senti sono e resolvi me deitar um pouco na areia da praia ao lado de meu irmão enquanto minha mãe resolvia a questão das passagens. Podia, em meus pensamentos, tocar as mãos de Melissa e beijar seus lábios invencíveis diante dos seus 19 anos. Tinha que se casar o mais breve possível. Seu pai precisava de um sucessor nos negócios e por isso foi até bom irmos embora. Ela me faria falta, mais do que meu pai nos últimos tempos, quando se tornou um homem rude, creio eu que pelo seu amor por aquela bailarina russa. Espero que ele seja feliz e não volte mais tarde chorando as mágoas por ter sido enganado. A diferença de idade era muito grande e ele não era lá essas coisas como homem.

O coração de meu pai andava um pouco fraco e sua cabeça doía com frequência. Minha mãe já havia se acostumado com sua infidelidade e sua saúde frágil e o tratava melhor do que a mim e meu irmão. Creio que minha mãe tinha medo da solidão. Mas o mundo é grande e mesmo que não conseguisse outro marido, poderia arrumar um bom amante.

Espero que ainda existam homens dispostos a fazer as mulheres felizes, porque minha mãe é uma santa e merece toda consideração e afeto que alguém possa dispensar em benefício de outrem, pois penso que um homem perde muito em não compreender as necessidades das mulheres, as quais são tudo de bom na vida de um homem.

O pouco que conheço da vida e das mulheres nos meus 17 anos, aprendi que a vida não tem sentido sem elas e que sentirei muita falta de Melissa. Um dia, quem sabe, volto para levá-la comigo, mesmo contra a vontade de sua família. Ela é mais do que eu mereço de uma mulher, mas mesmo assim estou disposto a correr riscos por ela.

A América deve ser um bom lugar para se viver e se esconder dos preconceitos da humanidade. Também não deve ser tão horrível viver ao lado de alguns selvagens.

Alexander não se importava, mas eu me sentia carente e inseguro. A vida tinha sido dura para nós ultimamente, eu precisava apagar o passado de alguma forma, mas seria difícil ficar longe do meu primeiro amor. Gostaria tanto que Melissa estivesse conosco para apreciar o mar, suas ondas e sua brisa leve. Ela sonhava em andar pela areia com os pés descalços e no fim da tarde sentar-se e observar o sol se pôr no horizonte.

Eu partiria para ficar só por um tempo, mas logo voltaria, a encontraria em alguma viela escura e a beijaria inocentemente. Ela soltaria uma risada e seríamos um do outro para sempre.

Minha vida não poderia ser roubada por muito tempo. Sinto que ela me esperaria o tempo que fosse necessário. Nunca vou me esquecer de nossos passeios que nasciam com a alvorada e só terminavam quando estávamos exaustos. Assim se passaram dois dos três anos que estive morando na Inglaterra.

O canto dos pássaros ao nascer do dia enchia meus olhos de lágrimas, pois sabia que aos poucos iria perceber a presença de Melissa, chegando com o cocheiro em minha casa para as aulas de piano.

A paixão tinha me deixado mais emotivo. Mas, às vezes, ficava desiludido. Não gostava do silêncio, nem das lembranças que ficariam entre nós.

Minha mãe era uma excelente pianista, mesmo com meu pai falando que queria quebrar todos os seus dedos para não ouvir mais o barulho daquele instrumento que incomodava seus sentidos. Quanta incoerência de um homem que se apaixonou por uma criança de 18 anos, porque era assim que eu me sentia diante do mundo que tinha pela frente, e ela era apenas um ano mais velha. Eu tinha o direito de errar, mas quanto a ele, pensava que já não tinha mais idade para isso. Mas os homens são tão intempestivos.

Seu novo amor vivia da música que acompanha o balé, mas, para ela, certamente ele daria até sua vida.

Eu não tinha ciúmes dessa jovem de cabelos ruivos, porque, no final das contas, ela tinha feito um favor para nós todos levando esse homem embora de nossa casa e de nossa vida. Apenas queria entender as coisas do coração que tornam pessoas extremamente infelizes em indivíduos potencialmente aptos a fazer outra pessoa feliz.

É assim que via meu pai, um homem infeliz e rude ou incapaz de tolerar alguém que não se ama. Que vá embora e viva o resto de sua vida ao lado de alguém que o mereça ou o entenda se for capaz.

Perdia boa parte de minhas manhãs ouvindo Melissa tocar o piano com suas mãos delicadas e seus gestos de mulher que ainda não desabrochou para a vida. Ela olhava de lado e sorria para mim, deixando transparecer que eu era seu predileto pelo menos naquele momento desconcentrado. Podia-se notar que Alexander sentia ciúmes, embora nunca tocasse no assunto. Ficava feliz em ver minha mãe sentada ao seu lado no pequeno banco que fazia companhia ao velho piano de calda.

Ela era a garota mais graciosa que já tinha visto em minha vida, dentro daquele vestido impecável. Muitas vezes pensei que ela poderia ser nossa irmã, porque minha mãe sempre expressou a vontade de ter tido uma filha. E ela seria perfeita. Bons modos, bem educada e faria companhia a ela quando fôssemos convocados para o exército.

Eu não gostava de armas, apesar de minhas caçadas, mas nessa época o mundo andava um pouco conturbado e eu tinha que defender minha pátria caso fosse chamado. Tinha orgulho da França e pensava que melhorias poderiam vir com uma nova mentalidade do povo que vivia oprimido.

O casarão onde morávamos deixava o sol da manhã entrar com toda a sua força, e brilhavam ainda mais os olhos azuis de minha sonhada irmã. Ela era meu mundo e minha preocupação diária, porque tinha medo que se envolvesse com meu pai. Ele chegava sorrateiramente colocando as mãos nos ombros de minha mãe, dizendo palavras de carinho a Melissa.

Muitas vezes pensei matá-lo, porque ele era uma ave de rapina que se aproveitava da fraqueza de seus oponentes. Ficava assustado por um homem ser tão dissimulado.

É verdade que ela nunca foi rude com ele, mas também nunca deu sequer alguma esperança para seus devaneios. Apenas lançava em sua direção um sorriso desiludido. Mantinha a calma com sua impetuosidade e dizia-se cansada quando se irritava com suas palavras hostis.

Minha mãe fingia não se incomodar, mas subia as escadas e chorava baixinho deitada em sua cama. Sabia que se sentia reprimida diante da situação, mas creio que temia procurar por alternativas. Era inconcebível, na época, uma mulher abandonar o marido por suas insinuações ou traições.

Minha mãe costumava olhar para baixo na presença de meu pai e o tratava sempre com o "meu senhor". Eu ficava entristecido. Podia entender sua aflição, mas não aceitar. Senhor de quê...

Aparentemente, ele não era capaz de fazer sua própria mulher feliz, nem de admitir que era um crápula. Por isso não ficava à vontade com esse tratamento diferenciado para ele.

Imaginava ele saindo pela porta sem virar os olhos para trás e sem nem dizer adeus. Que alívio.

Melissa estaria salva e minha mãe uma mulher abandonada, porém feliz. Pelo menos é o que eu espero.

Muitas vezes encontrei esta mulher que me convidou para a vida, em silêncio, sentada em sua poltrona de leitura, mãos cruzadas ao colo olhando para o quarto vago que havia à sua frente. Parecia refletir, mas reprimia um sorriso quando percebia minha presença.

– Porque está me olhando Christofer?

– É difícil imaginar como sua vida é triste mamãe.

– É impressão sua. Apenas estou com dor de cabeça!

– Mãe, eu queria vê-la feliz, queria que a senhora pudesse sentir o quanto é elegante e bela.

Ela ficava imóvel ouvindo minhas palavras com um mínimo esforço, como se tudo aquilo não estivesse acontecendo em sua vida. Aproximava-se do espelho, arranjava os cabelos para trás e sorria me convidando para descer.

Eu queria seguir seus passos, mas preferia observar suas formas deslizarem pelo quarto cheio de pertences enquanto ela atravessava a porta após lavar as mãos em uma bacia de prata decorada com apetrechos de ouro. Gostaria de já ter me acostumado com esse tipo de situação, mas como podia me acostumar com um ambiente frio e de olhos semiabertos?

Sentava em sua poltrona, tomava seu livro predileto nas mãos, *O romance da rosa,* e lia alguns trechos.

Não queria que minha mãe fosse como a tristeza que mostra uma cor que não consegue se distinguir, e também não queria que ficasse velha atrapalhada atrás de uma bengala, sempre um passo atrás da beleza que foi sua juventude. Esperava que a hipocrisia que invadia sua vida não conseguisse fechar as portas para a sua felicidade, esse ser que causa danos sem medir as consequências deixando feridas por onde passa. Enfim, daria minha própria vida para continuar vendo essa mulher vivendo com facilidade seus 34 anos.

Olhei para o quadro pintado com tons brancos e verdes. Desde o seu casamento esse pequeno detalhe acompanha sua vida. Casaram-se no mês de maio e gostaria que o inverno que afrontava sua vida voltasse a esculpir os campos novamente de gramíneas e flores. Neste mês, até o rouxinol aproxima suas cores dos vários tons que aparecem, porque a tristeza ficou para trás e a terra molhada incendeia o velho carvalho que monta firme guarda nas florestas que escondemos em nosso íntimo.

Andei um pouco pelo quarto e procurei sentir o perfume de seu corpo em cada pequeno pedaço desse local destinado ao prazer e à vida de duas pessoas que se amam.

Fiquei perdido.

Recostei minha cabeça em uma blusa jogada sobre a cômoda e pedi para que meus pensamentos me deixassem sozinho.

Estava triste e amargurado.

Minha mãe chamava-se Rosa e queria me lembrar sempre de suas pétalas abrindo com coerência, dando-me o primeiro beijo de bom dia. Sabia que encontraria problemas durante o dia, mas à noite seria abafado por seus braços.

Quanta ansiedade em ver esta mulher perdida porque seu amor a traiu. A traição era sutil e discreta, mas não menos vergonhosa e mesquinha.

Temia procurar por respostas que me fizessem entender o porquê do abandono dessa graça de pessoa.

Minha mãe sempre foi tudo isso e muito mais.

Abri uma das janelas, olhei para o jardim e tive a sensação de estar sendo observado. É que não estava preparado para me despedir dessa vida construída e acabada em menos de três anos.

Tudo estava triste e por cima de minha cabeça pairava uma sensação de perdas irreparáveis que eram o respeito e o amor por meu pai. Ele montava o cavalo com tamanha facilidade, mas eu já não podia me imaginar sentado em seu colo como antigamente. Falava manso em meus ouvidos que sempre estaria ao meu lado para me proteger. Eu acreditava porque não conseguia enxergar ao meu redor que o futuro é incerto e intocável.

Fiquei olhando como ele lidava com o animal por um bom tempo e pude notar que agora estava desajeitado, entregue aos caprichos desse garanhão que sempre o respeitou.

Olhou em minha direção e percebi seu constrangimento por andar em círculos sem conseguir fazer a montaria. Notei que seus lábios se apertaram um contra o outro e seu chapéu desceu um pouco sobre a testa semisserrando seus olhos que temiam qualquer palavra que saísse de minha boca.

Fez um esforço junto a alguns grunhidos para tentar manter firme sua atitude em domar seus passos, mas teve que admitir que já não era o mesmo. Pelo menos para mim ele era tão incoerente quanto qualquer raposa que deixa o galinheiro em pedaços. Curiosamente eu o via como uma, mas seus pelos não estavam arrepiados porque ele não tinha a mesma elegância em matar, ele só destruía por puro prazer.

Que arrepio.

Estou mais leve.

Estou livre desse homem que me prendia em sua personalidade frágil.

Fechei a janela e engoli meu desabafo em silêncio.

Voltei a andar pelo quarto e toquei de leve meus dedos sobre um livro de capa marrom que decorava a única prateleira do ambiente. Fiz um pequeno gesto com a boca e assoprei a poeira que manchava o nome *Rosa e Marcus Flavius.*

Deixei minha curiosidade invadir o íntimo de meus pais e corri os olhos pelas páginas do diário feito desde quando eram namorados. Pensei em devolver o livro ao local, mas precisava entender como o amor acaba sem motivos. O amor não deveria abandonar quem ama profundamente, pelo menos pensa que sua vida está completa.

Seria tão mais fácil viver e deixar se iludir por pequenos desejos.

Temi por um momento o que encontraria por trás daquelas folhas manchadas pelo tempo. Respirei fundo, abri bem os olhos e o mal-estar que penetrava meu ser agora tinha passado.

Pude ler: "Estou com saudades, querida. Minha vida não tem sentido longe de você e fico rolando na cama sem perceber seu perfume ao meu lado". Cobri o rosto com as mãos e depois de alguns instantes de reflexão olhei para o livro novamente. Tentei ler em voz alta essa pequena frase, mas não consegui chegar até o fim. Pensei em girar os olhos para longe daquelas entrelinhas, mas vi que tudo, inclusive as paredes, estava onde deveria estar.

Estou bem, eu disse para mim mesmo. Mas na verdade um mal estar invadia meu estômago e não podia mais confiar no amor eterno. Pulei cinco páginas e um desenho associado a uma frase me chamou a atenção.

"Querido Marcus estou pálida de medo e preciso de você nesta hora tão difícil."

O desenho era mal acabado e continha a figura de um homem elegante, pele clara como a neve, chapéu de abas largas de mãos dadas a uma mulher muito parecida com minha mãe.

Era ela. Não tinha dúvida. *Mas quem seria este desconhecido? Será que esta foi a causa de tanta infelicidade no seu casamento?*

Precisava de respostas enquanto minha cabeça doía de tanto pensar que minha mãe poderia ter traído meu pai. E se isso tivesse acontecido, ele não tinha o direito de tratá-la tão mal.

Parei a leitura por aí. Minha vida já estava muito complicada enquanto me preocupava com o passado que não me pertence.

Coloquei o diário lentamente na prateleira, quando percebi a presença de um pedaço de pergaminho descer por entre uma das folhas. Algum segredo a vida queria me mostrar. Coincidências existem, mas minha intuição me dizia que algo de errado havia acontecido no passado.

O pergaminho parecia sangrar em seu centro, indo em direção às suas bordas, em que mal se podia visualizar seus escritos.

Mas que sangue era esse?

Parecia tão recente essa mancha vermelha que podia jurar que fora feita ontem mesmo. Estava inseguro, porque alguém olhava para mim de dentro do pedaço de papel que sangrava.

Virei de lado e quando voltei os olhos o mesmo semblante me encarava novamente. Minhas pernas quase se dobraram de medo e uma vontade imensa de urinar fez com que eu abandonasse o pergaminho ao chão.

Não queria descer as escadas e coloquei minha ponta de bule dentro de uma pequena garrafa, porque assim meu pai o chamava, porém nunca aceitei isso.

Que alívio.

Voltei meio que cambaleando e o pedaço de pergaminho manchado subiu em direção ao livro, entrando lentamente para dentro da mesma folha da qual tinha saído.

Uma vertigem fez meu rosto se encher de rubor e um suor frio desceu pelo meio de minha face.

As janelas começaram a ranger e alguns móveis balançaram seus pertences. Queria estar louco, mas abaixei a cabeça de olhos fechados e perdi o sentido. Imediatamente aquele mal súbito. Voltei ao mundo com a cabeça um pouco tonta e os olhos turvos. Por um momento achei que tivesse sonhado, mas aos poucos, conforme meus sentidos se recuperavam, pude notar a presença de sangue em minhas mãos.

Que arrepio senti em minha alma. Tudo isso só podia ser algo do mal, ou alguma feitiçaria.

Tinha que deixar esse casarão e a Inglaterra, pois a vida não era mais a mesma e tudo parecia perdido no tempo ou na loucura em tentar compreender essas maldições que apareciam aos poucos por eu ter mexido no passado. Estava arrependido, mas quem não tem curiosidade em saber quem foram seus pais numa vida outrora, antes mesmo de nossa concepção?

Assim começam alguns desfechos de vida. Sem querer nos envolvemos na vida de outras pessoas, e quando nos damos por conta, ela acaba nos surpreendendo com o nosso próprio destino.

Lavei as mãos deixando correr o pouco de sangue, agora visto pela claridade do sol que invadiu a janela que se abriu com o vento. Era feito de um tom que ia do matiz ao negro. Um breve formigamento tomou conta de meu braço esquerdo indo em direção ao meu coração.

De repente, pude notar meus olhos procurando por vida, qualquer vida: animal ou humana. Uma sede intensa invadiu minha boca intensificando e ao mesmo tempo aumentando a salivação enquanto um pássaro preto pousava no carvalho junto à entrada da mansão.

Afinal de contas o que está acontecendo comigo?

Fiquei a fitar o pássaro por alguns segundos, até que o pobre não conseguisse mover nenhuma de suas asas. Estava imóvel e hipnotizado. O sol incomodava um pouco meus olhos e queimava levemente minhas mãos descobertas.

Aproximei-me da janela semiaberta, deixando meu corpo, meio que sem definição, observar minha sede ser suspensa aos poucos enquanto o pequeno voador se transformava em algo parecido com uma réplica empalhada. Não sei como veio parar em minhas mãos, mas estava satisfeito pelo simples motivo de ter um pouco daquele sangue circulando em minhas veias.

Virei a face externa da mão esquerda para cima e mergulhei num vazio minha vida. Foi difícil acreditar que parte dela estava com uma mancha marrom em seu centro. Tentei gritar, tentei ficar rouco até me libertar desse pesadelo. Eu disse a mim mesmo: cale a boca antes que fique louco.

Mergulhei minha cabeça numa baixela, a mesma onde lavei minha mão coberta de sangue, até preencher por completo minhas narinas. Ficaria a salvo por alguns quarenta e cinco segundos. Tentei engolir um pouco de água para que meus pulmões sufocassem até perder o sentido.

Morte acidental, ninguém saberia de nada.

Mas o que estou fazendo com minha vida?

Fiquei paralisado com os olhos abertos embaixo d'água cercado por dúvidas e medos os quais não podiam ser respondidos em tão pouco tempo. Tinha de sobreviver e tentar me manter longe do passado, ou quem sabe adiá-lo até que ele me alcance um dia. Provavelmente não terei chance quando a hora chegar, mas eu serei cauteloso e minha garganta não ficará mais seca.

Tenho uma chance.

Ao abandonar o quarto de mamãe decidi esquecer meu pânico ou meu pesadelo repentino e partir para a França em busca de uma nova vida.

O grande corredor que separava os quartos do andar de baixo estava forrado de tapetes, duas cômodas decoradas com lírios do campo e três lampiões. As chamas por detrás do vidro de proteção exibiam um ambiente de penumbra mesmo durante o dia.

Sempre me senti bem assim, e só agora me dava conta que muita coisa me faria falta. Parecia que no tempo todo que estive na Inglaterra tudo se passou num ritmo constante, mas eu sempre me senti inibido e deveria ter arriscado mais a vida caçando e amando alguém escondido nas florestas.

Eu precisava ter tropeçado mais e ser visto de longe pelos olhos inquietos de minha mãe tentando me proteger da vida que ameaçava nossa família.

Que bom seria se fosse mais forte.

O que importa se eu caísse muitas vezes. Queria meu coração batendo forte e sem paciência de ter medo de se machucar.

Melissa talvez se concentrasse mais em mim.

Dei um suspiro. Concentrei-me nos tapetes e resolvi segui-los até o fim. Terminavam numa sacada. Arrisquei uma olhada lá de cima e fiquei encantado com o dia que beijei os lábios de minha amada. Ficamos ruborizados.

Creio que ela percebeu que me assustei, mas foi gentil e alcançou meus lábios com o dorso da mão direita.

Ma dimosele.

Curvei meus joelhos esperando que tocasse meus cabelos.

Ela sorriu.

– Levanta seu bobo, adoro ver você me bajulando, mas prefiro um abraço de irmãos.

Que pontada em meu coração. Faria tudo por este amor. Ele era como os lírios fora da terra. Aquecia o coração à primeira vista, mas suas raízes expostas eram como se minhas mãos não conseguissem alcançar as mãos de Melissa.

Fiquei pálido, quase frio.

Ela me encarou.

– Vamos Christofer. Meu pai pode ficar preocupado.

Naquela tarde percebi a distância entre nós. Sentamos com os pés descalços em um riacho que cortava a propriedade e decidi não me apressar, apenas ser seu irmão.

Seria duro, mas teria mais tempo para mim sem criar desculpas. É melhor do que perder.

Meu ar de seriedade foi transformado em risos associados a pingos d'água que batiam em nosso rosto ao balançarmos nossos pés tentando sufocar os pequenos peixes que circundavam as margens.

Anoiteceu e tive que dar meia volta enquanto acompanhava seu sorriso partir dentro daquela carruagem. O cocheiro estava afoito e precisava chegar antes do jantar.

Corri os olhos pelas paredes e portas ao fechar o fundo do corredor. Fiquei ansioso. Nunca mais tocaria as fechaduras de meu quarto.

Posso sentir o toque dos dedos de Melissa quando queria me fazer ouvir alguma música especial.

Abria a porta de forma intempestiva, suspirando fundo.

– Vamos Christofer, preciso que veja o que aprendi hoje.

Desci as escadas lentamente enquanto imaginava seu corpo deslizar pelos degraus, indo se sentar ao lado do piano.

Toquei os quadros que estavam entre o décimo e o trigésimo degrau da mesma forma como ela fazia quando estava distraída.

– Olhe Alexander, você se parecia muito com seu pai quando jovem.

Gostava de compará-lo a meu pai.

Ele era um homem bonito, daí vinha sua facilidade com as mulheres. Era elegante, mas nunca me acostumaria com seus modos.

Minha mãe o amava e isto era importante. Quanto às outras mulheres, preferia que não conseguissem se acostumar com seus encantos.

O amor é convidativo e cego. Mas ele é parte da vida e sem ele só sobra o desejo, e o desejo é mais forte que o prazer. Penso que muitas vezes nos deixamos levar pelo prazer, nos decepcionamos e acabamos frustrados porque o desejo não existe mais e muito menos o amor.

Aí vem a depressão de ter se iludido tanto.

É difícil imaginar sexo sem amor. Ainda mais quando se ama como eu amo, é um delírio.

Toquei o final do corrimão da escada e fui direto para a sala de estar. Tudo estava bem arrumado e um pouco triste. Fiquei surpreso ao ver que o relógio marcava onze e trinta e cinco. O céu estava escuro de chuva neste dia quando eu e Melissa sentamos um ao lado do outro. Foi neste momento que me deitei em seu colo.

Recordo como se fosse hoje ela dizendo para que eu me apressasse, pois logo minha mãe estaria de volta. Fechei os olhos e esperei por todos os imprevistos da escuridão.

Começou passando sua mão suave em meu peito, fazendo semicírculos, subindo até a altura do queixo. Roçou com as pontas dos dedos meu rosto deixando apenas a ponta da unha do dedo indicador tocar meus lábios. Puxou com demora meus cabelos para trás massageando o couro cabeludo.

Semicerrei os olhos de tanto frenesi.

Olhei em direção aos seus olhos e pude perceber uma mistura de frustração e afeto ao mesmo tempo.

Ela não podia se entregar aos meus encantos.

Apertou meu ombro com força. Estava confusa e com raiva de si própria. Era notório seu incômodo tendo ao seu colo alguém que poderia ser seu homem para sempre.

Confessar nunca, mais digo que fiquei surpreso com suas reações.

Ela ergueu uma das sobrancelhas e pediu que me levantasse.

– Espere Melissa, fique mais um pouco.

Estava pensativa, olhando para um lugar distante fingindo desviar seu olhar do meu.

– Que horas são Christofer?

– Onze e trinta e cinco.

– Preciso ir.

– Espere, minha mãe ainda não chegou.

– Não é isso, é que...

– Entendo, fomos longe demais.Espero que me perdoe.

– Não peça perdão, só fiz o que estava com vontade. Você é um anjo especial, mas tem que entender que nossos mundos são diferentes. Eu não criei as regras, mas também não sou capaz de enfrentá-las. Estou com medo.

Estendi a mão para que se levantasse. Olhei o sofá onde estávamos sentados, o tear decorava o canto esquerdo da sala. Girei com a ponta dos dedos o pouco de linha que se encontrava presa após minha mãe ter terminado um casaco para meu irmão. Este ano o frio havia sido intenso e sem um bom agasalho nossas caçadas seriam impossíveis.

Levei-a até a saída da sala e vi a bengala de meu pai. Senti um peso e palpitações no coração. Quase nunca largava desse objeto, a não ser quando cavalgava.

Deixei a sala de entrada olhando de relance o desenho de uma estrela feito no pé da escada. Girei meu corpo 180 graus e tomei meu chapéu nas mãos, o qual se acomodava perto da porta da saída. Feito de puro couro inglês, trazia o desenho de uma ferradura bem à sua frente.

Eu era supersticioso e essa era minha proteção quando cavalgava.

Fechei a porta sem olhar para trás enquanto minha mãe e Alexander se ajeitavam na carruagem. Os olhos dele estavam iluminados por voltar à França, mas eu sabia que seria duro enfrentar um novo mundo, apesar dos bons momentos que passei nessa terra.

Era a primeira vez que viajávamos sem a presença de meu pai.

Mantive a expressão educada enquanto esperava que o cocheiro terminasse de ajeitar a bagagem. Por dentro estava fraco e com muito ódio.

– Podemos ir senhora?

– Temos cinco horas para chegarmos até o porto. Faremos uma parada em Sant Luz, daremos água aos cavalos e prosseguiremos.

Minha mãe se mantinha altiva, mas seu bom humor estava estreito demais. Com certeza sentiria falta de meu pai. Pensei em tocar no assunto, mas acabei adormecendo com o solavanco da estrada.

O movimento no porto era intenso, mas dentro de mim arrastava-se um silêncio interminável. Tentava lutar contra meu desânimo, pois tinha de ser forte e construir um novo mundo na França.

Olhei por alguns minutos as alegrias, ansiedades e desejos guardados dentro de cada rosto que partiria no navio rumo ao seu destino. As crianças estavam bem alegres, correndo, numa expressão de liberdade de um lado para outro. Alguns namorados se abraçavam numa tentativa de evitar a solidão e os mais velhos acenavam para seus parentes num gesto meio amargo, meio involuntário, tentando dizer adeus.

Da janela da carruagem avistei o conde de Alcântara e seus empregados carregarem a bagagem, que por sinal era a maior que já vi em toda a minha vida.

Desci com uma má vontade quase desastrada, que me fez tropeçar no primeiro degrau, assustando os cavalos. Podia dizer adeus a tudo, menos a Melissa.

Pensei em envolver todo o meu corpo com a areia quente da praia enquanto mantinha minha cabeça apoiada levemente em meu casaco. Pensei ficar, ou talvez adiar a viagem.

Murmurei para mim mesmo: *Devo acreditar que tudo dará certo e que encontrarei um novo amor?*

As gaivotas deslizavam sobre alguns barcos de pesca ancorados próximo ao local de embarque. Eram livres, talvez felizes, mas sem destino. Prefiro a liberdade, um ponto certo e firme para minha vida e meu coração.

O silêncio se arrastava e recordei o primeiro dia que estive aqui. Éramos uma família, com seus problemas e mal entendidos, mas tudo suavizado pela união que havia entre nós.

Fiquei surpreso com a beleza encontrada já de cara neste novo país que faria parte do meu destino. Era assim a Inglaterra, quase igual a tudo que ouvira falar na escola e por meu pai.

Minha mãe usava um chapéu que deixava cair um véu azul claro sobre seu rosto, cobrindo aquela beleza de mulher de 34 anos: nariz arrebitado, olhos puxados e sempre sutil com as palavras.

Alexander corria na frente acompanhado por meu pai que sorria ao mesmo tempo que franzia a testa. Veio cuidar de sua saúde frágil e a Inglaterra lhe fez tão bem que abandonou tudo por um amor, talvez uma ilusão em viver ao lado de uma jovem de 18 anos. Poderia ser minha namorada. Pensei algumas vezes em tomar essa mulher dele, mas gostava de Melissa e, além do mais, tinha que aprender muito antes de conquistar uma mulher como essas.

Ela era jovem, mais experiente e já tinha conhecido o mundo e outros homens. Meu pai era mais uma de suas brincadeiras, por ser um homem rico e tolo.

Talvez o calor do sol tenha deixado minha mãe descuidada, porque em vez das passagens, ela preferiu olhar as águas do mar. Acho que queria se libertar de suas amarguras e cada movimento seu era um ato de desespero por estar de volta, só que agora só. Ouvi seus gritos. Eram desorientados e aprisionados em um pânico. Tentava vomitar, estava em choque e seu desespero era como um barranco escorregadio que atrai uma alma transtornada para a morte.

Levantei-me e arrumei meus cabelos atrapalhados pelo vento e parti pisando firme na areia até tocar os ombros de minha mãe. Ela não deu nem o desfrute de olhar de quem eram essas mãos. Neste momento era uma fêmea que lança um derradeiro olhar a algum ponto que a terra escondeu, engolindo seus sonhos, e ela fazia meia volta e seguiria para um local onde as estrelas não reluziam mais.

Que triste.

Perder faz parte da vida e nós perdemos cada um a sua maneira.

Eu não devia me surpreender por não conseguir atrair sua atenção, foram 18 anos de casamento.

Lentamente ela se virou, beijou minha face e disse que sabia de minha presença o tempo todo ao seu lado.

– Agora, filho, poderei ser ainda mais generosa com você e seu irmão, e com quem precisar de mim. Estava pensando... você faz ideia do que dirão a respeito de uma mulher abandonada pelo marido?

– Mãe, sei que tem muita coisa boa em mente e o que importa é que saberemos juntos como começar.

Ela balançou a cabeça e fomos em direção a Alexander.

– Filhos, afinal de contas, não foi tão ruim vivermos esse tempo na Inglaterra, mas agora é hora de partir.

O navio soou o último sinal antes da partida.

A viagem

Partimos em meio a tantas despedidas, mas quem eu queria que estivesse aqui, meu amor, apareceu quando a embarcação já havia se afastado cerca de quinhentos metros da praia.

De longe acenou com algo parecido com um lenço, e essa foi á última vez que a vi.

Passei boa parte da viagem debruçado na grade que separava o convés do mar. O mar estava agitado e mal conseguia me manter no mesmo local. Fiquei enjoado e preferi me deitar um pouco.

Tentei adormecer, mas meu estômago me impedia e minha cabeça parecia explodir.

A viagem seria curta e a campainha tocou avisando que era hora do almoço. Esperei que todos saíssem de suas cabines e parti em direção a nossa mesa. Alexander e minha mãe pareciam satisfeitos com o ambiente e com a música que era tocada a bordo por uma banda inglesa. Pessoas arriscavam alguns passos antes da refeição e outros cantavam apenas com o movimento dos lábios.

Sentei e pedi uma água ao garçom que tentava me empurrar uma bebida de nome estranho.

– Aceite meu jovem, fará bem aos seus miolos.

Isso são maneiras de tratar um hóspede do navio, pensei comigo. *Deixa para lá deve estar bêbado*, questionei.

Ficamos sentados sem dizer nada esperando a comida ser servida. Havia muita emoção no rosto de todos os presentes, creio que de fome. Preferi comer frutas para conter o enjoo e a dor de cabeça.

A mesa oito estava vazia, mas tinha um pequeno lembrete escrito: reservado.

Quem seria, se o conde já estava sentado bem de frente para a banda?

Um homem vestido de fraque entrou primeiro, ajeitou uma das cadeiras conversando com um dos garçons. Uma rosa negra foi colocada em uma vasilha de porcelana e duas velas foram acesas.

Deveria ser alguém do clero.

Os convidados pareciam hipnotizados quando ela entrou. Bela, olhos cor de caramelo que se misturavam ao azul, e uma elegância de dar inveja. Andou dois passos sem dizer nada, quando virou o rosto e em poucos segundos cumprimentou a todos.

Ninguém conseguia deixar de olhar, principalmente Alexander.

Minha mãe parecia distraída. Creio que sentia a falta de meu pai. Nem arrisquei perguntar o motivo de sua tristeza.

Aos poucos toda a agitação sedia lugar para a diversão da música.

Aquela mulher de aparência estrangeira deslizava pelo salão em direção à sua mesa dentro de um vestido negro até os pés, mostrando seu sorriso branco iluminado por seu cabelo ruivo.

Tentei sustentar meu olhar em sua direção enquanto o jantar era servido em sua mesa.

Fiquei embaraçado com o que via a minha frente. Uma beleza irresistivelmente avassaladora. Ela tirou o xale das costas, deixando transparecer o tom branco e suave de sua pele, como se fosse a mais nobre das rosas.

Estava impressionado e ainda tinha Melissa em meu coração. Senti um profundo constrangimento por dentro. Era algo diferente e doce em minha mente. Era difícil, se não impossível, me libertar desse sentimento. Podia me sentir vivo de novo e meu coração batia num compasso acelerado. Ela era encantadora e parecia divertida sorrindo para outros três convidados que sentaram ao seu lado.

Todos em sua mesa só comiam carne de caça e tomavam vinho. Pareciam à vontade, menos um rapaz que aparentava ter 22 anos. Lindo de causar inveja até a Alexander, que era o preferido antes de ele aparecer. Tinha um braço bem definido de músculos, nariz arrebitado e cabelos loiros bem cortados. Parecia um deus grego.

Senti uma ponta de inveja porque provavelmente seria o namorado da bela dama.

Nos trinta minutos restantes da viagem só tive olhos para aquela mulher. Ela mexia com meus impulsos e pensei ter esquecido Melissa olhando para seu semblante.

Que tormento.

Ela pegou uma porção de amoras, levou à boca olhando de soslaio para mim. Tinha percebido que eu estava encantado. Também, como não poderia ficar?

Pensei que estivesse distraída, mas ela era esperta e parecia uma caçadora experiente.

Veio até mim, olhou em meus olhos e disse com uma voz rouca:

– Você é perfeito, mas não tenha medo de se machucar.

– Mas eu não sou nada disso.

Será que ela estava falando de seu namorado? Eu poderia deixar de olhar, mas neste momento estava ainda mais encantado e surpreso.

– Não estou falando isso para te ofender, e sim para que tome cuidado com a paixão repentina e súbita.

Ela podia ler meus pensamentos ou estaria chutando por ter percebido que me impressionou? Mas eu não fui o único. Até as mulheres a olhavam de um modo diferente.

– Sinto muito madame se a deixei constrangida, é que...

– Fale, eu tenho todo o tempo para você.

Uma pontada de carinho em sua voz deixou irradiar em meus ouvidos uma profunda segurança, e me senti mais à vontade.

– Qual é o seu nome?

– Ângela. E o seu?

– Christofer, o seu criado.

– Foi uma caminhada longa até a França, mas creio que valeu a pena, meu menino!

Nesse momento ela olhava em meus olhos, como se quisesse entrar dentro de mim.

Senti um arrepio.

– De onde você vem?

– Venho de um lugar distante, onde os dias parecem noites e o frio intenso poderia matar alguém como você.

– Posso saber onde fica este local?

– É claro. Sou de uma família de imigrantes que habitam o território gelado da Sibéria há muitos anos. Não quer se sentar com a gente?

Não conseguia pensar em dizer não, mas minha mãe estava abatida e precisava de minha companhia.

– Talvez numa próxima oportunidade!

Ela parecia irritada com a recusa, mas acabou cedendo espaço em seu rosto para uma emoção quase especulativa, e partiu em silêncio.

Ela tentou olhar para mim por três vezes, porém não conseguiu sustentar seu olhar. De algum modo eu mexi com seus sentimentos mais profundos. Parecia que estava sendo desafiada, e não queria admitir seu interesse por mim.

Neste momento eu tinha muita coisa em mente, menos a hipótese de uma mulher como essas estar interessada em um menino, como ela mesma disse.

Todos em sua mesa pareciam à vontade, e ela empurrou a bandeja de comida cheia de faisões ao molho madeira, dando lugar a uma taça transbordando de um vinho tinto. Uma listra vermelha escorreu pelo canto direito de sua boca, a qual ela limpou com um guardanapo branco de seda.

Suas mãos estavam sendo roçadas por seus dedos, num sinal de ansiedade, e com certeza eu estava sendo inconveniente em fitá-la.

Passou por mim, estendeu a mão para que a beijasse e disse:

– A gente se vê, meu menino.

Não entendi essa fala dela. Suas mãos estavam tão frias que fiquei arrepiado. Elas eram lindas e pintadas com um vermelho cor de sangue.

Deixou o salão acompanhada por três rapazes e um senhor de meia-idade.

Nos dez minutos restantes, esqueci que estava sentado ao lado de minha mãe, e em minha mente podia sentir Ângela avançar em direção a mim, sendo gentil e sentando ao meu lado sem dizer uma palavra.

Tentei me lembrar de Melissa, mas minha mente não conseguia mais distinguir o rosto afilado e feliz dessa mulher que tanto amei.

Não pode ser... preciso não pensar mais nesta mulher e muito menos encontrá-la. Estremeci em meus pensamentos e parecia que neste momento minha vida tinha sido roubada por uma mulher que vagamente passou por mim.

Pensei que estaria livre de outra paixão por alguns anos, mas meu coração batia forte e a angústia de nunca mais revê-la tomou conta de meus pensamentos. Estava aflito, talvez de luto por trair meus sentimentos com relação a Melissa.

Fiquei em silêncio olhando para o mar. Os ruídos das ondas me distraíram enquanto todos se preparavam para descer com a bagagem.

Estou de volta, apenas um pouco apavorado.

De volta a Paris

O navio desembarcou os passageiros no lado francês e seguimos rumo a Paris. Não consegui dizer uma palavra sobre Ângela a minha mãe durante o caminho para casa. Adormeci pensando no acontecido e mergulhei num sonho inquieto. Ela me esperava na esquina de minha casa como uma estátua de bronze, com os olhos fixos em minha janela.

Parecia real, mas não deixei me impressionar.

Acordei próximo da Rua Dom Calixto e pensei: *Ninguém jamais vislumbrara uma beleza parecida com esta.*

Eu transpirava como nunca.

A ansiedade me deixava inquieto.

Minha mãe abriu o portão do sobrado em meio a muita sujeira e folhas de todos os tipos. Ficamos longe apenas três anos, mas tudo parecia muito sombrio.

Ajudei com a bagagem enquanto Alexander removia um pouco da sujeira acumulada. Subi direto até meu quarto e deitei na cama que ainda guardava meu brinquedo preferido. Era uma pequena imitação de um monjolo movido a água, no qual os empregados de meu pai faziam a farinha de fubá.

Quando partimos para a Inglaterra, confiei que voltaríamos todos juntos para casa. Mas agora vejo que muitas promessas são em vão.

O coração falou mais alto e perdi meu companheiro. Era assim que via meu pai, um homem bom e atencioso, apesar de suas brigas com minha mãe.

Espreguicei levantando meus braços o mais alto que pude. Essa sensação provocada involuntariamente por meus músculos foi a melhor do dia. Ela só confirmou que eu estava muito cansado e precisava de um tempo para minha cabeça.

Não pode ser...

Abri a janela e olhei com mais clareza para minha mão direita.

Não acredito... – murmurei para mim mesmo.

O que faz este sinal em minha mão?

Podia jurar que era uma meia-lua. *Mas como adquiri isto?*

Tentei me livrar esfregando o sinal com toda minha força contra a água, mas foi em vão. Carregaria para toda minha vida essa bruxaria e sem saber o por quê.

Se me perguntassem, provavelmente eu mentiria ou então fingiria que não entendi.

Ouvi o som do piano tocando minha música predileta. Minha mãe estava triste, porque quando tocava esta melodia chorava ao final.

Dirigi-me correndo escada abaixo e me agarrei em seu pescoço.

– Calma, filho! Está tudo bem.

– Pensei que estava triste mãe!

– Porque estaria? Só porque seu pai nos abandonou? Aquela bailarina nos fez um favor e devo muito a ela.

– Não compreendo.

– Seu pai nunca me perdoou pelo passado, quando tive outro namorado, e ele foi embora. Foi enquanto tenho ainda esperança de arrumar outra pessoa que me faça feliz.

– Achei que a senhora o amava.

– Amava! Mas nesta vida devemos amar primeiro a nós mesmos.

Fiquei chocado com a resposta.

– Espero não ter te causado medo, é que prometi não mentir para você e seu irmão. Mas tenho um favor para pedir. Ficaria muito irritada se você e seu irmão brigassem pela mesma mulher.

Tentei disfarçar, mas isso não seria possível se ele se metesse em meu caminho de novo.

Dançamos um bom tempo até que Alexander estivesse pronto para sairmos. Queria voltar a respirar o ar da França e poder passear pelo rio Sena.

A França não era mais a mesma e a população parecia agitada. Alguns cogitavam uma revolução, outros murmuravam insatisfeitos com a diferença e opressão do povo. Havia muita sujeira por todos os lados e muitos doentes morriam pelas ruas. Crianças e mendigos circulavam livremente pelo centro de Paris. Não que muita coisa tivesse mudado, mas havia muita tensão entre a população.

Minha mãe franziu a testa e resolveu comprar um vestido novo.

Alexander, que andava distraído há tempos, perguntou aonde estávamos indo.

– Vamos a qualquer lugar que nos faça felizes. Esqueceu-se que somos ricos e agora não temos seu pai para darmos satisfação?

Eu sabia muito bem que minha mãe estava tentando substituir seu orgulho ferido por um objeto de desejo.

– É início de primavera, mãe. A senhora pode comprar um vestido bem elegante. Qual é a sua cor preferida?

– Sabe Christofer, prefiro o tom rosa e o azul celeste.

Viramos a terceira rua depois da esquina Pio XII com a Ressurreição e fomos direto aos *ateliers* da cidade. Esse não era meu passeio predileto, mas minha mãe merecia um presente de boas vindas.

Entrou na segunda porta que encontrou pela frente e foi recebida educadamente por um jovem com seus 27 anos, um pouco afeminado para o meu gosto.

Alexander entrou enquanto fiquei na porta, observando todos aqueles tecidos serem mostrados um a um sem minha mãe mostrar nenhum apreço pelas cores. Tentei me concentrar dentro da loja enquanto uma voz me chamou do outro lado da rua.

Era ela a mulher do navio, a minha Ângela.

Seus olhos assumiram aquele tom de caramelo quando me viram. Senti que estava feliz, embora seu semblante se mantivesse frio.

Achei que devia correr o risco e ir até ela.

Atravessei a rua empoeirada, excedendo e muito meus passos habituais.

– Senhora, ainda está irritada por eu não ter sentado em sua mesa?

Ela tentou disfarçar.

– Por que eu estaria!

Com um olhar sombrio, corrigiu meu deslize:

– Não é de bom tom chamar uma jovem solteira de senhora.

– Peço perdão, não tive a intenção de magoá-la.

– Espero que esteja sendo sincero.

Ela me encarou analisando minha reação. Fiquei inerte, mesmo sabendo que estava sendo caçado. Assim é que me sentia ao lado dela.

– Me diga, o que está fazendo aqui Christofer?

Não tinha esquecido meu nome, então eu era importante para ela.

Estava ansioso e procurei mastigar um pedaço de linha de um tecido que deixava escapar de sua extremidade.Tentei me recompor e ficar mais à vontade.

Ela olhou para mim procurando por minha mão.

– Posso ver sua mão Christofer?

– E se eu não quiser mostrar, vai se zangar comigo?

– Nunca.

Educadamente deixei que olhasse para aquele desenho que não sabia de onde tinha vindo.

Ela sorriu, me provocando.

– Nunca vi homens com uma meia-lua na palma da mão!

– Mas você sempre me chamou de menino.

– É que... É divertido ver como fica irritado quando o chamo assim.

Senti uma onda de raiva penetrar em meu ser e resolvi me atirar porta afora. Antes que uma carroça conseguisse me atingir, ela se colocou na frente dos cavalos, que ergueram suas patas dianteiras fazendo com que o condutor caísse sobre o feno que trazia. Bati com a cabeça no chão quando tentei me livrar dos animais. Estava um pouco tonto e tentei imaginar como consegui sair com vida.

Seus olhos ficaram arregalados e suas sobrancelhas sobressalentes. Teve medo de me perder. *Tínhamos algo em comum, mas o quê?*

Segurou-me em seus braços levando meu corpo ainda em estado de choque para dentro de seu *atelier*.

Tinha uma força desproporcional para uma mulher tão delicada.

– Ângela, não fale nada.

Aproveitei para sentir um pouco do cheiro dos seus cabelos e do perfume que irradiava de sua nuca. Nunca senti nada parecido em minha vida. Fiquei petrificado.

Precisava dela, mas como minha mulher. Como podia ter certeza disso eu não conseguia imaginar, não era algo plausível para explicar. O importante era roubar sua vida para mim.

Ao entrar pude decifrar, mesmo com os olhos turvos, o nome "Pedras Perfumadas". *Que nome estranho para uma loja de roupas femininas.*

Eu não quis perguntar nada nesta hora.

Ângela deitou meu corpo no leito de uma poltrona com dois assentos, acomodou minha cabeça com cuidado e virou de costas.

O local era bem interessante, decorado com pedras por todos os cantos. Um pedaço de sei lá o quê queimava exalando um perfume amadeirado misturado a um cheiro de rosas do campo. Muitos tecidos despencavam do teto em forma de véu de noiva, fazendo do local mais um esconderijo do que propriamente uma das lojas sofisticadas que havia espalhadas por toda a Paris da época.

Uma cruz de um metro em ambas as extremidades decorava a parede lateral esquerda da loja, deixando entender que ela era muito religiosa.

O *atelier* era embebido por uma penumbra e mal dava para reconhecer as cores de tom mais forte.

Fiquei extasiado.

O sinal em minha mão agora brilhava de tal forma que senti medo e a coloquei no bolso.

Tentei não ficar apavorado.

Ângela retornou com um pano e uma vasilha de água, assumindo o total controle da situação. Dobrou os joelhos bem na minha frente deixando aparecer uma parte de suas pernas perfeitas e decoradas com pelos loiros que pareciam transparentes.

Sua expressão delicada estava iluminada.

Tocou levemente minha fronte machucada inclinando seu corpo em direção ao meu, deixando o colo à vista.

Meu coração acelerou.

Seu rosto estava mais branco do que quando a vi pela primeira vez e seu semblante agora era de paz.

Mergulhou um lenço na água morna e suavemente limpou meu ferimento.

– Agora está bem melhor, espero que não tenha doído muito.

Me sentia atraído por esta mulher que mal conhecia. Não conseguiria mais esquecê-la.

Ela ficou em pé e sua voz cortante encheu meus ouvidos falando:

– Ainda bem que você não se feriu de morte.

Minha mente estava cheia de pensamentos obscenos e desejos nunca sentidos.

– Christofer, quais são suas preferências?

Fingi não entender, mas ela queria uma resposta, mesmo que fosse de rejeição. Como poderia fingir diante de alguém tão especial!

– Quero dizer, gosta de mim como mulher?

Pensei dizer não, mais já era tarde demais, porque meus olhos encontravam-se embriagados nos seus. Fiquei atordoado com a situação e recostei minha cabeça no encosto da poltrona. Cruzei os braços e fingi não admitir que tinha gostado tanto dessa mulher.

Ela parecia assustada, mas ignorou minha displicência.

– Você precisa de uma boa dose de conhaque!

– Nunca bebi!

– Não seja tolo, vai te fazer bem. Trará coragem.

Fiquei com os pensamentos desordenados após o último gole.

Quando acordei, encontrei-me deitado em uma cama imensa, vestido de branco, cercado por cortinas que pendiam de um imenso funil preso ao teto.

Quase morri de medo ao ver a cabeça de um urso preso na parede. Tive certeza, nesse momento, de que ela era uma caçadora. Mas era diferente, cercada de mistérios. Nessa época as mulheres não caçavam, mas ela... Foi quando me deparei com quatro espingardas postas na vertical, protegidas por um vidro fino dentro de um armário muito antigo.

Ela acompanhou minha aflição com os olhos e riu.

– Não se assuste, as armas são de papai.

– Tudo isso é assustador demais para mim!

– Estou aqui para proteger o meu bebê. Você ainda está um pouco tonto com a bebida, não é própria para a sua idade.

– Como pode saber de minha idade, eu nunca disse nada.

Dei um grunhido e fingi não entender a provocação.

Agora estava vestida com um blusão transparente, deixando mostrar os seios fartos e com os bicos rosados. Havia uma pinta marrom descansando seu seio esquerdo.

Fiquei excitado.

Percebi sua distância em relação a mim, indo sentar-se do outro lado, cruzando as pernas, de forma mais discreta possível.

Fiquei inconformado.

Sem conter meu desejo, sentei-me ao seu lado, deixando nossos braços quase se tocarem.

Ela se afastou.

Estava eletrizado.

Ela foi até a parede e ascendeu o lampião, mostrando todo o seu corpo branco e sensual. Seus olhos azuis reluziam em direção aos meus, fazendo com que eu perdesse completamente o desejo por seu corpo. Sentou-se despreocupadamente cruzando as pernas uma na outra, deixando a coluna um pouco inclinada para a frente.

Fiquei estático.

– Sei que não gosta disso... mas você é como se fosse meu irmão mais novo.

Sua voz era sombria e seus olhos cautelosos.

Eu não podia me arriscar muito, manteria meu sentimento escondido até que ela estivesse preparada para suportá-lo. *Talvez estivesse querendo me desprezar*, murmurei comigo mesmo.

– Vou até a cozinha apanhar algo para você comer! Tente manter-se deitado e calmo, não quero que sua mãe reclame de meus cuidados.

Ela me tratava como se conhecesse o mundo e os homens há muitos anos, mas era tão jovem e parecia tão inexperiente.

Antes que deixasse o quarto, perguntei com rispidez:

– Quantos anos tem Ângela?

Levantou-se bem devagar e começou a andar de um lado para o outro. Colocou os pés sobre a cama e calçou suas meias de cor pastel.

– Você me acha atraente? Como um irmão acha sua irmã linda e... Posso entender seu medo, os homens são sempre assim: frágeis à menor ameaça.

– Desculpe, eu me sinto estranho perto de você. Quero que saiba que me deixa confuso.

Ela deu um meio sorriso.

Aproximou-se de uma das janelas, virou de costas deixando o blusão cair até seus pés. Estava nua e perfeita.

– Eu sei que não consegue levantar-se!

Como ela poderia saber, estava olhando para a parede, de costas para mim.

Agora vestida num vestido cinza, desapareceu entre alguns tecidos que caíam até o chão.

Estava apavorado, olhei embaixo da cama, abracei um dos travesseiros e finalmente decidi esperar. Meu corpo transbordava um suor frio de nervosismo. Estremeci. A única coisa que eu queria neste momento era sair com vida desse lugar.

Olhei os móveis, todos muito antigos e perfeitos. As pedras pareciam se encaixar perfeitamente na decoração, fazendo com que o ambiente se parecesse com uma grande floresta. A copa das árvores verdes combinando com o teto, o chão coberto de folhas marrons combinado com os tapetes e até o cheiro presente era de mato após uma chuva fina.

Mesmo com medo me sentia confortável. Tentei me concentrar no quadro que se encontrava bem na frente da cama.

Era seu retrato.

Senti algo tão próximo que podia jurar que éramos íntimos há muito tempo. Nunca havia sentido isso por Melissa, e agora não conseguia me livrar desse sentimento. Era algo que meu corpo precisava buscar, conquistar – era uma necessidade sem explicação.

Seus modos pintados naquele grande quadro mostravam-se um pouco diferentes. Sempre olhando de perfil, olhos caídos, roupas bem cortadas e bem postas em seu corpo modelado, cabelos lisos até os ombros e um semblante de mistério. Tudo perfeito, até seu meio sorriso. A cor de fundo da tela misturava o verde claro e o preto, chegando ao anis discretamente.

Entrou sorrateiramente, mas eu podia ouvir sua respiração, parecia um animal procurando por sua presa. Ela pôs os braços em volta de mim, enterrando seus olhos entre os meus. Segurou minhas mãos firmes e...

– Espero que aprecie meus talentos domésticos. Demorei um pouco tentando adivinhar seu prato preferido.

Pães, bolos e uma caneca de leite salpicada de canela. *Como poderia? É realmente assustador como ela descobriu meus gostos.*

Engoli tudo sem levantar a cabeça.

– Christofer, seu rosto está rosado e suas mãos molhadas de suor.

– Desculpe, estava com fome.

– Você realmente é uma criança!

– Ângela, me responda uma pergunta.

– Não faça perguntas, esta é a primeira regra para se sentir bem ao meu lado.

– Levanta dessa cama, precisamos ir.

Estava desapontada, mas com o quê? Tentei me manter calado o tempo todo até a saída.

– Espero não ter te magoado, é que preciso descansar um pouco. A viagem me deixou um pouco aflita e não me recompus até o momento.

Seus olhos azuis estavam pequenos, os cabelos ruivos cacheados nas pontas pareciam voar e seus lábios rosados – tão rosados – quase transparentes estavam levemente molhados.

Um sorriso tremeu nos seus lábios.

Eu me enrijeci por um instante. Agora havia muito espaço entre nós, diferente de quando nos conhecemos. Estava desapontado por ela querer fugir, *por que me tratava assim?*

– Vamos nos ver outras vezes?

– Querido, você agora está comigo em tudo o que faço, em meus pensamentos e em minha vida solitária.

Fiquei vermelho de raiva, preparado para partir, sem saber se ela fingia ou se era o que eu esperava para me livrar dessa loucura. Foi quando veio ao meu encontro tocou meus lábios levemente, fazendo-me tremer por três segundos.

– Você tem que ir garoto!

Deixei seu *atelier* desapontado, atravessei a rua e entrei na loja onde minha mãe gastava um pouco de nossa fortuna. Ela aproximou-se deixando seus mimos de lado e dizendo:

– O que aconteceu que você está tão pálido, meu filho?

Segurei meus braços, abrindo bem meus olhos para não chorar em sua presença e não me atirar em seu colo pedindo para que me protegesse. Meu coração batia acelerado e minha voz trêmula acabou me entregando.

– Christofer, não se preocupe em me magoar ou me ofender, tente pelo menos me explicar o que puder sobre o que aconteceu. Seu pai se foi, mas estou aqui para ser sua companheira.

Não queria desapontá-la.

Eu sorri, tristonho, e ficamos em silêncio olhando um nos olhos do outro.

As mulheres me surpreendiam com sua força, tentando nos entender, tentando romper o silêncio que abafa nossa decepção. Não conseguia pensar em como explicar o acontecido e resisti até o fim.

– Jamais se esqueça, filho, que estou aqui para fazer parte de sua vida quando quiser. Agora vamos, temos muito o que fazer e preciso matricular você e seu irmão no curso secundário.

No caminho pensei o tempo todo em Ângela. Nem me preocupava com as provocações de Alexander. Ele era mimado demais e sua reputação com as mulheres me incomodava.Tudo parecia sem graça longe dela, mesmo tendo-a visto por duas vezes. Eu queria voltar e me acolher em seus braços, falar que estava apaixonado e que tudo mudou em minha vida. Estou leve, e não vou me comportar como um garoto.

Fiquei observando todas aquelas crianças sujas e pobres que circulavam pelas ruas de Paris vendendo souvenires e hortaliças e até me distraí. Era difícil entender as oscilações e diferenças entre as pessoas, como pensam e por que se comportam tão diferentemente uma das outras.

Paramos em uma banca de verduras, o que não era de costume, e me senti pela primeira vez alguém que pode e deve estar vivo ao lado das outras pessoas, sem deixar se levar por um mundo de luxo. Meu pai, com seu moralismo, com seu jeito esnobe de ser, criou a mim e meu irmão como dois fracos. Estava adorando caminhar ao lado de tudo e de todos, e até esse cheiro podre de frutas e verduras me faziam sentir bem.

Pela primeira vez posso dizer que vi uma mãe amamentar seu filho à luz do sol, em pleno centro da capital francesa. Esse aroma quente de gente indo e vindo de todos os lados, comprando migalhas e se contorcendo por um pedaço de pão era incrivelmente agradável. *Como se comportaria meu pai se me visse aqui, desse jeito espontâneo e longe das carruagens que me afastavam da sociedade?* Não ligo mais, ele não pode mais me ofender com suas cafajestices.

Minha mãe estava linda e parecia feliz, ao contrário de Alexander, que fingia não se incomodar com nada, até que um bêbado o esbarrou. Ficou zangado, precipitando uma palavra áspera.

O homem, ou melhor um velho de barba e cabelos imundos, olhou em seus olhos e disse:

– Desculpe, meu jovem, como posso justificar minha falta com alguém tão nobre como o senhor?

Minha mãe tentou intervir, mais ao ver o desconcerto dele, esperou por sua reação.

Meu irmão fingiu não estar impressionado e se pôs a olhar para uma dama que passava em sua carruagem guiada por dois cavalos negros.

– Posso ajudá-lo com algo, senhor, ou ao menos reparar o erro de meu filho?

– Creio que não deva fazer nada por um alcoólatra como eu. Queria ser refinado e ter meus pensamentos organizados, mas não consigo ser feliz com minha vida. Tenho esse jeito rude, porém minha língua não é perigosa e nem tampouco consigo assustar ninguém.

Estendi-lhe uma das mãos e quando apertou de volta, senti o calor de sua alma, verdadeira e cheia de calos. *Nunca terei mãos assim, envelhecidas pelo trabalho e dignificadas pela simplicidade*, pensei.

Sorrimos juntos.

Meus pensamentos agora estavam longe de Ângela e queria aprender mais sobre a vida.

Esse homem era exatamente o que eu procurava. Oitenta anos, mais ou menos, de experiência e tolerância. Faltava essa essência em minha vida, pelo menos para me aproximar mais das mulheres.

Eu queria ser mais velho para viver intensamente essa paixão que nasceu dentro de mim. Não estava sendo volúvel por deixar Melissa de lado em meus pensamentos, apenas queria um minuto de felicidade para provar que posso começar minha vida novamente.

– Lamento muito por meu irmão senhor.

Ele hesitou e respirou fundo e depois sorriu. Me encarou numa expressão indecifrável, dando-me um abraço longo.

– Você é bom garoto e é muito fácil ser eu mesmo perto de você. Ajude seu irmão a compreender as diferenças do mundo para que muitos não sejam humilhados.

Vi que suas mãos tremiam ao se afastar de mim, desaparecendo em meio à multidão, até que perdi seus movimentos.

Continuamos olhando banca por banca até comprarmos tudo que justificasse nossa vida opulenta. Um dos garotos que se encontrava pelo local oferecendo seus serviços em troca de um pouco de comida acompanhou Alexander até a nossa casa, meio que a contragosto dele, enquanto eu e minha mãe fomos direto ao colégio Santa Madalena.

O colégio

Na entrada dava para ver que nada havia mudado desde quando deixamos a França. Os alunos eram os mesmos e pude perceber apenas uma garotinha de 7 anos que não me era familiar. Talvez fosse seu primeiro ano. Estava perdida sentada nas escadarias, creio que esperando por seus pais ao lado da professora Vera Duprat. Ela acenou de longe ao perceber que eu estava de volta.

Subi as escadas devagar, meio que assombrado, com medo de não ser bem recebido. Precisei ficar me lembrando que tinha muitos amigos e três anos era pouco tempo para que se esquecessem de mim.

Quis primeiro passar na biblioteca na tentativa de encontrar Richard, um velho amigo, talvez o mais erudito de todo o colégio. É certo que ele era um pouco confuso com a vida, mais tinha muitas ideias liberais que incomodavam meu pai. Isso para mim já era suficiente para ser seu amigo.

O local tinha passado por uma grande reforma e fui encontrá-lo na última mesa no canto esquerdo do grande salão, olhando três livros ao mesmo tempo.

– Olá, meu amigo.

– É você Christofer? Não esperava que voltasse tão cedo da Inglaterra. Como vão as coisas e onde está aquele pulha do seu irmão?

– Agora me sinto bem, e Alexander não mudou nada.

– Ainda continua com suas ideias liberalistas?

– O povo está cada vez mais insatisfeito e creio que em breve teremos uma revolução no país.

– Mas você não acha a violência algo intolerável?

– Com frequência sim, mas, às vezes, é necessária. A sociedade anda sem alternativa e precisa haver uma saída.

– Sabe de uma coisa, você está certo.

– A gente se vê amanhã, Richard.

– Com certeza, estarei no mesmo local de sempre.

Dei uma volta pelos corredores e fui até minha antiga sala. A escola neste horário tinha poucos alunos e podia ver tudo bem de perto sem aquela algazarra toda. Ainda tinha um bom tempo enquanto minha mãe conversava com o diretor.

A porta da sala 56 encontrava-se semiaberta e ousei entrar sem bater. Nenhum aluno se encontrava em seu interior. Olhei a lousa, as carteiras onde sentávamos a dois, nosso armário individual e resolvi me sentar. Fui feliz nesta época em que passei por aqui. Intuitivamente, eu sabia e sentia que todas as aulas não teriam mais sentido para mim. Eu queria ser um pintor reconhecido e este não era mais meu lugar. Esperaria um tempo até poder contrariar minha mãe. Ou não, ela compreenderia aos poucos que não tenho talento para aulas maçantes.

Encontrei uma folha de papel dobrada em meu banco e ri comigo memo. Alguém já deve ter notado minha presença. Abri as duas dobras e percebi que continha duas frases:

"Christofer, senti sua falta desde que partiu sem me dizer nada. Éramos tão amigos. Quando estava me acostumando com você, quase interrompeu meus sentimentos, mas fui forte e resolvi esperar por sua volta.

Da sua Clara."

Nunca imaginei que essa maluca gostasse de mim, como fui tolo. Espero que ela compreenda que já estou apaixonado por outra. Atravessei a porta e fui caminhar pelo pátio. Encontrei alguns conhecidos que apertaram minha mão e disseram estar com saudade. Tentei parecer sincero oferecendo um sorriso simpático, mas queria ficar só.

– Você sumiu, cara, pensamos que nunca iria voltar. Por onde anda aquele seu irmão insuportável?

Fiquei com vergonha de ter um parente tão desprezado, mas fazer o quê, não os escolhemos.

– Está em casa com os serviços domésticos.

Tentei evitar mais perguntas.

Todos sorriram.

– Encontramos você amanhã!

Fui percebendo aos poucos que esses garotos não faziam parte mais de minha vida, todos infantis e sem estilo próprio. Tinha amadurecido rápido demais. Queria ser um artista, impressionar Ângela e fazer dela minha mulher para sempre.

Fiquei perdido olhando as pombas que andavam lentamente à procura de comida; lembrando das brincadeiras, dos sorrisos, das lágrimas quando alguém se machucava e principalmente da senhora Marina. Sempre fui o seu predileto, alisando meus cabelos e colocando as mãos sobre meus ombros e me acompanhando bem próximo da sala de aula.

Minha mãe apareceu de repente com o diretor, que me encarou friamente. Percebi em sua face que me queria bem longe dali. Sempre teve uma queda por ela, e agora tudo se explica.

– Bom dia, Christofer. Espero que esteja disposto a estudar mais, se não posso me encarregar de mandá-lo para junto de seu pai.

O homem sorriu batendo em meus ombros.

– Senhor diretor, é um prazer estar de volta, mas quero que saiba que este não é meu lugar.

– Não fale assim, meu filho.

Deixe o menino, Flora, ele deve estar comovido com tudo. Muita coisa mudou em nosso país nestes três anos, vocês devem ter percebido andando pelas ruas.

– Estou bem e não me sinto comovido com nada. Apenas decidi que serei um artista, mais propriamente um pintor renomado.

– Você nunca me disse desse seu desejo, meu filho!

– É que meu pai não gostava deles, dizia que são uns vagabundos lunáticos.

O homem arregalou seus olhos, que se encontravam tensos, e disse tentando agradar minha mãe:

– Ele só está brincando para explicar o nervosismo da volta.

– Senhor, eu nunca falei tão sério em minha vida, farei o que quero e pronto.

Senti um ódio mortal desse homem, algo que me fazia sentir desprezo por mim mesmo. Meus músculos se enrijeceram, senti meus olhos se abrirem além do normal e senti novamente aquela sede intensa. Tudo ficou estranho, até as pombas saíram em revoada, e o medo pairava no ar. Quis virar o rosto para que não me vissem assim, mas já era tarde.

– O que há com você, meu filho?

Procurei relaxar e mostrar bom humor, mas já era tarde.

– Seus olhos estão vermelhos e sua expressão de fúria me deixou surpresa.

Senti uma onda de preocupação extrema nos olhos dela e tentei defendê-la.

– Desculpe-me, mãe, é só uma brincadeira que aprendi com a senhorita Ângela. Espero não tê-la assustado.

– Eu a conheço?

– Creio que não se lembre, ela viajou conosco no navio para a França.

Minha voz agora voltava ao normal e senti que o perigo estava partindo.

O diretor se afastou num gesto indelicado, sem se despedir, e fugiu como um rato para dentro do colégio.

– Seus olhos estão brilhantes agora Christofer!

– A senhora não está triste comigo?

– Por que estaria? O diretor não passa de um... Vamos, temos que chegar em casa para arranjar as coisas.

Fomos direto para a rua das Alfândegas número 1247.

O velho Martin aguardava na entrada, mal conseguindo mover seus passos. Acompanhava a família desde a época de meu avô. Sempre foi um bom mordomo.Via-se que estava doente e mais tarde tocaria no assunto com minha mãe. Poderia ficar em nossa fazenda até o resto da vida.Trabalhou demais nesta vida.

Eu tinha muita coisa em mente e a generosidade me surpreendia. Creio que é o amor. Se alguém me desafiasse a um duelo, diria que não posso arriscar meus sentimentos. E isso basta.

Olhei para Alexander e ele me fez uma careta. Creio que estava irritado por trazer a compra.Virei de lado e procurei ignorar, ele não valia a pena.

A campainha tocou e me lancei o mais rápido que pude para que Martin não se desse ao trabalho.

– Filho, este não é o seu trabalho!

– Sabe mãe, eu andei pensando que deveríamos mandar Martin para a fazenda das colinas. Ele anda muito doente e me incomoda vê-lo trabalhando dessa forma.

Ela resmungou cheia de subentendidos, mas acabou por admitir que isso era o melhor a fazer. Até minha mãe tinha mudado com o abandono proporcionado por meu pai.

Martin me olhou com aqueles olhinhos de coruja e sorriu. Ele me vira nascer. Sempre saía desesperado ao meu encontro quando me machucava brincando com as outras crianças. Com movimentos graciosos, tomava-me no colo e cuidava dos ferimentos.

Nunca vou me esquecer de suas palavras me perguntando: "Está tudo bem agora meu filho, está pronto para outra?". Aí ele partia despreocupadamente sorrindo e dizendo: "Esse meu menino, é um bom garoto". Boa parte de minha vida sentimental devo a ele, por me ouvir muitas vezes que estava angustiado.

Fui interrompido por um ruído que se aproximava da entrada do casarão.

Quem batia à porta era o senhor Robert Vasques, o afinador de pianos. Ele era um homem divertido e sempre cantava quando se sentava ao piano. Eu não conhecia a maioria das músicas, ele era romeno, mas que importância tinha, queria apenas apreciar o tom suave das cordas.

– Entre Robert, autorizou minha mãe.

– Senhora...

Ele parecia satisfeito por estar em nossa casa e foi logo sentando próximo ao piano.

– Vamos ver.

Da última vez que toquei essa beleza, tudo estava perfeito.

Ao primeiro toque me lembrei de Melissa. Quanto mais a música soava, mais eu sentia saudade. Ele olhou de um lado e do outro e continuou a tocar.

– Perfeito. Esse é o melhor piano que já vi.

Agora era um sentimento de amizade, de irmão. Podia sentir a presença dela ao lado de minha mãe esperando para iniciar a aula. Ele tirou o casaco e resolveu tocar uma música inglesa, uma daquelas que minha mãe a ensinava. Chorei. Não de angústia, mas sim por ter encontrado alguém que me fizesse feliz de novo. Penso eu que Ângela não seja nobre e tampouco tenha uma família como a de Melissa.

Jantamos todos juntos, até os empregados sentaram-se à mesa, menos Alexander que preferiu subir para o seu quarto. Era difícil para ele. Até posso entender.

O senhor Robert não dava importância para pequenas coisas e creio que também não gostava de meu irmão.

– Senhora, já é hora de partir. Hoje não fico para a sobremesa, pois tenho um compromisso.

Provavelmente daqui a seis meses ele volta; ele sempre volta.

Subi para meu quarto deixando minha mãe conversando com os empregados. Estendi com dificuldade meu corpo sobre a cama e arrumei a melhor posição possível, para não ter que sofrer de insônia pensando em Ângela.

No outro dia, quando entrei na aula de filosofia, o assunto era Voltaire e sua importância para a França e para o Iluminismo. A professora arregalou os olhos para mim por eu ter chegado atrasado.

– Ouça, filho, sente e preste atenção. A razão deve predominar sobre nossas vidas, a era medieval ficou para trás e novas fronteiras se abrirão em nosso caminho. Esse é o "século das luzes". O século onde os nossos olhos são capazes de enxergar as diferenças que existem na sociedade. Devemos viver com prazer e ter um sentido para nossa vida.

Que diabos ela queria me dizer? Ouvi falar disso, mas pouca ou nenhuma influência tinha em minha vida. Pensei que isso não era justo. Hoje sou outra pessoa e preciso recuperar o fôlego rápido e não deixar minha angústia atrapalhar meus novos pensamentos a respeito da vida.

Queria correr na chuva, gritar por Ângela e me atirar em seus braços. Isso é mais fácil do que qualquer explicação. Queria que entrasse de surpresa na sala e todos me ouvissem dizer: ela é minha namorada.

Esperei pelo sinal e ganhei a rua pelos fundos do colégio. Precisava de ar puro. Não havia mais nada que me impedisse de ficar ao seu lado.

Antes queria me matricular em uma escola para pintores. Andei quatro horas pelo centro de Paris até me deparar com uma galeria de artes.

Precisava impressioná-la.

A galeria de artes

Um homem com um tabuleiro nas mãos e um chapéu que mais parecia um barco na cabeça convidou-me para entrar e aprender um pouco.

Era tudo que queria.

– Você conhece os pincéis e as cores meu jovem?

Apertei os lábios tentando ser o mais honesto possível, mas não fui convincente tentando dizer que conhecia um pouco sobre o assunto.

– Não importa, Ângela terá todo o tempo do mundo para você.

Será a minha Âng... Como ela veio parar aqui?

Ela saiu detrás de um quadro imenso, sacudiu a cabeça e sorriu com malícia.

E agora, o que eu devo dizer?

Meus joelhos se dobraram de tanta ansiedade, meu coração crepitava de alegria e tentei reprimir um suspiro.

Muitos alunos estavam dispersos pelas salas da galeria até onde meus olhos podiam penetrar. Pude notar a presença de alguns cavalheiros, algumas damas e poucos jovens. Eram pessoas de meia-idade e com ar de seriedade. Talvez não se incomodassem com um aluno a mais. Fiquei inquieto e sem saber o que pensar. *Devia cumprimentar a todos, ou melhor não?*

Estava admirado com o descaso de Ângela, esperava tanto dela e agora isso... Mas só de estar perto dela valia a pena. Cumprimentei a todos e fingi um descaso. Aproximei-me de outra aluna, por sinal mais atraente e mais jovem do que ela, e pensei: *talvez isso seja pior... mas por outro lado ela pode se sentir desprezada. O que não pode acontecer é ela tratar-me como um qualquer.*

A jovem sorriu e deixou que eu segurasse seu tabuleiro de tintas, mas no fundo desejava estar em outro lugar.

– Meu nome é Samile e o seu?

– Christofer.

– O que traz você aqui?

– Cansei das aulas convencionais e decidi ser um pintor conhecido. Ainda não sei se tenho talento, mas espero que não se importe em me explicar um pouco do que sabe.

Ela pegou em minha mão e tocou levemente numa porção de tinta misturada, levando-a até o quadro. Era um desenho incompleto de um unicórnio ao lado de uma mulher seminua. Tinha o seio direito desprotegido e um ar de camponesa. Linda, de quadril arredondado e cabelos até a cintura.

– Vou estragar o retrato!

– Fique à vontade, posso fazer quantos quiser. O que importa é sair da primeira aula sabendo conduzir o pincel. As cores e suas nuances vêm aos poucos. Ouça, não tenha pressa e deixe sua alma falar sempre. Todo artista é um sonhador. Na dúvida, feche os olhos e desenhe primeiro em sua mente. Estou aqui para ajudá-lo.

Poderia dizer que estava namorando Samile, quem sabe Ângela mudasse seu comportamento. Era difícil me concentrar, até que o professor se aproximou.

– Espero que se sinta bem aqui, meu jovem, tenha calma e busque primeiro a paz interior. A loucura pode desenvolver trabalhos reveladores, mas você parece apenas apavorado ou à procura de algo.

O homem parecia poder decifrar o que estava acontecendo comigo. Desviei um lado da boca e lhe dei um sorriso meio torto. Ele se virou e foi embora. Um tanto familiar para meu gosto seu jeito de ser. A sede tinha voltado, tentei me conter mas fui obrigado a tomar um pouco de ar fresco.

– O que aconteceu com seus olhos?

– Nada, Samile. Devo estar cansado ou me concentrei muito em sua pintura.

– Bem, vamos continuar. O quadro é todo seu.

Peguei o pincel, molhando sua ponta com a tinta do tabuleiro, e me embriaguei com o desenho. Minha mão deslizava sem o menor constrangimento e em cinquenta e cinco minutos me deparei com o retrato de Ângela. Eu nunca havia pintado antes e isso agora. Como explicaria. Esse meu talento repentino poderia ser inconveniente demais para os presentes, mesmo que estivessem ali para se distrair.

– Christofer, você é um trapaceiro ou tem um dom de Deus que eu gostaria de ter.

– Até eu estou surpreso, Samile.

Ela me encarou com uma expressão cética que beirava o apavoramento. O quadro está perfeito. Monalisa que o diga.

O professor se aproximou vendo a euforia de Samile e fingiu não acreditar.

– Garoto, você é uma preciosidade, ou melhor, a encarnação de Da Vinci. Me conte tudo! Desde quando pinta quadros e por que veio até aqui para aprender algo que já sabe melhor do que qualquer um que se encontra nessa galeria e no mundo inteiro? Nunca vi nada igual. Estou pasmo...

Esse meu dom repentino e os outros sinais: a sede intensa, a familiaridade com desconhecidos, tudo me parecia muito estranho. Queria que tudo fosse só um sonho. Tinha medo que me achassem perigoso ou um feiticeiro.

Até que ponto valia a pena continuar nesta galeria por causa de Ângela? Ela se aproximou dizendo que eu era seu amigo e que já sabia de meus talentos. Não entendi.

– É verdade o que ela diz, Christofer?

– Sim, Samile. Tivemos a oportunidade de viajar da Inglaterra para a França juntos e conversamos um bom tempo.

– Por que escondeu seu dom de todos?

– Muitas pessoas não iriam entender, e eu passaria a ser inconveniente quando os outros não conseguissem obter sucesso em suas pinturas. Gosto de ser discreto.

– Que besteira, você com certeza tem muito o que ensinar a todos que querem ser pintores no mundo todo. Não seja modesto e nem tampouco tímido.

– Preciso pensar mais no assunto.

Ângela quase me obrigou a abandonar o recinto antes mesmo que pudesse me despedir de todos. Senti uma ponta de ciúmes em seu semblante. Ela parecia decepcionada.

– Christofer, foi um exagero seu se mostrar dessa forma. Não pude fazer nada para impedir, nunca soube que era capaz.

– Deixa de mentiras. Isso é um insulto, imaturidade de sua parte. Não precisa ficar preocupada.

– Não devia ter vindo até aqui.

Eu recuei olhando fixamente em seus olhos sem entender.

– Odeio ser pega desprevenida.

– Juro que não entendo sua reação.

Deveria ser de ciúmes, pois seus olhos faiscavam de raiva.

– Posso levá-la até seu *atelier*?

– Devia ter visto aquela moça olhando para você. Olhou um pouquinho de nada. Ela é muito bonita, deve ter uns 20 anos. Quero você e sabe disso! Não pode ser e sabe.

– Não sei de nada, por que foge de mim? Eu prefiro ir embora só.

– Por que faz isso comigo e com você?

Senti que ela estava sendo rigorosa demais com seus sentimentos, poderia esperar.

– Não se assuste comigo, meu menino, acho que ainda temos muito que saber um sobre o outro.

Ela sabia, de alguma forma, como mexer com meus sentimentos mais íntimos. Mal conseguia disfarçar a insatisfação em minha voz.

– Você está inacreditavelmente lindo, Christofer!

– Mas infelizmente não o suficiente para intimidar você.

– Não seja apressado e procure se contentar em ser meu amigo.

Pensei comigo: *isso é impossível.* Precisava do seu amor e do seu carinho, faria qualquer coisa para alcançar o coração dela.

– Pare de sonhar, garoto! Primeiro seja um homem de verdade e não queira me persuadir com seu joguinho barato.

Ela podia ler meus pensamentos. *Ela não se contenta com nada*, murmurei, mas estava decepcionada. Isso já era um bom sinal. Tinha aprendido um pouco com meu irmão e dava para saber que mesmo sendo capaz de ler meus pensamentos, de alguma forma mexia com seus nervos.

– Tudo bem, Ângela, pode ir, você é livre. Sei que estou atrapalhando.

Ao menor piscar de olhos ela desapareceu em alguma rua que cortava a Avenida Dom Pietro. Fiquei apreensivo com medo de ter magoado Ângela com meu talento repentino. Precisava vê-la novamente ou tantas vezes quanto fosse preciso para conquistar um pouco de seu coração. Queria ter uma explicação para tudo, mas eu mesmo estava intimidado e surpreso com minha outra face.

Senti medo. *De onde vinha tudo isso?*

Tudo começou com o diário. *Mas qual era o motivo desses dons sobre-humanos?* Eu precisava saber, mas tinha medo de suas consequências.

Queria dormir e sonhar igual quando criança, balançar meu corpo na cama e acordar assustado, mas embaixo das cobertas. Deixarei a cama bem cedo, o dia está lindo e meus olhos estão cheios de olheiras após dez horas de sono, mas estou salvo.

Fiquei na porta da galeria como um pagão que não consegue adentrar a igreja. Samile convidou-me para entrar com sua voz suave e cheia de segundas intenções, tocou meu braço e convidou-me para ficar ao seu lado.

– Não se preocupe com ela, meu anjo. Ela sempre é fria e cheia de si com todos. Nunca fui com sua cara.

Ao ouvir falar de Ângela dessa maneira, senti um aperto no peito, mas tinha de admitir que ela era tudo isso e muito mais, se reparassem bem em sua maneira de tratar as pessoas.

Voltei a dar algumas pinceladas em outro quadro, mas minha cabeça estava longe e resolvi me despedir de todos e andar um pouco. Desci as escadas da galeria passo por passo, deslizando as mãos sobre o corrimão, enquanto podia sentir os olhos de Samile me acompanharem até o último degrau. Não ousei olhar para trás, queria ser seu amigo e evitar cortesias.

Precisei apenas de alguns minutos para me recompor, e arrisquei dar uma passada pelo *atelier*. As ruas pareciam vazias, mesmo diante de tantas pessoas esperando nas esquinas por algum emprego, outras passeando tranquilamente, outras de bom humor e outras sentadas na entrada de algum botequim.

Que música é essa?

Jurava que a conhecia. Meus sentidos estavam confusos e não conseguia saber o local exato de partida. Olhei o tempo e uma chuva ameaçava cair. O céu estava escuro, mas me sentia bem e até meus músculos ficaram bem definidos. Podia sentir um desconforto em meu corpo apertado em minhas vestes. Eu não era mais o mesmo, precisei parar.

O vento forte atrapalhava minha visão e todas aquelas pessoas correndo de um lado para outro me lembraram as caçadas. Eu me sentia no meio da corrida, mas agora caçando sem armas, sem medo e sem compaixão. Quanto mais a chuva caía, mais as pessoas se escondiam, porém eu me sentia livre para correr, até que me defrontei com alguém me olhando nos olhos. Agarrou minha mão e corremos tanto que parecíamos voar, ou melhor, flutuávamos pelas águas e pelo lamaçal formado.

Que sensação de êxtase.

Minhas narinas insufladas, meus olhos agora arregalados podiam enxergar longe, tão longe até que tudo ficasse escuro.

Rio Sena

Agora estávamos às margens do Rio Sena. Ângela se virou para mim, encostou seus lábios bem próximos aos meus, arrumou meus cabelos e balbuciou a mesma música que ouvi há pouco. Esse balbuciar parecia mais com um rugido de um animal no cio. Virou seu corpo em minhas costas e me apertou contra seus seios. Continuou com a música arranjando meus cabelos soltos pela chuva.

Fechei os olhos de prazer. Essa música suave tocava em alguns locais do *atelier*, podia me lembrar agora.

Mas o que ela queria de mim?

Enlouquecer-me!

Mantive os olhos fechados esperando ouvir algo que me fizesse compreender o que ela queria de mim. Estava fascinado com tudo. Era um homem mais forte, mais veloz, e tinha minha Ângela ao meu lado.

Sua respiração profunda em minhas orelhas aquecia lentamente meu corpo molhado pela chuva. Eu não queria que tudo tivesse um fim, precisava disso. Eu estava tão bem ao lado dela, sem lembranças tristes, sem preocupações, queria amar e ter alguém só para mim.

– Christofer, alguém já o convidou para se atirar no rio?

– Ninguém.

Ela riu.

– Você parece assustado!

– Com certeza. Preciso ir embora, já anoiteceu.

– Vai me deixar sozinha nesse lugar?

– O que posso fazer, se não sou capaz de acompanhá-la nessa sua loucura? Você é extravagante demais.

Falei isso tremendo de medo de que ela me achasse um covarde.

– Deve ser difícil para você conhecer uma mulher como eu, mas sei que viver com medo não é o seu forte.

Perguntei a mim mesmo se era capaz de enfrentar o desafio, e confesso que preferia fugir.

– Vamos, garoto, decida logo.

– Mas o que vamos fazer nas águas do rio a estas horas?

– Não se preocupe, suas chances de morrer são poucas.

– Tem razão.

Fui forte. Chega de perder as pessoas que amo. Tudo o que tenho de fazer é me manter na beira agarrado a um ramo de capim.

– Você não respondeu o que faremos no rio. Quando caçamos, apenas nos concentramos e nos entregamos aos nossos sentidos.

– Desculpe o susto, mas tenho que mergulhar.

Escutei o barulho nas águas como se fosse um projétil lançado contra um alvo à queima roupa. Fiquei esperando que me chamasse.

Nada. Tudo está mudo.

Ouço apenas o borbulhar das águas batendo em algumas pedras e algumas vozes do outro lado da margem.

– Christofer, pode entrar agora.

Sua voz convidativa me fez sentir uma vertigem e o medo tomou conta do meu ser.

– Ande logo e respire fundo!

Por que eu tinha de fazer isso, se meu coração dizia o contrário? Era mais fácil andar pelas margens um ao lado do outro conversando. Eu ainda sabia tão pouco sobre ela.

– Está com medo, meu menino?

O plano dela era tentar intimidar-me para que eu desistisse, mas prefiro a morte do que perdê-la.

Eu me encolhi uns quarenta graus na beira do rio e me atirei. Quando dei por mim, estava mergulhando a cerca de três metros de profundidade e meus olhos enxergavam bem, tão bem que podia notar os peixes dormindo no fundo se equilibrando em suas barbatanas.

Parecia voar entre as águas como o mais rápido dos tubarões, assim estava me sentindo, como um verdadeiro caçador. A velocidade era incrível, mas Ângela era surpreendentemente mais veloz e hábil em suas acrobacias. Saltava cerca de quatro metros fora d'água, e na volta ia até o fundo deslizando seu corpo que mais parecia um peixe em alto-mar fugindo entre as pedras.

Devia estar sonhando. O mais difícil era saber se eu era humano ou o quê.

As ondas que se formavam ao meu redor carregavam meu corpo de uma eletricidade que me fazia respirar cada vez mais suavemente, até que comecei a flutuar entre as águas.

Puxei o ar e agora não afundava mais, apenas as bolhas que saíam de minha boca quebravam o silêncio. Estava mais leve que as águas e subi até a superfície. Podia ver a cidade de Paris com seus lampiões a querosene adormecendo aos poucos, pois já passava das 8 horas da noite.

Incrível, meus olhos, meus pulmões, tudo funcionava perfeito dentro e fora d'água. Olhei minha face refletida nas águas iluminadas pela noite, a chuva havia parado e pude notar que não era o mesmo. Agora estava mais forte, mais vivo e mais bonito do que Alexander.

Tive medo. Não queria que ninguém me visse assim. Meus momentos de loucura e grandeza iriam passar ao lado de Ângela até saber realmente quem eu era de verdade. Não perguntaria nada e não questionaria meus sentimentos, esperaria pelo tempo.

Um cachorro de pelos marrons e olhos negros notou minha presença nas águas e soltou um latido, correndo até as margens. Deixou que me aproximasse e tocasse seu focinho, que neste momento estava tão quente que quase queimou minha mão. Minha pele estava gelada e o sangue corria tão rápido que mal podia contar minha pulsação.

A sede tinha voltado e temi por minha reação; então me afastei do pobre animal, não queria machucá-lo. Podia sentir o cheiro de sangue em minhas narinas, mas não tinha vontade de atacar nada que fosse animal ou humano. Não queria nada perto de mim.

Afundei o máximo que pude nas águas e procurei nadar até o extremo do cansaço. Descobri que isso era impossível.

Desisti.

Agora estava sob controle, sentindo-me sombrio e sem rumo. Esperei por alguma reação de Ângela, mas o máximo que ela fez foi desviar o olhar. *Será que eu tinha feito algo de tão ruim? Por quê?*

– Vamos Christofer, logo o dia amanhecerá e não devemos ser vistos.

No caminho, um bêbado balbuciou alguns palavrões, mas quando me voltei para ele, Ângela me encarou, medindo-me com os olhos.

– Você não deve.

Pensei: *não devo o quê?*

– Vamos, você precisa descansar um pouco e o *atelier* está perto daqui.

Meus últimos passos até a entrada foram arrastados e sem vida, até que cheguei carregado nos braços de Ângela, adormecendo sobre a imensa cama.

Quando despertei no outro dia, ainda estava cansado, mas meu corpo estava como antes. Que alívio, mas sabia que não tinha sonhado.

Perguntei a Ângela o que tinha acontecido, e ela se manteve em silêncio, como eu esperava.

Minha despedida ficou presa na garganta.

– Coma um pouco e vá embora, tenho muito o que fazer.

Agora tudo mudará e não tive mais medo e nem receio de nada. Desapareci de seu *atelier* após engolir alguns bolinhos de bacalhau e um copo de leite de cabra.

Pela primeira vez, quase vomitei, mas corri para minha casa e deitei na cama. Estava exausto, porém seguro, pelo menos.

Dormi até a hora do almoço um sono leve, com constantes alternações entre o sóbrio e a ilusão. Parecia sufocado. Minha pele estava gelada embaixo dos cobertores e sentia muita dor, como se tivesse sido queimado. Eu gemi.

Minha mãe entrou pelo quarto sentando-se ao meu lado. Tocou minhas mãos, senti medo. Ela não podia saber de nada.

– O que está acontecendo, filho? Você parece aflito.

– Não é nada, apenas um sonho. Obrigado por estar ao meu lado.

Ela sorriu.

– Você ainda é o meu menino gentil e indefeso de sempre! Sonhos são ilusões da infância que desaparecem quando acordamos e nunca mais voltam ao nosso encontro na maioria das vezes. Fique mais um pouco deitado se quiser, mas se tiver fome peça a Catarina para lhe servir algo.

– Não tenho fome.

– Espero te encontrar no jantar, que será servido às seis, seja pontual.

Passei o resto do dia na cama pensando no que tinha feito ontem e quem eu era realmente. Queria uma resposta, mas que fosse aceitável. Minha sensação era a de que eu não tinha mais controle sobre minha vida e Ângela tinha muito a ver com isso. Eu não gostava disso, porém esperava que tudo acabasse e pudesse voltar à minha vida de sempre.

Arrastei-me até o trocador, vesti uma camisa preta que não era de costume, tentei colocar minhas calças... Meu estômago esfriou. Estava mais forte, os músculos de minhas pernas estavam definidos como os de um atleta no começo de um campeonato, e meus olhos aguçados.

Pensei fugir.

Mas para onde?

Vesti-me rapidamente antes que mudasse de ideia e caminhei até a mesa de jantar. Todos aguardavam sentados, olhando sem dizer uma palavra. Procurei ficar o mais afastado possível para que não notassem minhas mudanças físicas repentinas. Todos pareciam cautelosos, até os empregados.

Marta, minha mãe de leite, perguntou se estava tudo bem. Só consegui responder:

– Sinto-me cansado.

Soltei um suspiro enquanto minha mãe terminava de acender as dezesseis velas que compunham os quatro castiçais sobre a mesa. Apertei um dos punhos para aliviar a tensão, quase quebrando meus ossos. Era uma força intensa, nunca sentida antes. Alexander olhou surpreso quando bati com a mão cerrada na mesa.

Fiquei descontrolado.

Eu não conseguia me manter relaxado como antes, mesmo sabendo que minha atitude tinha sido ridícula. Sorri timidamente, tentando mostrar que queria apenas chamar a atenção, mas Valter, nosso cão de guarda, deu um grunhido e deitou-se na poltrona de papai. Via-se que estava com medo, pois nunca agiu dessa forma. Valente e um exímio caçador, lançava-se com valentia em qualquer briga para defender sua pele.

Eu estava perdendo o juízo e meu tempo tentando me livrar desse incômodo com atitudes de fúria.

– O que há com você, Christofer? Sei que ainda está revoltado com seu pai, mas precisamos manter a calma. Tudo passa e nossas vidas continuam.

– Tem razão, mãe, não permitirei outro disparate como esse.

Alexander ignorou a cena e subiu para seu quarto após o jantar. Marta ficou me olhando de lado, ela me conhecia como ninguém. Seu semblante mostrava que tinha algo a falar, mas teve medo. Ainda bem. De qualquer forma, tinha que aceitar que não era mais o mesmo e a percepção do ocorrido era só uma questão de tempo.

Fui até os fundos da casa, olhei para o céu e uma força da natureza encheu meu corpo de vida. A noite era tudo de bom, não me sentia mais só e a depressão que aguardava a noite cair não existia mais. Minha percepção de espaço era impressionante, podia reconhecer um inseto à distância. Podia contar as estrelas uma a uma diante de milhares que caíam do céu hoje. Tudo isso é assustador demais, mas este será meu segredo: fingir que sou o mesmo.

A noite toda andei pela propriedade como um cão de guarda, avaliando cada pedaço de chão à minha frente, cheirando, ouvindo cada ruído da madrugada e evitando caçar pequenos roedores. Lutei o máximo, até que me entreguei sem pensar em uma corrida por um coelho selvagem. A sede tinha ido embora e pude dormir.

Novamente estava no colégio em meio àqueles alunos chatos e agora mais estranhos do que nunca. Tinha que manter tudo como antes e... fiquei surpreso. A nova aluna era Melissa, com seu vestido vermelho, tendo por baixo anáguas brancas preenchendo seus contornos. Era uma mulher atraente. Sem o menor constrangimento, olhou em minha direção e se pôs a caminhar até mim.

– Posso sentar?

– Se quiser ficar comigo será um prazer.

Ela ficou intrigada.

Tentei uma conversa informal, mas ela não tirava os olhos de meus braços. Volumosos e com os músculos estirados, ameaçou um toque.

– Não tinha notado como é forte, Christofer.

– Apenas gosto de remar um pouco no Sena quando estou triste e confuso.

– Então é melhor ficar perto de mim, nunca te deixarei só.

Seus olhos assumiram uma postura de assombro ou de admiração vendo que sua nova paixão era muito mais do que esperava. Mas eu não queria envolvimento algum, seria injusto com Ângela. Era difícil argumentar qualquer coisa que não a fizesse infeliz, e eu precisava voltar à galeria mais vezes.

– Samile! Podemos pintar hoje à tarde?

– Por que eu faria isso com você?

Fiquei surpreso. Ela virou o olhar de lado. Estava jogando, tentando me confundir. As mulheres me deixavam confuso demais, e eu não queria perder a cabeça.

– Acha mesmo que vou correr o risco de perder a oportunidade de estar ao lado de um pintor como você?

Seus olhos agora meigos e sedentos por um beijo me fizeram recuar.

Tenho que correr todos os riscos e me aproximar mais de Ângela.

Na aula toda, o professor de história falou sobre caçadas e matanças de lobos. Senti-me ameaçado e me mantive em posição de ataque. Caçadores, armas, mesmo estando habituado a tudo, cada disparo que saía da boca dele era mais uma perda que provocava dor em minha carne. Meu sangue corria a duzentas milhas em minhas veias, e queria me atirar em seu pescoço e acabar com esse martírio. Eu suspirava de raiva, enquanto os alunos pareciam delirar com as mortes e histórias mirabolantes.

Mataria a todos sem piedade. Nunca senti isso nem por meu irmão, aquele inútil. Olhei em minha volta, coloquei as mãos bem postas em minhas orelhas e não quis ouvir mais nada. Fiquei exausto e intrigado com tantas mortes.

Não podia ser verdade.

Levantei os calcanhares como faz um cão e saí encarando todos. Precisava de ar puro.

– O que aconteceu, Christofer? Você está tão pálido!

– Samile, este não é um bom lugar para falarmos disso, não me faça perguntas. Estou confuso.

Ela me encarou um pouco irritada.

– Hummm... Talvez assim consiga algo.

Seus olhos analisavam a todo momento qualquer reação de minha parte. Mantive meu semblante e meu corpo imóveis, tentando deixá-la abatida. Ela ergueu suas sobrancelhas, ajeitou os cabelos loiros e disse:

– Espero você no *atelier* às 15 horas.

Tentei me recompor, mas precisei me sentar um pouco. Ficaria louco. Meus instintos, minha masculinidade aflorada como nunca, nada disso impunha nada nas mulheres.

Devo ser um idiota!

Procurei por um local onde pudesse ficar só, e acabei descobrindo que o buraco de uma árvore no pátio era o ideal.

A princípio fiquei sentado, tentando manter minha cabeça recostada no tronco, mas aos poucos me senti confortável deitando de lado e espichando as pernas. Parecia um animal dentro do seu ninho. Ficar cercado por todos os lados sem estar por trás de portas e janelas era confortante. O cheiro de carvalho enchia meus pulmões de um aroma que fazia com que minhas narinas se insuflassem a todo momento. Eu era um animal. *Mas que tipo de animal, e por quê?*

A solidão parecia ser minha amiga de longa data. Fazia um bem enorme estar vivo, longe do mundo, apenas ouvindo o ruído das crianças que brincavam por perto. Elas não me metiam medo, mas já tinha notado que os adultos me deixavam um pouco triste.

Senti algo frio em minhas costas, e num movimento rápido e certeiro alcancei a saída do velho carvalho. Olhei rapidamente e pude notar que alguém, ou seja, uma das crianças, tinha atirado água dentro do buraco. Olharam para baixo fingindo um constrangimento, mas podia ouvir os risinhos. Um dos meninos deu um passo em minha direção e pediu desculpas. Eu precisava disso, porque senti meu corpo todo se refrescar.

Era um menino gorducho, grandes faces rosadas, calças largas, mas engraçado e simpático.

Respondi rindo:

– Me dê um abraço, gorducho!

– Não! – disse ele após um breve silêncio.

– Não queria chateá-lo, meu amiguinho, é que seu olhar me faz tão bem.

Aquela criança me trazia um bem-estar que beirava a paz que sentia dentro de minha alma quando deitava em minha cama sonolento. Minha empatia era tão grande que resolvi lhe dar um beijo forçado no nariz.

O cheiro de criança e aquela pele sedosa e rosada aguçavam meus instintos, mas fiquei feliz por não sentir sede. Seu olhar confuso, mas agora com ar de bondade e exclusivamente meu, fez com que eu começasse a perceber que ficaria bem ao lado das crianças. A melancolia que havia dentro de mim tinha cedido aos encantos de um gorducho sem graça.

Ele estendeu a mão e fez uma brincadeira. Abracei seu corpo contra o meu e foi então que notei que por trás desse olhar próprio dele, de criança ingênua e feliz, recordei um passado, não de infância, mas de muitos anos atrás. Ele era parecido com alguém que brincava ao meu lado sorridente e falava comigo a todo momento.

Fiquei entretido um bom tempo com essas crianças e me esqueci do compromisso com Samile. Faltava quinze minutos para as 15 horas. Tinha que me apressar. Virei de lado e me atirei num passo que não era o meu.

O gorducho gritou:

– Quando nos veremos outra vez?

Senti-me querido e bem à vontade. Parecia pisar nas nuvens, pois o carinho dele eu recebi apenas de minha mãe.

Gritei bem alto:

– Em breve, e quando precisar de mim!

Não sei por que disse isto, mas eu podia protegê-lo se precisasse, sabia que podia.

A galeria parecia tão perto dessa vez. Entrei e não pude ver Ângela nem Samile. Ficaria à vontade e pintaria algo que lhe fizesse bem. Iniciei um esboço de uma violeta que se transforma em uma rosa. Assim é que via Samile dez anos mais velha: exuberante, mulher. Era apenas uma previsão do futuro.

Ela apareceu cantando uma música suave e baixou os olhos quando me viu.

– Por que escolheu este quadro, Christofer?

– É como vejo você em sua postura de senhorita.

– Que bela opinião tem a meu respeito.

– Sentiu-se ofendida por estar sendo pintada e comparada a uma flor que já desabrochou?

Gostei de ver que era capaz de mexer com seu íntimo. O mais importante no momento era que as mulheres não eram tão imprevisíveis, e eu não precisava mais me esforçar tanto para ficar no mesmo nível delas o tempo todo. Admirá-las sim, mas sem me humilhar.

– Deve estar se sentindo bem em me comparar a uma flor qualquer.

Fiquei ansioso.

Por dentro estava me divertindo vendo seus olhos brilharem de raiva.

– Você consegue ser inconveniente com esse seu talentozinho – ela me encarou com uma expressão rígida e apavorante.

Eu sorri.

Ela se virou e foi embora.

– Volte, senhorita! – gritei – a "senhora" não deve ceder aos seus impulsos.

– Com certeza, prefiro não ouvir mais nada que saia de sua boca para me ofender.

Ainda bem que ela ouviu minhas provocações. Não havia outro jeito de me livrar dela e ficar a sós com Ângela.

Agora, era só esperar.

No restante da tarde esperei por Ângela, que apareceu lá pelas cinco da tarde. Entrou na galeria no seu vestido preto até os tornozelos e foi se acomodar em frente à sua tela.

Com muita relutância, tomei coragem e fui me sentar ao seu lado.

– O que quer de mim garoto?

– Me conta tudo!

Exigi antes que pudesse falar algo para me pôr de lado.

– Tudo o quê?

– Não se faça de desentendida, quero saber sobre tudo de estranho que está acontecendo comigo.

Seu olhar passou do azul para o dourado e sua fronte enrugou-se.

– Se não se importa, prefiro ficar só.

– Não, não vou sair daqui! A senhorita tem algo a me dizer.

Seu olhar agora era de bondade e frieza. Ela ficou irritada.

– Eu gosto da solidão – disse ela, tentando me convencer que eu estava sendo inoportuno.

– Não é bom saber suportar a solidão – eu disse baixinho. – Não vou incomodar, quero apenas admirar sua beleza.

– Bem, então adeus – disse, erguendo-se e saindo pela porta dos fundos dando de ombros.

O que faço agora?

Resolvi começar um quadro com seu semblante tomando um gesto alegre e receptivo, de mãos dadas às minhas, observando um campo de girassóis. O levaria até o *atelier*. Passei quase a metade da noite terminando os últimos retoques de algumas árvores que preenchiam o cenário.

Espero que ela goste.

Embrulhei a tela, a coloquei num tubo feito de couro, e parti em direção à Rua das Turmalinas.

Que diabos iria dizer a ela? Não queria que notasse meu entusiasmo excessivo, precisava ser um pouco artificial.

O *atelier*

O local estava fechado, e fiquei tenso por um momento. Resolvi bater. Olhei para o céu e uma nuvem cinza encobria as estrelas. Logo iria chover.

A porta se abriu delicadamente, enquanto Ângela me dizia boa noite.

– O que faz a estas horas em minha casa, Christofer? Deixa para lá, entre e jante comigo.

Já era tarde e resolvi ficar. Começamos a conversar e sorri com o rumo da prosa. Aos poucos, notei que ela se preocupava comigo, contou um pouco sobre sua família, como se divertiam muito cavalgando pela floresta, caçando ursos na Noruega.

Fiquei sem entender por qual motivo caçavam na Noruega. Levaria meses de barco e os perigos eram muitos. Mas não importava, pela primeira vez ela estava sendo uma pessoa gentil e amável. Ela me interrogou sobre o que eu gostava, o que lia e quais eram meus planos. Agora já não a via como uma pessoa fria e que costumava fugir de mim.

Tinha um olhar sério, simples e afetuoso. Sentia-me bem ao seu lado e, ao mesmo tempo, dava a impressão que media cada palavra que saía de minha boca. O mais importante ela não me contou: quem eu era. Talvez não houvesse nada para contar que ela soubesse.

Quando lhe mostrei o quadro que havia começado, notei que por trás do seu rosto alegre, aquele olhar penetrante – claro no início – tornou-se finalmente um pouco triste.

– Senhorita! Posso saber o porquê da melancolia?

– Bem, é uma longa história, deixa para outro dia.

No restante da noite, conversaremos sobre música e arte.

– Gostou do jantar, Christofer?

– O bastante para voltar quando for convidado.

– Minhas perguntas o incomodaram?

Franzi a fronte e murmurei.

– Espero que me diga sempre o que está pensando!

– Talvez você não queira ouvir tudo.

A tremura em minha voz era fraca, mas o bastante para que ela percebesse.

– O mais importante para mim é tê-lo como meu amigo.

Foi o bastante para me deixar louco de raiva. Ela sorriu com malícia.

– Bem Chris, é hora de você ir. Então adeus – ela disse, erguendo-se e vindo em minha direção para pegar minha mão.

Foi a primeira vez que senti toda honestidade saindo de sua boca, chamando-me de Chris. Para mim, esse foi o maior carinho de minha vida. Meu coração disparou e minhas mãos gelaram.

– Quando nos veremos outra vez? – perguntou Ângela.

Por um lado, senti-me ofendido por estar sendo mandado embora, mas, por outro, gostei de ver que ela achava necessário me encontrar de novo.

Pensei por um momento e concluí que era melhor o convite de partir.

Sua voz era baixa e me açoitou.

– Não é seguro que me veja mais. Por favor, entenda isso.

Pareceu-me um tanto volúvel de sua parte mudar de ideia em instantes. Mas eu já estava envolvido demais e sua expressão era igual à minha, ou seja, de dor.

Suas palavras mostravam que estava confusa e sem caminho definido. Algo a impedia de se aproximar de mim, mas sabia que nos veríamos muitas vezes ainda.

Virei de costas sem me despedir e fui em direção à saída.

– Vou para casa ver como as coisas estão por lá. Minha mãe deve estar precisando de minha ajuda.

– Volte! Fique mais um pouco perto de mim. Faz trezentos e cinquenta e quatro anos que não tenho ninguém em minha vida e me sinto só.

– Gostei da brincadeira! Você é uma velha adorável.

Olhou para mim, segurando minha mão, e tocou seus lábios nos meus.

– Obrigada por voltar.

– De nada.

Eu não queria partir, e de alguma forma ela podia pressentir. Seus olhos mudaram de cor e senti um arrepio. Deveria ser o tom fraco de minha voz que estava me entregando a seus caprichos.

Meu olhar manso, olhando ora de lado, ora de encontro aos seus olhos, na realidade era medo de perdê-la.

– Amanhã é começo de primavera, Chris! Podemos cavalgar pela floresta.

– Você sabe cavalgar, Ângela?

– Com toda certeza.

Eu estava cheio de esperança em poder vê-la diariamente, e de repente fiquei apavorado que tudo fosse ilusão.

– Gosto da primavera, do cheiro das flores do campo, da alegria dos pássaros e da água que corre fria entre as matas. Quando estive na Inglaterra, cacei muito com um velho amigo. Tenho boas lembranças.

– Posso te ensinar muito mais – falou, num tom excessivamente frio e impessoal.

– Na primavera serei sua professora se me prometer algo – acrescentou ela, soltando minha mão sem me olhar.

Não gosto quando ela faz isso. Percorreu-me com os olhos esperando pela resposta.

– É... Seja o que for, tenho que arriscar. Espero que o futuro prometa muita felicidade.

– Você me acompanha até a Catedral de Notre Dame no verão?

Tudo caminhando tão estranho, de repente minha vida se encheu de vida e luz. Era como se ela dissesse: “Sou uma boa pessoa e não lhe farei nenhum mal”.

Minha apreensão anterior havia passado e fora substituída por esperanças e desejos incompreensíveis.

– Se isso te faz feliz, eu serei seu companheiro.

Ela desviou com um pequeno esforço os lábios, mostrando uma covinha rasa na face do lado direito.

– Vamos até o jardim, quero lhe mostrar algo. Desde que conheci você, Chris, o jardim está de novo verde, os canteiros cobertos de plantas. Olhe os galhos salpicados de roxo e amarelo, são as flores que se preparam para abrir.

Muitas vezes, no passado, eu preenchia meu tempo vindo até este local, enchendo minha vida com leitura e solidão. Vagava pelo jardim ou sentava em algum desses bancos e só Deus sabia o que eu pensava, ou queria ou esperava de minha vida sombria. Às vezes, à noite, eu ficava até o amanhecer sentada na grama, ou então, escondida naquela estufa para que ninguém me incomodasse. Quando a madrugada caía e o luar clareava toda a cidade, eu saía para o jardim, vestida com uma blusa transparente até os joelhos, e corria sobre o orvalho que se estendia pelo gramado. É difícil me lembrar daquela época, custa-me crer que estou fadada à eternidade e à solidão.

– Por que diz isto? Você é tão linda e tão doce.

Agora ela estava estranha e distante da vida. Sua fronte exprimia um ar de tristeza. Tentei dizer algo, mas preferi cantar uma canção de ninar.

Ali mesmo, no gramado do jardim, recostei meus ombros em um dos bancos e pedi para que deitasse em meu colo. Não falamos nada, parecia fácil viver e amar. Mas amanhã...

Ficamos muito tempo sem dormir, ouvindo apenas o borbulhar da água que caía de um riacho em uma roda d' água que irrigava a propriedade. Escutei um breve:

– Boa noite, durma com a primavera que chegou.

– Você também meu a...

Não consegui terminar e adormeci. Quando acordei, o chá estava posto em uma sombra fresca na varanda. Ouvia-se os últimos ruídos da madrugada que encerrava com o zumbido dos grilos.

Ângela, agora toda de verde musgo, com o regador na mão, fazia rodas na terra fofa ao redor do caule das bromélias. Quando terminou o serviço, com suas mãos finas e delicadas levou o chá até uma das xícaras e o serviu em meu copo acompanhado de biscoitos e bolo de fubá.

– Está feliz, Chris?

Eu sorri meneando a cabeça. Estava atrasado e me levantei. Precisava ir embora, minha mãe devia estar preocupada.

No momento exato em que eu estava pronto para partir, ela alcançou meu braço e me levou até seu quarto.

– Troque sua roupa, você pode adoecer. O orvalho da madrugada está muito gelado.

Fiquei constrangido.

– De quem são essas roupas?

– São de meu irmão Amisis.

– Posso ficar só por um momento?

– Deixa de ser infantil! Apenas estou lhe prestando um favor, nada mais.

– Pelo visto, a senhorita não se acanha diante de minha nudez.

– Faça de conta que não estou aqui, já fui enfermeira por muitos anos e nada que eu veja será novidade.

Minhas calças estavam pesadas e minha camisa grudava no corpo. A febre incipiente ameaçava meu corpo. Senti uma breve tontura. Comecei tirando os sapatos, mas pareceu-me que ela me olhava de uma maneira diferente. Fiquei sem jeito.

– Já volto – ela disse, afastando-se.

Troquei-me às pressas, dando uma olhada no espelho, e fui até a varanda. Olhou-me e sorriu.

– Nem notei que estava aqui.

– Você ficou bem nessas roupas! Espero que não se perca na floresta. Tenho medo, você é apenas um garoto.

– Posso dar uma volta ao mundo ao seu lado sem me perder – disse meio brincando, meio sério.

– Pois então – disse ela –, um dia quem sabe daremos a volta ao mundo.

Ela me acariciou com o olhar, e com toda sinceridade pediu para que eu fosse embora.

– Você tem que ir. Sua mãe e seu irmão o esperam.

Tentei relutar.

– A noite, nossa conversa, tudo foi muito agradável. O perfume das flores, o orvalho da madrugada. Mas agora vá.

– E sobre nós?

– Somos apenas amigos. E quanto à cavalgada na floresta, podemos combinar assim que eu terminar meu quadro.

Seu tom de voz encobria certa tristeza. Calou-se por alguns instantes. Ela ficou inquieta enquanto um morcego entrou voando pela varanda e estremeceu as asas.

Encostei-me na parede, mas ele saiu voando silenciosamente e sumiu nas sombras do jardim.

Como gosto desse lugar, pensei. *Poderia ficar a vida toda nesse atelier e em seu jardim.*

– Quer ficar aqui, Chris?

Ela podia ler meus pensamentos. Mas como? Minha vida estava andando meio sem jeito, meio sem explicações, mas uma força me ligava a Ângela. Precisava desistir, mas onde estava minha coragem?

– Sinto-me muito bem aqui e ao seu lado, mas preciso ir.

Até breve, minha doce Ângela, pensei comigo.

– Espero você amanhã para terminar o quadro.

Pareceu-me que ela falou com entusiasmo, sorri por dentro. Tentei encobrir a tristeza dizendo adeus.

No caminho até minha casa tudo passou despercebido. Estava leve e, imaginem, feliz!

Ao alcançar minha rua, senti o cheiro da manhã empoeirada da minha querida Paris. Dei bom dia aos poucos vizinhos que se encontravam na beira da rua e até chutei uma bola feita de meia com três meninos.

Soltei um suspiro. *Como é bom viver neste mundo!*

Queria dançar, poder cortar o ar empoeirado com o zumbido de minha voz enquanto minha mãe ao piano tocava uma canção oferecida a Ângela.

Seria uma combinação incomum, faísca dourada dos olhos dela junto ao meu olhar transparente de alguém que começa a conhecer a vida e as mulheres.

Todos ficariam curiosos e no final da dança todos diriam: "Ora, muito bom".

Bravo! Eu diria a mim mesmo.

De repente minha mãe apareceu na entrada de casa, com um ar muito sério. Voltei ao meu mundinho.

– Será que preciso lembrar você de que ainda é um garoto e que me deve satisfações? Devia ter avisado onde estava. Não fazia a menor ideia do que tinha acontecido. Cheguei a procurá-lo na delegacia e no hospital. Nunca mais faça isso!

– Obrigado, mãe, por se preocupar comigo, é que ...

– Deixe para lá, mais tarde você me dará explicações. Suba até o quarto e livre-se dessas roupas que não são suas.

Ela reparava mais em mim do que eu mesmo. Fiquei constrangido e com medo de dizer onde estava. Sabia que esperaria por respostas mais tarde.

Resolvi mudar um pouco meu estilo e apanhei uma camisa preta e botas. O que estava mais próximo de minha mente era me parecer ao máximo com o irmão de Ângela. Olhei para mim, meus olhos brilhavam na penumbra do quarto.

Minha mãe abriu a porta. Fiquei sem graça e não disse nada, esperando sua reação.

– Chris, não estou lhe pedindo nada que te incomode, mas diga sinceramente onde passou a noite.

Não podia falar, ela ficaria triste.

– Passei a noite sozinho, andando pela cidade.

– Posso estar enganada, mas creio que dormiu ao lado de alguma meretriz. Sei que já é hora de conhecer as mulheres, mas peço que não se iluda muito como seu pai.

– Ela não é...

– Você está falando de quem?

– É só uma amiga, nada de mais.

– Simples amigas não dormem com os homens. Em que mundo você vive? Eu só... quero que seja feliz, apenas isso.

– Mãe! Não a peço em casamento, só quero viver essa paixão.

Ela me interrompeu. Com calma e pausadamente, ela disse:

– Cuidado meu filho, as paixões podem ser o início de um pesadelo.

Ficamos os dois calados. Ao redor, tudo também estava silencioso. Deveria estar falando de seu segredo do passado e de meu pai.

Mas seu destino é apenas seu, por mais que goste dela, não posso abrir mão dessa felicidade.

– O que está pensando filho?

– A senhora é a melhor mãe do mundo!

Olhei para ela e seus olhos brilhavam de amor. Não sabia o que dizer. Procurava uma fuga, uma maneira de abster-se da situação. Eu não parava de pensar que poderia tê-la magoado. Queria consolá-la, mas não sabia como.

– Bem, Chris, vamos comer algo. Espero que saiba o que está fazendo. Não quero que se machuque. Não quero viver por você, entenda. Fiquei tão acostumada a ter você sempre por perto que não quero nem pretendo ser inconveniente.

Ela me tratava como a um amigo, mais jovem e querido, dava conselhos, elogiava-me e freava, quando preciso, meus impulsos. Mas, apesar de todo o seu esforço, eu sentia que já era hora de ir além daquilo que eu podia compreender. Havia um mundo inteiro estranho para mim, no qual eu julgava que tinha que entrar. E isso mantinha mais forte o meu respeito e meu sentimento por ela.

O almoço sem a presença de Alexander foi uma ótima oportunidade de conversar com minha mãe. Conversamos sobre os negócios da família, sobre a nobreza e seu papel na sociedade, nosso profundo sentimento e respeito pelos os camponeses e os mais pobres. Algo tinha que mudar em nossa sociedade desfalcada de solidariedade. A França precisava de expectativas melhores.

– Filho, gostaria que me acompanhasse até o centro, preciso de alguns vestidos da moda e quero que dê algumas opiniões.

Senti que estava ansiosa para caminhar em minha companhia. Sentia minha falta. Eu não queria ir, mas não podia decepcionar esta mulher que tanto me ama. Ela deu um sorriso que eu adorava quando agarrei seus braços.

Caminhamos um bom pedaço de braços dados, não podia entender por que um homem não conseguia amar e respeitar alguém como minha mãe. Eu queria me convencer de que tudo aquilo era vaidade e futilidade. Mas, na minha idade, eu ainda não havia me perguntado se o egoísmo não é mais forte do que a razão.

Alcançamos a Avenida das Turmalinas e lá estava o *atelier* de Ângela, com sua fachada serena e sombria. Agora nem tanto coberto pela poeira da rua, mas eu desejava que ele permanecesse como sempre foi. Aquele sobrado era a construção mais velha e imponente da rua, exibindo o melhor da alma de Paris. Sua força e beleza eram sem igual.

Eu não queria me enganar, mas precisava dessa mulher.

Vamos entrar nessa loja, Chris, quero lhe mostrar algo. Feche os olhos.

– Me mostrar o quê?

Ela pegou em minhas mãos levando-me para dentro da loja. Ouvia-se apenas o ruído de alguns sorrisos bem lá no fundo. Cautelosamente, ela virou meu corpo, que neste momento estava leve de ansiedade.

– Sente-se bem devagar nesta poltrona, filho?

Esperei um momento para ver se estava brincando, mas ao que parecia, ela preparava uma surpresa. *Bem que ela poderia trazer Ângela para mim.*

Aperte a palma da sua mão em seu rosto e respire profundamente! Não quero que veja nada antes da hora.

Fiquei pensativo.

– Posso abrir os olhos, mãe?

– Ainda não. Só mais um pouco de paciência. Pode abrir!

Fiquei martelando em minha cabeça, ainda de olhos fechados, que surpresa me aguardava.

– Não acho que consigo abrir os olhos, mãe.

– A surpresa é agradável.

Quando abri os olhos, ela deu um meio sorriso e colocou um presente em minhas mãos. Minha pulsação era tão forte que chegava a esquentar os miolos de minha cabeça. Fiquei tonto ao ver Ângela entrar pela porta da loja com um sorriso escancarado. Caminhava lentamente e parou em frente de alguns rolos de tecidos, fingindo não mais me ver agora. Mantive os olhos fixos no cachecol e na camisa branca dentro do pacote.

– Vista-se, Chris, você ficará lindo dentro dessa roupa. Não se esqueça de dar um laço no cachecol e deixá-lo cair até o meio das pernas.

Eu estava hesitante, meu coração reagia e tinha certeza que Ângela podia ouvi-lo, pois me olhava de lado tentando me sufocar. Podia ouvir sua voz dizendo: "Venha até mim".

Mas eu dizia a mim mesmo, *não posso*.

Troquei a camisa, enrolei o cachecol marrom listrado em meu pescoço e recebi algumas palmas de duas moças que entravam na loja. Podia ouvir o sorriso em suas vozes, cochichando, tentando descobrir quem eu era.

O semblante de Ângela agora era de raiva e seu rosto parecia de pedra. Não queria exibir meu corpo a elas nem a ninguém. Minhas mãos, meu rosto, quaisquer formas que despertassem interesse em outras mulheres, boas ou ruins, queria que não se preocupassem com minha aparência exterior, e sim com minha alma. Ela não conhecia esse meu lado, o lado mais importante. Esperei para ver se continuava me olhando, mas sumiu sem quem eu percebesse.

Eu amo tanto, mas tanto, que aquelas duas moças lindas não significavam nada para mim. Queria entender pelo menos um pouco do que se passava na cabeça de Ângela. Talvez tenha que procurar por estas respostas a vida toda, mas espero que não seja um segredo indecifrável.

Era difícil lidar com esse sentimento, mas meus constrangimentos sem motivos, minha timidez, tudo desaparecia aos poucos. Em compensação, meu coração estava aflito e apreensivo por ela ter ido embora.

– Mãe, quero saber o porquê desse presente.

– Ora, porque você é o meu predileto e além do mais, agora você tem uma paixão em sua vida. Quero que esteja bonito para ela.

Ela sorriu mostrando seus dentes perfeitos. Era espantoso minha mãe sufocar seu ciúmes. Ela moveu uma das sobrancelhas e uma lágrima caiu. Sabia que queria que eu mudasse de opinião, mas eu não queria e não podia.

Deixei que experimentasse os moldes dos vestidos que mandara fazer, tentando me enganar que tinha vindo escolher alguns. Atravessei a rua e entrei numa loja de perfumes. A loja se encontrava vazia e apenas um homem pálido, de olhar sereno, encontrava-se de costas arrumando a prateleira que havia atrás do balcão.

–Senhor, gostei da organização!

Ele virou-se meio que atrapalhado e se limitou a sorrir.

– Estou procurando uma essência para uma mulher com menos de 40 anos, que seja atraente e ao mesmo tempo discreta.

– Vamos ver o que tenho para você! Bem, essa... Quem sabe essa outra... Achei. Parece perfeita, aroma de flores do campo. Sinta o cheiro. Gosta?

– Perfeito, senhor. Pode embrulhar para presente.

Sentei em uma das cadeiras e fiquei a olhar pelo local. Era estranho, pois podia sentir o cheiro de sangue presente no local. Não era humano, mas meu nariz torcia e contestava a todo momento. A sede havia voltado. Olhei para o homem um pouco desnorteado e parti deixando duas moedas sobre o balcão.

Na rua, um cachorro esbravejava tentando se levantar após ser atropelado por uma carroça. Sua perna posterior esquerda sangrava com o ferimento. Agora eu estava olhando bem todo aquele sangue espalhado pela poeira, por outro lado meu estômago revirava por estar vazio.

Ninguém ajudava, ninguém se importava com o animal... Apenas eu e... Claro, ela já tinha sido enfermeira e por isso estava aqui. Tentou parecer simpática, colocando as mãos sob a cabeça do animal, molhando o ferimento com algo de cheiro ocre.

– Ele está bem, Ângela?

– Creio que sim – ela disse. O ferimento logo se fechará com alguns cuidados.

Pude perceber que realmente ela se importava com o animal.

– Veja, Chris, não está mais sangrando. Vou levá-lo para casa e assim que ficar bom o solto novamente.

Enquanto ela falava e tratava do animal como se fosse um filho, observava sua linguagem corporal. Ela era diferente, forte e principalmente linda, uma beleza nunca vista antes.

– Por que me olha assim, Chris?

– Você é um desafio para mim, me aborrece, me faz sofrer, mas preciso disso.

– Isso acontece muito com os homens, mas passa.

Ela tossiu para ocultar um sorriso.

– Até mais, Chris. Coitado do animal. Tenho que levá-lo e aquecê-lo.

Fiquei aliviado. Antes o que me parecia impossível, uma dama tão distinta e elegante se preocupar com um pobre cachorro, acabou me assustando. Pude ver que ela era amiga, amorosa, e passei a amá-la ainda mais.

Voltei para a loja e entreguei o presente a minha mãe.

– Não pedi nada em troca, filho!

– Mas eu só me sentiria bem se lhe desse algo.

Ela sorriu para mim, passando as mãos em meus cabelos.

– Podemos ir agora, Chris? Comprei tecidos e vestidos lindos.

– Uma nova paixão, mãe?

– Quem sabe, mas a sociedade não pode saber. Porém, se acontecer, meu coração e minha vida aceitariam.

– Fico feliz pela senhora!

No meio do caminho inventei que havia perdido algo e voltaria para procurar.

– Não se atrase para o jantar. Amanha você tem aula e tem de dormir cedo.

Agora não era mais covarde, e uma ânsia mergulhava meu íntimo, fazendo com que eu voltasse para Ângela. Era engraçado, mas até os 17 anos convivi com muita gente e sinto que para elas era um estranho, mais do que para as pessoas que eu nunca vira. Digo isso porque tudo de repente se tornou novo e maravilhoso. E agora só existe uma felicidade garantida: amar e ser amado. E esta mulher que apareceu do nada em minha vida é o motivo de tudo isso. Meus sonhos, meus pensamentos agora pairam sobre mim, tirando-me da escuridão.

Ela me faz sentir sóbrio e protegido. Ela abriu para mim toda uma vida de alegrias, sem modificar nada que me fizesse um super-herói ou um vilão. Na verdade, eu adorava a surpresa que era amar.

Entrei pelo *atelier* sem bater e fui até o jardim. Nada dela. Apenas encontrei o cão bem aconchegado em cima de um cobertor na entrada da varanda.

– Por favor, diga-me por que está aqui.

– Desculpe se entrei sem bater, precisava vê-la.

– Você não tem medo de mim?

– Não acredito que você seja uma pessoa má.

Ela ficou séria.

– Estou tentando alertá-lo que sou perigosa.

Seus olhos eram impenetráveis. Ela olhou para mim e abaixou a cabeça.

– Mesmo que você seja perigosa, antes de conhecê-la tudo estava triste e em silêncio. Bastou que você chegasse e tudo ganhou voz e aquela criança que vivia ao meu redor me abandonou nesta primavera, enchendo minha vida de felicidade. No ano passado, nesta mesma época, muitas vezes eu ia para meu quarto, deitava na cama e, em lugar de desejos e esperanças para o futuro, a melancolia tomava conta de mim. Ficava sem dormir. Eu não sei se o que sinto é amor, penso e sinto que é algo forte e que pode durar para sempre. Tenho certeza de que esse sentimento não ocorreu sem motivo. Minha vontade é de ficar ao seu lado e agradeço a Deus por isso. Agora vai me mandar embora?

– Está enganado a meu respeito – a voz dela era quase inaudível.

Senti-me ansioso e fascinado por estar perto dela.

– Sei que você estava tentando me dizer o tempo todo para ficar longe, mas não fui capaz.

– Nem tentou!

– Não consegui. Preciso de você.

Suspirei.

Ela ficou amuada.

– Você é um canalha pretensioso – ela sorriu. – Que o céu o proteja!

Deixei Ângela entretida com o cão na varanda e voltei a trabalhar no quadro. Agradeci a Deus com minhas palavras por toda felicidade que ele estava me dando. Terminei o quadro repassando em minha mente tudo o que me fazia feliz. Aqui está minha divisa entre o amor e a solidão.

Fui até a varanda passo por passo, meio que descuidado para ter uma ideia do que ela falaria a meu respeito. Ela olhou para mim, analisando minha reação ao vê-la sentada com o animal no colo.

– Me diga realmente o que está pensando com este cachorro apoiado em suas pernas.

– Sabe, Chris, eu sempre achei justo e necessário que as pessoas ficassem longe de mim, mas essas impressões passadas me envelheceram. Você me mantém tranquila, e se você parar, vai ouvir o que nenhum coração jamais imaginou.

– Calma, calma, meu coração. Aqui na França seremos apenas um e o meu amor será para sempre seu. Sei que fui infantil, mas estava tentando relaxar.

– Espero que você esteja certo.

Pude ouvir neste momento apenas uma respiração sonolenta e uniforme e o murmurar de algumas palavras desconexas.

– Deixa eu te dizer algo. Eu tremo só de pensar no que pode acontecer com você. Ficou aborrecida por eu ter vindo?

Seus olhos de repente ficaram ameaçadores.

– Minha vontade é que nunca amanheça, fico mais forte com o crepúsculo e até minhas caçadas são melhores dentro da floresta ou no campo.

Não me aborreci, apenas te vejo tão decidido que nem preciso de sua confissão para saber que não vai me abandonar. Isso é bom! Terrível, tão terrível que...

Minha garganta secou.

– Vamos falar de outra coisa – sugeri. – Entre e venha ver o quadro. Ele mostra sua essência, sua bondade e as entradas naturais de seu corpo.

– Você se engana grosseiramente a meu respeito, meu nobre jovem.

– Você é minha rainha virtuosa, que dorme em meu jardim, e não me importo em ser picado caso seja uma serpente.

– Não quero discutir – disse ela num tom evasivamente educado.

Olhou o quadro de frente e de perfil e sentou-se de cabeça baixa.

– Sempre pintou com esta naturalidade?

– Creio que nunca fui tão espontâneo em toda minha vida, mas posso garantir que estou ansioso para saber o que achou.

Ela me olhou cautelosa, com os olhos sérios. Seu humor mudou abruptamente e um sorriso arrasador arranjou suas feições. Olhou de novo para mim com um jeito de quem não sabia mentir e...

– Tenho que admitir que seu poder de sedução é impressionante, Chris!

– Quando tomei a decisão de estar ao seu lado, não imaginei que era capaz de tanto, mas meus sentimentos são os mais naturais possíveis e você é o ajuste final.

Ela franziu a testa. Estava perdida e sem saber como agir.

– Sabe de uma coisa seu garoto adorável, seja qual for a sua forma de agir, você é muito confiante, e acredito sinceramente que gosta mais de mim do que eu de você!

Vi com clareza que sua luta estava chegando ao fim. Suspirei e coloquei a mão em seus cabelos. Ela olhou para mim, pensativa.

– Quero que este quadro fique em meu quarto. Por favor, tome conta disso para mim.

– Ei! Olhe para você, sua expressão clareou.

– O que foi, Chris? Quero saber o que está pensando.

Sustentei meu olhar no dela e enquanto procurava por palavras pude notar que ficou impaciente e fechou a cara. Fiquei angustiado e deixei minha mão deslizar sobre seus cabelos. Por um momento, sua fronte se dobrou em irritação, depois tomou um tom suave e juvenil.

– Vou admitir que você mexe com meus sentimentos, você é o contrário do que uma mulher espera de um jovem.

– E o que elas esperam?

– Que eles desistam com facilidade.

– Mas meu destino é ao seu lado, nós dois sabemos disso.

– E quanto a nossa cavalgada pela floresta?

– Pode ser amanhã, está bom para você?

De novo ela voltava a falar em armadura completa, tornando sinistro seu semblante. Abriu sua boca e ergueu suas órbitas de mármore, fazendo brilhar seus olhos dourados.

– Estou um pouco tonta.

O silêncio se arrastou enquanto esperei por qualquer reação que mostrasse que não estava fingindo. Olhou para mim com um olhar zangado.

– O que devemos fazer até amanhã?

– Nada! Vá embora. Sua mãe precisa mais de você do que eu. Estou bem.

Sabia que fingia estar zangada e mandou que fosse embora de sua casa.

– Quero que toque um pouco ao piano antes que eu vá. Amanhã é outro dia e posso não vê-la mais.

Ela sorriu. Podia ler meus pensamentos e sabia que eu lutava para ficar mais tempo ao seu lado. Ela então olhou para mim com cuidado e para minha surpresa concordou.

– Eu não devia me surpreender com você, sei que tem muita coisa em mente.

– Isso te incomoda?

– Ainda não parei para pensar se é bom ou ruim, mas estou adorando os convites. Faz tempo que não toco minha música predileta.

Parecia que a irritação dava lugar à emoção em seu rosto.

– Me acompanha numa taça de vinho?

– Se é seu costume, uma gota do mal me fará um homem mais capaz de entender dos vícios do mundo.

– Do que suspeita de mim?

– Mesmo que tenha intenções bondosas ou perversas, minha rainha, eu estou tranquilo ao seu lado. Você é sempre curiosa?

Ela me ignorou. Mas sei que gosta de mim! Eu suspirei e toquei sua face.

– Está decepcionada?

– Eu acho que sim – falou, tentando me persuadir.

– Minha dor é particular, mas preciso engolir minha tristeza. Quem quer que seja você, com toda a certeza, torna minhas noites mais luminosas.

As mãos dela voaram para cima de mim e com os lábios contraídos tocou seu nariz no meu. Ela falou baixinho com os olhos fechados:

– Eu te ...

Não tive tempo de envolvê-la em meus braços. Afastou-se pressionando os dedos contra as teclas do piano. Ela ficou linda sentada cantarolando uma música que enchia o ambiente de suavidade. Sentei bem ao seu lado cruzando as pernas. Olhou de lado e continuou até me convidar para uma dança.

– Não posso. Espero que não se importe, mas não sei dançar.

– É mesmo?

Lançou-me um olhar e um sorriso, tomou-me pela cintura e balançou meu corpo.

– É fácil, muito mais fácil do que pensa. É só me seguir.

Colocou seus pés sob os meus e conduziu a dança por alguns minutos.

– O que meus amigos e minha mãe diriam se me vissem pisar nos pés de uma dama?

– Que você é um corpo sem vida própria.

Desci abruptamente de seus pés. Às vezes me sentia assim ao seu lado.

Realmente ela podia ler meus pensamentos. Afastei-me a uns dois passos e senti o pavor penetrar em meu ser. Meus olhos estavam ofuscados e minha cabeça deu uma pontada de dor. Era quase noite e me atirei na rua com medo de olhar para trás.

Ela gritou se oferecendo para me levar até em casa, mas eu não precisava disso. Seria um exagero e, além do mais, precisava pensar.

O tempo gasto foi o menor possível. Meu sangue fervia, não de um fogo verdadeiro, mas de uma vontade de voltar e dizer que gostei da dança e que me senti bem em seus braços.

Cheguei em casa esbaforido.

– O que aconteceu, Christofer?

Pela primeira vez Alexander notara o que estava se passando comigo.

– Devo te dizer que fique longe das mulheres. Elas são generosas, às vezes liberais, mas podem comprometer sua honra.

– Do que está falando?

– Estou falando da impressão que tenho das mulheres, elas são enigmáticas, dominadoras e ao mesmo tempo adoráveis.

– E isso não é bom?

– Talvez. Mas no meu caso estou profundamente apaixonado e tenho medo.

– Pois não deveria ter. De agora em diante esse é nosso segredo.

Fiquei feliz. A vida estava me aproximando de meu único irmão. Não quero mais, de hoje em diante, que sejamos inimigos. Com toda humildade lhe dei um forte abraço. Não posso explicar muito bem o que estou sentindo, mas a impressão que tenho é de que ele estava sendo falso.

– O que foi, Chris?

– Nada. Preciso de um bom banho. Estou cansado e amanhã será um longo dia. Subi as escadas e me atirei na cama. Ele não se contentaria com uma resposta curta, mas hoje seria impossível discutirmos o assunto.

A porta do quarto se abriu devagar enquanto minha mãe cuidadosamente trazia nas mãos meu jantar. Sentou-se ao meu lado e perguntou o que eu e Alexander havíamos conversado. Ela insistiu, mas não dei detalhes.

– Achou o que tinha perdido?

– Ahnnn... Achei.

– Posso saber o que tanto te incomoda? Sei que voltou para algum encontro, posso emprestar mil artimanhas à sua língua, que não me engana mais.

Fiquei olhando para a frente, na direção da janela, dando a impressão de que o assunto não era comigo.

A insatisfação em sua voz me fez sentir que devia dizer algo cabível.

– Mãe, eu tenho uma paixão que me incomoda, mas que ao mesmo tempo me faz feliz. Ela é uma ordem de felicidade desde que deixamos a Inglaterra, linda, de cabelos loiros, e não consigo tirá-la da memória. Ao mesmo tempo em que sofro, é inacreditável o bem que ela me faz.

– Fale-me duas coisas a respeito dela para que eu possa ter certeza de que ela é perfeita para você.

– É difícil resumir alguém em apenas duas virtudes.

Notei que sua voz agora era de alívio. Enchi minha mente com a imagem de Ângela, tomei fôlego e pensei no seu lado mais marcante.

– Ela é meiga e amiga, sem deixar de mostrar sua magia em ser mulher.

– Estou surpresa por achar tudo isso de uma mulher, mas digo que estou feliz. Você é muito diferente de seu pai. Estou orgulhosa. Terá sempre o meu apoio seja ela quem for.

– Obrigado, mãe!

– Agora coma e depois se lave, amanhã bem cedo irá ao colégio. Sinto muito, mas... os teus encontros não podem atrapalhar seu futuro.

– Não seja impaciente, amanhã será nosso primeiro passeio de verdade. E além do mais, pretendo concluir meus estudos com um professor particular. Os alunos, aquela escola, tudo isso me sufoca.

– Você é quem sabe. Espero que não se machuque muito com essa paixão. Durma com Deus.

Vesti-me para dormir e entrei embaixo do cobertor, abracei minhas pernas e deixei meus pensamentos leves para pensar apenas em Ângela. No início do sono fiquei agitado, mas à medida que o sonho se aproximava, tive certeza que correria todos os riscos para ficar ao lado dela.

Pela manhã fui direto para o banho. O barril de carvalho ainda guardava o calor do corpo de mamãe. Fiquei à vontade por vinte minutos, o suficiente para desprender toda poeira de meu corpo. Alcancei uma colônia de Alexander e com uma gota nos punhos e outra atrás das orelhas estava pronto. Olhei-me no espelho e não era mais aquele garoto franzino e esquisito de outrora. Trinquei os dentes e fiz uma cara de mal.

– Perfeito!

Arrisquei uma olhada lá de cima da escada e ninguém estava em casa. Saltei porta afora e ganhei o centro de Paris. Andei o dia todo atrás de um presente e lá pelas duas da tarde cheguei à porta do *atelier*. Arranquei um ramo de azaleia ainda cheio de seiva do embrulho e o entreguei a Ângela.

– Pensei que não viesse mais, os cavalos estão prontos há muito tempo!

– Que eu invente mil desculpas não será necessário. O importante é que aqui estou. Sentiu saudades de mim?

Com os lábios suspeitamente firmes, como se os estivesse mantendo sob controle disse:

– Vai me responder por onde andou?

Desde manhã procuro um presente que fosse marcante, olhei alguns livros, alguns chapéus e até uma coruja na Rua Belarmino.

– O que eu faria com uma coruja?

– Você se apresenta de forma tão estranha, poderia ser um mensageiro.

– Por que diz isto?

– Andei esse tempo todo e pude ouvir muitos comentários a respeito de bruxaria e feitiçaria, e alguns senhores de bons costumes insinuaram a presença de uma bruxa jovem por estas bandas.

– É mesmo? E eu pareço com uma feiticeira?

– Esse seu deboche é brutal, mas não me incomoda nem um pouco. É melhor sermos amigos.

– Obrigada por me convidar. Prefiro a solidão!

– Seu temperamento está muito exaltado e acho que esse calor não está fazendo bem aos seus miolos. Que culpa tenho eu se o país está cheio dessas crendices?

– Desculpa pela ignorância, isso acontece quando assumo meu lado humano.

Fingi não entender.

A caçada

– Chris, aperte minha mão e vamos acelerar. Meu pai tem uma propriedade ao norte de Paris, lá ficaremos à vontade para caçar e cavalgar pela floresta.

Fechei os olhos e parecia voar. Senti que cruzamos riachos e atravessamos matas, até que chegamos à dita propriedade. O sol brilhava, o gramado na frente da mansão, ou melhor, do castelo do século XIII, mostrava ao redor uma bela fazenda que pertenceu ao Conde de Lastúria. A brisa era leve e não havia sinal da poeira da cidade, apenas as árvores do jardim cercavam o ambiente com feixes amarelos e vermelhos de flores.

Imediatamente percebi que nem tudo era selvagem, e que ali existia uma vastidão de animais domésticos como cães, gatos e passarinhos. Todos de alguma forma lesados pela natureza ou pelas mãos do homem. Atrás das árvores, viam-se trilhos por onde os camponeses passavam, provavelmente puxando as carroças da propriedade.

– Com que frequência você vem aqui, Ângela?

– Venho quase toda primavera, mas esta está diferente, pois só estamos nós dois sozinhos na propriedade.

– E quanto aos empregados?

– Foram até a vila mais próxima, hoje é dia de festa. Passarão dois dias festejando o casamento da filha do senhor Lorenzo. Ele é um velho imigrante italiano casado com uma francesa de uma beleza inigualável.

Não mais do que você, pensei...

Ela estava reluzente, mãos e boca transparentes que beiravam o rosa.

– Estou curioso com a quantidade de animais. Este não é o cão que se machucou em Paris?

– É ele mesmo, forte e feliz. Dei até um nome a ele.

Um breve assovio trouxe Camaleão até suas mãos.

Veja como está esperto e saudável.

– Me diz o porquê deste nome.

– É um costume da nossa família nomear assim quem vence nos campos de batalha. Pode-se dizer que é um lutador nato, venceu duas raposas raivosas sem se machucar.

De repente, por detrás das árvores, surgiu uma figura a cavalo do lado que eu nunca esperaria. Tinha o rosto alegre e iluminado. Dirigiu-se até nós e desmontou do animal.

– Olá, Ângela, não sabia que estava acompanhada!

– Este é Chris, um amigo. Este é meu outro irmão, Ivan.

– O que te traz por estas bandas meu irmão?

– O "senador" vem vindo nesta direção.

– Achei que ele estivesse na Noruega.

– Eu também, mas a armadilha não foi capaz de segurá-lo por muito tempo.

Notei que ficou pálida.

– Ângela, o que foi?

– Espere, estou um pouco atordoada. Não queria que você corresse perigo. Lamento muito, mas teremos que partir.

– Eu lhe asseguro, minha querida, que qualquer perigo que venha a ocorrer não me afastará de você.

– Você não entende!

Senti o pavor penetrar em seu ser, ela gemeu.

– Não fique assim, Chris, não me deixe mais envergonhada. Deve partir.

Seu olhar era gelado e penetrante.

– É pesarosa para nós esta notícia, mas esse é um assunto que eu e minha família devemos resolver. Devíamos não tê-lo poupado da última vez, Ivan!

– Concordo, mas nossa mãe...

Enquanto olhava para ela, notei o movimento dos seus lábios. Mas eu consegui ouvir. O calor inundou meu rosto e minha respiração fora arrancada de mim. Minhas suspeitas se concretizavam. *Eles são vampiros.*

Estava tudo tão simples de descobrir, mas só agora associava a velocidade de Ângela, sua força desproporcional para uma mulher e seus olhos dourados. Neste instante me deu vontade de saber tudo a seu respeito, o que faziam, o que comiam e por que caçavam. Temi por minha vida. Olhei para dentro da mata e surgiu mais um homem de chapéu na cabeça, andar lento, olhar brilhante que misturava o vermelho ao dourado. Era mais velho e mostrava-se disposto a tudo.

Olhou por todos os lados e só se aproximou após me avaliar. Suas narinas se insuflaram ao máximo, mas se desconcentrou de sua posição de ataque ao ser apresentado a mim por Ângela. Ela silenciosamente ergueu minha mão e estendeu a ele.

– Este é meu amigo Chris, não se preocupe.

Tentei pensar em algo para dizer rapidamente, mas ele me ergueu do chão como se eu fosse uma palha e disse:

– Você não me disse que era o namorado de Ângela.

Ela riu baixinho, derrotada.

– Eu sou apenas um ami...

– Eu sei, claro. Deixe-me apresentar já que seremos parentes, não é assim que falam os humanos? Meu nome é Máximus, em homenagem a um grande gladiador que existira em Roma. Nunca perdi uma batalha e dessa vez ainda tenho que me preocupar com você. Não concorda minha irmã?

– Eu posso cuidar dele sozinha!

– Me sentirei honrado em poder ajudar.

Como uma donzela que nunca se mostrou atrevida, ela falou ao pé do meu ouvido:

– Apesar dele não respeitar ninguém, gostou de você. Espero que sejam companheiros. Ele pode ser seu melhor amigo, nunca se esqueça disso.

– Amigo... nunca tive um de verdade. Seria bom tê-lo ao meu lado quando tiver que enfrentar alguma batalha.

Ele puxou uma fruta do bolso e perguntou se eu queria. Naquele instante me deu vontade de recusar, eu queria saber como se movia tão rápido pela mata, por que me olhava tanto, mas fingi um olhar inocente e aceitei.

Ângela perguntou a Ivan onde estava Amisis.

– Fique tranquila! Logo ele estará aqui com seu poder em prever o futuro.

– Ângela, por que este tal senador é inimigo de sua família?

– Outra hora, Chris, eu explico tudo.

– Não, já que minha vida corre risco, prefiro saber a verdade. E tem mais, eu sei quem são vocês.

– Você não tem autoridade nenhuma para me cobrar nada – disse isso com o olhar negro e prolongado. E o que você acha que sabe? A vida tem tantos problemas desconhecidos. Não entende que é meu dever protegê-lo!

– Parem com a discussão.

Ivan farejou a presença do senador bem próximo dai.

– E agora Máximus? Suplico-lhe pela vida de Chris.

– Silêncio, Ângela, eu posso sentir seu cheiro bem próximo de nós.

Do meio da mata, com um andar tranquilo e olhar sábio, surgiu um jovem com um casaco de pele nas costas, trazendo em um dos braços um ferimento. O sangue corria lentamente e pingava de sua mão, traçando seu caminho. O ferimento parecia profundo, mas isso não evitaria toda sua violência contra nós. Com uma espada na outra esbravejou:

– Fiquei preso naquela caverna por 45 anos, mas agora silenciarei a todos para sempre.

Máximus pediu que eu ficasse às suas costas, enquanto todos se armavam em posição de ataque. A raiva nos olhares era de arrepiar, e com toda a sua violência o senador se atirou contra nós. Antes mesmo que a luta começasse, Amisis, com seus dois metros e vinte de altura, apareceu com quatro espadas chinesas. Eram espadas samurais com cortes dos dois lados. Com as espadas nas mãos, fizeram um círculo em volta do senador, que se inclinou para a frente e apontou em direção a mim.

– Qual é o problema dos senhores? – disse ele. Lutaremos um contra um.

– Ângela, ele está analisando a palma de minha mão! O que ela traz?

– É uma marca que reluz quando estou com medo ou com raiva. E agora o que você está sentindo?

– Por incrível que pareça, sinto-me preparado para lutar.

– Você vai morrer!

– Posso tentar. Além do mais, ele não para de cobiçar você.

O ódio penetrou meu ser.

– Você agora é minha vida e não quero que morra.

– Posso precisar de sua ajuda e saberei recorrer quando precisar.

Andei cinco passos à frente, acreditando em minhas transformações diante do perigo, e me dirigi ao homem como um patife pestilento.

Ele sorriu.

– E ainda por cima têm um amigo humano. Que bom, matarei minha fome.

Sabia de suas vantagens como matador nato, mas de forma civilizada pedi que jogasse a espada ao chão.

– É um belo gesto para um humano. Todos que conheci eram covardes. Mas se é do seu gosto, lutaremos corpo a corpo.

– Não faça isso Chris, ele pode acabar com você com apenas um golpe. Ele é descendente dos vikings, um matador sanguinário e cruel.

– Não se preocupe Máximus, quero que sua irmã me olhe como homem e não como uma garotinha indefesa.

– Você não precisa disso.

Todos se sentaram em silêncio, olhando um nos olhos do outro, tentando imaginar o que seria de mim.

O Senador foi o primeiro a romper o silêncio, voando sobre mim. Fui atirado contra um carvalho batendo com a cabeça ao chão. Ninguém se movia. Fiquei gelado. Ângela, com a voz trêmula e uma angústia no semblante, deixou uma lágrima cair. Ela era diferente e por isso morreria por ela a morte mais louvável que conheço: por amor.

Levantei-me e esperei pelo próximo ataque. Subiu a três metros do chão vindo em minha direção. Antes que chegasse bem próximo, lancei um soco em seu peito. O urro que explodiu de dentro dele não parecia ser de fingimento, pois ficou ao chão por alguns instantes. Essa força que vinha de dentro de mim eu nunca pudera imaginar que a tivesse.

Todos se levantaram. Ângela olhou para mim e sorriu. Parecia menos temerosa. Fique feliz por isso. Fechei a mão em punho e explodi um murro contra a face do Senador. Lutamos no chão de um lado para outro até que fui ferido por uma faca que trazia presa em uma das pernas. Amisis se jogou em cima dele enquanto Máximus cortava sua garganta. Seus pedaços foram queimados e jogados ao vento.

Senti um aperto no coração, não pelo ferimento, mas porque sabia que minha vida corria perigo.

– Só você pode ajudá-lo, Ângela!

– Não posso Ivan, não posso...

– Se você o ama, realmente faça.

Todos me tratavam como se eu fosse da família, mesmo eu sendo um perigo por perto. Neste momento pensei que a vida é difícil, mas amar e ser amado é mais fácil ainda.

Tudo me pareceu pequeno e sem importância vendo o esforço que Ângela fazia ajoelhada ao meu lado, tentando cicatrizar o ferimento. Poderia me matar se não controlasse seus impulsos e parasse de sugar meu sangue.

Ela resistiu, limpando o resto de sangue de sua boca no lenço que trazia preso ao pescoço. Olhou-me fixamente e disse:

– Você é tudo para mim. Chris, de onde tirou tanta força? Você é o humano mais forte que já conheci. E enfrentar o senador, isso é impossível para alguém tão frágil.

– Creio que foi meu amor por você que descarregou toda a adrenalina de meu corpo contra ele.

– E quanto àquele sinal que traz em sua mão, onde o adquiriu?

– Não me lembro – tive de mentir.

– O que faremos agora?

– Você deve partir.

– Não posso, viemos aqui para caçar e cavalgar e assim será. Tudo ao meu redor, o mundo, o céu, as flores e a mata tinham sido congelados para que vivêssemos essa paixão.

Ela nunca me dava o braço, mas dessa vez eu mesmo a segurei.

– Vamos caminhar?

Seus irmãos despediram-se sem uma palavra de adeus, e antes mesmo que eu pisasse sobre uma folha seca à frente de meus pés, eles desapareceram na floresta.

– E quanto aos cavalos, Chris?

– Deixaremos atrelados enquanto andamos pela floresta. No que está pensando, Ângela?

– Achei estranha sua atitude diante de um desafio tão grande que era o Senador, sua força, sua capacidade de ler nossas mentes e lábios. Você até parece um de nós.

– Deve estar brincando!

– Estou admirada e ao mesmo tempo confusa – disse isso livrando-se de meus braços. Durante todo esse tempo que conheci você, sou feliz, mas estranho suas maneiras, sua valentia e a frieza de seus olhos.

– É impressão sua, está apenas um pouco cansada.

– Espero que sim.

Ela sorriu tentando ser gentil. Eu sabia que ela nunca se cansava.

– Agora me diga, o que vocês comem?

– Caçamos na Noruega e no polo Norte ursos e acondicionamos seu sangue por longos períodos. Fomos matadores implacáveis de humanos no passado, mas isso foi há cento e quarenta e cinco anos, quando Amisis nasceu. Meu pai adotivo, Simeon...

– O tenente é seu pai, nunca imaginei.

– Disse que Amisis foi abandonado por uma camponesa, seminu, dentro de uma cesta de palha de milho e feijão, em uma das florestas da

Inglaterra, posto no tronco de um carvalho à beira da morte, e meu pai em uma de suas caçadas encontrou o pequeno a chorar. Olhou para o pobre e ficou constrangido em matar ou deixar morrer um ser tão indefeso. Levou essa criança para nossa casa na atual Nova América, onde vivíamos em paz junto aos índios da região. Daí em diante, prometeu para si mesmo que se a criança sobrevivesse não mataria mais humanos.

Seus olhos pareciam sinceros, eu confiava, não sei por que, em suas palavras. Ela se voltou para mim, e senti que estava constrangida. Mantive a calma e procurei ser educado enquanto esperava por respostas.

– Tem que se fazer um esforço muito grande para conseguir isso, mas nos adestramos durante todos esses anos. Afinal de contas, somos descendentes dos lobos siberianos. Por sermos cães selvagens, procuramos nos domesticar para não sermos vistos como monstros sanguinários.

– E quanto ao Senador e outros que existem por aí?

– Eles são de outra região, ou melhor, da Romênia. Dizem que seu primeiro ancestral é originário do Peru. Eles são uma mistura de homem com algum ser demoníaco. São perigosos e matam por prazer, mesmo quando não têm fome. Ivan, Máximus e eu já existíamos nessa época. Quando Amisis completou 15 anos, para comemorar seu aniversário, entrou em uma competição numa das tribos dos índios cara vermelha. Por azar, o filho do chefe foi morto com uma lança fincada bem no coração. Nosso pai, Simeon, com medo que o matassem, levou o menino para a mata e o transformou em um de nós. Matamos muitos índios em batalhas sangrentas e depois disso, visto que havia quebrado sua promessa, resolveu abandonar o país e viver cada hora num lugar, defendendo os humanos. Agora entende porque ele é policial.

– E quanto a nós?

– Lamento.

Nos encaramos em silêncio. Meu rosto desmoronou e meu súbito bom humor desapareceu.

– Você é instável demais Ângela, mexe com meus nervos.

Os olhos dela se voltaram para mim, dizendo:

– Me desculpe por tê-lo aborrecido.

– Não se preocupe com isso, mesmo ferido de morte por sua indecisão, eu vou sobreviver. Deixei esse descaso passar, como todos os outros. Podemos caminhar pela floresta, depois voltamos para pegar os cavalos e caçamos um pouco.

– Você não está cansado?

– Sinto-me disposto como nunca, faria tudo que fosse necessário para ficar ao seu lado.

O tocar de um sino me interrompeu.

– Fique calmo, é apenas Diablo!

– O que significa isso?

Fiquei curioso.

– O que foi? – perguntei.

– Vocês humanos são tão medrosos que se assustam com um simples cão. Ele na verdade é um lobo que vai nos proteger a todo momento na mata.

Tentei manter a calma, e ela analisou meu rosto.

O medo me incomodava, mas não podia deixar que ela percebesse, apesar de o pânico ser evidente em minha voz. Tentei desviar meus olhos dela, mas algo estranho me aconteceu. Seus olhos brilhavam diante dos meus, depois me pareceu que estavam dentro de mim e tudo ficou escuro. Tive que abrir os olhos com força para escapar daquela sensação de prazer e medo que causava o seu olhar.

Estremeci enquanto ela me fitava.

– Se agora fosse o momento para que eu morresse, não posso imaginar momento mais propício, pois a chance de alguém nos descobrir com o barulho desse sino...

– Que os céus não permitam tal coisa.

– Espero que nossos sentimentos cresçam cada vez mais à medida que vão se somando os dias de nossas vidas!

Sorri para ela.

– Você ainda brinca com isso porque tem a eternidade.

Ela franziu a face estreitando os olhos e desmoronou em sorrisos.

– Você é hilário.

– Não sei por quê!

– Alegria da minha vida, foi apenas um de nossos bois fujões que se assustou com a presença de Diablo, fazendo o sino de seu pescoço balançar! Vamos, Chris. Espero que façamos um passeio em meio à floresta irrigada, pelo sol suave da tarde.

– O sol não te incomoda?

– Sim. Mas sinto falta do seu calor, este é meu outro lado, o lado humano. O tempo todo coberta por roupas escuras me deixa cansada, preciso de sua luz mesmo que minha pele se pareça com cristais trincados.

– Você tem razão, as cores escuras realmente são muito quentes.

– Mas eu já me acostumei com essa minha forma meio humana, meio monstruosa.

Ela me analisou cuidadosamente.

– Agora sou eu quem faz as perguntas. Por que sua mãe o protege tanto?

Percebi sua seriedade, deveria ter ciúmes.

– Por que seu interesse repentino por minha vida?

– Você é muito forte para precisar que alguém o proteja!

Pensei por um momento, olhando em seus olhos.

– É que meu irmão Alexander é um cara distraído demais, ou egoísta demais, para perceber que nossa mãe precisa de um pouco de atenção depois que nosso pai a abandonou.

– E quanto a seu pai?

Abaixei os olhos, escondendo uma secreta mágoa.

– Sei que ficou deprimido, ignore minha curiosidade, não quero incomodar.

A floresta estava deserta a não ser pela presença nossa junto a Diablo. Andamos à beira de um pequeno riacho onde se podia avistar filas e mais filas de peixinhos coloridos.

– Isto te alegra, Chris?

– Nunca tinha visto tal cena, e agora vendo meu semblante junto ao seu, misturado a tantas cores, me sinto como uma criança que acaba de conhecer seu primeiro amor.

– Imagino – rebateu ela. – Quer entrar na água e caminhar um pouco descalço? Podemos chegar até a nascente e nos banharmos nas águas que caem de trinta e dois metros de altura.

Andamos entre pedras e peixes maiores, saltamos pedaços de troncos caídos e, conforme subíamos em direção à nascente, uma enorme variedade de plantas e pássaros irrompiam no cenário que há pouco era de um vazio intimidador. Às vezes, tocávamos nossos braços um no outro e podia sentir o calor frio de sua pele. Era doloroso estar ao lado de alguém que não envelheceria ao meu lado da maneira que eu queria. Refleti o percurso todo cercado por macacos-prego que desciam e subiam da copa das árvores para atrapalhar meu cabelo. Imaginei timidamente um futuro ao lado dela. Ela se virou tentando saber o que se passava em minha mente, notei sua decepção.

– Quer ir para casa, Chris? – ela disse em voz baixa.

Fingi não entender. Queria fugir, mas agora era tarde, o medo era evidente em seus modos.

O caminho estava coberto de folhas farfalhantes, e continuamos em silêncio por algum tempo. Irritei-me com o fato de ela não querer a minha companhia. Era como se para frente não houvesse nada, como se eu não tivesse desejos e esperanças. Olhava sua beleza, seus traços perfeitos tentando uma fuga, mas tive que admitir que nunca ficaria sem ela. Ela era perfeita demais, e isso me torturava. Seus olhos meigos e penetrantes prometiam felicidade, e era tudo que queria na vida.

A floreta que se espalhava a nossa volta era um confortável labirinto verde, mas mesmo assim sentia meu corpo cansado e meu semblante abatido.

– Qual é o problema, meu anjo? – perguntou ela sem deixar me perder de seu olhar.

– Tente me entender com calma, eu não quero me apaixonar por você.

– Obrigada pela sinceridade.

Com um breve movimento de cabeça à maneira de cumprimento, ela virou-se e se foi lentamente. Para ela, tudo não passava de diversão, deveria ter vivido tantas paixões no passado que meus sentimentos não tinham importância. Queria minha alma de volta, precisava saber o que fazer e como deveria viver daqui para a frente caso ela me abandonasse.

Senti algo caminhar atrás de mim, era Diablo. Apoiei uma das mãos em sua cabeça enquanto sentia o frescor da tarde.

– Ele realmente gostou de você, Chris!

– Também acho.

– Ele nunca se aproximou de ninguém, nem de meus irmãos.

Ao chegarmos na queda, não havia nada além de plantas nativas que se abriam como janelas em direção às margens.

–Tudo está como antes, o mesmo canto do rouxinol, os lilaseiros em flor e o mesmo sol do meio da tarde. Com uma diferença, hoje tem alegria. Esperei por você a vida toda, Chris.

– Vamos sentar e conversar um pouco, Ângela?

– Tenho outra coisa em mente.

Subiu ao topo de uma árvore na velocidade do vento, e dez minutos depois se acolheu nua no meio das águas cristalinas. Fiquei admirado com tamanha perfeição, mas o meu desejo era contar a todo mundo que ela era apenas minha, somente minha.

– Espero que ninguém saiba que está comigo. Este é um lugar só nosso e quero que fique bem aí onde está apenas me observando.

Obedeci em silêncio.

Ficou parada no meio do poço que se formava no término da queda d'água, com uma ruga sobressalente entre as sobrancelhas. Seu cabelo passou do loiro ao ruivo e seu olhar agora era mais profundo e ficava enevoado em minha presença. Não tinha vontade de mais nada, apenas de ficar ali perto dela e ser amado. Mas ela parecia distante e parecia claro que me considerava como um irmão.

Fiquei nervoso mais do que de costume. Ela abriu um sorriso e seus dentes brilharam ao sol.

– Chris, eu assusto você?

– Um pouco – menti cuidadosamente. – Estou apenas curioso.

Eu não queria ter medo, mas não me refiro exatamente ao medo propriamente dito, tinha medo de saber que estava sendo usado ou enganado. Olhei para seus olhos e pensei: *você conquistou minha alma e espero não ser lançado ao inferno.*

– Sabe, Chris, é tão fácil ser eu mesma ao seu lado, mesmo sabendo que ainda é estranho para mim. Venha, aproxime-se.

O vento suave agitava a relva ao meu redor. Tirei a camisa, os sapatos e pulei. Toquei a ponta de seus dedos e vi que eles tremiam. Ela percebeu e se afastou.

Fingi um mergulho e passei a mão no contorno de suas pernas, ela fechou os olhos. Sua mente dizia que sua vontade era me abraçar. Ergui a cabeça de dentro da água e seus olhos abriram e fecharam novamente. Eu a trouxe para perto de mim, encostando seu rosto feito de pedra em meu ombro.

– Diga-me o que está pensando – ouvi seus lábios.

– Quero acreditar que você é real e que não tenho nada a temer.

– Mas o que você acha pior, arrepender-se ou sentir o aroma de meu perfume em suas narinas?

Não era uma tarefa fácil, mas eu tinha que me preocupar, pois quase morri por quase nada. Ela não estava à vontade e podia sentir as vibrações de seu corpo tentando me intimidar.

– As outras pessoas são previsíveis, mas você me fascina. É difícil não amá-lo.

– Espero que sim!

Fomos tomados por uma alegria súbita, parecia que andávamos nas pontas dos pés.

Ela parou e recitou quatro versos:

Você é louco de estar ao meu lado,
Como se ao meu lado houvesse paz!
Mas creio que sua sina são as tormentas da vida.
Que podem trazer o prazer supremo.

Ríamos com os olhos.

– Perdoe-me, Chris! Eu não sei o que estou dizendo.

– Você está dizendo a verdade.

– Que verdade?

– Que sou tudo em sua vida.

– Ah, como tenho pena de você garoto! Mas sabe, assim é melhor.

Eu não consegui me mexer. Ela andou ao meu lado sem tocar em mim, tive a sensação de que Ângela não tinha muitas habilidades ao meu lado. Arranjou seu rosto próximo ao meu e seus olhos dourados acompanharam os movimentos sofridos e sem risco dos meus que gritaram: *Socorro!*

Eu não disse nada. Sua voz, sua presença, os sinais de emoção disfarçados...

– Do que tem medo? – sussurrou ela inesperadamente.

Seu hálito frio e doce me fez sentir dor. Minhas mãos adormeceram. Ela se desculpou sorrindo.

– Lamento, Chris, ainda não me acostumei com seu lado humano.

Desceu as mãos por meus cabelos molhados, deslizando a ponta dos dedos suavemente em minhas costas, e soprou um ar quente em meus ouvidos. Dava vontade de acomodar todos os meus sentidos e ficar somente sentindo esse arrepio que rangia meus dentes.

Senti alguns chuviscos finos caírem no meu pescoço, eram pingos secos e levemente dolorosos que batiam sobre mim após trinta e dois metros.

– Chris, você é capaz de tirar sua roupa e nadar ao meu lado? É preciso – disse.

Mas o que mais eu poderia desejar? Meus pensamentos estavam confusos e me despi, sem esperar nada que fosse constrangedor.

– Como é bom aqui, ao seu lado!

– Na verdade, eu me sinto estranha, mas tenho que enfrentá-lo.

Eu suspirei meneando a cabeça.

– Tantas vezes vim aqui sozinha, nadei nua por horas a fio sem sentir nada, sem ter com quem conversar. Hoje me sinto uma criança, apesar de minha idade.

Seus olhos estavam alegres.

– Nunca tive compromisso com ninguém, mas agora sinto que só você é capaz de ter direitos em relação a mim.

– Ângela, você está se preocupando à toa. Não é tão fácil achar as palavras, mas o amor é assim, frustrante e ao mesmo tempo um cumprimento do destino que nos torna tão humanos e frágeis como qualquer recém-nascido. Espero não magoá-la, mesmo que tiver que sufocar meus desejos.

– Então não sufoque!

Abracei-a com toda minha força embaixo da queda d'água. Nós estávamos nus e sedentos de prazer. Tentei ouvir minha consciência, mas ela não me dizia absolutamente nada. Ela tocou meus lábios e me afastou de seu corpo, agora todo trincado como cristal pelo reflexo do sol.

Ficou claro para ambos que ainda não era a hora certa e que se houvesse alguma vida conjugal, esse momento de descobertas não a destruiria de maneira nenhuma.

Ela cruzou a queda d'água e sumiu.

Pensei, *o que foi que eu fiz?*, mas sei que ela não me deixou.

Estou enlouquecido por ela, eu a amei desde o primeiro dia, e aqui me encontro longe de tudo e de todos perdido na floresta, sufocando minhas lágrimas por estar sem ela por alguns minutos. Isso só pode ser doença. Mas quem disse que o amor não é uma doença que faz sofrer e corrói a alma dos amantes antes que a razão volte a dominar o cenário?

A tarde caía e arrisquei subir pelas pedras até um buraco atrás das águas. Podia sentir a força emanada de meus braços e de minhas narinas se insuflar em busca do cheiro de Ângela. Talvez eu seja tolo, mas é impossível dizer em palavras o quanto meu coração bate com força com medo de perdê-la.

Foi difícil atravessar as pedras da entrada, mas meus olhos, um pouco turvos, conseguiam enxergar bem no escuro, e pude sentir a presença de Ângela. Senti que meus instintos eram, na verdade, armas de defesa de um animal em fuga ou à procura de seu filhote.

Resolvi continuar até ouvir o que ela estava pensando. Era estranha minha capacidade de enxergar tão longe na escuridão e minha força para conseguir me livrar das pedras.

Vi seu rosto em meio à penumbra e seus pensamentos eram desconfiados. Falei em voz alta:

– Por que a senhorita me abandonou?

– Estou surpresa em vê-lo! Tenho alguns problemas de incoerência quando estou perto de você. Não consigo entender.

Ela mudou de posição, olhou para mim com aqueles olhos vermelhos e fez uma careta parecendo sentir dor.

– Tudo isso é muito difícil para mim, Chris... Você é capaz de entender. Não é?

Ela andou até bem próximo ao meu corpo, com o cuidado de não tocar em mim. Eu devia já ter me acostumado com suas atitudes estranhas e repentinas e olhei para ela esperando que me dissesse algo.

– Confesso estar perturbada aqui com você. Isso é uma loucura.

Observei sua expressão, que era de depravação.

– Sinto-me uma meretriz aqui sozinha ao seu lado!

– Não deveria, porque suas atitudes e suas roupas se mostram muito distintas e, além do mais, não a estou encurralando como a um inimigo. Pode ir embora quando quiser.

– Se for assim, devo partir.

– Desculpe se fui áspero com minhas palavras, mas você está agindo como uma menina que se deslumbra diante de uma moeda falsa. Esse amor entre nós não nasceu a meu pedido, eu só estava esperando por você durante esses meus 17 anos.

Ela olhou para mim e percebi que havia paralisado. Toquei as costas de sua mão direita, virando até preencher meus dedos junto aos seus. Andamos até o fundo da caverna, onde uma espécie de salão ritual com adornos de ouro por todos os lados reluzia em nossos olhares.

– Estamos prontos para nos deitar um pouco, amanhã bem cedo partimos e conheceremos mais um pouco da floresta.

Olhei de lado quando estávamos no centro do salão e pude notar a presença de uma cama, feita na parede lateral esquerda, enfeitada com várias peças de couro.

– Gostou do ambiente, Chris?

Ela sorriu convidativamente.

Minha necessidade de descansar era tanta que apenas caminhei em direção ao buraco na parede e nos deitamos um de costas para o outro.

– Está assustado, Chris?

– Não. Por que eu deveria me assustar com o calor de seu corpo?

– Peço desculpas.

– Não peça, vire-se e me dê um abraço.

Ela me abraçou e disse:

– Tenha uma boa noite!

Demorei para dormir pensando em como seria nossa primeira noite longe de tudo e de todos. O frio era intenso e pedi que se virasse. Ela se virou sem a menor vontade e nem olhou em meus olhos.

Perguntei o que estava acontecendo e o que estava sentindo.

Ela inclinou a cabeça e disse que estava um pouco tonta.

– Chris, espero que não crie muitas expectativas a meu respeito.

– Obrigado pela sinceridade! Mas eu nunca aceitarei essa sua forma rude de me tratar. Além do mais, seus pensamentos, por mais que tentem me desequilibrar, consigo ouvir que você me quer.

– Pode ser! Mas tudo tem a sua hora certa.

– Eu deixo você tonta?

– Apenas desconfiada e sufocada com sua insistência.

Fiquei desequilibrado por um momento. Deu um sorriso torto, mas perfeito, e puxou uma coberta em seu ombro. Sabia que não dormia, podia ler seus pensamentos. Murmurei um pouco, mas ela ignorou meu apelo. Suspirei com muita sutileza tentando abafar minha frustração e pude ler em seus pensamentos que queria me contar algumas novidades a respeito de sua vida. Estava decepcionada consigo mesma.

Eu deveria ser mais esperto e arrojado, pois minha honestidade me faz perder oportunidades que lutei para adquirir. Precisava de mais provas de quem eu realmente era, mas se dependesse de Ângela, eu perderia tudo pelo que me esforcei. Ainda assim, gostava dela como nunca, mas dia sufocar esse amor até quando quisesse.

Antes de se virar, beijou meu pescoço com força, depois dobrou suas pernas de encontro às minhas. Era insuportável dormir ao seu lado, sentindo o calor de seu corpo, e nem ao menos poder dormir abraçado a quem se ama.

– Chris, o que quer de mim? Não fique magoado, na sua idade os homens são muito impulsivos. Para que precipitar o que pode acontecer naturalmente? Faça isso por mim, tente começar a pensar que não fomos feitos um para o outro.

– Nunca mais diga isso! Você é a razão da minha vida.

– Tudo bem! Deixe eu segurar sua mão um pouco.

– Por que está analisando a palma da minha mão?

– Este sinal me parece familiar.

Estremeci.

– Minha satisfação é muito grande em segurar sua mão.

Imaginei mil coisas, mas não podia ter nada a ver com ela. Afinal de contas, ela era uma vampira.

Segurando minhas mãos com imensa força, aproximou tanto seus lábios dos meus que nossos hálitos chegaram a se abraçar.

– Esse tempo todo ao seu lado notei que minha disciplina em me afastar dos humanos está bastante volúvel.

– Eu gostaria de ser como você. Queria tê-la para sempre. Não queria que se preocupasse comigo.

Ela me olhou pensativamente sem responder.

– Devemos ser pacientes, Chris. Não posso deixar você se transformar em um monstro como eu.

– Agradeço seus conselhos por enquanto.

– Queria ser como você, pensar como os humanos, viver ao lado de um amor e morrer na hora justa. Mas...

Eu não sei o que eu esperava ao seu lado, mas não era isso. Pude ouvir seus pensamentos dizerem: *Eu também não.*

– Você está linda, Ângela.

Ela deixou minha mão à vontade e terminou a noite com um silêncio.

Não a olhei mais porque temia a atração que ela exercia sobre mim. Dormi tranquilo ao seu lado e quando acordei, no outro dia, ao abrir os olhos, ela não mais se encontrava deitada. Apareceu sorridente dizendo que o dia estava lindo para continuarmos nosso passeio. Ela havia trocado de roupa e trazia um lenço vermelho no pescoço. Fumou um cigarro usando o pretexto de que ele a acalmava, e me ofereceu uma cesta de flores.

Percebi que estava derrotada e senti uma mão apertar meu coração. Ela ficou me olhando.

– Seu cheiro é bom, Chris, e misturado ao perfume das flores...

– Você é perfeita em tudo, Ângela. São as primeiras flores de minha vida, mas quero que fique com essa amarela com uma listra preta. Ficará perfeita em seus cabelos. É uma pena que elas morram antes do anoitecer e depois permaneçam um pouquinho mais com vida murchas até secarem.

– Não tinha pensado nisso, mas o importante é que durante o passeio todo ela me fará companhia.

Ela correu para a entrada da caverna e saltou queda abaixo. Tive a impressão de que estava me desafiando. Não quero que ache que sou um covarde, mas creio que não sou capaz.

À minha frente podia ver apenas a água cair de uns dez metros acima de minha cabeça, ainda tinha 22 metros de queda livre. Estremeci e minhas pernas fraquejaram. Perguntei-me se valia a pena, porque não conseguia imaginar minha morte tão cedo e tão sem honra. Arriscar tudo por um amor desmedido.

Pude ouvir um grito que vinha lá de baixo:

– Não estou pedindo que faça nada por mim, mas admito que se não saltar, nunca mais terei confiança em você. Se você se afogar, eu o trago de volta.

Tive medo! Tinha que admitir que todos nós temos nossas limitações e nem o amor é capaz de vencer em algumas ocasiões.

Ela gritou novamente.

– Não tenha medo, esqueceu que eu posso quase tudo?

Algo desabrochou abruptamente em meu corpo e senti meus músculos incharem, meus olhos pareciam querer saltar e o sinal de minha mão reluziu. Eu encarei a queda com confiança e saltei atravessando a água. Após exatos cinco segundos, parecia um projétil penetrando na água cristalina misturada ao verde oliva das plantas que compunham o cenário.

O choque contra a água atravessou meu rosto e minhas fragilidades, pelo menos uma delas, parecia estar desfeita. Na verdade, o medo de altura apenas repousou por alguns instantes em nome da minha vaidade.

– Está satisfeita agora?

Ela sorriu com malícia, dizendo:

– Para um humano você se saiu muito bem. Não achou divertido, Chris?

Percebi que ela adorava testar meus limites.

– Você tem um sono profundo, por isso resolvi me banhar um pouco antes de continuarmos nosso passeio.

Nesse meio tempo, Diablo saltou da beira do lago quase por cima de minha cabeça. Ele era um bom animal e queria ser meu amigo. Fiquei feliz.

Nadei atracado ao seu pescoço por alguns minutos até que Ângela me estendeu sua mão, colocando-me em suas costas.

– Seus olhos estão dourados, Chris!

– Talvez eu seja como você.

– Bem-vindo ao nosso mundo!

– Você não é nem um pouco criativa, e suas ideias nobres me incomodam.

O silêncio tomou conta dos próximos onze minutos, em que ela apenas deslizou comigo sobre as águas. Fiquei olhando para sua pele lisa e clara, seu nariz empinado e discreto, seus cabelos macios e ondulados, e no final me impressionei com seus olhos meigos que me diziam: "Confie em mim, só eu posso te fazer feliz".

Ouvi tudo que precisava saber, estava apaixonada por mim sem saber. Era impossível explicar por que a havia escolhido, mas esse sentimento era forte e me fazia feliz.

– Vamos afundar, Chris?

– Você é louca, eu posso morrer.

– Esqueceu-se que nadamos à vontade no Rio Sena?

Aquilo deve ter sido um sonho! Era um convite irresistível, mas fiquei com medo de atravessar o limite errado.

– Quer ficar? – perguntou ela.

Tinha que arriscar e descobrir meus talentos sobrenaturais. Olhei com afeto para seu semblante um pouco apreensivo e respondi que só sentia prazer no que fazia porque ela estava ali, ao meu lado, me dando forças de vencer o medo em função do amor.

Sem dizer nada, ela me afundou e vencemos toda aquela correnteza a oitenta quilômetros por hora. Eu podia respirar embaixo d'água e meus olhos sequer se turvaram. Pensei neste momento agarrado em suas costas: *minha vida sem ela é sem sentido e agora quero andar para a frente. Quero que aconteça algo de novo a cada dia.*

Não ia me humilhar mais. Abandonei sua proteção e me atirei a três metros acima da água como um golfinho em alto mar. Podia nadar mais rápido e com mais precisão do que ela. Ângela mostrou um olhar breve e indiferente ao perceber que não era tão fraco quanto imaginava.

– Está de mau humor, Ângela? – perguntei.

– Fiquei assustada com sua destreza repentina.

– Foi apenas uma bobagem, uma leve inveja em vê-la se sobressair melhor em tudo.

Apesar de estar ao lado dela, comecei a achar que não acontecia nada de novo, nem comigo, nem com nosso relacionamento. Parecia que estávamos andando para trás. Sua tranquilidade constante me irritava. Meu amor tinha parado de crescer, agora queria emoções e perigo.

Minha mente e meu coração estavam ocupados com Ângela, mas havia minha juventude que necessitava de mais satisfação. Ela notou o meu revirar de olhos e meu murmúrio silencioso.

Olhei em seus olhos e eles estavam cheios de preocupação por mim, percebendo um certo mal estar entre nós. Agora ela estava de humor mais sombrio e atormentado. Notei que o inverno sombrio de seu coração e de sua alma não era mais indiferente a mim e a lucidez que resplandecia de seu íntimo era como o olhar de um alquimista que observa sua liga enfraquecer.

Parecia que sua energia vital estava sendo consumida a todo momento ao meu lado, mas ela precisava dessa paixão.

Observei um longo arrepio correr-lhe pelos braços. Fisicamente estava abalada. Ela quebrou o silêncio franzindo os lábios.

– Desculpe-me se o aborreço. Posso ver em seu semblante que falta algo entre nós.

Tentei manter a calma.

– Esse é o seu jeito de ser, Ângela, e na sua idade tudo para você é normal.

Seu humor mudou do amigável para o sombrio.

– Pode me magoar se isto te faz bem.

– Não foi minha intenção.

– Então olhe para mim, fale comigo. Posso atacá-lo a qualquer momento!

– Estou desarmado. Qualquer homem que consegue controlar sua sorte não precisa de espadas. Não tenha medo e me chame para um desafio.

Avançamos floresta adentro tendo a nossa frente Diablo. Encontramos uma abertura de vinte metros de raio e nos posicionamos. Era uma atitude insana e sem necessidade, mas esperava que sua irritação passasse. Ela estava tensa e eu não sabia o porquê. Isso certamente seria algo doloroso para nós.

– Se tentar fugir, isso lhe custará muito caro.

– Você não tem esse direito, Ângela!

Seu olhar estava gelado, parecia uma víbora do deserto prestes a liquidar uma pobre aranha indefesa.

– Você terá uma morte o mais natural possível, Chris.

Minha necessidade era de chorar, mas meu amor não permitiu tal atitude medíocre.

– Preciso te matar, para depois te amar. Entenda, você é um perigo para mim e minha família.

– Eu seria incapaz de lhe fazer mal.

– Por isso os humanos são tão fracos. Sempre desprevenidos e pedindo por clemência.

– Peço-te apenas um favor, não me deixe aqui para ser comido pelos lobos, quero um enterro digno.

Estremeci meu corpo enquanto ela subia no alto de uma árvore. A velocidade era incrível e conforme subia mais e mais, um perfume se espalhava pelo ar tentando confundir meus sentidos. Diablo, como um expectador prestes ao ataque caso sua dona fosse derrotada, sentou-se com as orelhas em pé, debaixo de um pé de salgueiro.

Ela se pendurava nos galhos com tamanha habilidade e força que eu não teria nenhuma chance. Esperei por uma atitude sua, mas nada, nem um ruído apenas. Deveria estar me estudando e para quê, se eu era um oponente tão fraco?

Tive essa dúvida.

Ela sorriu.

– Chris, como pensa que irá me vencer?

Ouvi um eco entre as árvores.

– Está em vantagem em relação a mim, mas pretendo vencê-la com dignidade, já que recusa meu amor.

– O que pretende com isso?

Eu suspirava de calor, mesmo dentro da mata fechada e úmida. Olhei para cima e pude notar seus olhos me fitando. Não pareciam de fúria. Era uma expressão indecifrável, tipo: eu não sou capaz de fazer mal a você, apenas te amo demais.

Minha face se enrugou, meu pescoço parecia mais grosso do que de costume e me sentia leve; leve, como nunca. Parado bem no centro do círculo formado pela natureza, fiquei imóvel esperando por sua reação.

Seus pensamentos diziam que estava prestes a me atacar. Fechei os punhos.

– Imploro-lhe, Ângela, não faça isso.

– Estou amaldiçoada e você é insignificante demais para que eu tenha compaixão. Será apenas um golpe.

Humildemente eu me retirei da frente de batalha e sentei-me ao lado de Diablo. Amar demais nunca foi covardia e não posso machucá-la.

– Ângela, você é um monstro sem causa e matar humanos é seu pretexto para continuar vivendo por todas as regiões do mundo. Reze aos céus e verá que ainda existe salvação.

Como um raio, ela saltou do mais alto galho em minha direção. Seus caninos afiados tinham direção certa, mas antes que se aproximasse demais, saltei para o alto empurrando-a contra um mogno envelhecido. Suas costas explodiram contra os galhos secos e caiu no chão, ilesa.

– Não queria machucá-la, e nem imaginava que era capaz de fazer isso.

– Você não é humano, Christofer!

– Do que tem medo, agora que sabe que não somos tão diferentes?

– Você parece um deus com sua força, sua perfeição e seus talentos. Talvez você seja um anjo que veio para me matar e à minha família.

– Do fundo da minha alma juro que apenas quero estar ao seu lado o resto de minha vida. Esforcei-me ao máximo para não machucá-la, mas sua insistência me fez perder a cabeça.

Lutamos muito como se tudo não passasse de um teatro no qual atingíamos os pontos menos vulneráveis de cada um. Sentamos um ao lado do outro, vencidos e exaustos. Tudo estava lindo e claro. Os galhos que pendiam das copas das árvores desciam em flores quase até o chão. Ângela agora tinha uma expressão esperançosa, pedindo-me que deitasse em seu colo.

– Desculpe por querer matá-lo. Penso que o subestimei quando saltei em sua direção. Juro que não teria mais paz até o fim de meus dias, que não me perdoaria, caso você sofresse algo. Estou arrependida.

Timidamente ela admitia que eu era importante demais em sua vida e que não lutaria mais contra esse sentimento.

– Você não precisava fazer isso para provar a si mesma que me ama.

– Que bom que você é compreensivo – falou bem perto de meus lábios.

Tentava não pensar muito no acontecido, ainda constrangido com a agressão.

Fechei os olhos deitado em seu colo e senti o aroma doce do vento. Um ruído constante e delicado de água corrente escondia uma chuva fina que caía.

– Está tão agradável aqui, Ângela! Você não acha?

Os pássaros e animais da floresta se calaram. Enquanto passava a mão nos meus cabelos, ela me disse:

– Tenho um presente para você.

– É preciso tentar matar alguém para ganhar um presente?

Ela sorriu meio torto.

– Sei que gostou de Diablo e ele é seu. De hoje em diante ele será seu protetor. Ele é um exímio caçador e poderá ser útil por toda a sua ínfima vida.

– Não sei o que dizer.

– Não diga nada, me abrace.

Podia-se ouvir o canto dos rouxinóis que esvoaçavam entre as flores de cerejeira. Novamente a vida voltava ao normal e tive a sensação de um acesso de choro. Passando a mão em meu rosto, ela me disse:

– Tudo bem, pode chorar, desabafa, será bom para você.

Seu olhar profundo e atento nos meus me dizia: "Te amo, por mais que eu lute contra".

Senti um desejo de contar para todo mundo que tudo havia mudado e que nossa admiração um pelo outro, creio, foi o que nos uniu.

– Agora e para sempre te peço, Chris, devolva-me tudo o que há de maravilhoso na alma dos humanos e mostre-me o que tenho que fazer para ser como você.

– Bom, acho que você já está no caminho certo.

O que eu achava impossível aconteceu: poupar minha vida.

– Cada humano é único, devemos sempre buscar a evolução do nosso ser, se é que me entende. Essa é uma luta diária e constante enquanto vivemos.

Quando a chuva cessou e a natureza voltou a renascer com o sol que brilhava, nos levantamos, vesti meu casaco e partimos floresta adentro. A névoa que cobria o nosso caminho mostrava um cenário de romantismo, onde o cravo e a rosa eram acompanhados por uma borboleta chamada Diablo. Agora eu era um cravo feliz. De meus cabelos molhados pelo orvalho pingavam algumas gotas sobre os ombros de Ângela. Que bela rosa, branca e pálida vestindo seu galho de verde.

Meu Deus, perdoe-me se sou culpado por amar um ser do mal, mas ela não parece despertar nenhuma fúria, e sim compaixão, pensei.

Não consigo pensar em algo melhor do que esta paixão que me faz completamente feliz. Ela se virou para me olhar e me deu um sorriso.

– Chris, o incidente entre nós foi uma atitude de minha parte no mínimo cruel e sem limites. Não tinha a intenção, foi mais forte do que eu.

– Sabe Ângela, me sinto bem porque você tem a mim para temer. Então não precisamos nos preocupar em matar um ao outro.

– Talvez eu não deva vê-lo mais.

– Compreendo – disse seriamente, num tom de voz que a surpreendeu.

Ela abanou a cabeça.

– Paris está cheia de mulheres e tenho certeza de que uma me fará feliz. Não concorda?

Ela me pareceu embaraçada.

– Estou certa de que você não fala a verdade. Por que me tortura?

– Você não me conhece ou não diria isso.

– Está brincando, Chris, posso sentir isso.

– Posso ser um bom amigo, como você prefere – disse calmamente.

– Não se ofenda, mas neste momento não consigo pensar em outra saída melhor.

– Deixe-me lhe dar um conselho, Ângela.

Ela me encarou com aqueles olhos frios e avermelhados quase perfurando os meus.

– O que eu quero é o seguinte: por favor, não me mande ser seu amigo, isso é realmente muito difícil e além do mais preciso de você.

– Isso é ridículo, Chris. Sabe que não podemos.

– Não importa o que pense, eu não tenho vergonha dos meus sentimentos e prefiro sofrer tudo que o amor possa me consentir do que pensar que fui um idiota em te perder.

– Eu não tenho palavras para dizer o quanto é bom tê-lo ao meu lado, mas a pior parte é quando vou embora e fico pensando que a cada dia que se passa, você morre um pouco até que...

– Eu posso ser um de vocês!

– A dor da transformação é insuportável, e você pode morrer. Além do mais, não posso fazer isso. Por nada neste mundo eu gostaria de sentir a dor novamente.

Ela empalideceu.

– Vamos deixar essa conversa de lado, não viemos aqui para abrir um processo para analisar nossas fraquezas.

Ela deixou escapar um movimento de satisfação.

– Daqui para a frente, espero que nosso passeio seja feliz.

Ela pareceu irritada.

– Vamos caminhar mais um pouco até que fique cansado, depois irei em busca dos cavalos.

– Ângela, sua consciência não lhe diz absolutamente nada?

– Não sei onde quer chegar.

Ela me lançou um olhar de rebeldia.

– Estamos aqui sozinhos nesta floresta em meio a tantas árvores e animais silvestres, nem sequer nos beijamos.

– Eu disse que faria isso com você?

– Prefiro não ouvir mais nada. É sempre assim: basta algo nos incomodar que nossa língua afiada se encarrega de acometer os outros em dor.

– Eu não sou como vocês, humanos, e não se deve esperar de mim um comportamento de casal apaixonado.

Que os céus mantenham esse monstro longe dos meus pensamentos, pensei comigo.

Ângela fechou os olhos, insuflou sua narinas e ergueu a cabeça.

–Os cavalos não estão muito longe daqui, Ivan os acharia em poucos segundos. Fique aqui com Diablo enquanto eu os trago para nosso passeio.

– Ainda não estou cansado!

– Preciso ir e ficar um pouco a sós, vou dormir um pouco e logo volto.

Fiquei irritado.

– Você nunca me disse isso.

– Nem tudo você precisa saber.

Ela sorriu.

– Não posso dizer que você é abominável, porque diante de tudo você exerce um fascínio sobre mim. Mas um dia pretendo vê-la dormindo, sua mentir...

Ela ignorou minhas últimas palavras sem responder. Cautelosamente ela partiu mata adentro, enquanto eu e Diablo ficamos sentados um ao lado do outro às margens de um córrego. Posso dizer que na sua presença me sentia um pouco intimidado. Mas agora a sós, descobriria se ele era leal.

Enquanto eu balançava meus pés na água gelada que corria em direção a uma grande queda, Diablo tentava mordiscar alguns peixinhos coloridos que passavam por baixo de suas pernas. Depois de dez minutos de brincadeira ele sumiu correndo atrás de um cervo com enormes chifres. Tive pena do animal e não queria que o apanhasse.

O tempo começou a ficar nublado e resolvi partir, já que Diablo não voltava. Conhecia vagamente as árvores ao meu redor e mal sabia onde estava. Temi esperar, com medo que fosse uma armadilha. Segui uma trilha que se abria para o interior da floresta a passos lentos. Passei por cima de plantas variadas, samambaias e folhas apodrecidas pela umidade da mata.

A floresta tinha um verde imenso e trazia um silêncio penetrante que me trazia paz. Creio que nada mudara nessa floresta desde que Ângela nasceu, e com certeza se estivesse me espionando seria impossível vê-la no meio daquela névoa.

Eu não conseguia acreditar que estava passando por isso, mas eu preferia que fosse assim, porque eu queria descobrir muitas coisas que ainda não conhecia. A trilha parecia não ter fim pelo que eu podia perceber, e apressei o passo.

Fiquei pensando no que Ângela poderia estar pensando de mim e queria que ao menos ela tentasse me compreender. Era como se existisse entre nós uma mágoa não perdoada e ela estava me castigando por isso, mas fingia que não se dava conta. Eu não iria pedir perdão por algo que desconhecia, e se quisesse teria que dar sua alma para mim. Mas, por outro lado, eu temia que ela não tivesse mais alma.

Ela precisava abrir seu coração, sem medo de parecer ridícula. Seu medo de ser sincera me deixava ofendido, mas eu não pretendia mover uma palha para dizer que a amava novamente. Cada um viveria sua vida mesmo que isso me entristecesse.

O que me torturava agora era a solidão que as sombras originadas pelas árvores causavam naquele ambiente deserto.

A brisa que invadia o local era leve, mas podia sentir um frio tão intenso que me fez parar por alguns instantes. Resolvi acender uma fogueira e esperar pela volta de Diablo. Dei um longo assovio e nada dele. Estava só e perdido.

Com o tempo, a luz se fora e adormeci deitado ao lado da fogueira, entre espinhos e folhas secas. No dia seguinte, acordei com uma esperança renovada de encontrar o caminho de volta para casa. Depois de um breve café à base de frutas silvestres, estava aborrecido por ter sido deixado à minha própria sorte para viver ou morrer. Dependia apenas de mim.

De novo o sol claro da manhã aparecia lentamente, brincava sorridente na sombra dos galhos das árvores, com seu jeito especial de mordiscar suas folhas. Era encantador e bocejei de alívio. Estava vivo e não tinha mais a noite para me sufocar.

Quando dei por mim, me encontrava num trecho da mata que mais parecia uma espécie de savana. Olhei para o alto das árvores e podia ver grandes pássaros e pequenos roedores. Um tatu passou despercebido por mim trazendo em sua trilha três pequenos filhotes, que mais pareciam animais pré-históricos. Nem se deram conta que eu podia oferecer perigo.

Estavam apressados, e por quê?

Um gato do mato não passou apenas por mim. Ele corria velozmente desviando de tudo como se estivesse brincando, indo alcançar sua companheira.

Aos poucos a mata ficava agitada e os pequenos animais corriam para dentro dela, tentando se esconder por trás de sua veste fechada de espinhos. Ouvi um urro a poucos metros do local. Eu não estava preparado para pensar nisso agora, mas era a presença de uma onça que andava ali por perto. Podia ouvir suas grandes patas correrem entre as árvores fazendo barulho nos galhos secos. Parecia que tudo havia terminado.

Eram duas onças pardas e das grandes. Olhavam-me de longe, esperando o melhor momento de atacar. Enquanto isso, podia sentir as mudanças em meu corpo, o abdômen escavado, as orelhas se articularem para a frente e uma força invadir aos poucos meu corpo humano. Eu podia correr, mas não iria adiantar. Eram mais velozes e perspicazes. Além do mais, conheciam a mata como ninguém. Deu vontade de sorrir sem motivo, de tanto medo, mas aos poucos contive o riso com dificuldade. Seus olhos frios e brilhantes congelavam a beleza da natureza.

Um galho frio bateu em meu pé enquanto as duas onças se atiraram sobre mim. Reprimi o ataque com rigor atirando uma delas a uns dez metros de distância. Ainda um pouco tonto, levei uma leve patada no braço do outro animal. Foi aí que apareceu Diablo, furioso como nunca, atirando-se sobre a onça e lutando até sua morte.

Naquele momento não tive tempo de ficar triste, apenas me senti derrotado com a mentira de Ângela. Achei que o pobre animal era imortal.

Improvisei uma pequena lança e acabei de matar a onça que se encontrava muito machucada. A segunda não quis esperar quando percebeu o trote de cavalos. Deveria ser Ângela.

– Não sei como sobreviveu ao ataque – murmurou Ângela. Desculpe se demorei. Os cavalos se atolaram num brejo a dez quilômetros daqui.

Tive medo de matá-los se os tirasse com muita força. Posso consertar o meu erro.

– Quero-a longe de mim, onde eu não possa vê-la.

– Tem certeza disso?

– Você se excedeu dessa vez. Eu podia ter morrido.

– Não mereço isso!

Ela ficou de cabeça baixa, tentando fazer com que eu sentisse pena. Percebeu que não conhecia tão bem os humanos e que muitas coisas estavam além de sua compreensão.

– Será que não há uma maneira de você me perdoar por esse erro?

– Você deixou que Diablo morresse, quando eu tinha certeza de que tinha um amigo fiel nessa vida.

Ela estava desnorteada, com o semblante árido como uma rocha.

– Eu lhe imploro, dê-me mais uma chance.

– Suas palavras não têm mais valor e conteúdo, você me traiu.

– Eu não vejo assim, você está enfurecido por causa de Diablo e não por temer por sua vida.

– Pro inferno com suas palavras hábeis e sua frieza. Se quer a verdade, eu não te quero mais.

– Você me faz sentir uma dor tão profunda e seu julgamento em relação a mim vai mudar, eu prometo. Podemos ser bons amigos pelo menos?

– Vá embora e me deixe em paz.

– Vou levá-lo até bem próximo de Paris, para que não morra nessa mata.

– Eu agradeço, mas prefiro caminhar só.

– Não entendo por que está tão enfurecido.

– Adeus, Ângela.

Eu tinha planejado outro tipo de passeio para nós dois, mas minhas esperanças foram esmagadas e só sentia um vazio no peito. Jurei a mim mesmo que não a veria mais e recusei-me a pensar nela o resto da caminhada até Paris.

Anoitecia quando me aproximei dos limites da cidade. A noite estava fria, mas sorri para mim mesmo quando vi que estava a salvo. A cidade estava quieta e podia-se ouvir a algazarra de algumas cortesãs em meio a alguns vagabundos dentro de tavernas de portas fechadas.

Caminhei por entre as ruas estreitas e tortuosas de Paris em meio à neblina e ao frio úmido que gelava os ossos.

Paris era composta de muitas cores e sons mesmo à noite, apenas as atividades mudavam. Os cheiros nauseantes das imundícies despejadas nas ruas eram piores à noite, quando obstruíam alguns locais. Apenas o perfume de incensos que emanavam das igrejas que havia em quase todas as esquinas conseguia combater o mal estar e o fedor de uma cidade rica e apaixonante.

Quando me aproximei do bairro Saint Elizié, me deparei com um vasto conjunto de construções de todos os estilos, representando um verdadeiro bairro parisiense. Este abrigava diferentes corpos de ofícios, onde muitos artesãos se abrigavam, além de guardas e membros dos séquitos reais.

Estava próximo ao palácio do Rei, cujos jardins e dependências se estendiam até o Sena. Fiquei a apreciar o local quando me defrontei com Simeon.

– O que faz a estas horas na rua, meu jovem?

– É uma longa história, tenente, e prefiro não falar no assunto.

– Posso apostar que Ângela está no meio desse seu mal humor.

– Ela é uma armadilha muito mais refinada do que eu podia imaginar. Estou bastante decepcionado com suas atitudes.

– Seja lá o que aconteceu entre vocês, deve perdoá-la. Ela não tinha a intenção de magoá-lo. Ela te ama, mas não se dá conta disso. Nunca a vi tão empolgada desde que a conheço. Sei que está descrente, mas posso lhe garantir que ela nunca teve um namorado.

– E por que não?

– Ela acha que não é digna de nenhum ser humano, e quanto aos outros vampiros, no fundo, despreza a todos. É por isso que às vezes erra tanto com você. Ela já havia me dito de suas contradições ao seu lado, mas assim são as mulheres: ao mesmo tempo fortes e sensíveis, mas por outro lado inseguras com relação aos seus sentimentos. Quanto mais ela se esforça para estar ao seu lado, mais limitado fica seu mundo. Ela carece de paciência e só você que a ama de verdade pode fazer isso por mim e por ela. Você é capaz de fazer isso?

Será que esse é meu caminho? pensei.

– Quero que me responda com sinceridade.

Fiquei em silêncio, agora pensativo, em estado de choque porque já estava decido a nunca mais vê-la. Mas a minha dor, conversando com este homem, aos poucos foi dando lugar a um sentimento cada vez maior de bem estar, de poder conquistar meu espaço no coração de Ângela, que eu tanto amava.

– Você acha, Simeon, que sou capaz de conquistar o coração de Ângela para sempre?

– Não digo para sempre, mas enquanto viver, sim.

Eu sorri tentando aliviar minha dor.

– É, fracassei tentando ser indiferente ao meu amor por ela, mas não me envergonho.

– Vamos, Chris, eu lhe acompanho até próximo de sua casa e prometo que não farei mais nenhuma pergunta.

Eu estava começando a gostar de verdade de Simeon, ele parecia ser uma boa pessoa. Se não estivesse na companhia dele, não passaria por este beco escuro, mas seria bom para dominar um pouco meu medo.

– Olhe, Simeon, aquele homem sentado ali perto do lixo. Precisa de ajuda, mal consegue se levantar.

O desconhecido

Ele se aproximou do pobre e disse:

– Meu senhor, será que posso ajudá-lo?

– Se tiveres por mim ou por qualquer outra pessoa afeição, me leve para um local mais quente e me dê o que comer.

Simeon tomou o homem pelas mãos, ergueu seu corpo coberto de farrapos e o colocou nos ombros. Era um pobre leproso que tinha as mãos e o rosto desfigurados pela doença. Nunca ninguém teria essa coragem.

– Ajude-me aqui, Chris, e pare de ficar olhando. Leve o resto de seus pertences que estão espalhados pelo chão.

Tentei fingir que não estava falando comigo, afinal de contas ele era imortal, mas eu...

– Está atordoado, garoto? Parece que não está se sentindo bem.

– Acredita, Simeon, que estou com uma indigestão das bravas?

– Eu tenho algo para você.

Sem que eu pudesse me esgueirar, ele jogou os trapos do homem em cima de mim.

– Agora vamos e pare com a palhaçada. Coloque o dedo na garganta e vomite se não estiver bem.

Agora estou ferrado, pensei.

Honestamente, eu estava com medo, mas a minha satisfação em ajudar alguém foi maior que tudo no momento.

– Para onde o levaremos?

– Até o mar.

– Vai matá-lo?

– Não seja tolo, a alguns quilômetros do cais do porto existe uma cabana, a qual foi abandonada por algum pescador, e podemos deixá-lo lá. O local é deserto e podemos acender uma fogueira e alimentá-lo. Venha, vamos logo, antes que o homem morra de frio.

Andamos pelas ruas repletas de mendigos e moribundos, os quais tinham desistido de lutar pela vida. Nunca tinha prestado atenção nessa condição miserável em que se encontrava boa parte da população francesa. Seguimos lá para as bandas do cais, e procurei respirar fundo para suportar o mau cheiro de carne humana se "decompondo" nas ruas, e também para suportar o mal-estar deixado pelos homens que se negavam a ajudar estas pobres almas que muitos costumam chamar de irmãos.

À medida que nos aproximamos da cabana, podia-se ouvir várias vozes que se embaraçavam umas nas outras. Quando nos viram, um deles gritou:

– O que fazem aqui, esta é uma propriedade particular.

O mais forte deles usava sandálias, tinha uma barba grande que descia até o peito e exalava de sua boca cheia de dentes podres um odor de uísque vagabundo.

Simeon acomodou o pobre leproso na areia quente da praia, deu alguns passos em direção a ele, tomou-o pelos braços, atirando-o para dentro do mar. Em seguida todos, um a um, foram se retirando para longe. Ruminavam alguns palavrões, mas não tinham a petulância de olhar para trás.

Apoiei o homem em meus ombros e o levei para dentro da cabana. O lugar estava imundo, mas havia uma cama com roupas decentes para passar a noite. Fechamos as duas pequenas janelas e a porta para o frio não entrar, e o homem comeu o resto do pão e do peixe frito que aqueles vagabundos deixaram para trás. Estava salvo pelo menos esta noite.

Ao sairmos, o homem com a voz desfigurada nos chamou de volta e agradeceu com um aperto de mão. O céu estava claro e a noite cheia de estrelas que brilhavam em silêncio.

Pensei: *Simeon é uma criatura justa e cheia de amor no coração. Assusta-me o fato de um vampiro fazer algo por um humano, além do mais à beira da morte. Mas o coração é um mecanismo difícil de compreender, assim como a mente. Por isso, se não tivesse conhecido Ângela antes, seria mais fácil ter domínio sobre a paixão.*

Agora é tarde demais. Simeon enrugou a testa e fechou o cenho, e me pediu como um pai pede por seu filho:

– Dê uma chance a você e a Ângela. Você não está sendo desleal com sua decisão, apenas estará abrindo caminho para a felicidade. Agora vá, sua mãe deve estar preocupada.

Parti com o homem escarrando com dificuldade. Por volta das onze da noite, cheguei em casa e minha mãe me aguardava sentada no sofá. Sentei ao seu lado e olhei para seu rosto. Parecia aflito, triste e sozinho. Notei uma melancolia em seu olhar.

Ela se encontrava com os lábios ressecados, uma respiração ofegante e quase convulsiva.

– Boa noite, mamãe.

– Filho, lembro-me de ter dito que seria sua amiga quando precisasse, mas fiquei aflita por sua ausência. Sei que estava com aquela mulher pela qual está apaixonado e não sou contra esse sentimento. Só quero evitar que se machuque, não apenas com as coisas do coração, mas também com os perigos que se escondem na noite de Paris.

Pedi desculpas, passando as mãos em seus cabelos. Nessa noite, descobri quanta ternura e carinho essa mulher tinha por mim.

Eu a beijei com toda força de minha alma.

– Obrigada – ela disse com os olhos marejando em lágrimas. Um dia, quando tiver um filho, vai entender minha preocupação.

Mostrei com meu olhar estar arrependido. Seus olhos se iluminaram.

– Vamos comer algo e depois vá dormir, amanhã é um novo dia.

Sentado ao seu lado na mesa, sussurrei pela primeira vez que a amava.

– Eu também vou amá-lo pela vida toda. Lembro-me quando você era criança e tinha medo dos fogos de artifício, agarrava minhas pernas, enrolava os dedos em minhas saias e se escondia dos clarões. Você era uma criança adorável. Às vezes, não consigo acreditar que se transformou num homem lindo e destemido. Estou orgulhosa de você. E mais do que qualquer outra coisa, quero que seja feliz. Costumo me lembrar de suas travessuras ao lado de seu irmão, pulando corda, girando em volta de si mesmo cada vez mais rápido e depois, quando não aguentava mais, vomitava todo o jantar.

Minha mãe tinha o rosto sorridente e uma imagem colorida saía de seu semblante.

– Quando você ficava doente, lavava suas mãos antes de deitá-lo na cama, dava-lhe remédio para dor e depois fazia seu prato favorito: pato frito com alcaparras. Você esperava que eu saísse do quarto, fingindo não querer nada para em seguida comer tudo sem erguer a cabeça.

– Não consigo acreditar que eu fazia isso mãe!

– Pois pode apostar como fazia, e tem mais: descia as escadas com o rosto todo vermelho pela febre e contava as estrelas bem no meio do jardim. Seu pai tomava o cuidado de pegá-lo no colo e o levava para debaixo dos cobertores. Ele até que era um homem bom. Pena que... Chris, você prefere chá de hortelã ou de erva cidreira?

– Preferia um bom pedaço de carne com arroz branco, mas hortelã com torradas está bem.

Ela ficou me olhando queimar a língua com o chá enquanto estávamos de mãos dadas. Podia perceber que ela sorria por dentro, um sorriso tão grande quanto as noite de inverno.

Disse olhando em seus olhos:

– Obrigado por ser minha mãe.

Ela passou os braços em meus ombros e me envolveu em seus cabelos negros e cacheados.

Essa noite poderia não ter fim, suspirei.

– Mãe, a senhora nunca falou de meu avô.

– É uma longa história.

Pude notar sua tristeza dirigindo os olhos para o candelabro.

– Não precisa falar nada se for doloroso para senhora.

– Tudo bem, foi há tanto tempo.

– Ele, desde jovem, teve que arcar com os compromissos da família, pois seu pai morreu com um tiro na perna após uma caçada. Teve que criar oito irmãos e cuidar de sua mãe que ficou louca após o nascimento do último filho. Queriam interná-la num local para loucos, mas meu pai nunca permitiu. Moravam no sul da França em uma pequena propriedade cultivando sementes. Com o tempo, as coisas ficaram ruins, e partiram para o oeste na divisa com a Espanha. Lá ganhou a vida com o comércio, casou todos os irmãos e realmente só começou a viver quando sua mãe morreu da peste. Ele mal sorria, mas era um homem muito gentil e caridoso. Sinto saudades dele e de minha mãe.

Chorei por dentro.

– Durante toda a minha vida ao seu lado convivi com uma pessoa solitária e presente apenas em seu mundo. Ficou muito rico, mas de nada adiantou tanto dinheiro. Nenhum amigo, longe da família correndo o mundo em busca de tesouros, escolheu a sombra do cemitério como sua companheira. Sua avó morreu de desgosto de tanto esperar por um ombro amigo. O resto são decepções dolorosas.

– Que Deus o abençoe, mãe.

– Mesmo assim, senti falta dele após sua morte.

Saímos andando em silêncio de braços dados, e tive que engolir as lágrimas que me ameaçavam por dentro.

– Durma bem, meu querido, e lembre-se de que se você ama aquela mulher, não perca a oportunidade de ser feliz e de fazê-la mãe de seus filhos. Eu adoraria ter um neto.

– Mãe, quero que a senhora cante no dia do casamento.

– Não sei se vou conseguir, mas juro que vou tentar.

Mantive minha voz tranquila e lhe dei um longo beijo antes de ir dormir. Passei a noite num sono confortável e sem temores. Olhei o relógio pela manhã e já passava das sete e meia. Fui até o jardim e apreciei os gerânios e as orquídeas de mamãe. Saí correndo antes que alguém pudesse me ver e caminhei até o *atelier* de Ângela.

Entrei sem bater enquanto ouvia uma voz sedutora e sincera me dizer:

– O que o traz tão cedo à minha casa?

Ela se afastou para não ser vista, deveria estar sentida com o acontecido no passeio pela floresta.

– Está tudo bem, Ângela? O que está fazendo aí atrás das cortinas?

– É que estou desprevenida, você entende como são as mulheres.

– Podemos falar um pouco?

– Fiquei sabendo que esteve com meu pai ontem à noite.

– Foi uma bela oportunidade de conhecê-lo, ele mostrou ser um homem bom para um vampiro.

– Meu pai é realmente incrível e achei maravilhoso o que fizeram pelo leproso. Estou pronta. Venha, vamos dar uma volta pelo centro. Neste horário as lojas ainda estão fechadas e podemos caminhar livres sem muitos olhares.

Eu podia ver em sua expressão que estava ansiosa por me ver. Certamente Simeon disse que eu viria.

– Eu pensei que o tinha derrotado, mas agora vejo que nada mudou.

– É impossível continuar vivendo sem você, minha linda. Não sei se isso é uma perdição, mas, mais dia, menos dia, ficaremos juntos.

Cautelosamente olhou para mim e depois seus olhos se desviaram para o vazio.

– O que pretende fazer hoje, Chris?

– A única coisa que tenho em mente é levá-la até a catedral de Notre Dame, conforme combinamos.

– Podemos ir a um lugar mais reservado!

Eu não tinha certeza, mas tive a impressão de que ela estava tentando me impressionar. Sua voz era sedutora e seus gestos estavam diferentes. Fiquei sem jeito.

– Prefiro que me ache inocente sem que eu me sinta envergonhado. Sou um homem honesto e espero que não se sinta desprezada.

– Eu entendo sua atitude.

Meu Deus! O que estou dizendo a esta mulher que tanto desejo? Mas neste dia em particular eu queria apenas sua companhia.

O sol das dez da manhã já estava bem quente e eu não compreendia como uma mulher na situação dela suportava este calor.

– Por que está me olhando, Chris?

– Você não está ofegante neste sol?

– Meu médico diz que a umidade me protege por um bom tempo. Estou me sentindo muito bem.

– Tudo bem... Quem sou eu para discordar de suas palavras?

– Se morrer, que seja por suas mãos. Tem mais alguma pergunta?

– Dormiu bem esta noite pensando em mim?

– Deixe de brincadeira e vamos nos apressar, quero chegar na catedral antes da uma da tarde.

Catedral de Notre Dame

Chegamos à catedral rodeada de água. O rio Sena nesta época se encontrava cheio devido às fortes chuvas.

– Que foi, Chris? Por que está me olhando tão fixamente?

– Ângela, você poderia ter escolhido outra catedral. Por que escolheu esta?

– Essa é uma oportunidade que tenho de estar mais perto da mãe de Cristo. Este local foi feito em homenagem a ela. Além do mais, gosto desta ilha.

– Mas os vampiros não temem e abominam Deus?

– Temer sim, mas abominar não. Apenas nossa família tenta se livrar do mal que nos acomete há tantos anos. Ele é a nossa única salvação.

– Vocês são imortais. Por que temem o Pai?

– Não somos imortais como todos dizem, e existe apenas uma maneira de nos matar. Mas isso não importa agora, o que importa é que cremos na salvação e no perdão.

Fiquei surpreso por saber que poderiam ser mortos.

– O que foi, Ângela?

– Sinto-me tonta. Dê-me a sua mão, eu vou cair.

À medida que ela foi se desfalecendo, abracei-a levemente envolvendo-os braços em suas costas e fui me ajoelhando até que a tinha toda em meus braços.

– Isso acontece com frequência, Ângela?

Ela olhou para mim, num gesto de desespero, e apenas balbuciou em meus ouvidos:

– Nunca, me perdoe pela falta.

– Vou tomar conta de você e não tenho que perdoar nada. Estarei sempre aqui para lhe ajudar. Beba um pouco dessa água da chuva, lhe fará bem.

Tomei um bocado de água, molhei seus lábios e com outra porção molhei sua testa. Seus olhos estavam fixos nos meus.

– Por que está olhando para mim?

– Chris, eu não devia fazer isso com você. É injusto. Você merece uma mulher normal, livre para viver ao seu lado.

Eu sorri um pouco ofegante.

– Vou tentar convencê-la de que nós dois precisamos um do outro.

– Não sei o que dizer.

– Não diga nada, descanse. Você parece desconfiada. Relaxe, não é o seu desejo conhecer a casa do Pai e pedir perdão pelos seus erros?

– Não é por causa disso que estou com medo!

– Nunca imaginei que ouviria isto de sua boca.

– Você não faz ideia da força de Deus. Não tenha pena de mim, espere que, com o tempo, poderá ver que o seu amor é capaz de atingir o mais desiludido dos corações.

Olhei para ela, estava pálida e seus lábios tremiam. Temi que a qualquer momento ela desaparecesse.

– Está pronta para entrar?

– Espere – disse ela com a voz trêmula.

Beijou minhas mãos e as molhou com lágrimas. Tentou levantar para fugir. Percebi que ela esperava por uma palavra minha. Firmemente lhe pedi para que tivesse esperança e coragem, porque às vezes temos de experimentar de algum veneno para termos certeza se somos capazes de produzir o antídoto perfeito.

Beijei seus lábios com todo amor do mundo.

– E agora como está se sentindo?

– Não falemos nisso.

Ela permaneceu em silêncio.

– Chris, você tem ideia do efeito que tem sobre as pessoas?

– Não sei do que está falando.

– Suas habilidades com as mulheres são impressionantes. Você se parece com um dos nossos. Sedutor, charmoso apesar da pouca idade, um verdadeiro caçador em busca de presas fáceis.

– Eu não acho isso vantagem nenhuma em um homem, posso machucar muitas pessoas sem querer, e além do mais só você me interessa.

– Tenho um pedido a te fazer.

– Acredite, eu posso fazer muito por você. Estou disposto a abrir mão de minha vida se for preciso.

Ela apenas fechou os olhos e encostou seu rosto em meu peito. Não estava desapontado, sabia que com o tempo ela iria ceder. Que seja quando quiser.

– Nem sei explicar, mas me sinto segura com você. O que estou te dizendo agora é muito mais complicado para mim do que podia imaginar. O que te falei lhe agrada?

– O cheiro de seus cabelos é maravilhoso, estonteante. Estou muito feliz ao seu lado.

Ela semicerrou os olhos. Era tanta meiguice que uma pessoa normal estranharia. Tirei meu crucifixo bem devagar do pescoço e o coloquei no seu.

– Tudo bem, Chris, não há motivo para temer. Vim em paz e preciso de ajuda. Tenho certeza que serei bem recebida.

Naquele momento eu juro que vacilei de medo que acontecesse algo a ela.

– Podemos entrar, já me sinto bem melhor.

Ergui seu corpo aos poucos e logo após ainda me ajudou a reerguer o meu.

– Eu lhe agradeço.

Ângela verificou minuciosamente o portal da esquerda, sondou a fachada da catedral, olhou para a pequena abertura da porta, colocou um véu sobre seu rosto e disse:

– Entremos por aqui, esse é o portal da virgem.

– E por que esse portal?

Sua aparência insensível mostrava um rosto de pedra.

– Porque esse portal é o da inocência, da pureza e de minha liberdade em ainda ser moça.

– Ângela, isso que você está me dizendo é patético para uma mulher na sua idade.

– É inútil dizer a você que isso é um exagero de minha parte, mas sei que esse é um dos principais acessórios que o homem gosta de achar em uma mulher, ainda mais se for a mãe de seus filhos.

Fiquei sem saber o que responder, ela estava agindo como uma humana qualquer, cheia de preconceitos e enraizada na cultura da sociedade.

– Não precisa responder nada, Chris, vamos entrar.

O local estava vazio e calmo. Olhamos para os vitrais, para as paredes dentro daquele ambiente escuro, e fui atingido pelo privilégio de trazer o mal para se dobrar frente ao bem.

Podia ler os pensamentos de Ângela e toda sua vaidade em ser uma mulher forte, mas privilégios em força e beleza não significavam nada dentro da casa do pai. Pude sentir seu sofrimento.

Antes de se sentar no primeiro banco ao seu lado, ela ergueu o véu, ajoelhou-se e fez o sinal da cruz. Para mim, tudo não passava de um pesadelo, mas as regras do mal estavam sendo quebradas, creio que pela primeira vez na minha presença. Ela rezou algo estranho, com uma voz rouca e masculina, e logo após se dobrou em lágrimas. Aos poucos seu rosto foi se suavizando e sem dúvida o mal tinha deixado seu corpo para sempre.

Como se alguém tivesse morrido, eu podia sentir sua dor. Uma dor que fazia seu coração sangrar, mas seu dilema íntimo tinha sido resolvido. A paz voltava a reinar em sua vida.

O ambiente dava uma sensação de segurança, e olhando para cima, nenhum dos anjos mostrava vestígio de medo.

A palavra e a casa do Pai trazem paz e fazem sorrir imperceptivelmente todos aqueles que estão em contato com a escuridão, pensei.

Aos poucos fomos caminhando até o fundo da igreja. Os olhos de Ângela estavam fixos no altar, cruzei minhas mãos nas suas e pedi por nós.

Pai, os perigos nascem a toda hora,

Protege nossas vidas, com sua força e com o poder do Espírito Santo.

Se o abismo nos rodear, que eu não morra só, que seja em seus braços.

Amém...

O ambiente me encantava e soltei um sorriso involuntário em direção a Ângela, que me disse:

– Um dia ainda vou conseguir chamá-lo de meu amor. Perdão se não posso e não consigo fazer isso neste momento.

– Sabe, minha flor, as pessoas comuns passam por aqui todos os dias e nem se dão conta da beleza da vida, da beleza do perdão. Meu sentimento por você pode esperar se for para minha felicidade. Se fomos feitos um para o outro, a nossa empreitada ainda há de começar.

– É possível, Chris, que esteja certo, mas lá em cima o nosso Pai que suspira tem que estar ao nosso favor. Chris, por que os humanos oram?

Notei um toque de descrença. Ela era mais humana do que eu podia imaginar. Confesso que senti medo de suas palavras, visto que o bem, por mais que seja ilimitado de bondade e compreensão, é capaz de virar as costas para o mal que não tem solução.

– Os humanos oram, Ângela, para que possamos ser perdoados e para evitar que caiamos na corrente da patifaria. Mas minha mãe costuma dizer que rezamos para que a vida do nosso espírito possa crescer cada vez mais, e essa vida é a única que pode satisfazer o coração do homem.

– Gostaria de conhecer sua mãe, suas palavras são sábias. Espero que Deus interfira no meu destino!

– Se você chamá-Lo quando estiver em apuros, essa força sem limitações a acolherá.

– Chris, eu já lhe perguntei uma vez desse sinal em sua mão, e fiquei sem resposta. Agora aqui nesta casa você seria capaz de mentir?

– Digamos que para mim isso é impossível. A única coisa que sei é que quando remexi no passado de meus pais antes de retornar à França, ao tocar um livro velho contendo um pergaminho, nunca mais me livrei desse sinal. Gostaria de saber o porquê disso, mas temo morrer sem descobrir.

– Esqueça, confio em você.

– Está satisfeita em estar aqui?

– Muito, e graças a você. Seria impossível sem a sua ajuda. Você pode imaginar o quanto.

– Está pronta para ir embora?

– Ainda não.

– Venha, sente-se ao meu lado aqui bem na frente.

– Vou sentir falta desse lugar, a última vez que entrei num templo de Deus foi há trezentos e setenta anos. Estava com minha mãe e dois irmãos.

Sua voz agora era abafada, e seus dentes estavam cerrados tentando engolir as lágrimas. Ela segurou minha mão em seu colo macio enquanto olhávamos um jovem casal depositar um buquê de rosas aos pés do altar.

– Chris, você acha que estamos bem?

– Se comparados a esse casal, creio que se pode dizer que estamos fingindo que somos namorados, de mãos dadas.

– Estou pronta para ir embora.

– Você anda um pouco temperamental, isso pode fazer mal à sua saúde de vampira.

Ela se colocou de pé, um pouco desajeitada tentando me comover.

– Às vezes você me enlouquece, Chris!

– Quem me dera... A maioria do tempo penso que tudo o que faço é por nada.

– Mas eu não tenho a intenção de fazê-lo de tolo.

– Não se preocupe, posso fazer minha alma sentir o que quiser.

Ela me ignorou.

Eu já devia estar acostumado com suas incertezas, mas era angustiante me sentir escravo de uma paixão que podia destruir nossa vida.

– Estou indo, tenha uma boa tarde.

Fiquei observando suas curvas deslizarem pelo corredor da catedral, até que finalmente ela se virou e com um toque do dedo indicador me chamou para perto de si.

– Sei que não faço nada certo quando estou com você, mas não me ache covarde.

– É maravilhoso poder te ouvir, andar ao seu lado e poder desfrutar de seu sentimento em relação a mim, que considero sem limite.

Tentei parecer entusiasmado.

– Amanhã quero que vá ao baile de máscaras que vai haver no Castelo De Fontainebleau. Será o lançamento da minha nova coleção de roupas exóticas.

– Não sei se devo.

– A gente conversa outra hora.

– Desculpe, eu vou se é de sua vontade. O que devo usar?

– Vista-se como um cavalheiro: fraque, botas pretas e algo do seu gosto no rosto. Leve seu irmão se for de sua vontade.

Eu a olhei com desaprovação.

Mas tudo bem, ela é minha mesmo. Além do mais, preciso mostrar para mim mesmo que sou melhor do que ele, pensei.

Iria sentir falta dela até amanhã, mas em poucas horas muitas pessoas iriam falar do seu talento, de sua beleza. Muitos se divertiriam em sua festa e espero que quando voltasse para casa, ela ficasse me olhando feliz por termos dançado juntos a noite toda.

Mas será que eu serei o escolhido? Às vezes, penso que sou um idiota. É tão injusto amar a pessoa errada. Mas olho para ela, tão formosa, e espero que um dia as pessoas digam: que noiva linda você tem, Chris. Ela é tão preciosa para mim, não consigo fazer mais nada sem ela. Porém meu mundo mudou de cor ao conhecê-la... Isso não é uma paixão fingida.

Fiquei na catedral por mais quarenta minutos, compartilhando da paz ambiente. Estava distante pensando que poderia ter arrumado uma garota inteligente e gentil que vivesse dentro de nossas próprias regras e que fosse tão inocente quanto uma menina de 2 anos. Mas o mundo não é perfeito e não podemos mandar nos assuntos do coração.

Que se fodam as conveniências, eu não quero viver angustiado pelo resto da vida e vivendo de aparências. Não quero ser chamado de "meu senhor", "sim senhor meu marido". Eu não nasci para isso.

Meu maior medo é perdê-la, e eu sei que não vou rir disso. Arrependimento era um assunto que não queria conhecer depois de velho.

A sombra do final do dia começava a se espalhar dentro da igreja e tinha que voltar para casa. Por volta das seis da tarde deixei a catedral, olhei para trás tentando encontrar palavras que descrevessem o que estava sentindo. Mordi os lábios e cruzei os braços. Queria que alguém esclarecesse o que estava acontecendo com minha vida. Com certeza iria refletir e ficar calado quando tivesse a resposta. Infelizmente não tinha como eu saber e não queria sofrer.

Parti e cheguei em minha casa me perguntando se eu merecia tudo isso.

– Oi, Chris! Você não parece bem.

– Não se preocupe, mãe, é que às vezes chego a odiar a vida.

– Mas você é tão jovem, e as coisas do mundo e do coração nem sempre são como queremos. Dê tempo ao tempo e logo sua decepção irá embora.

– Espero que esteja certa, mãe.

– Pode confiar, tudo tem a sua hora.

Minha cabeça estava pulsando, mas agora não queria refletir, apenas queria comer algo para saciar minha fome.

– O que temos para o jantar hoje, mãe?

– Hoje temos para o jantar pato frito ao molho de alcaparras, seu prato predileto. E para sobremesa uma musse de maracujá coberta com calda de laranja.

– O que estamos comemorando?

– O meu amor por você, isso não é o suficiente?

Ela sorriu ao ver minha face corar bruscamente.

Hoje sonhei com você, e no sonho algumas coisas pareciam irreais. Você estava acordado, andando pelas ruas como um indigente. Digo que tive medo.

– Bobagem, mãe. A senhora deve estar impressionada porque passo muito tempo fora de casa.

Ela balançou a cabeça lentamente e olhou para mim.

– Eu não quero que nenhuma mulher o faça de imbecil, quero sentir orgulho de você. Ouça-me, vou lhe ensinar um segredo.

Ela franziu a testa.

– O simples fato de ter arranjado uma namorada não significa que você vai vender sua vida aos caprichos dessa mulher.

Pude ver um brilho de lágrimas em seus olhos.

– Fique tranquila, mãe, eu não estou disposto a amargar minha vida ao lado de uma mulher que não merece meu amor.

– Fico feliz que pense assim.

Fomos até a varanda respirar um pouco de ar puro que o cair da noite concede às almas mais sensíveis.

– Você não tem nada para me dizer, Chris?

– Por favor, mãe. A senhora se preocupa demais.

– Vejo que você amadureceu rapidamente após a partida de seu pai. Isso é bom, mas todos nós precisamos de um tempo para digerir nossos problemas e nossas esperanças.

– E quanto ao baile de amanhã, não tem nada a me dizer?

– Como a senhora soube?

– Os muros de Paris estão quase todos repletos de panfletos falando do acontecimento do ano. Qual é o problema, não vai me dizer nada?

– Se é o que a senhora quer saber, eu fui convidado por ela e pretendo ir. Levarei Alexander comigo a convite dela.

– Pelo jeito essa mulher quer roubar meu dois meninos – ela sorriu meio torto.

– Você pode ir, se desejar, e quanto a seu irmão...

– Mãe, ele precisa sair um pouco, seu mundo é muito pequeno e preconceituoso.

– Se assim deseja, podem ir.

Ela concordou, excitada como uma criança apressada em comer o seu primeiro chocolate antes que alguém o tomasse. Mas era assim que me sentia em ir ao meu primeiro baile. Nas nuvens, envolto em caramelos, tomando algo frio parecido com um sorvete. Depois tomava um bom banho cercado de flores do campo e adormecia nos braços de Ângela.

Acho que estava ficando louco de amor. Mas afinal, penso que a vida é como um cargueiro. Então subam a bordo e escrevam sua própria história de amor em seu diário. Talvez as águas do mar os levem a colinas verdejantes ou a algum abismo sem volta. Boa sorte para todos nós.

– Mãe, só tem um problema. Preciso providenciar roupas adequadas até amanhã.

– Para os homens é mais fácil, podemos alugar uma no centro de Paris.

– Muito engraçado, mãe, roupa usada!

– Não é necessário estarmos de roupa nova para nos sentirmos envaidecidos ou felizes. E além do mais, está muito em cima da hora para fazermos uma do seu gosto. Agora feche os olhos e se imagine numa bela festa, ao lado da sua paixão. Sua beleza é incontestável, seu olhar confiante, ela o espera como se esperasse a um barão. Você já refletiu sobre isso?

– Tudo parece bem claro do modo como a senhora coloca as coisas.

– A única suposição que eu tenho é que ela não sinta o cheiro de naftalina.

– Você é hilário, Chris. Nada que um bom banho de sol e um bom perfume não disfarcem. Está confuso meu filho?

Ela estava tentando me provocar com seu tom de voz.

– Apenas um pouco assustado.

– Respire fundo, você tem apenas 17 anos e muitos amores ainda virão.

– Prefiro não falar mais nisso, mãe.

– Está zangado?

– É que esse assunto está resolvido em minha mente e não quero me desencantar com as mulheres sem as conhecer bem.

– Ângela não é a melhor opção para isso.

– Mas é ela quem amo e sinto que pode me ensinar muito.

– Seja pelo menos gentil, fiel e companheiro. Recuse a herança que seu pai lhe deixou de como ser um cafajeste.

– Posso não conseguir ter todos esses refinamentos, mas espero não envergonhá-la e...

– Continue, ainda não terminou o que tinha para me dizer.

– Está muito bem. Pare com esse seu ciúme desnecessário.

– Isso não importa, quase toda mãe se sente assim no começo, um pouco insegura.

Soraya, nossa governanta, se aproximou e disse:

– O jantar está servido, madame.

Sentamos à mesa tentando disfarçar os sentimentos que nos unia e ao mesmo tempo nos afastava um do outro. Provavelmente, em pouco tempo ela conseguiria distinguir o amor que sinto por ela do que sinto por Ângela. Perguntei a Alexander se gostaria de ir ao baile amanhã, e ele se saiu melhor do que eu esperava.

– Pensei que não se importava comigo, Chris.

– Tudo o que posso dizer agora é que quero ser seu amigo.

Ele piscou os olhos e dirigiu um sorriso um pouco embaraçado. Com os olhos vidrados e a voz branda, ele resmungou uma série de palavras incoerentes enquanto sua mão se agitava sobre a toalha de seda.

Depois do jantar, sentamo-nos numa grande poltrona na sala de visitas enquanto nossa mãe tocava ao piano. Era sua música favorita, e quando a tocava sempre tentava disfarçar os sentimentos que a música lhe despertava.

O chá foi servido e o barulho das xícaras distraiu minha mãe. Todos os dias meu pai gostava de ouvir esta música!

– Mãe, naquela época nosso mundinho era ilusório e falsamente feliz. Hoje temos outras preocupações e outros desejos que nos aproximam mais da humanidade.

– Eu te amo meu filho, você é especial demais.

Alexander ficou olhando meio de lado, tentando esconder sua dor por não fazer parte desta nossa cena de emoção.

No meio dessa cena, pude fortalecer meus laços de amizade com minha mãe e tentar pelo menos manter meu irmão com a ideia de que era seu amigo. Olhei para ele, seus olhos ferozes olhavam direto para mim. Ele sempre tentava me provocar. Sujeito estúpido.

Era difícil olhar para a sua cara e não pensar em cancelar o convite. Mas eu disse para mim mesmo: *ele verá que Ângela é a mais bonita de todas e que me ama.* Queria saber o que ele estava pensando, mas hoje não conseguia me concentrar. Aposto que estava pensando em como se exibir para as mulheres.

– Mãe, eu já vou me retirar, vou descansar um pouco. Amanhã pretendo estar bem disposto para o baile. Levantarei bem cedo para alugar minha roupa e lá pelas nove da manhã, por favor, peça ao cocheiro para me apanhar na Rua das Margaridas com a Central, porque a viagem até o castelo é um pouco longa.

– Durma bem, meu filho.

Seu rosto agora estava radiante, ela parecia mais calma.

Alexander deu um suspiro frustrado e se esforçou em sorrir.

– Fique tranquilo, meu irmão, eu não vou me atrasar.

– Assim espero, é melhor sair de Paris bem cedo para evitarmos transtornos ou roubos pelo caminho.

Subi até meu quarto, sentei um pouco na poltrona de leitura e pensei em Ângela. Sentia minha alma livre de qualquer entrave e tudo o que eu queria era viver com ela, não interessava onde ou como. No baile não podia despertar suspeitas, principalmente para não ter que desafiar meu irmão. Não quero rumores de ódio nas minhas costas.

Levantei-me após repensar em minha vida, olhei para o espelho e cheguei à conclusão de que o que tivesse de vir no futuro, nos grandes caminhos do mundo, nem a paixão poderia conter.

Afastei-me suavemente e encostei minha cabeça na cabeceira da cama, pensativo e ofegante, ouvindo o meu coração pulsando acelerado.

Não quero mais saber de sentir vergonha dos meus sentimentos, não quero mais angústia em meu semblante. Quero ser um homem bem servido mesmo que minha mulher tenha 30, 40 ou 380 anos.

Adormeci lendo um pouco da história da França.

O dia estava lindo, era oito de julho, mês de São João. Fiquei entusiasmado ao me lembrar desta data especial para a França. Dançaria e beberia um pouco de ponche ao lado de Ângela até nos embebedarmos e cairmos em algum local e só acordaríamos com o sol em nossas faces. Todos que passassem pelo local diriam: "Que vergonha para a sociedade, passaram a noite na esbórnia".

Iriam esbravejar enquanto nós dois nos levantaríamos bem devagar, espreguiçaríamos tirando alguns capins secos presos em nossas roupas e depois faríamos um passeio de barco pelo rio Sena. Aí passaria uma senhora com seus 82 anos e diria: "Tenho pena dos dois, tão jovens e tão sem compostura". E a nossa rotina seria quebrada pela primeira vez na vida. Agradeceria a Ângela por tudo que fez por mim. Então ela me diria: "Você não liga que eu seja um monstro?" Não importaria. Além do mais, nos meus sonhos eu já era como ela.

Acordei um pouco assustado, pois estava atrasado. Saí num passo apressado e encontrei o que queria em apenas duas lojas. A máscara, essa sim me defenderia dos imprevistos.

Às nove em ponto o cocheiro estava à minha espera na Rua das Margaridas. Era a primeira vez que via esses cavalos. Dois garanhões negros que mais pareciam dois irmãos gêmeos. O canto de suas bocas espumava uma gosma cheia de excitação, cheia de hormônios correndo em suas veias. Parecia que iriam quebrar o varal da carruagem. Alexander colocou a cabeça para fora com seu ar de nobreza decadente, abriu a porta e segurou em minha mão para que eu pudesse me equilibrar melhor no degrau da entrada.

Estava bonito em um terno azul-escuro e uma gravata borboleta de tom amarelo bem junto ao pescoço.

– Podemos ir, cocheiro.

– Para onde, meu senhor?

– Só pare quando tivermos a uma milha do Castelo de Fontainebleau.

– Mas senhor, o castelo é longe e os cavalos precisam descansar um pouco e beber de água.

– Que assim seja.

– Então vamos.

Fiquei dividido entre a felicidade em encontrar Ângela e a decepção de levar comigo meu irmão. Desde a infância ele foi uma fonte de preocupação para mim, porém olhando bem para ele agora, posso ver que não apresenta nenhuma ameaça. É só um garoto comum como todos os outros.

Neste momento surgiu em minha mente a imagem de uma águia branca. Era algo mágico que encantava meus pensamentos. Podia jurar que era um caçador destemido e que não tinha medo da morte.

Ficamos em silêncio a viagem toda, olhando para a frente. Tentei repousar um pouco, mas o balanço da carruagem impedia que minha cabeça parasse quieta. Que tédio ter um irmão como esse, que só pensa em fúria e sacanagem.

Olhei para ele e perguntei de nosso pai. Ele ficou em silêncio, encarando a estrada. Aos poucos, ele virou os olhos da janela em direção a mim e, com uma descrença no olhar, disse:

– Ele não importa mais para mim.

– Mas você não sente saudades?

– Às vezes sinto, mas não quero pensar nisso.

Apertando os olhos, ele virou de lado, dizendo que tinha perdido o encanto pela vida.

– Não esperava que fosse diferente sua opinião em relação a nosso pai, pois as marcas de sua traição ainda levarão um bom tempo para cicatrizar.

Meus pés latejavam e meu corpo já se encontrava banhado em suor. Durante as últimas seis horas me senti um prisioneiro desconhecido, indo em busca de sua felicidade num local onde as situações poderiam ser as mais adversas possíveis.

Forçosamente pedi para que o cocheiro parasse um pouco. Estava apertado e não daria tempo para chegar.

Que alívio!

Os cavalos descansaram por trinta minutos e beberam um pouco de água enquanto Monfort conferia a carruagem.

Dei uma volta pelo campo que havia nas proximidades e descobri que o mundo era lindo, muito mais lindo do que imaginava. Nunca me enganei que a Inglaterra fosse o país mais bonito que existia, mas agora vejo que a França, a minha querida França, é realmente um lugar perturbador, tão bonito quanto a Inglaterra ou mais.

Com os braços abertos, fechei os olhos, respirei o ar puro da tarde e corri como uma criança pelo campo de trigo. Corri até que minhas últimas forças se fossem e gritei: "Eu te amo Ângela". Com a cabeça pulsando e o coração na boca, agora tinha o sangue frio necessário para a reflexão sobre tudo o que vinha acontecendo comigo. Aproveitaria o resto da viagem para pensar.

Quem poderia imaginar, eu apaixonado por uma vampira. Ouvi os passos apressados do cocheiro em minha direção.

– Vamos, senhor, se não chegaremos tarde.

Muitas árvores passavam pela janela e parecia que o mundo inteiro se sacudia para cima e para baixo.

A tarde foi caindo aos poucos e acabei adormecendo. Escutei uma batida na porta da carruagem, assustei por um momento.

– Acorde, senhor, acorde.

– O que você quer?

– Está lembrado de ter me pedido para parar a uma milha do castelo?

– Desculpe-me se fui rude.

– Não importa. Tem de se apressar.

Tomei um bom banho num riacho próximo da propriedade, calcei as botas e usei uma colônia que minha mãe colocou na bagagem. Como haveria de se esquecer do mais importante? Os franceses eram loucos por perfumes e colônias e eu não queria estar descomposto.

– Senhor, os seus olhos estão dourados!

– Estou apenas um pouco cansado, deve ser por isso. Percebi que meus olhos estavam úmidos e que uma gota de sangue caiu em minha mão. *Estranho*, pensei eu, mas rejeitei, pelo menos naquele momento, em saber quem eu era.

– Alexander, o *senhozinho* está muito elegante!

– Bondade sua, Monfort.

Pela primeira vez presenciava meu irmão retribuir com educação uma oferta de carinho de quem quer que fosse, ainda mais de um empregado.

Agora eu já não me importava mais que ele fosse o mais bonito. Quando se ama não existe competição, apenas encontramos o olhar da pessoa amada.

De longe se podia avistar a propriedade toda iluminada por uma grande fogueira colocada em frente ao jardim. Pedi ao cocheiro que fosse bem devagar. O movimento de pessoas era grande e não queria tomar o lugar dos convidados durante a recepção.

O baile

Seguimos a pé pelo imenso jardim. O céu estava limpo e acabava de surgir a primeira estrela. Não havia vento, nada se mexia. Dava vontade de tapar os olhos e os ouvidos e ficar sentindo o aroma doce das flores de cerejeira. O ar estava todo florido, inundando o jardim.

O que mais poderia querer da vida?

– Vamos entrar, Chris, quero ver tudo bem de perto.

– Calma, meu irmão, temos a noite toda para apreciar a dona da festa.

– Pelo jeito que você está falando, deve ser a mulher mais linda que já viu.

– E é. A mais linda das azaleias – suspirei ajeitando minha gravata borboleta.

Aproximei-me de Ângela em meio a tantos convidados e parecia que eu estava em transe. Suas palavras doces em direção a todos, sua elegância dentro de um vestido negro tendo às costas os cabelos um pouco ruivos, um pouco louros, pendurados, cobrindo um pequeno decote. Estava perfeita.

– Finalmente chegou, Chris. É uma pena que não estamos sozinhos. Queria poder abraçá-lo, mas tenho que me contentar na sombra que existe entre nós.

– É impossível para mim vê-la tão formosa e não poder nem ao menos lhe dar um beijo.

– Não vamos nos exceder, tenho muitos convidados que estão nos olhando.

– Para mim eles não significam nada, nunca fui feliz na presença de nenhum deles.

– Você está amargo.

– Não é isso, fico louco com certas convenções da sociedade.

Ela sorriu meio de lado.

– Às vezes acho que você é intocável.

– Impossível, pois já fui envenenada pelo seu amor.

– Realmente você é maravilhosa.

Sua voz estava rouca e o ar que saía de seus pulmões estava mais quente do que as chamas de um fogo ardente.

– Você não havia dito que não gostava de frequentar a sociedade?

– A vida em sociedade não é o pior dos males, por isso estou aqui. Mas para dizer a verdade esse baile era a coisa que eu mais queria no mundo.

– Então você está muito feliz?

– Agora que você chegou, sim. Esse é seu irmão?

– Desculpe. É sim. Alexander, essa é a senhorita Ângela, uma amiga.

– Encantado.

Percebi seu sorriso maroto e sua face se corando. Estava deslumbrado pela primeira vez.

– Você acha que estou bem?

– Está ótima!

Notei que Ângela queria me deixar enciumado. Isso me deixava muito feliz. Há algum tempo atrás ficaria furioso, mas hoje estou tranquilo em relação ao que ela sente por mim.

– Gostaram da decoração da fachada do castelo e da fogueira?

– Você tem muito bom gosto, minha flor, até agora tudo está perfeito.

– Ficará encantado com o que ainda virá.

– Fico feliz por você, mas queria que essa noite fosse só nossa.

– Deixe de ser mimado!

Estava tentando desviar a conversa, porque na realidade estava morrendo de medo que ela desaparecesse caso algo estranho acontecesse.

– Não precisa ficar com medo, Chris, tudo dará certo.

Ela me conhecia tão bem que às vezes achava que podia ler meus pensamentos.

– Meus irmãos estão por aí, disseram que gostariam de vê-lo.

– E quanto a seu pai?

– Chegará mais tarde, teve um compromisso de urgência.

Ela me pegou pela mão e me levou até a presença do conde Françoise, homem imponente de gestos e palavras duras, um verdadeiro pulha. Estendeu seu grande anel em minha direção, achando que fosse me intimidar. Apenas o cumprimentei com um leve balanço da cabeça.

– Não esperava por isso, Chris.

– Nem eu, esse homem é a escória da nossa sociedade. Serve-se da miséria dos camponeses. Um verdadeiro aproveitador da posição que ocupa na corte. A ele e aos outros do seu nível a fogueira é pouco.

Aquela inquietação, aquele início de melancolia que me afligiam ao chegar ao castelo de repente desapareceram completamente.

– Vejo que hoje você está mais ansioso que nos outros dias.

– Não é isso, é que me revolto tendo que olhar para a cara de um verme como esse. Para que precisamos da alta sociedade?

– Realmente você tem as suas convicções. Isso me deixa muito feliz. Agora me deem licença, cavalheiros, os outros convidados me aguardam.

Ela me olhou rapidamente e se virou após um sorriso largo.

Eu sorri satisfeito.

– Ângela, vamos dançar esta noite?

– Ainda bem que me fez a pergunta mais importante dessa noite.

Disse baixinho:

– Vai ter que implorar.

– Gostei da sua piadinha particular.

– Até logo, Chris.

– Até...

– Chris, onde esta mulher estava escondida?

– Não tenha esperanças, Alexander. Olhe para você, parece mais um pássaro assustado. Se porventura a encontrar no baile, finja que não a conhece.

– Obrigado por ser gentil com seu irmão.

– Não é uma questão de sermos parentes, ela é a mulher da minha vida. E não quero nenhuma insinuação.

Seus olhos ficaram miúdos e suas sobrancelhas brilhavam por causa do suor.

– Sempre fui tolerante, mas agora tudo será diferente.

Ele não disse mais nada, pois sabia muito bem que um extravio em seu comportamento seria fatal para o nosso relacionamento que nunca andou bem.

– O que está murmurando? – perguntei.

– Nada, meu irmão.

– Venha, vamos conhecer melhor o palácio.

O palácio parecia voltado ao culto da beleza e da luxúria sob todas as formas. Pinturas, esculturas, tudo era admirável. Tudo perfeito.

O casarão era imenso, com vários quartos, salas e demais aposentos. Todo decorado no estilo colonial do século XII, mantinha intacta a personalidade dos seus antigos donos. Depois de um breve passeio por um dos andares, acabei por me restringir ao salão principal. Peguei um petisco e uma taça de vinho e ficamos encostados próximos ao palco onde seria feito o desfile.

– Está gostando, Alexander?

– Tenho algumas perguntas para fazer.

– Primeiro coma alguma coisa, a viagem foi cansativa.

– Obrigado.

– Chris, onde conheceu esta mulher e por que ela o chamou para este desfile? Creio que para uma mulher linda como esta nunca faltaram pretendentes.

– Você não está me subestimando, está?

– Não é isso meu irmão, é que...

– O motivo de eu ter conquistado esta mulher é que, em geral, a maioria das pessoas assim como você está de mau humor e pensando em seus problemas, e ao contrário do que você pensa, eu a tirei da solidão.

Ele me olhou, aflito.

– Como assim?

– Essa é uma longa história. Quando a conheci não tinha a menor ideia de quem ela era.

Percebi seus olhos se voltarem em direção a Ângela, que caminhava ao lado de uma jovem dama pelo salão.

– Está se sentindo bem, meu irmão?

Com um sorriso meio torto e uma esperança mal disfarçada nos olhos, disse que estava um pouco confuso. Eu me perguntei o que ele diria se me visse beijando-a.

– Só não se esqueça do que eu lhe disse, fique longe dela.

Ele olhou para baixo, cruzou as mãos e ficou em silêncio.

Tive pena. Afinal de contas, era apenas um garoto e tinha o direito de se apaixonar por qualquer mulher, desde que não fosse casada.

– Alexander, você sabe que hoje aqui presentes estão as famílias mais respeitáveis e tradicionais da França, por isso não quero que fique por aí se metendo com suas filhas.

Os seus olhos voltaram a se mover.

– Está dizendo, meu irmão, que não poderei dançar com nenhuma das mulheres presentes?

– Se o que vou lhe falar não lhe desagrada, fique à vontade para dançar com qualquer dama que já tenha passado dos 70 anos.

Ele me empurrou de lado.

– Estava bom demais para ser verdade. Preferia ter ficado em Paris.

– Sei que está mentindo, nunca perderia a oportunidade de conhecer Ângela.

– Ela é sua, não é?

Com um sorriso fraco, respondi:

– Como pode ver, fomos feitos um para o outro.

Olhei para o teto do salão e a mesma decoração do *atelier* compunha o ambiente. Vários tecidos caindo em forma de labirinto sobre as pessoas. A única diferença é que todos, sem exceção, eram brancos listrados de preto.

O palco onde o desfile aconteceria trazia um grande tapete vermelho por cima, e dos lados a decoração era de peles de urso branco. Tudo muito exótico e diferente.

Tomei mais um gole de vinho e já me senti um pouco tonto. Meus olhos pareciam apertados e minha voz estava arrastada. Era hora de parar.

– Alexander, o desfile vai começar daqui a quinze minutos.

– Como você sabe, Chris?

Ele me encarou surpreso.

– É apenas uma suposição, não está vendo que todos estão alvoroçados e o entra e sai de mulheres lindas atrás do palco?

– Você é muito observador, acho que tem razão.

– Vamos nos acomodar.

Todos ficaram em silêncio enquanto as velas e os lampiões eram apagados.

– Isso é perfeito, Chris. Nunca imaginei presenciar um espetáculo desse porte.

– Calma, você ainda não viu o melhor da festa.

A segurança que Alexander transmitia em sua voz me deixou paralisado. Devia ser a bebida.

Um homem de cabelos grisalhos, trajando um fraque champanhe, abriu o desfile com um conjunto de lampiões caindo sobre o palco. As luzes irradiadas por trás dos vidros imitavam o vermelho.

A música tocada ao piano de forma leve e aveludada era uma das sinfonias de Beethoven. Fiquei espantado ao descobrir a presença de Ângela no palco de braços dados com Máximus. Ele estava elegante e certamente era o homem mais bonito da festa.

Fiquei inquieto, mas não de ciúmes.

Vinham-me pensamentos novos, respostas límpidas do meu passado, as quais me deixaram chocado. Senti uma força palpitar dentro de mim e compreendi que acabara de atingir o total domínio de meu corpo. Em minhas veias corria o mesmo sangue que corria nas de Ângela. Creio que nem ela sabia disso, mas por enquanto iria manter segredo. E sabia que era melhor que fosse assim por enquanto.

Alexander me encarou surpreso e perguntou por que meus olhos estavam avermelhados e meu rosto estava sem expressão.

– Esqueça o que viu, deve ser o reflexo das luzes. Quanto a minha expressão vazia, é que estou preocupado com mamãe.

Estava infinitamente perturbado, pois naquele instante ouvia a voz musical de Simeon em meus ouvidos. Ele queria me dizer algo, mas era impossível compreender. Era uma harmonia de sons que me enfeitiçava e desafiava. Senti um espasmo de medo em suas palavras, dizendo que minha hora tinha chegado.

Uma mão fria tocou meu ombro. Era Simeon.

– Olá, Chris. Está surpreso?

– Estou aflito, mas não surpreso.

– Você já sabe que é um de nós?

Fiquei paralisado.

Aquelas palavras abruptas não deixaram a menor dúvida de que ele já sabia há muito tempo que eu era um de sua espécie. Agora entendo o porquê da insistência em me querer ao lado de Ângela.

– Divirta-se! Outra hora conversamos.

Eu só poderia lhe dar razão. Minha hora tinha chegado e o meu destino seria mudado daqui para frente. Mesmo amando Ângela, eu ainda queria ter uma alternativa.

– Chris, o desfile já vai começar.

– Tudo bem, meu irmão. Que bom que você está comigo.

O homem de cabelos grisalhos começou o desfile oferecendo uma boa noite a todos.

– Antes de começar o desfile da nossa querida Ângela Dalfllé, estilista renomada na Romênia, que nos dá o prazer e a honra do seu trabalho magnífico de passagem pela França, vamos ouvir um pequeno trecho que nos fará repensar nossas vidas.

Não deixem a loucura dos homens manchar esse século de luzes.

As guerras e as paixões desviadas podem nos conduzir a catástrofes.

Quando a vida lhes oferece um sonho, façam um esforço para se acalmarem.

Imaginem vocês seguindo a pé pelas nuvens, para não serem amarrados pelas forças da inquietude e da ignorância.

Preservem a razão...

Fiquei imóvel com essas lindas palavras, mas elas soavam abafadas em meus ouvidos, pois a razão deixara de preencher minha vida há algum tempo.

Aplausos, muitos aplausos foram ouvidos.

O homem continuou orgulhosamente falando do estilo inovador de Ângela. Ninguém ousava se distrair.

– Após o desfile teremos o baile de máscaras. Sintam-se em suas casas, deitados e aconchegados para sonhar. Iniciaremos o desfile com um vestido salmão, com um pequeno decote em V na frente e uma grande abertura no nível da coxa direita. Por mais que fiquem chocados, esse será o futuro, meus senhores. Olhem para Medina e digam se ela não está linda.

As velhas nem se levantaram, com os olhos vidrados, um escândalo. Uma gaguejou: "Cubram essa mulher". Curiosamente, alguns homens de boa família gritaram: "Esse é o desfile que sempre quis presenciar".

Ângela olhou para mim com ansiedade e deu um sorriso com o canto da boca. Pude ler em sua mente que já esperava por isso.

– Acalmem-se senhores e senhoras, isso não significa que essas roupas serão vendidas nas lojas de Paris. É apenas uma demonstração do que nossa artista é capaz de desenvolver. Agora teremos o prazer de vislumbrar Morgana vestindo um preto até os joelhos. Salto alto deixando marcar suas belas pernas. Nas mãos uma pequena bolsa de couro de jacaré combinando com o calçado.

Uma jovem de aproximadamente 20 anos falou perto de mim: "Compra um vestido desse para mim, pai".

– Richard, vamos embora. Não quero ver nossa filha presenciando essa cena de pornografias.

Bruscamente, sem nenhuma fineza nos gestos, a mulher arrastou a filha pelos braços enquanto seu marido olhava de lado para as pernas de Morgana. O homem estava mais fascinado do que assustado.

Pisquei os olhos para Ângela e lhe dirigi um sorriso um pouco embaraçado.

– Chris, você já sabia que seria assim?

– Sei que está confuso, Alexander, mas já me habituei aos extremos de Ângela. Ela é uma artista que está bem à frente da nossa sociedade, e o escândalo seria inevitável. Creio que era essa a sua intenção.

– Essa mulher me traz uma emoção tão intensa que seria capaz...

– Continue, você parou bem no meio de uma frase sobre Ângela.

Ela não tirou os olhos de mim enquanto discutia com meu irmão.

– Tudo o que posso dizer agora a você, Alexander, é que resolveremos nossas pendências quando chegarmos em casa.

– Não tive a intenção de provocá-lo.

Tive a certeza de que meu irmão era o tipo de pessoa a quem nunca conseguimos nos acostumar.

O desfile terminou a contragosto da maioria, quando todos brindaram com uma garrafa de vinho francês do século XVI.

As luzes que clareavam o palco se apagaram para que todos pudessem colocar suas máscaras. Esse foi um instante perfeito para que eu voltasse a sentir uma leve harmonia em meu ser. Alguns se esbarravam, outros tentavam se desviar dos braços no escuro. Alguns cochichavam quem seria a dama mais linda da festa. Com certeza todos diziam que era Ângela.

Vi seu rosto na mente deles.

Canalhas.

Não conseguia conter meus ciúmes.

Ao menor toque de luz das velas, a música, acompanhada por uma orquestra da Filarmônica de Berlim, começou.

Senti aquelas mãos frias tocarem meus ombros.

– Sou eu Chris, a primeira música será nossa.

– Eu não sei dançar, minha querida!

– Os homens da melhor nobreza enfrentariam os leões na época de Roma para pedir minha mão, e você...

– Não se preocupe, eu nunca deixaria de lhe oferecer tal emoção.

– Olhe para baixo e acompanhe meus pés.

– Eu a observei andar para frente e para os lados, virando e repetindo os passos duas vezes.

– Isso me dá arrepios, Ângela.

– Agora é a sua vez de me conduzir.

Estava em transe respirando aquele aroma que saía de suas narinas. Eu realmente estava dançando.

– Chris, acelere um pouco. Deixe a música conduzir os movimentos do seu corpo.

– Estou um pouco enjoado. Podemos parar?

– Não quero parar, siga meu cheiro que se sentirá melhor.

Não conseguia pensar em mais nada a não ser naquela felicidade do momento, em que se todos na festa pudessem ver meu rosto coberto pela máscara sentiriam a maior inveja de suas vidas.

À medida que a música chegava ao fim, éramos incapazes de nos afastarmos um do outro.

– Ângela, não quero mais saber de ficar longe de você.

– Não se preocupe, somos livres um para o outro. Ainda teremos um futuro em Paris. Apenas me dê um tempo para organizar minha vida e enquanto isso continuaremos a viver como se nada estivesse acontecendo. Não podemos despertar suspeitas.

– Não entendo por quê.

– O que importa isso agora, me abrace!

Abracei-a com todo amor que tinha, pensando que o nosso futuro estava em outro lugar, nos grandes caminhos do mundo. Poderia ser Paris, Inglaterra ou Rússia. O importante era não nos afastarmos um do outro.

Olhei fundo nos seus olhos e perguntei:

– Ângela, você me ama?

– Você sabe muito bem o que sinto por você. Não me deixe constrangida.

– Podemos fazer um trato: promete que não vai me ignorar mais e lhe deixo à vontade.

Ela suspirou.

– A música terminou, vamos dar uma volta no jardim. Além disso, podemos conversar melhor longe de todos.

Olhei para ela por trás daquela máscara e sabia que estava feliz.

– Se fosse preciso, colocaria minha vida em perigo só para ver seu rosto despreocupado para sempre.

– Sabe de uma coisa, Ângela, queria poder dormir esta noite ao seu lado. Posso pedir de joelhos se preferir.

Com a voz rouca, ela tocou em meu peito, dizendo:

– Seria possível se eu já estivesse preparada.

Fiquei impaciente, um pouco atordoado com a sua recusa ou perturbação com o convite.

– Tudo bem, vamos conversar no jardim.

Saímos um ao lado do outro. Depois ela tomou a frente, absolutamente preguiçosa no andar que enchia meus olhos de desejo.

A grama estava toda verde salpicada de flores do campo. A noite, calma como o oceano que arrasta suas areias para o fundo. Assim me sentia, passeando pela praia sem ter como voltar para casa. Mas isso era bom, talvez eu pudesse dormir ao seu lado, mesmo que fosse em meus sonhos.

Perto dela meu coração nunca sabia se se encheria de surpresa ou de dor. Estava acostumado, eu ficaria mais irritado ainda se ela não fosse tão fascinante.

– O que vamos conversar, Ângela?

– Não sei. Nada, por exemplo. É óbvio que sobre nós. Chris, o que faria se eu partisse para sempre?

Abaixei a cabeça, peguei um punhado de flores e coloquei em suas mãos.

– Se você quer me mandar embora de sua vida, vai me causar um susto, mas foi uma oportunidade sem igual conhecer uma mulher como você. Aprendi muito sobre a vida e sobre as inseguranças e limites das mulheres.

Ela me olhou cautelosa.

– Você nunca pensou em arranjar outra namorada?

– Acho que não ia dar certo, a minha história é você. Às vezes me envergonho do que sinto porque beira a humilhação, mas sei que está acontecendo algo entre nós dois que só a morte pode separar.

– Chris, ouvi uma mulher na festa dizer que a melhor época da vida para se viver é quando nos sentimos seguros em relação aos nossos sentimentos. Você concorda?

Fiquei encabulado com a pergunta. Tinha de responder algo, afinal de contas ela estava se abrindo, e isso era bom.

– Creio que quando nossos sentimentos estão confusos não enxergamos a vida com clareza. Olhe para você, por exemplo, não sabe o que quer e por que não consegue se entregar a um amor que lhe faz bem.

– Não estou falando de mim!

– Não é culpa sua fugir. Você não é diferente da maioria da outras mulheres, que são muito teimosas. Tire a máscara para que eu possa ver seu semblante.

– Acho melhor...

– Não ache nada. Tire, estou mandando.

Um silêncio se arrastou.

Estava pálida após tirar a máscara.

– Chris, estou com uma sensação de vazio.

Estava arrependido de ter dito aquilo, mas agora era tarde.

– Por que foi rude comigo?

Estava orgulhoso de mim, mesmo arrependido consegui derrubar sua perfeição desconcertante. Ela era só uma mulher, especial, porém mais humana que todas que havia conhecido.

– Meu coração transbordou de sangue com sua atitude machista. Prefiro voltar para a festa.

– Espere. Ângela, não tive a intenção. Não tem nada a ver com você minha atitude insensata. É que estou com ciúmes dos outros homens presentes e não consigo controlar minhas palavras. Me dê uma chance.

Ela olhou duas vezes para baixo e piscou com a sutileza de um gato.

– Esquece o que você falou, estou bem.

– Sei que está triste, desabafe, por favor!

– Você é o contrário dos homens comuns, mas às vezes me deixa furiosa.

Agora suas palavras estavam ríspidas.

– Você sabe, Ângela, que o humor dos humanos é imprevisível e muitas vezes magoamos sem querer.

Olhei para todo o jardim tentando encontrar algum lugar para que pudéssemos nos sentar, e resolvi convidá-la para sentar ali mesmo no centro do gramado.

Tirei um lenço branco do bolso e o estendi para que não manchasse o vestido.

Preferia que não aceitasse, pois estava magoado.

– O que foi, Chris?

– Não esperava que fosse se sentar sem questionar nada.

– E por que questionaria?

– As mulheres nunca se sentam fora de casa em locais públicos, a não ser em piqueniques e com discrição.

– Só porque estou mostrando uma parte de minha perna não significa que sou uma qualquer.

– Não quis insinuar isto.

– Mas assim me senti, como uma meretriz.

– Não tenho nada contra elas. Até seria capaz de me casar com uma e ir para a América. Dizem que lá é um bom lugar para se fazer a vida, apesar das doenças tropicais.

– Sua família é rica e você não precisa disso.

– Pretendo vencer sozinho a ter que ser sustentado pelo dinheiro sujo de meu pai.

– Mas seu pai não era um fazendeiro e comerciante bem-sucedido, que herdou muitas terras?

– Em parte sim, mas ao longo de sua vida a única coisa que sabia fazer era roubar os camponeses.

Ela bateu palmas.

– Estou orgulhosa de você.

Fechei os olhos, abri a boca para engolir o ar puro do local, mas mesmo assim estava enjoado, com a alma ferida por pensar que meu pai era um crápula.

– Chris, você nunca precisou tomar uma decisão em sua vida?

– Sim, quando deixei a Inglaterra naquele navio. Sabia que tinha que esquecer uma garota que conheci por lá.

– Você ainda é muito mimado, meu bebê. A vida tem tantas grades a serem vencidas, que isso pode parecer muito, mas com o tempo verá que duro mesmo é não ter uma família feliz.

Eu desviei os olhos de espanto. Avaliei sua colocação e cheguei à conclusão de que isso a atormentava e que era a mais absoluta verdade.

– Você gostava dela?

– Um pouco, não mais do que gosto de você.

– Foram namorados?

– Apenas amigos, bons amigos.

– Tenho um favor a lhe pedir. Caso você se interesse por alguém, me diga, não quero ser enganada.

Ali mesmo, sentados no meio do gramado, nos abraçamos mudos de felicidade, rindo e chorando ao mesmo tempo, incapazes de nos afastarmos um do outro.

– Ficamos loucos, Chris. Alguém pode estar nos observando.

– Quero que todos tenham inveja do nosso amor. Não ligo para convenções.

– Diga-me o que sente ao meu lado.

– Uma dor, uma nostalgia de querer ter vivido a vida toda ao seu lado.

– Já senti isso muitas vezes ao seu lado. Parece que o conheço há tanto tempo que procuro ignorar o passado para não pensar no tempo perdido.

– Está tão bom aqui fora, não acha?

– Chris, tudo hoje parece ter um brilho fulminante, que chega a me amedrontar. É melhor voltarmos para o salão.

– Você tem razão. Mas antes quero que me diga se está decidida a ficar ao meu lado.

– Não sei, estou confusa. Por mais que tenha vivido nesta Terra, desconheço o mundo do sentimento e não sei se tenho o direito de me apaixonar por um humano. Posso colocar sua vida em risco.

Sentia seu corpo vibrar diante da emoção de estar colocando seu sentimento mais íntimo para fora, e seu olhar de fera machucada ria acariciado pelo vento. *Tão verdadeiros quanto a noite são os olhos de quem ama, os quais abrem um espaço de liberdade em nos amar mesmo diante das diferenças*, pensei. Era essa nossa decisão: ficar um ao lado do outro. A mente de Ângela era um asilo seguro, tão seguro que lutaria até o fim para desabrochar como mulher.

Olhamos um para o outro e demos um sorriso de cumplicidade.

– Chris, antes de entrarmos quero que saiba que precisarei viajar por um tempo.

– Mas para onde?

– Um local frio e distante.

– Mas justo agora.

– Isso não pode esperar!

– E por que não?

– Meus irmãos estão quase sem controle sobre suas atitudes e precisamos matar nossa sede.

– Posso saber onde fica este lugar?

– É um local frio e gelado onde a simples existência de vida é uma vitória. Quando voltarmos irei procurá-lo, pode confiar.

– Eu quero ir, quero ficar na companhia da mulher da minha vida.

– Isso é loucura. Você não tem nossa agilidade, nem nossa força e não suportaria a temperatura abaixo dos setenta graus negativos. E tem mais, muitas vezes o gelo se quebra quando estamos em busca de alguma caça especial.

– O que é especial para vocês?

– O urso polar branco é nossa caça preferida. Seu sangue mantém nosso corpo vivo por um bom tempo.

– Se você me ama, fique.

– Não estou dizendo adeus, é apenas uma caçada.

– Quero participar dessa diversão, não sou tão fraco assim.

Os cantos de sua boca mostraram um ar de desaprovação.

– Você não tem medo da ameaça que vai sofrer sua vida? E quanto a sua mãe e seu irmão?

– Um dia na vida temos que deixar nossa casa e família e seguirmos nosso caminho, e eu vou correr esse risco.

– Não posso te dizer nada agora antes de consultar Simeon.

– Como vocês pretendem chegar até lá? Não vai me dizer que vocês são capazes de voar.

– Com franqueza, até que eu gostaria de saber voar como os morcegos, mas o que falam dos vampiros não é tudo verdade.

Sua expressão era amigável e tinha certeza que iria interceder por mim junto a Simeon e os outros.

– Nós vamos pelo mar. Saímos da costa francesa até atingirmos a Noruega e navegamos até o polo Norte. Fomos piratas no passado e temos um navio de quinze velas e vinte pés capaz de nos levar ao redor do mundo em pouco tempo se o vento nos ajudar.

Essa seria a viagem mais marcante da minha vida, um acontecimento do qual me lembraria depois de velho e contaria aos meus netos.

– Ângela, estou tentando imaginar como é caçar ursos brancos, tão selvagens e fortes quanto vocês.

– Com o passar dos anos, nos acostumamos a enfrentar todo tipo de inimigo que existe na face da Terra, e posso lhe assegurar que juntos somos mais fortes do que qualquer um. Mas nesta época, eles estão saindo da hibernação e estão muito irritados. Você não queria que caçassemos ursos dormindo, isso não teria a menor graça.

Seus olhos agora estavam ameaçadores.

– E quanto aos filhotes, vocês os matam também?

– Só caçamos ursos velhos e famintos, a não ser que algum jovem valente se intrometa em nosso caminho. Caçamos também leões marinhos e focas na Noruega.

– Mas esses são presas fáceis!

– Se estiverem no mar, nem tanto. Eles defendem seus filhotes com a própria vida. Não há nada mais divertido do que caçar focas em alto mar.

– Você é injusta.

Ela suspirou, meditando.

– É preferível eles do que seus irmãos humanos. Além do mais, não vejo a menor graça em atacar seres fracos como vocês.

– Vamos falar de outra coisa e voltar ao baile.

– Do que você quer falar?

– Que você me prometa que não irá a essa caçada.

– Eu não posso lhe prometer nada, meu senhor.

Ela parecia se divertir em ver meus olhos cheios de cólera.

Voltamos ao palácio quando a música voltava a tocar.

– Ângela, vou tomar algo.

– Não demore, esses humanos me cansam.

Fui primeiro até o banheiro ajeitar minha gravata. Esse era um privilégio dos ricos. Os homens já estavam um pouco altos da bebida e alguns falavam coisas obscenas. Alguns gesticulavam, outros soltavam perdigotos, outros sorriam soltando em suas afirmações grosseiras que Ângela era a mulher mais ... da festa.

Um deles esvaziou um copo num trago e colocou a mão em meu ombro.

– Meu jovem, nunca se esqueça, as mulheres, por mais maravilhosas que sejam, pertencem aos homens. É nosso papel de homem fazê-las compreender que elas só prestam para nos servir. Essa é a nossa função na Terra.

– Estão se divertindo – murmurei.

– E você não, meu jovem?

Uma cólera invadiu meu estômago e não perdi a oportunidade de testar minha força. Seus rostos ficaram estarrecidos ao me verem levantar o homem do chão com apenas uma das mãos e jogá-lo pela janela.

Um deles tentou interromper, mas quebrei seu nariz dentro da sua cara de bode velho e fedorento, cheirando a uísque.

Diante do ocorrido, alguns dos presentes que estavam sóbrios me levaram de volta para a festa.

– Meu jovem, não se preocupe com o que alguns homens dizem das mulheres, continue sua vida e chegue você mesmo à sua conclusão.

Um deles acendeu um cigarro, afrouxou a gravata e me disse:

– Sei que gosta dessa mulher, mas tenha paciência. A vida nos ensina a ter tolerância quando envelhecemos. Eles foram deselegantes, mas se ela gosta de você de verdade, ninguém no mundo mudará isso.

As palavras e a valentia se evaporaram da minha boca e do meu corpo como a mais breve das brisas.

O local agora estava escuro e o cheiro de bebida transpirava das paredes. Olhei por todos os lados e não encontrei Ângela. Algumas mulheres estavam sentadas nas poltronas, os homens conversavam em grupos de três ou quatro, e muitos já tinham partido. Eram quase 11 horas da noite e o caminho de volta era longo.

Nunca tinha ido a festas como essa e pude notar que a bebida tinha feito das pessoas palhaços temporários. Um homem com a gravata pendurada nas costas formava uma nuvem de fumaça de cigarro em cima de nossas cabeças. Rodopiava pelo salão com os olhos fechados até que caiu em um canto morto de bêbado.

A sociedade e a nobreza francesa realmente eram impressionantes. Apesar do ocorrido no banheiro, estava feliz esta noite, mas a essa altura só queria ir embora. As músicas não eram as minhas favoritas e não queria mais sentir o cheiro de tabaco e álcool que adocicava o ambiente.

Uma jovem num tom educadamente desinteressado me perguntou:

– Procurando por alguém?

– Uma amiga.

– Eu a conheço?

– Creio que a tenha visto por aí, ela é a dona da festa.

– Olhe lá no meio do salão, ela e aquele rapaz dançando.

Poderia imaginar qualquer pessoa dançando com Ângela, menos meu irmão. Poucos usavam máscaras e resolvi tirar a minha. Minhas mãos ficaram trêmulas e engoli a seco um choro que apertava minha garganta. Esvaziei um copo de uísque num trago, e mantive meu rosto na mesma altura dos dois. Tentei dar um passo à frente, mas resolvi esperar.

Podia-se notar, mesmo na penumbra, o interesse apaixonado de Alexander por ela. A dificuldade em aceitar o ocorrido finalmente chegou ao final.

Não havia dúvida de que meu irmão tinha expectativas em relação a Ângela, e seria melhor interrompê-lo antes de qualquer iniciativa infeliz.

Seria o fim dessa liberdade dos dois em dançar descaradamente na minha frente.

– Oi, Ângela, não perdeu a oportunidade de bancar a provocadora! Estão se divertindo?

Corri os olhos pelo salão e alguns nos olhavam. Alguns viraram a cara.

Ângela suspirou com raiva e virou de costas.

– Não é isso que está pensando, Chris!

– Não precisa dar explicações, Alexander. Eu já tinha lhe avisado para não se aproximar dela.

– Mas...

– É bom saber que não posso confiar em você. A natureza do ser humano nunca muda, e não poderia ser diferente agora.

– Não estamos fazendo nada escondido!

– Estou tentando imaginar o que os dois fariam após a festa. Decerto iriam procurar corujas no alto dos carvalhos.

Ela sorriu, me provocando.

Eu estava tremendo só de pensar que os dois poderiam ter combinado algo. Ela era tudo, e esse tudo era a minha vida.

– Ângela, vai me dizer agora que sou mimado?

Ela me olhou pálida e respondeu:

– Estou muito aborrecida por desconfiar de mim. Quanto a seu irmão, não sei o que pensa dele, mas você já me conhece o bastante para isso. E tem mais, não sou sua mulher e não pertenço a homem nenhum.

– Você pertence a mim!

– Sabe, Chris, de que adianta a chuva cair há mil anos na Terra se vocês humanos já têm ideias prontas a respeito de tudo? Vocês não compreendem nada, mas os asnos não compreendem nada, pior para eles!

– Fale baixo, não quero que todos ouçam.

– Está desencorajado a continuar com a conversa?

– Precisamos tomar cuidado. Você mesma não disse que era melhor assim?

– Disse, mas você adquiriu o dom de me tirar do sério.

– Então do que vamos falar?

Ela me encarou livrando-se dos braços de Alexander como se tivesse deixado algo escapar, e me apertou contra seu peito.

– Fique perto de mim, Chris.

Seus olhos assumiram aquele ar de mulher apaixonada, sua respiração agora era difícil e sua expressão facial indecifrável.

– Lamento pelo que falei a você, Ângela, mas meu ciúme foi maior. Não consigo aceitar a ideia de vê-la perto de ninguém.

– Era seu irmão.

– Não interessa, ele é um sem honra igual a meu pai. Eu posso até entender, mas não quero que aconteça de novo. Vou tentar me controlar.

– Espero que não leve esse assunto para frente, sua mãe pode ficar magoada. Além do mais, ele, como qualquer homem, tem o direito de me chamar para dançar, por enquanto não temos nada um como o outro.

Olhei em direção ao chão.

– Estou brincando, se você fica triste me vendo ao lado de outro, nunca mais farei de novo. Compreenda que nada vai mudar o que sinto por você.

– Vamos aproveitar o resto da festa e dançar um pouco.

– Você gostou dos arranjos, da orquestra e do desfile?

– Achei tudo maravilhoso, mas tem um porém: amanhã bem cedo o folhetim parisiense trará na primeira página o seu estilo descarado de mostrar suas roupas.

– É assim que você vê minha obra?

– A sociedade não está preparada ainda para tais abusos, mas eu fiquei emocionado com o seu trabalho. Eu sabia que suas criações iam deixar as pessoas sem jeito.

– Agradeço por me alertar, mas eu sempre esperei isso tudo dessa sociedade hipócrita.

Ela sorriu um sorriso muito branco e não dissemos mais nada. Terminamos a dança e ficamos ali sentados, no escuro, ouvindo a música suave tocada pela orquestra. Então ela se virou em minha direção e disse:

– Gostaria que minha mãe estivesse aqui conosco. Ela morreu há tantos anos na Romênia, mas até hoje não me acostumei com sua ausência.

– Tenho certeza de que ela ficaria orgulhosa de sua filha.

– E quanto a seu pai?

– Ele era um homem bom, esperto, mas a bebida o levou a uma morte trágica. Ele morreu afogado tentando salvar um de meus irmãos. Uma tragédia, nunca mais nossa família foi a mesma.

Não consegui erguer os olhos para fitá-la. Ela assentiu com um gesto que estava tudo bem. Tive pena.

– Está com fome, Chris? – perguntou-me virando o olhar para a cozinha.

– Muito, não comemos antes de vir para cá.

– Então vou lhe servir algo.

A cozinha era imensa, tendo ao centro um enorme fogão a lenha de duas bocas. Nunca tinha visto igual. Nas paredes, muitas panelas de bronze enfeitavam o cenário embriagado de colheres de pau e outros utensílios.

– Pegue os pratos e se sente em um dos bancos, vou fazer algo para nós.

– Não acredito que saiba fazer nada na cozinha, minha querida!

Ela ergueu o rosto descontraída e abriu um sorriso largo.

– Na verdade, não sei mesmo, mas posso tentar.

– Deixe isso para outro dia, posso tomar um pouco de leite e comer algumas torradas. Foi uma longa noite e tenho certeza que não está se aguentando em pé.

– Tem um livro de receitas aqui bem nessa gaveta e posso fazer algo rápido para você. Confie em mim, já fiz coisas piores.

– Você é tão companheira, Ângela, que não saberia viver mais sem seu carinho e sua atenção. Sei que temos nossas desavenças, é que morro de ciúmes, eu não queria sentir isso, mas é mais forte do que eu.

– Essa é a primeira vez que alguém me fala isso desde a infância, que não conseguiria viver sem mim. Às vezes, ao anoitecer, fico pensando em você até que meus olhos se percam na imensidão de Paris. Aí a cidade se transforma numa cidade de fantasmas e apenas me lembro de meus pecados. Mesmo que não existisse outra razão para que eu vivesse, já bastaria ter você como amigo.

Sabia que estava mentindo, seus olhos brilhavam e suas mãos não encontravam um abrigo certo.

– Chris, você pode dormir aqui no castelo hoje e amanhã bem cedo partimos. Será uma boa oportunidade de conversarmos com Simeon a respeito da viagem ao polo Norte.

– E quanto a Alexander e o cocheiro?

– Eles podem partir assim que o sol matutino começar a aparecer e avisam sua mãe. Mais tarde iremos com mais calma.

– Não quero incomodar.

– A única coisa que pode me deixar magoada seria a sua recusa. Como vocês dizem, estou tão carente.

Pedi que me estendesse a mão e a beijei por um instante. Antes que eu pudesse reagir, ela chegou mais perto e sussurrou com seu hálito frio bem próximo à minha pele que o meu cheiro de humano a perturbava muito.

– Presumo que não esteja sendo envenenada, por acaso.

Ela não manifestou a menor emoção. A profundidade do sentimento dela por mim podia ser medida apenas por seus olhos, os quais viviam chamejando no seu rosto lívido.

– Um dia vou escrever sobre nós, Ângela.

– E o que tem em mente?

– Escreverei que a vida continua mesmo quando só vivemos apenas de discursos, de disfarces e de emoções reprimidas.

– Não entendi.

– Eu quero dizer que estou cansado de ser observado a todo tempo, como se fosse um matador que caminha em silêncio pela floresta e atravessa uma ponte deserta para aprender, mesmo com medo que do outro lado não exista mais salvação para seu amor.

– Você poderia encontrar algum mestre alquimista que fosse capaz de me dar todo ouro do mundo, então eu seria sua para sempre.

– Eu imagino que isso não seria suficiente para mudar sua história, porque seu coração ainda não está preparado. E tem mais, a sabedoria que está nos atalhos e estradas da vida ainda não lhe ensinou os segredos da paixão.

– Graças à minha situação, isso não é algo urgente. Mas lhe agradeço por ter me aberto os olhos.

Balancei a cabeça com o coração apertado pela ironia da situação.

– Oi, Ivan. Por que tanta pressa? Quer nos dizer algo?

– Receio que todos devam partir o mais rápido possível pois uma tempestade está a caminho. Não temos acomodações para todos.

– Como seu irmão sabe disso?

– Ele é o melhor farejador que já conheci.

Seus olhos estavam escuros e realmente ele se preocupava com os humanos. A orquestra parou e Ângela subiu ao palco para pedir a todos que fossem embora enquanto era tempo, pois uma forte tempestade estava por vir.

Um dos homens embriagados disse: "Por que tanta pressa, minha princesa, por que esse desejo urgente de nos afastar? Ainda precisamos conversar a sós. Uma noite sozinho com você e nunca mais será a mesma".

Máximus apareceu de repente e atirou o homem da sacada bem no meio do jardim.

Muitas palavras saíram desordenadas da boca dos presentes, que aos poucos esvaziaram o salão.

Embora esse sentimento jamais tivesse tocado o coração de seu irmão, senti o ódio e o amor juntos lhe lacerar as entranhas.

Tomado de dor, Máximus pousou as mãos nos ombros de Ângela dizendo:

– Não tenha medo, você está segura.

Meu coração ficou apertado com esse gesto carinhoso que partia justo de um monstro de pele fria. Daquele momento em diante, sabia que podia contar com Máximus para tudo. Ele era o mais velho e conhecia este mundo bem demais; e além do mais, sua alma era quase humana.

– Agora que todos partiram, podemos descansar um pouco.

– Concordo com você, meu irmão. Chris, você ficará confortável num dos quartos no canto esquerdo do castelo. Quanto a seu irmão, pode dormir na cocheira. Lá tem uma carroça coberta que alguns ciganos esqueceram por aqui.

– Não acredito que você fará isso.

– É verdade, se você preferir que seu irmão durma com os porcos... Seria uma desordem completa e o barulho nos atrapalharia.

– Você é cruel, minha querida!

– Não entendo o seu espanto, seu irmão fez por merecer.

– Você está me escondendo algo que te chateou na presença dele, mas prefiro não saber.

Ela se mostrou indiferente.

– Algo errado, Chris?

– Não.

– Então vamos, seu quarto é ao lado do meu.

Subimos as escadas e atravessamos corredores e vários quartos até que chegamos.

– Quer me dizer algo, Chris?

– Estou ansioso com a viagem.

– Não se preocupe, tudo vai dar certo. Simeon é um bom homem e vai entender seu desejo em ser um de nós.

– Pode entrar, seu quarto está arrumado.

– Não acredito que vai me dar boa noite assim.

– Pare com isso, o jogo terminou.

– Do que está falando, Ângela?

– Eu não quero mais pensar em mil maneiras de fugir do seu assédio, tento parecer indiferente mas você finge não entender que não posso.

– Não pode ou não quer?

Ela se afastou um pouco da porta.

– Estou cansada. Boa noite. Durma bem, amanhã bem cedo te acordo para o café.

– Você age de um jeito tão estranho, Ângela!

– Não diga mais nada. Até amanhã.

Entrei quarto adentro, olhei para a decoração e havia muitos tapetes espalhados pelo chão e em cima das poltronas. O dono desse quarto deveria ser um grande apreciador das artes, pois as paredes estavam completas com acervos de grandes pintores da época. Fiquei intrigado porque a porta não tinha fechadura, mas do jeito que estava cansado, o que isso iria importar.

Fiquei me perguntando por que Ângela se fazia de inocente tendo a idade que tinha. Ela nunca diz nada de convincente a nosso respeito e sempre resiste ao entusiasmo que vejo em seus olhos.

Mulheres, nunca sabem o que querem!

Tirei o fraque e as botas e sentei um pouco na beira da cama. O tecido de seda era tão macio que não resisti em me encostar um pouco no travesseiro. Foi uma noite longa e cheia de novidades e minha cabeça ainda não tinha assimilado tudo que presenciei e ouvi.

Parecia que eu já conhecia o lugar, eu podia jurar que já estivera ali no passado. Pensei em meu irmão, na sua postura infame. Foi a última vez que tentei ser tolerante com ele. Sabia que agora tudo aconteceria no seu devido momento, que há tempo para tudo e não adiantaria me apressar em relação aos meus sentimentos.

Queria entender por que os homens só ousam se libertar das convenções quando estão com a cara cheia de bebida. Presos ou não às regras da sociedade, não se deixam sentir a intensa vibração que saem de seus espíritos. Isso significa que os homens jamais deixarão de mascarar sua vontade e sempre terão pretextos para encobrir seus erros. Portanto, a humanidade está condenada a cometer crimes e aberrações até os seus últimos dias.

Ainda preciso aprender muito.

Pensei em gritar janela afora para que todos ouvissem o quanto amo Ângela, mas preferi me contentar em adormecer em paz e com meus sonhos.

No meu sonho apareciam vários rostos que logo desapareciam, até que ouvi uma voz de mulher me dizendo: "Ainda preciso me acostumar com o amor dos humanos, lamento se te magoei".

Alguém me segurou pelos ombros e beijou minha nuca. Virei e nos beijamos duas vezes no rosto. Sua respiração estava ofegante, falava baixinho ao pé da minha orelha. Tudo ficou em silêncio, apenas um braço passou por cima do meu peito deixando sua mão cair de leve sobre a cama.

Tomei fôlego e resolvi abrir os olhos.

– O que faz aqui, Ângela? Não deveria estar em seu quarto a essa hora?

– Espero que reconsidere minha fraqueza, mas não consegui dormir pensando em você.

– Mas o que quer de mim?

– Apenas fazer parte de sua alegria.

– Não sei o que dizer.

– Apenas me abrace e pense que existem muitas maneiras de se sentir feliz ao lado de alguém, mesmo sem fazer amor. Assim como o pai que dorme ao lado de sua filha.

– Não seja insensível.

– Como uma filha que precisa dos seus braços abertos para esquecer a tristeza de uma perda.

– Eu não sei dizer se para mim é uma honra ou uma tortura estar ao seu lado.

– Lamento, Chris, mas agora vamos dormir.

Enxuguei minha testa molhada de suor, fingi uma expressão inocente e virei de lado. Tentaria dormir, não sabia como, com esta mulher presa em minhas costas com seus vastos seios me apertando.

Mordi a língua por uns cinco minutos tentando manter o sangue frio enquanto procurava pensar em algo que distraísse meu sonho interrompido por uma visita inesperada.

– Chris, você sabe que não sei dançar?

Fingi não ouvir.

– Eu nunca me importei em dormir sozinha, mas agora que tenho você, tenho que me contentar com algumas ocasiões especiais. Sei que está me ouvindo, mas não precisa responder. Apenas não faça amor com ninguém. Espere que serei sua um dia.

De toda essa loucura, só me lembrava no outro dia de uns poucos momentos aqui e ali. Acordei e estava sozinho deitado na cama. O frio era intenso e resolvi passar das dez. Lembro-me que tinha pendurado minha roupa numa das poltronas e as botas deixei nos pés da cama. Mas agora só vejo roupas pretas e um sapato de pele.

– É hora de se levantar Chris, deixe o sol da manhã invadir seu quarto enquanto arrumo as coisas por aqui.

– Tudo está no seu devido lugar, minha querida!

– Pode ser, mas quero colocar flores para decorar o ambiente. Esta noite decidi algo muito importante para minha vida.

– Posso saber se estou no meio dessa decisão?

Ela sorriu torto para mim e continuou o trabalho.

– Ficou surpreso por eu ter dormido ao seu lado ontem à noite?

– Um pouco, sei que você só achou a casa um pouco grande.

Ela refletiu por um minuto.

– Você não parece mais preocupado com meus sentimentos, esperava mais do seu caráter.

– Para mim, nossa aliança não passa de uma cerimônia tola e infantil e sei que devagar vou me esquecer de você.

– Isso deve ser alguma piadinha, não?

– Entenda como quiser, hoje não estou para explicações nem brincadeiras.

– Estou surpresa com a sua falta de romantismo.

– Foda-se! Não quero saber da sua opinião.

– Dormiu bem! Seu humor não está dos melhores hoje.

– Estou com a cabeça cheia, peço perdão.

– Não consigo imaginar você irritado, Chris, ficou lindo com essa sua atitude.

– Está se divertindo às minhas custas, não está?

– Perguntei se tem ideia de como está lindo. Seu rosto está vermelho.

– Pensei que você preferisse que eu a beijasse pela manhã, em vez de me fazer perguntas que não nos importam mais.

– Mas não é assim que vocês dizem: discutimos a relação a todo momento e sempre queremos saber o máximo dos sentimentos e do passado do parceiro.

– A vida toda tenho estado cercado de pessoas que agem dessa forma, eu só quero descobrir a ternura da mulher que amo.

– Vamos descer, meu pai o espera.

– Espero que não me abandone à própria sorte ao lado de seu pai.

– Você não vai correr, vai?

Ela me observou intensamente, tentando me dar forças para a ocasião.

– Ainda não me esqueci como se porta um homem diante do pai da noiva.

– Não me deixe confusa, vamos descer.

– Sente-se, meu jovem, espero que não se importe que comamos carne crua no café da manhã.

Meu estômago revirou. Eles ficaram me olhando tomar um copo de leite puro e ingerir algumas frutas.

– Ângela me disse que quer nos acompanhar até o polo Norte em uma de nossas caçadas.

– O que é que vocês acham disso, meus filhos?

Amisis olhou rápido em minha direção com um olhar de desaprovação.

– Penso que ainda não é hora de se juntar a nós, os perigos que nos aguardam podem ser fatais a ele.

– Por que diz isso?

Porque meu filho Amisis muitas vezes consegue prever o futuro, e em relação à viagem, vieram à sua mente muitas tormentas em nosso caminho.

– Mesmo assim estou disposto a enfrentar o perigo ao lado de Ângela.

Todos se olharam, analisaram minha mão e o sinal contido nela, e abriram um sorriso tão grande quanto os mares que teríamos que enfrentar. Sabiam de algo de minha vida, mas por enquanto creio que ficariam quietos.

– Então está bem – respondeu Simeon. – Você é mais um dos tripulantes do navio Luis V.

Pedi para que selassem um dos cavalos e corri para avisar minha mãe. Máximus me acompanhou por toda a viagem, só que correndo na frente como se fosse um guardião. Às vezes subia em alguma árvore, parava um pouco e logo à frente estava ele, correndo cada vez mais rápido.

Pouco antes das quatro da tarde chegamos aos arredores de Paris. Deixei o cavalo preso na floresta e segui a pé até minha casa com Máximus.

– Você quer mesmo ir comigo, meu amigo?

– Não vejo nada que impeça isso.

Entrei pelo portão e minha mãe esperava ansiosa pela minha volta.

– Não esperava que chegasse tão cedo, meu filho! Seu irmão disse que iria ficar mais um pouco por lá. Mas fiquei aliviada ao vê-lo de longe, sendo acompanhado por um homem tão distinto.

– Ela gostou de você, Máximus!

– O que disse, meu filho?

– Desculpe mãe, esse é meu amigo Máximus, filho do tenente Simeon.

– Muito prazer.

– O prazer é todo meu, senhora.

– Venham, vamos entrar.

Eu me sentei perto da entrada, no local reservado a meu pai quando estava junto a nós.

– Como vai seu pai?

– Está bem, apesar da idade.

– Mas o que traz os dois com essas caras de espanto para a minha, ou seja, a nossa casa? É uma tradição de nossa família receber as visitas e tornar a nossa casa delas.

– É que...

– Diga, meu filho.

– Nós vamos viajar para o polo Norte.

Sua face ficou aterrorizada.

– Me ajudem.

– Está passando mal, mãe?

– É apenas um mal súbito, é que não esperava por essa notícia. É muito perigoso e fica muito longe. Além do mais, é um local inóspito e nunca ninguém se arriscou a ir até o fim do mundo. Eu nunca conheci quem quisesse ir até lá.

Seus lábios se comprimiram. Ela não deixaria sem relutar. Tirei vantagem dessa pausa e anunciei meu falso namoro com Ângela.

– Sabia que tudo isso era por causa dessa mulher.

– Não diga isso, mãe, ela me ajudou a reerguer minha vida depois que voltamos da Inglaterra. E a senhora mal a conhece.

Seus olhos estavam furiosos.

– Sua mãe está certa, Chris! A viagem pode ser perigosa.

– Eu terei que descobrir os perigos da vida sozinho, Máximus. Ângela não tem nada a ver com minha decisão.

Minha mãe estava impressionada com minha coragem, pude ler em sua mente. Aquele garoto fraco e mimado de outrora tinha se transformado num homem maduro e dono de sua vida.

– Mesmo que eu quisesse não poderia impedi-lo de ir nesta viagem, você já é dono de sua vida, meu filho. Tenho medo, mas estou orgulhosa de sua coragem e ao mesmo tempo sinto uma inveja que machuca meu coração. Gostaria que seu pai tivesse se arriscado pelo menos um pouquinho por mim. O que o tenente Simeon e sua família irão fazer num local daqueles?

– Senhora, eu, meu pai e meus irmãos fazemos pesquisas a respeito da fauna local há cinco anos. Quando chegarmos a alguma conclusão a respeito do que queremos, a Europa inteira agradecerá o nosso esforço. Todavia, penso que não temos nada a provar, nossa admiração e esforço em conservar o urso polar branco já é suficiente para sermos notados pela vida científica.

Que audácia em falar em conservação, pensei. *Pelo menos eles matam só os mais velhos.*

Minha mãe se calou de repente. Em sua mente se formava a imagem de uma imensa tempestade em alto mar.

– O que foi agora, mãe?

– Meu instinto materno diz que durante a viagem vocês podem morrer, e tudo porque a humanidade não para de se esforçar em modificar a ordem natural das coisas que estão em perfeito equilíbrio.

– A senhora não compreende.

– Não compreendo o porquê de tantas perguntas a respeito da vida e do mundo. Você está apaixonado, deslumbrado por uma mulher linda e atraente. Na sua idade, quase tudo é compreensível em nome da paixão, mas quanto a eles...

– Não quero que diga mais nada, mãe.

– Tudo bem, não vamos, não vamos nos magoar. Você pode ir, ficarei rezando para que volte são e salvo.

– Obrigado, a senhora é a melhor mãe do mundo.

– Não precisa me mimar. Apenas me abrace e me dê um beijo de despedida e não de adeus.

– Eu nunca digo adeus a quem eu amo, mãe, e por mais que o caminho seja sinuoso, eu vou voltar.

– Agora podemos ir, Máximus.

Pela primeira vez na vida senti minha mãe inteiramente só. As lágrimas caíram, mas tive quer ser forte e não olhar para trás.

– Espere, Chris, não voltaremos para o castelo. Iremos para o Canal da Mancha, nosso navio se encontra escondido próximo da costa e todos estarão nos esperando.

– Quer dizer então...

– Isso mesmo que você pensou. Sabíamos que você iria e não queríamos perder tempo.

Fiquei encabulado.

– Você disse algo, Chris?

– Não, apenas estou tentando compreender suas atitudes.

– Não tente entender alguém que tem 618 anos. Eu já conheci todo tipo de gente desse mundo e posso lhe garantir que quase todos são praticamente iguais, ou melhor dizendo, previsíveis. Quando não estão correndo atrás de dinheiro, mulheres e poder, estão pensando em como conseguir isso. Vocês humanos são patéticos. Espero que você não me decepcione muito!

– Desculpe-me, meu amigo, mas você não é lá grande coisa para criticar nosso modo de vida, e além do mais, um dia sua vida foi como a minha.

– É melhor mudarmos de assunto.

– Vou sentir falta de Paris, mas é por uma boa causa, em prol da humanidade.

– Que bom que você é compreensivo e inteligente.

– Você é um lobo em pele de cordeiro, queria ter sua frieza.

– Vamos, já estamos saindo da cidade e precisamos nos apressar. Suba em minhas costas para que possamos chegar mais rápido.

Saímos quase voando em silêncio pela mata que circundava Paris. Em pouco menos de três horas já estávamos no Canal da Mancha.

A maior parte do caminho era margeado por grandes árvores intercaladas por carvalhos centenários. Pude ver o mar de longe, e tentei absorver ao máximo sua força, sua energia que pode nos manter vivos se temermos suas águas a todo momento.

– Hoje o vento está a nosso favor. Será uma viagem inesquecível. Fique feliz por se juntar a nós, Chris, e não tema, estaremos sempre ao seu lado. E além do mais, se lhe acontecer algo, Ângela nunca nos perdoaria.

Polo norte

A água verde-claro do mar misturada com uma porção de algas estava agitada e se quebrava nas rochas. A praia só tinha uma pequena faixa de areia na beira da água, nunca tinha visto o mar tão bravo. A linha da maré era tomada de enormes troncos trazidos pelo mar, embranquecidos pelas ondas salgadas. O vento estava salgado e frio, fazendo com que às vezes eu perdesse o fôlego.

– O navio está ancorado em uma ilha a quarenta quilômetros da costa e iremos nadando até lá.

– Mas o mar está muito bravo, Máximus, podemos ser arrastados para alto-mar.

– Não seja covarde, se quiser pode ir embora.

– Nunca, e não me chame de covarde.

– Siga-me e se não aguentar com a força das ondas e só pedir ajuda.

Ele estava enganado em relação a mim, poderia nadar tão bem quanto ele, só não tinha sua força descomunal.

Caímos na água fria em meio a um vento forte e ondas de até quatro metros de altura. Nem eu mesmo achava que seria capaz de enfrentar tal desafio. Por mais que o mar tentasse me arrastar, eu nunca me cansava, e o sinal de minha mão às vezes brilhava tão intensamente quanto a lua que clareava a noite. A trajetória era longa, a mais longa de minha vida, e foi quando avistei uma fogueira que irradiava uma luz verde da floresta próxima à praia.

Eram eles.

Certamente estavam nos aguardando.

Quando saímos do mar, Ângela abriu um sorriso enorme. O mais longo de todos.

– Venha, Chris, sente-se junto a nós antes que a madeira se transforme toda em cinzas. Estou feliz por vê-lo.

– Eu também, minha querida. Estava ansioso para estar ao seu lado.

Ivan se ajoelhou junto da fogueira colocando mais gravetos.

– Gostou da viagem, Chris? – perguntou Simeon.

– Posso dizer que foi muito agradável, apesar do mar forte e do vento frio.

– Então se aqueça, senão pode pegar um resfriado.

Eu sorri.

– Vamos descansar um pouco, às três da manhã partiremos rumo ao polo Norte. Você e Ângela descansem. Terão muito tempo para conversar.

– Boa noite.

– Boa noite a todos.

– Não se preocupe, pai, ficaremos alguns minutos conversando.

– Está feliz por eu estar aqui, Ângela?

– Muito. Achei que sua mãe não permitiria que viajasse conosco. Está com fome?

– Um pouco.

– Antes que você chegasse fiquei imaginando como seria a viagem se não estivesse aqui comigo. Coma um pouco do peixe que sobrou.

– Vocês comeram isso?

– Por que o espanto? Peixe cru é saudável.

– Não, eu prefiro assado.

– Fique à vontade, faça como quiser. Enquanto sua comida esquenta vou dar um passeio pela praia.

Improvisei um buquê de flores do campo feitas com ramos de palmeira e deixei bem ao meu lado para quando ela voltasse. Olhei o céu, estava tão claro quanto meu amor, e a maré agora tinha baixado.

O calor do fogo estava tão aconchegante que mal conseguia manter meus olhos abertos. Comi todo o peixe que havia sobrado e encostei minha cabeça em um monte de areia que ainda mantinha o calor do dia. Tentei imaginar um pouco da viagem, mas acabei adormecendo.

Sentia-me livre em meus sonhos e só conseguia visualizar sombras escurecendo as ondas que terminavam na praia. Virei meu corpo de lado e cruzei as pernas em direção ao peito para me aquecer melhor.

– Acorde, Chris, vamos conhecer o navio.

– Espere, tenho um presente para você.

– Eu já tinha visto e guardei com o maior carinho. São ramos de palmeiras lindos e o seu talento em transformá-los em flores é impressionante.

À medida que nos aproximamos do navio, pude ver suas velas tingidas de preto e vermelho. Ele estava ancorado ao lado de uma grande piscina feita pela natureza que parecia conter um aquário natural bem embaixo do meu nariz. Olhei para o rosto de Ângela refletido pela água e notei uma beleza nítida, com seus olhos dourados, sua pele sedosa de tão branca e suas maçãs do rosto escondidas por duas linhas que intermediavam a face. Era noite de lua cheia e a noite era a mais clara que já presenciei em minha vida. Tinha uma expressão infantil.

– Vai ficar me olhando, Chris?

– Desculpe, eu só estava pensando um pouco.

– Venha, vamos subir a bordo. O último passeio dele foi há vinte e cinco anos. Fomos a tantos lugares, partilhamos tantos sonhos.

Ela calou-se de repente. Parecia estar com alguma perturbação visual e escorou em um dos mastros.

– É você, Jack. Às vezes me esqueço que nunca abandona o navio. Este é um amigo da família, Christofer.

– Esperava por ele. Simeon já havia me falado que trariam um humano.

– Senhor, espero não dar trabalho durante a viagem.

– Olhando para vocês, posso jurar que estão apaixonados e sei que farão tudo para se manterem um ao lado do outro, sãos e salvos, e isso me deixa mais tranquilo. Não preciso perder meu tempo tentando salvar sua vida.

– Ele não sabe, mas não preciso da proteção de ninguém, velho idiota!

– Não vamos demorar, Jack, daremos apenas uma olhada. Quero ver se minha cabine está como deixei há vinte e cinco anos.

– Posso garantir, senhorita, que nada mudou desde então. As luzes estão apagadas e o cheiro de roupa de cama usada continua o mesmo.

– Você é mesmo um velho preguiçoso.

Seus olhos estavam inchados, creio de tanto dormir.

O homem com um chapéu negro na cabeça desceu as escadas sem se despedir.

– Quem é esse, Ângela?

– É um velho amigo da família. Foi transformado em vampiro há quase setecentos anos, quando foi capturado em uma batalha entre piratas. É um bom homem, só um pouco ranzinza. Você vai gostar dele.

– Espero.

– Aprenda uma coisa, Chris, entre nós temos que conservar a amizade sempre. O mundo é nosso inimigo eterno e enquanto vivermos nas trevas todo o cuidado é pouco.

– Vou tentar me lembrar disto.

Enquanto tentava recuperar minha atenção para o navio, o homem voltou para o convés e me deu de presente uma espada do século XV.

– Você está certa, minha flor, precisamos de bons amigos.

– Ouça, meu jovem, guarde essa peça de prata que estou lhe dando de presente com sua própria vida, ela pertenceu ao famoso pirata John Mackwoud. Ele foi o pirata mais sangrento dos sete mares. Nunca me chamou de filho, mas no fundo sempre teve um carinho especial por mim.

– Esse presente significa, Chris, que daqui para frente sua vida será de inteira responsabilidade dele.

O capitão Mackwoud era seu pai. Sua mãe era uma cigana romena que morreu em uma das batalhas em busca de ouro em terras espanholas.

– Pelo visto todos querem me manter vivo. Mas digo que não tenho vocação para criança mimada.

– Talvez você signifique muito para eles, eu mesma não sei dizer por quê.

Tentei ler sua mente, e ela realmente não fazia a menor ideia de quem eu era de verdade.

Sentamos na beirada do navio e ficamos a observar o mar.

A vida continuava, deixando minha família para trás, e por um momento tive que engolir as lágrimas que tinham me ameaçado o dia todo. Olhando para o mar, conseguia ver suas águas escuras misturadas ao branco das ondas salgadas, até pensei em acenar. Dizer que estava partindo em busca de outros caminhos que me levassem à felicidade e ao descobrimento de quem eu realmente era.

Era fácil conversar com ele, como se ele soubesse de tudo aquilo que eu queria falar. Olhava para mim, me avaliava, e no final, com seu sorriso brilhante e com o barulho insolente de suas águas, seus olhos se estreitavam.

Sabia que o mar iria me ignorar, fazendo aquela sua cara de espuma meio amuada, meio carrancuda. E isso me deixava furioso. Precisava de uma oportunidade de mostrar a eles que eu era forte e valente, não apenas um humano fraco e debilitado como achavam. Essa caçada seria o momento perfeito. Queria saber por que não conseguia ler suas mentes, somente a de Ângela e a dos outros humanos. Precisava descobrir o que eu significava em suas vidas.

– Chris, o que você acha de transformarmos o mar em um canteiro de rosas, trepadeiras e muitas orquídeas?

– Eu diria que esse é o jeito mais suave que alguém encontrou para me dizer que me ama.

– Não estava pensando nisso!

– Compreendo.

– Mas se você se sente seguro assim, tudo bem.

Ela sorriu de um modo desconcertado. Sua expressão não foi convincente e cada vez mais tinha certeza de seus sentimentos por mim.

– Podemos andar um pouco pelo navio?

– Espere, deixe-me sentir seu cheiro mais uma vez.

Estava com saudades. Queria entendê-la, suas maneiras nunca diziam a verdade.

Sabia que ela queria livrar seu coração da mais grave das doenças, o amor. Mas isso é tão injusto! Ela daria uma noiva linda, tão linda e branca quanto a lua. Com o indicador toquei seu ombro um pouco acima daquela mancha de nascença.

– Sabe, Chris, de acordo com a lenda dos vampiros, toda mulher que tem uma marca como essa no corpo pode se transformar em lobisomem.

Concentrei-me em tentar manter o interesse pela história, mas sabia que no fundo ela estava fazendo todo esforço para que eu reprimisse meus sentimentos. Minha cara mostrava uma falsa surpresa por suas lendas.

Ela olhou para o fundo do navio fingindo ter ouvido a voz de Jack.

– Você está arrependida por eu ter vindo?

– Nunca. Eu tive sorte por ter você em minha vida. É que eu estava acostumada a fazer o que eu bem entendia, sempre vivi de acordo com minhas próprias regras. Mas o passado não importa mais, arrependimento não é para vampiros e sim para humanos.

– O que faremos agora, Ângela?

– Nada por enquanto. Jack deve estar preparando algo para nós. Ele é um excelente cozinheiro. Você sabe, essa era a sua função nas viagens pelos mares e um dos seus maiores rancores, pois seu pai não o deixava lutar. Devia ser um bom homem, não queria que seu filho se ferisse.

– Um pirata bom, que bobagem você está dizendo!

– Não estou dizendo que eles são motivo de orgulho, apenas tinha amor por seu filho.

– Ou remorso talvez, por deixado sua mãe morrer.

– Você pode estar certo, não tinha pensado nisso. Quero que me ensine a pensar como vocês, quero dar o melhor de mim para não decepcioná-lo.

Eu não estava tentando ser mais inteligente, preferia que ela mesma agisse do lado do bem com naturalidade. Pisquei para ela tentando dizer que eu não estava triste.

Ela sorriu de um jeito sombrio.

– Lá vem Jack, posso sentir o cheiro de peixe frito.

– Venham, vamos descer até a cozinha, aqui em cima está muito frio.

O navio estava intacto, decorado com muitas fotografias de piratas, alguns que já tinha visto em livros de história. Passamos por dois quartos até que atingimos a cozinha. Havia muitas facas por todos os lados. Em cima de uma mesa improvisada tinha três copos com um conteúdo vermelho e um prato bem decorado com camarões e grandes postas de tubarão.

– Sirvam-se, devem estar com fome.

Ângela olhou para mim, tentando dizer para não fazermos desfeitas. Mas eu estava satisfeito.

– Por que está olhando para mim, Jack?

– É que sempre há um risco para os humanos quando ficam perto de mim. Às vezes fico faminto demais para resistir.

Seu tom era de ameaça.

– Posso assegurar que meu sangue lhe causará indigestão.

– Eu sei, talvez eu prefira um bom copo de sangue de carneiro.

Tentei manter minha expressão despreocupada.

– Ele só está brincando, Chris!

– É isso aí, não vou ferir o precioso humano do comandante Simeon.

– Talvez não conseguisse, você está velho demais para duelos. Além do mais, não vim para brigar.

Ele deu um sorriso sarcástico.

– Você é um humano abusado, poderia matá-lo com um simples golpe.

– O único ser capaz de me matar seria Deus.

Quando eu mencionei esse nome, ele começou a gritar: "saia do meu navio".

– Jack, cale essa sua boca maldita!

Eu fiquei ansioso, mas feliz.

– Você nunca falou assim comigo antes, minha querida.

– Procurarei ser civilizada com você desde que peça desculpas a meu amigo.

– Não.

– Jack...

Ele relutou, mas acabou apertando minha mão.

– Vamos comer em paz.

Sentei em um velho tamborete feito de madeira de lei e puxei o copo para o meu lado. Ensaiei um gole, mas ao sentir o cheiro de sangue, atirei-o em cima de Jack.

– Você é um velho tolo.

– Chris, ele não fez isso por mal. Só quer que você seja um de nós.

– Não estou preparado para ser como vocês. E nem sei se um dia virei a querer ser uma aberração da natureza – falei num tom extremamente elevado.

– Você está sendo muito ríspido.

Percebi que os rostos de Ângela e Jack estavam contraídos, num tom de ameaça. Insuflei minhas narinas e fechei os punhos dizendo:

– Agora eu quero um bom vinho para acompanhar o prato. Estou com fome.

Pude notar que eles achavam que eu estava representando.

– Ande logo Jack, não tenho o resto da noite para esperar sua boa vontade.

– Gostei do senso de humor do seu amigo, Ângela. Esperem só um minuto, vou até a adega escolher um bom vinho do porto.

– Estou surpresa com você, Chris. Ele poderia ter te matado.

– Não precisa ficar arrepiada, você bem sabe que isso não seria tão fácil. Cansei de bancar o bonzinho.

Ela não disse nada para ferir meu ego, e no fundo estava orgulhosa de minha atitude.

– Jovem, não vou levar a sério o que você me disse. Ainda sou seu amigo.

Seu olhar era de sinceridade.

– Deixe que eu os sirva.

O homem engoliu o copo de sangue de uma só vez. Ângela preferiu tomar um cálice de vinho do porto para me acompanhar.

– Antes de jantarmos, quero contar uma história a vocês da época de meu bisavô. Ela se passou na antiga Roma. Foi na época do imperador Nero, o louco. Meu bisavô foi perseguido e capturado pelos guardas do palácio, feito escravo e posteriormente gladiador. Era um homem de bons modos e muito gentil, mas vocês sabem, todo ser humano no seu limite é capaz de tudo. Então... Resumindo: apaixonou-se por uma das virgens do palácio de nome Josephine e se deitou com ela. Foi condenado a lutar com dois leões e dois tigres asiáticos ao mesmo tempo, sem armas e sem armadura. Um simples humano venceu as feras em nome do seu amor.

Além de velho rancinza ainda é mentiroso, pensei.

– Por isso, meu jovem, perdoei sua vida porque sei que ama muito Ângela e ela é como uma filha para mim. Mas não abuse muito da sorte, senão da próxima vez eu posso não compreender seus atos de fúria.

– Obrigado, senhor Jack, mas se quiser posso lhe enfrentar num duelo de espadas. Você é um velho prepotente achando que será tão fácil me matar.

– Quem é você, garoto?

– Há muito tempo tento descobrir isso, talvez você descubra para mim.

O homem fingiu estar cansado e nem sequer levantou da mesa.

– Vamos comer, outro dia tentaremos descobrir a causa desse vazio que existe dentro de você.

Desgraçado, só se for vazio sexual.

– Coma um pouco do peixe, fará bem aos seus miolos.

– Você está pálida, Ângela!

– É só um mau presságio, tenho que ir.

Senti um aperto no peito ao ouvir suas palavras. Mas ela ainda tinha aquele rosto de princesa em noite de festa.

– Seus olhos estão negros e translúcidos, minha querida.

– Não é nada, estou apenas indisposta. Vou embora, Chris.

– Espere, quer que eu vá com você?

– Não, prefiro ficar sozinha.

Havia muita preocupação em seus pensamentos, e ela estava insegura.

– Foi bom ver você de novo, Jack – disse ela levantando-se e indo embora.

Sorri calorosamente reavaliando a situação e tentando ler algo em seus pensamentos. Estava preocupada comigo e se sentia culpada por me trazer junto.

– Fique mais um pouco, meu rapaz, ela precisa de um tempo. Ainda não consegue aceitar que morre de amores por você. Tenho medo que lhe aconteça algo, ela não suportaria. Eu a conheço tão bem que posso lhe assegurar que ela será a melhor mulher do mundo em sua vida.

– Se o que vou falar te consola, farei o impossível para ser bom e o companheiro que ela sempre esperou em sua longa vida.

– Isso será muito interessante para sua vida – acrescentou com seriedade. – Coma um pouco do peixe antes que esfrie.

Tomei mais um cálice de vinho e comi duas postas de tubarão.

– Estou satisfeito, Jack, agora tenho que ir. Desculpe se o magoei, não foi minha intenção.

– Está tudo certo. Estou aliviado por você não ser um frouxo. Agora vá, porque de madrugada partiremos rumo ao polo Norte.

Contaria para quem quisesse ouvir que simpatizei com esse demônio dos mares, que no fundo ele era simpático e gentil.

Voltei para a praia e Ângela estava dormindo sozinha em uma cabana improvisada. Não percebi nada de incomum no local, nem com seus irmãos que dormiam ao relento.

Quando fui em direção à cabana, todos me olharam com os olhos semiabertos. Sabia que não dormiam, apenas descansavam seus corpos.

– É você que está aí, Chris?

– Sou eu, minha querida, posso lhe fazer companhia? Lá fora está muito frio.

– Tudo bem, ache um local para você.

Ela parecia frágil e apreensiva. Deitei com as costas dela apertadas contra o meu peito.

– Isso te incomoda?

– Nem um pouco.

Mergulhei meu rosto nos seus cabelos, trocamos algumas palavras enquanto nossos dedos brincavam uns com os outros. Após alguns minutos ela não disse mais nada. Fiquei deitado naquela posição até nossa partida.

– Acorde, Chris, todos já estão prontos para partir.

– Me deixe, preciso dormir mais um pouco. Ainda é muito cedo.

– Anda, seu preguiçoso, o navio já está pronto para zarpar.

Ergui os olhos e lá estava ela. Cabelos presos, uma calça preta de couro colada ao corpo e seios fartos escondidos por uma camisa de malha de aço. Parecia preparada para um combate.

– Iremos na frente, eles não vão demorar muito.

Eu me levantei, ajeitei minhas roupas e parti no silêncio da noite rumo ao navio enquanto caía uma chuva fina. O tempo havia mudado de repente.

Todas as velas estavam estiadas e Jack de prontidão em frente ao manche.

– Estava esperando há tempo por vocês. Os outros estão no mar vasculhando a área. Chris, você pode cuidar da vela quatro, podemos virar a estibordo rapidamente com o menor toque para a direita. É simples, confie em você.

Quinze minutos depois, os quatro subiram pelas cordas que caíam da embarcação.

– Podemos partir, Jack – disse Simeon. – Cuidado ao passar pelo fim do Canal, algumas pedras se moveram desde a última vez que fizemos uma viagem. Alguns navios afundaram no local.

– Hoje é dia vinte e três de agosto de 1987, espero que dentro de seis meses estejamos de volta sãos e salvos, principalmente você, humano.

– Assim espero, meu caro Amisis.

– Ângela, esse seu irmão não vai com minha cara.

– Esqueça, ele é apenas uma criança de 145 anos e ainda não se acostumou com a ideia de ter você ao nosso lado. Mas precisamos muito dele, ele pode prever muitas vezes o futuro.

Tinha que engolir esse cara em seco para não contrariá-la. Eu não tinha como escapar de suas investidas, mas na hora certa acertaríamos nossas pendências.

– No que está pensando, Chris?

– Em que presente daria a alguém que me faz tão feliz.

Com a voz trêmula, ela disse:

– Talvez um dia compreenda o que você está querendo me dizer. Agora precisa se concentrar. Tome cuidado, meu querido, com as tormentas do mar. A viagem será cansativa e quando quiser pode descer e dormir um pouco, eu assumo seu lugar. Acredite no que quiser durante a viagem, menos que pode ser mais forte que as águas.

Com os olhos fixos no invisível da noite, partimos naquele galeão de vinte pés. Senti um frio na barriga quando ele começou a se mover em direção ao alto-mar.

– Ângela, quero que esteja feliz por mim.

– Se há nesse mundo algo que me faz feliz é tê-lo ao meu lado. Eu já tinha renunciado a me agarrar à vida antes de conhecê-lo, mas agora...

Ela me encarou com seus olhos escrutando cada pedaço do meu rosto. Aproximou-se e beijou ternamente minha fronte.

– Pense que iremos fazer uma simples viagem. Agora me prometa que tomará cuidado.

– Prometo, se isso te faz mais confortável.

Simeon foi para sua cabine examinar documentos preciosos, armas e roupas de viagem.

– Por que ele faz isso, Ângela?

– No caso de encontrarmos algum navio inimigo, lutaremos como se fôssemos humanos. Essa será uma aventura e tanto, Chris! Iremos para o desconhecido de onde ninguém volta, com exceção de nós.

– O que Ivan faz na proa com as narinas insufladas?

– Deve estar farejando algo no vento. Ele pode detectar tempestades e cardumes de peixes à distância.

Os olhos de Máximus tinham um brilho de excitação suavizado pelo vento forte e pela chuva fina que não parava de cair. Amisis estava impassível ao lado do décimo segundo mastro.

– O que há com ele?

– Presumo que esteja triste, vá lá e fale algo que seja interessante.

–O quê, por exemplo?

– Pergunte qual é o seu principal inimigo, ele vai gostar.

– E quem é esse ser?

– Pergunte sobre a criatura que vive no polo Norte.

– Podemos conversar um pouco, Amisis?

Ele deu com a cabeça, num sinal de desdém.

– Você parece um morto-vivo. Pode ter tantas mulheres bonitas e uma vida completa, e fica aí ruminando seus pensamentos. Sei que está com medo de enfrentar seu maior inimigo, mas posso ajudá-lo se quiser.

– Do que está falando?

– Estou falando da criatura que vive no polo Norte e que tanto te atormenta.

– Como sabe disso?

– Isso não importa, o que interessa é que sempre está impassível em relação a mim.

– É que você...

– Sei que sou humano, mas pretendo ser da família e posso ser seu amigo se precisar.

– Mas você é apenas um fracote.

– Talvez esteja enganado.

– Não lhe desejo a morte, mas se quer ser um de nós, então seremos amigos. Não me pergunte por que temo essa criatura, apenas me ajude a matá-la na hora certa.

Conclui que não havia nada de errado comigo, e sim com cada um deles.

– Ângela, logo o dia amanhecerá, e o sol escaldante do mar não poderá matá-los?

– Realmente sim, isso não é apenas um mito, mas podemos suportar o calor por algumas horas. Durante o dia, você conduzirá a embarcação com a ajuda de Simeon. Ele te ensinará todas as coordenadas da viagem até o crepúsculo, seu corpo já está mais adaptado ao sol.

Já passava das quatro da manhã e uma tormenta se aproximava. O barulho do vento era tão forte que precisei tapar os ouvidos. As ondas queriam de todo modo engolir o navio, que bravamente deslizava sobre elas com seus seis metros de altura.

– Chris, mantenha-se próximo ao mastro e não se preocupe. Máximus está de olho em você.

Mal conseguia enxergar o outro lado do navio por causa da chuva forte que batia em meus olhos.

– Onde estamos, Ivan?

– Creio que próximo ao litoral da Dinamarca. Viraremos a estibordo quarenta e cinco graus e seguiremos em direção à costa até a tempestade ceder.

– Não é uma manobra perigosa? O navio pode afundar.

– Ângela, se continuarmos nessa rota ele afundará de qualquer jeito e não pretendo perdê-lo. Ele faz parte de nossa história e, além do mais, nossa mãe morreu nele.

Simeon, em meio à tormenta, gritou:

– Desçam as velas um, cinco e nove, preparem os canhões para não termos surpresa. Este é um território de mercenários e piratas decadentes, todo cuidado é pouco.

– Você tem razão – disse Máximus.

– Preparem os canhões para atirar.

– O que está acontecendo, Ângela?

– Ivan deve ter farejado algo.

– Proteja-se, pode descer e se esconder lá embaixo.

Minha mente reagiu imediatamente com uma negativa que beirava afronta pessoal. Não havia explicação para que eu ficasse, mas tinha que provar a mim mesmo que poderia fazer parte de suas vidas. E além do mais, não poderia deixar Ângela e os outros lutarem sozinhos.

– Eu vou ficar e lutar por você e pelos outros.

– Não sei o que dizer, se morrer nunca se esqueça...

A chuva aumentou e as ondas se mantinham fortes, impedindo que se visualizasse algo com perfeição.

– Estão vendo algo?

– Não temos esse dom, nossa visão noturna só é três vezes mais potente que a dos humanos. E você, o que vê?

– Ainda está muito escuro, vamos nos aproximar mais um pouco. Virem o navio quinze graus a bombordo.

– Podemos bater em alguma rocha.

– Não temos tempo para penar nisso, temos que arriscar.

– Faça o que ele está mandando, Ivan.

– Obrigado, Simeon.

– Confio em você.

Agora podia ouvir os sons que vinham da embarcação que estava na nossa frente. Meu senso de orientação era perfeito e nunca tinha me dado conta disso.

– Agora vire um pouco a estibordo, 35 graus, e ao meu sinal atirem.

– Todos em posição, acender os pavios, preparar...

Agora o silêncio era penetrante, deveriam ter notado nossa presença.

– Mantenha o manche nesta posição.

Agora a névoa era intensa, pois a chuva dava sinal de abrandar.

– Posso ver sua bandeira presa no mastro central, são piratas. Atirem.

Bum, bum, bum....

– Carreguem de novo os canhões, setenta graus a estibordo e vamos pegá-los do outro lado.

– Mantenha o manche, fomos atingidos.

– Ângela, está bem?

– Fique tranquilo e faça o que tem que ser feito. As avarias são pequenas, podemos aguentar muito mais do que um simples tiro de um velho canhão.

Minha força, minha maneira de falar como se fosse o líder, tudo mexia comigo. Ao mesmo tempo em que atirava contra pessoas que nunca tinha visto, sentia um prazer enorme. Afinal, eram inimigos da humanidade e da Europa, mas eu não podia fazer isso. Olhei para minha pele e estava branca e gélida, meu sangue parecia ter coagulado e meu instinto de sobrevivência só pedia que eu matasse a todos.

Mergulhei os olhos no fundo do oceano e encontrei uma melancolia desencantada invadindo minha alma. Pensei *a sociedade dos homens só mudará pela força*. São progressos perigosos, mas a barbárie neste momento é necessária. Infelizmente, em algum canto escuro de minha alma, a fúria estava pronta para desencadear.

Senti-me poderoso, pois sabia que minha fraqueza determinaria meu destino e o da tripulação. Eu não conseguia justificar, eu não conseguia acreditar em mim mesmo.

Agora estávamos a vinte metros de distância do navio pirata, e ordenei:

– Disparem todos os canhões.

Apenas uma chama se ergueu em meio ao nevoeiro e em poucos minutos o navio e sua tripulação sumiram nas águas frias do oceano Báltico.

– Vencemos! Todos estão mortos.

Não era exatamente o que eu queria, e pensativo sorri vagamente.

– Você merece uma coroa, meu filho!

– Não entendi, Simeon.

– É que já o considero como meu filho, já esperava isso de você: coragem e bravura.

Ancoramos o galeão numa ilha próxima ao litoral e nos cumprimentamos. *Agora o que eu deveria fazer?*

Eu podia saber, agora, o que todos pensavam a meu respeito. Seus olhos incrédulos com o que presenciaram tornavam-me o mais novo membro da família.

– Você tem razão, Simeon, ele é um dos nossos daqui por diante.

– É isso aí, Ivan – disse Amisis.

– Resta apenas saber se quer se transformar em vampiro, Chris.

– Ainda não sei, Máximus. Tenho que ter tempo para pensar nessa possibilidade. Ainda havia um vidro impenetrável entre nós, uma distância infinitamente grande que precisava se desfazer aos poucos.

Ângela balançou a cabeça como se houvesse entendido que ainda não estava preparado.

– Deixem-no em paz, rapazes, ele precisa descansar. Venha, Chris, vamos até minha cabine, já está amanhecendo e quero que durma um pouco.

A voz de Ângela era como uma força magnética vibrando em meus ouvidos, que me hipnotizava e tornava meus pensamentos falhos e sensíveis.

– Pode se deitar, eu mesma tiro a sua roupa que está molhada. Tive tanto medo que fosse ferido! Temi o tempo todo, mas estou orgulhosa de você. Não imaginava que era capaz de tanto.

– Minha querida, podemos mudar de assunto, eu estou um pouco confuso com o que fiz.

– É claro, podemos falar do que quiser.

– Só quero escapar um pouco do mundo.

– Tudo bem – ela disse enquanto beijava minhas pálpebras.

Estava exausto e dormi um sono sem sonhos. Creio que falei durante o pouco que consegui dormir, e me levantei cansado. Minha mãe sempre me dizia quando falava dormindo. Ríamos na maioria das vezes, sem entender o porquê. Antes que pulasse da cama, olhei pela escotilha e pude ver algumas gaivotas brigando por um peixe no ar. Meu sangue se eletrizou vendo aquele animal ser estraçalhado.

– Fique na cama mais um pouco, Chris, ainda está cansado e depois poderá respirar o ar puro e apreciar a maré que está baixa, pois o dia está lindo.

Creio que ela passou a noite toda ao meu lado.

– Eu tenho alternativa?

– Não. Neste momento decido o que devemos fazer. Vire-se para que eu possa fazer uma massagem. Você está muito tenso.

Arrepiei e senti um pouco de medo inexplicável. Sei que isso é ridículo, mas queria mais dessa mulher que tanto amava.

– Relaxe os ombros, você está duro. Incline um pouco a cabeça para trás e leve a cabeça suavemente de um lado para o outro. Assim está melhor. Solte as mãos sobre o travesseiro e toque a palma das mãos com seus dedos, veja como é relaxante, agora respire fundo e solte. O que você acha dos meus lábios correndo suas costas?

– Você tem razão, nunca senti um prazer como este em toda minha vida.

Apesar de toda afeição que tinha por ela, apesar dos esforços em manter a calma, eu estava quase perdendo minhas responsabilidades. Ela queria me enlouquecer.

– Vire-se e feche os olhos. Sinta meus dedos tocarem suas sobrancelhas, deslizarem até sua boca. Seus cabelos são tão macios, Chris.

– Me diga, por que você acha que me ama?

O tempo parou.

– Você não tem muita certeza dos seus sentimentos?

– Ao contrário – disse sustentando meu olhar no dela –, estou me defendendo de você. Mas se quer saber... Eu te amo tanto que posso ver o rosto de nossos filhos nos seus olhos.

Senti que ela tremeu e se levantou rapidamente. Ângela ficou tensa, pálida. Ela deu alguns passos pela cabine e disse:

– Você está enganado.

– Pode até ser que eu esteja, mas acho que seus sentimentos estão presos em algum cativeiro e você tem que trabalhar muito a fim de que assuma o que está dentro do seu coração. Mas, enquanto isso não acontece, estou aqui perto de você tentando mantê-la lúcida e segura. Até que ponto chegamos, minha querida. Tentando argumentar o que não tem respostas. Mas quando penso em você, em sua personalidade, em seu carinho, começo a vislumbrar o nosso destino. Sei que há muitos espaços abertos em nossas vidas e não pretendo sofrer com a solidão, se é o que está querendo para mim."

Vi uma angústia repentina tomar conta do seu semblante. Sua mente não conseguia suportar tanta dor em não aceitar seus sentimentos. Ela desabou.

– Por que está chorando, meu anjo?

– Não fale nada, eu vou ficar bem.

Sabia que estava desesperada, mas meu jogo aos poucos conseguia vencer as barreiras. Senti um alivio.

– Chris, voltemos à superfície, já que não há mais nada de importante para fazermos aqui.

– Você deve estar brincando!

– Não com um assunto tão sério.

– Eu sei, só que agora tenho necessidade de você.

Ela sorriu com o canto dos lábios e concordou de boa vontade.

– Eu sei de suas pretensões, mas não me deixe constrangida. Vamos voltar à massagem, só mais um pouco.

Concordei com um sorriso.

Ela, agora mais serena, passou a mão sobre meu peito, olhando direto nos meus olhos sem temores. Apertou minhas mãos com firmeza deixando seus dedos deslizarem até meu estômago. Meu estado de espírito estava sendo tingido de um alívio azul, que corre pela floresta, que deixa gotejar sobre minha cabeça pingos d'água que escorrem pelos cabelos até o umbigo. Arrepiei meu corpo todo. Tive que ser um animal de sangue frio para suportar essa situação.

– Está tudo bem, Chris?

– Para dizer a verdade, estou com o corpo um pouco mole.

– Seu malandro. Levante-se e vamos subir.

– Se você insiste.

Coloquei a camisa enquanto Ângela deslizava sua exuberante silueta escada acima.

– O dia estava ensolarado e ninguém à vista.

– Onde estão todos?

– Estão descansando após a guerra, mas à noite todos voltarão despertos para seguirmos em paz.

– Não creio no que está falando!

Pude ver sua face se enrugar, por duvidar de sua palavra.

Pegou-me pelas mãos e fomos até as outras cabines.

– Olhe, não estão todos aí?

– Um, dois, três... Falta um.

– É Simeon. Deve ter saído com o bote salva-vidas para olhar pelas redondezas.

– E quanto ao sol?

– Não te falei que suportamos por algumas horas, e ele um pouco mais? Agora está satisfeito? Eu o aconselho a medir suas palavras antes de ter certeza do que diz. O melhor conselheiro de um humano é a sabedoria.

Senti-me num labirinto escuro.

– É que às vezes tenho pensamentos contraditórios.

– Posso entender.

Passei o dia todo tranquilo, olhando para o mar calmo e suas águas cintilantes batendo no casco do galeão. Fiquei imaginando como seria o polo Norte e todo aquele mundo de gelo sem fim. Sabia que poderia não voltar com vida, mas com certeza seria a melhor viagem da minha vida.

Tudo isso que estou passando, essas experiências, é uma sorte em minha história de vida, ainda bem que nada foi diferente. Queria poder olhar para minha cara a todo momento e poder observar sua transformação, declarando que está feliz e que não consegue evitar esse caminho, mesmo que seja o errado.

Eu iria perguntar a mim mesmo quem é esse homem. E encontraria a resposta: é um jovem abandonado à sua própria sorte. Mas essa é uma sorte verdadeira e não uma frágil esperança de se obter o que procura.

Estou tentando não ser idiota.

Estava ofegante e suspirei.

Sentia-me vivo, tão vivo que rejeitava no pensamento qualquer dor que poderia vir a sofrer. Eu sabia que havia uma resposta para tudo aquilo, que era a busca por mundos diferentes ao lado de quem eu amava e, quem sabe, descobrir um pouco sobre mim.

Pensei em minha mãe e em meu irmão e percebi a falta que faziam em minha vida. Mas tinha que lutar para ficar e ir até o fim. De que adianta morrer sem aprender e nem viver nada?

Vocês podem não compreender, mas tentava recuperar o fôlego a todo momento e não ser indelicado com Ângela. Às vezes ficava desnorteado.

Quem é você para me criticar? Estava decidido e de olhos abertos.

Conforme o dia caía, meus pensamentos vacilavam, e tive medo de perder tudo. Mas voltar seria humilhação. De repente, uma batida forte no casco interrompeu o silêncio. Era Simeon voltando sei lá de onde. Joguei uma das cordas para que subisse, mas com a mão esquerda ele a atirou de volta. Ele subiu com uma mão apenas grudada no casco, erguendo em minha direção um olhar esgotado.

– Estou de volta – ele pronunciou cansado.

Seu rosto se iluminou de repente.

– O que aconteceu, meu amigo?

– Nadei até a Noruega para assegurar que tudo correria bem. Não quero que nada aconteça a você. Passei por algumas tormentas, algumas perturbações, e no momento estou sem forças.

Seu gemido de dor era surdo e pude notar alguns ferimentos em seu corpo.

– Não me pergunte nada, Chris, são alguns arranhões que sofri esbarrando em corais.

– Está mentindo. Você lutou, e muito.

Por que estaria mentindo que tinha estado nadando a lugares tão longes? Impressionar-me, talvez, mas para quê?

– Nunca se esqueça, filho – ele disse franzindo o cenho –, alguns mistérios em nossa vida têm a hora certa para serem revelados.

Concordei. Era a segunda vez que me chamava de filho. Isso era bom, porque no fundo o considerava como um segundo pai.

– Onde meus filhos estão?

– Creio que devam estar dormindo.

– Posso lhe assegurar que não. Olhe os quatro assumindo seus postos no convés para partirmos.

– Eu não havia notado vocês.

– Gostou do sol, Chris?

– Sabe, Ivan, o dia foi lindo e aproveitei para pensar um pouco em minha vida.

Ângela sorriu para mim.

– Agora nossa próxima parada é a Noruega – disse Simeon. – O tempo está bom por aquelas bandas, estou cheio de esperanças. Creio que desta vez a caçada vai ser muito boa. Eu lhes asseguro muita diversão.

– Qual é a rota, pai?

– Vire 25 graus a bombordo e siga até o norte.

Amisis girou o leme, e em poucos minutos o galeão começou a se mover, subindo e descendo as ondas com seu imponente casco feito de carvalho.

– Pai, tem noção de que horas chegaremos?

– Se tudo correr bem, creio que ao amanhecer estaremos na costa da Noruega caçando leões marinhos e focas.

– Chris, fique aqui perto de mim, estou sentindo um vazio no peito.

Ângela me apanhou de guarda baixa, não consegui dizer nada.

– Perdoe-me estou aflita.

– Mas tem algum motivo para isso?

– Simeon está estranho, ele nunca saiu de perto de nós durante as viagens.

– Deve ser por minha causa, não quer que me aconteça nada.

– Que assim seja.

– Nosso destino, agora, não está em nossas mãos.

– Pensando por este lado, tem toda razão. Espero que essa seja a melhor temporada de caça que já participei. Será um mar de sangue.

– Ângela, eu não havia notado, seu cabelo está mais ruivo. Está do jeito que eu gosto. E para você, está bom?

– Hummm, se estivéssemos em Paris convidaria você para sair e dançar para que todos nos vissem juntos.

– Teremos muitas oportunidades.

– Você está satisfeita em matar?

– Seria muito pior se fosse de outra forma, com os de sua linhagem. Acho que vamos trabalhar muito esta noite! Existe uma maldição que diz que neste navio pirata só navegarão os filhos das trevas, e que a desobediência custará a vida de todos os tripulantes.

– Você acredita nela?

– Eu não podia me manter submissa a uma lenda, e além do mais, se morrer, morrerei ao seu lado.

Meus pensamentos fizeram com que eu a abraçasse calorosamente.

– Caso não a veja mais, quero que saiba que foi a única mulher que amei em toda vida. Se voltarmos um dia, casaremos na catedral de Notre Dame.

Ângela balançou a cabeça, esforçando-se para demonstrar alegria. Mas sua pele estava fria como nunca e possuía uma amargura no semblante.

– Você me deixa sem jeito!

– Não sei por quê.

– Francamente, você é cego?

– Um pouco, quando estou ao seu lado.

– É estranho ver você tão forte e decidido como os outros. É quase uma criança e deveria estar dormindo a essas horas, protegido ao lado de sua mãe.

Fiquei em silêncio e com a expressão desligada. O resto da viagem se passou lenta e melancolicamente. A lua penetrava no convés desenhando um tapete de luz que recobria o assoalho. Olhei para os outros e nenhuma palavra trocada, nem um sinal de vida. Pareciam mortos-vivos de olhares frios e dourados.

Quando já passava das 9 horas da noite, senti um aroma picante de sal em minhas narinas, que se insuflaram o máximo que podiam. Meus músculos se hipertrofiaram e senti o perigo por perto.

– Todos aos seus postos, Amisis prevê que passaremos por um redemoinho gigante. Espero que saiamos com vida.

– Mas vocês não são imortais?

– Essa é a maldição por trazermos você.

– Está arrependido, Máximus?

– O problema não é esse, eu quero e preciso viver para me encontrar com Deus.

Apesar do perigo, fiquei feliz e aliviado.

Todos ficaram alertas e seus olhos, neste momento, irradiavam um dourado que liberava toda a força que existia dentro de seus corpos.

O vento começou a aumentar e uma correnteza de força imensa tomou conta das águas. Senti-me em uma esquina movimentada, em que os cruzamentos eram sinuosos e não sabia para onde ir. A corrida agora era contra a morte, e Simeon pediu que abaixássemos todas as velas, assim teríamos mais chance de vencer a tormenta. Percebi Ângela chorando baixinho.

Eles se comunicavam em quatro ou cinco idiomas ao mesmo tempo, e o cheiro de sangue era intenso. Muitos animais aquáticos rolavam dentro do redemoinho sem as partes.

– Vamos cair no meio dele – disse Ivan.

– Segurem firme, sairemos desse labirinto de águas.

Fiquei indeciso, poderia estar fazendo outra coisa. Mas eu realmente era responsável por tudo aquilo. Inspirei e expirei várias vezes com dificuldade por causa das águas que cobriam tudo, e me amarrei ao último fiapo de esperança. Rezei tanto que minha fé anunciava a presença de Deus. Só esse homem tinha poder de morte e de vida sobre nós, e ele saberia qual o melhor destino.

Algo me veio à mente, pedindo que caíssemos na água, seria nossa única salvação.

– Abandonem o navio.

– Nunca, nem que morramos.

– Não estou pedindo, esta é uma ordem.

– Ele está certo, pai, se ficarmos todos nós morreremos.

– Você é maravilhosa, Ângela.

Pulamos no meio do redemoinho e começamos a nadar ao contrário de suas águas até vencermos sua força. Demos as mãos e nadamos com os pés que mais pareciam nadadeiras. Parecíamos cavalos puxando carroças desgovernadas. Aos poucos, o som do vento começou a diminuir e o redemoinho se transformou numa pequena onda recoberta por alguns peixes coloridos que conseguiram se salvar.

Isso me deixou feliz. O que importava o navio, se tínhamos vencido o mal? Conseguimos salvar apenas nossas roupas e alguns utensílios que serviriam para nossa jornada.

– E agora, Simeon?

Ele estava melancólico.

– Esquece o navio, construiremos outro.

– Onde está Jack?

Onde mais poderia estar aquele preguiçoso? Dormindo em cima de um tronco arrastado pela correnteza.

– Vamos nadar até a costa da Noruega. Lá colocaremos nossas roupas de pele, senão o frio intenso poderá nos congelar.

– Vampiros congelam com o frio, Simeon?

– Aprenda uma coisa, Chris: a temperatura abaixo dos quinze graus negativos pode nos congelar por milhares de anos, e isso para nós é a morte.

Cada um de nós levou preso nas costas, com o pouco de corda que restou, um pouco da bagagem.

Chegada à Noruega

Nossa chegada à costa da Noruega foi calorosa. Fomos recebidos por leões marinhos que a todo momento tentavam nos atacar com suas imensas presas, protegendo os filhotes.

– Vamos sair logo da água, estou congelando!

– Não sei como sobrevivi até li, muitas coisas estavam além de minha compreensão. Reprimi um grito de alívio por estar seguro novamente. Olhei em volta e podia notar apenas a presença de um monte de gelo, focas e leões marinhos arrastando suas grandes barrigas no chão.

Eu queria dormir um pouco e sabia que o sol já começava a incomodar Ângela e seus parentes. Foi a primeira vez que dei tanto valor a não estar sozinho.

– Você está bem, Ângela? Tive medo de perdê-la.

Quando terminei de falar, seus olhos brilharam.

– Ah, sim. Estou bem, apenas um pouco tonta – exclamou ela sorrindo. Muito pior teria sido se você morresse, mas os céus nos deram uma chance.

Concordei com uma risada cansada.

– O que faremos agora?

– Por ora, construiremos uma casa de esquimó para nos proteger do frio e descansarmos um pouco.

– Posso ajudar?

Antes que aquele sol fraco pudesse lamber minha pele, Amisis e Simeon construíram duas casas de gelo. Não precisávamos de duas, e quanto mais perto ficássemos seria melhor para nos proteger do frio. Mesmo com suas peles frias, os casacos nos protegeriam.

Ivan disse sorrindo:

– Os noivos primeiro, mas cuidado, podemos fazer túneis subterrâneos.

Jack, aquele animal fedorento, sorriu com seus dentes podres dizendo:

– Detesto humanos.

Não me preocupei com o embaraço causado e apenas me concentrei na brisa leve que tocava minhas pálpebras.

Ângela olhou na direção de Jack e disse:

– Se fizer isso outra vez, corto sua língua, seu burro velho!

Fiquei chocado, ela era tão meiga.

– Vamos entrar, Chris, o sol está me incomodando.

Por ora todos se calaram.

– Por que escolheu a casa maior, minha querida?

– É melhor que não nos aproximemos muito um do outro.

– Não estou entendendo, tantas vezes já ficamos ao lado um do outro. E além do mais, Ângela, eu te amo.

– Eu tenho idade para ser sua avó – disse com uma lágrima de sangue escorrendo por seu rosto. – Me perdoe Chris, é que... Coma algo antes de se deitar. Creio que duas dessas peles serão suficientes para lhe aquecer. O frio ainda não está tão intenso.

– E quanto à entrada, vai ficar aberta?

– Não se preocupe, nesta época os animais estão bem alimentados e não irão querer comer mais nada. E penso que sua carne deve ser bem indigesta – disse isso mostrando seus caninos brilhantes.

Suspirei um pouco confuso.

– Como você está espirituosa hoje!

– Na verdade, estou morrendo por dentro – respondeu ela, com a voz embargada.

Ela deu de ombros e se deitou.

Sabia que estava lutando contra seu sentimento, mas isso era melhor do que cair no choro, o que já havia acontecido outras vezes.

O vento lá fora zunia deslizando sobre os blocos de gelo do iglu, tornando o ambiente mais frio e desolado. Pensei em deitar e passar as mãos sobre seus seios, mas isso poderia custar minha vida. Por que destruir o que já se transformou em amor mútuo?

Tossi duas vezes para lembrar que estava por perto, mas ela nem sequer se mexeu. Calei-me por um instante enquanto comia um pouco do alimento que sobrara. Minhas pernas estavam exaustas e resolvi esticá-las um pouco. Na verdade, meu corpo todo estava doendo de tanta força que fiz contra a correnteza. Embrulhei-me em uma das peles e fechei os olhos sem querer. Finalmente estava em paz.

Pensava em Ângela, na sua maneira meiga e ao mesmo tempo hostil por medo de se entregar ao amor, mas a esperança é uma coisa estranha. Damo-nos por vencidos uma hora e dai a dois segundos aceitamos tudo como se aquela pessoa fosse a única que existisse no mundo. Recusei-me a pensar que poderia perdê-la.

Sorri para mim mesmo satisfeito.

Quando dei por mim, já havia escurecido, e acordei com o coração aos pulos. Parecia ser um animal se coçando em nossa casa de gelo. O ambiente se encontrava iluminado por uma pequena chama proveniente de uma fogueira bem no centro do iglu. Olhei, e Ângela parecia estar dormindo, se bem que nunca acreditei nisso. Achava que os vampiros não dormiam, simplesmente descansavam até o pôr do sol.

Mas ela estava imóvel e assim ficou mesmo com o barulho lá fora.

Eu estava louco para me aproximar, para me aquecer junto a seu corpo. Por que não?

Aproximei-me bem devagar, tirei a pele que cobria seu corpo e aos poucos me aconcheguei ao seu lado.

Pude ouvir seu suspiro.

– Sei que está acordada, minha linda. Posso ficar aqui bem juntinho de você?

– Faça o que quiser.

Será que a resposta era verdadeira? Preferi agir com cautela.

– Estou impaciente para poder ser seu marido! – sussurrei com a respiração opressa. – Você já era minha antes mesmo que eu nascesse, posso pressentir.

– Você às vezes é atrevido, Chris.

– Não concordo. Meus sentimentos por você são tão elevados que me dói esperar pelo que tanto quero. Mesmo sem tocar sua pele, podia sentir seus odores e seu calor que agora se intensificavam aos poucos.

– Acalme-se, homem, mais tarde partiremos em direção ao polo Norte. Tente repousar mais um pouco.

– Mas dói tanto querer você para sempre.

Ela balançou a cabeça.

– Sabe, Chris, espero que não fiquemos mais loucos do que já estamos.

– Você tem razão – dei um suspiro frustrado em sinal de consentimento. – Mas iremos caminhando?

– Não se preocupe, a estas horas eles já conseguiram alguns cães e alguns trenós para nossa caçada. Se andássemos, chegaríamos ao polo Norte daqui a um ano, com a neve fofa como está. Está com medo?

– Não. Minha alma está livre de qualquer entrave.

Minha empolgação aumentava à medida em que tinha à minha frente a oportunidade de conhecer um dos lugares mais pitorescos do mundo.

– Este tal de trenó não é perigoso?

– Às vezes costuma tombar, mas só saímos com alguns arranhões. Tomarei todo o cuidado para não machucá-lo.

– Isto quer dizer que iremos juntos.

– Isso mesmo, mas se preferir pode ir com Ivan.

Ela olhou para mim curiosa.

Abandonei o assunto, sabia que seu irmão não ia com a minha cara.

Fiquei em silêncio, e como ela não me convidou, a abracei tocando de leve seus seios. Ela se afastou suavemente e pude ler em seus pensamentos a agitação que invadiu seu corpo. Estava à beira de se deixar levar pela paixão, mas se conteve. A fome que tínhamos um pelo outro nos tornaria imprudentes. Recuei.

– Chris, podemos levar Jack conosco?

– Aquele vagabundo!

– Não fale assim, ele é um bom homem. E além do mais, conhece toda a região.

– Se for melhor para nós, tudo bem.

– Vamos sair um pouco e ver como todos estão.

Máximus estava acabando de destruir o iglu, segundo Ângela para não deixar rastros. Outros caçadores poderiam vir ao nosso encontro. Amisis e Ivan estavam entretidos com os cães que um a um se ajeitavam na frente do trenó. Jack fumava seu cachimbo fedorento enquanto Simeon ajeitava os pertences que restavam. Eu estava começando a gostar de verdade de todos. Eram minha segunda família.

Os cães, digo, os lobos, uivavam a todo momento e tentavam arrastar o trenó. O chefe do bando era um lobo de pelos dourados e pretos, com patas preenchidas por uma cor branca como a neve. Era imponente, e os outros pareciam compreendê-lo só pelo olhar.

Tudo ficou pronto em quinze minutos. Agora tudo estava bem. Iria em direção ao fim do mundo em companhia da mulher da minha vida.

Simeon acendeu três tochas de fogo, uma para cada trenó, e partimos com a benevolência da lua que clareava todo aquele gelo.

Na partida, tive a impressão de que não iria muito longe em cima daquela coisa. Ângela e eu fomos deitados, enquanto Jack conduzia os lobos como se os conhecesse há muitos anos. O vento em meu rosto parecia cortar minha pele, e mal podia enxergar o que vinha à minha frente. Ele era habilidoso com os animais e parecia que eles já sabiam o caminho a percorrer.

Os outros ficaram bem atrás, o que me dava medo.

– Está gostando da viagem, Chris?

– Não estou entendendo o que está falando, Ângela.

– PERGUNTEI se a viagem está sendo agradável.

– Tirando os solavancos, é uma experiência muito marcante.

– Fique tranquilo, antes do amanhecer estaremos juntos da maior concentração de ursos brancos do planeta. Será divertida a caçada.

Se conseguisse olhar para mim agora, certamente poderia ver minha cara pálida de medo. Mas poder ter liberdade de conhecer outros mundos tem um preço alto. Meu coração batia acelerado, mas mantive minha voz num tom de expressão amigável, ou seja, seguro.

Passamos entre pinheiros centenários cobertos de neve, presenciamos pequenos animais, como coelhos, pulando e afundando no gelo para sair mais na frente. Eram espertos e sabiam se camuflar para ludibriar o inimigo.

Uma neve fina caía quando entramos no território norte.

– Chegamos ao início do nosso caminho – disse Jack. – Daqui para a frente segurem-se bem, pois enfrentaremos algumas descidas para andarmos mais rápido. Não quero pegar essa nevasca que vem por aí.

– Não pode ser perigoso andar mais rápido, Ângela?

– Eu também estou desesperada, mas Jack deve saber o que está fazendo.

– Deve saber!!!

– Estou brincando com você, ele já fez esse trajeto muitas vezes.

– Prometa-me uma coisa, Ângela.

– O quê?

– Caso eu morra, lembre-se de mim de tempos em tempos, ficarei feliz onde estiver.

– Isso não vai acontecer, meu querido, porque não desejo e não quero sua falta. Eu não quero viver na solidão, nem ficar pensando na falta que me faz todos os dias.

Ela beijou ternamente minha fronte dizendo para que ficássemos calados enquanto caíamos por penhascos e mais penhascos com toda velocidade que os lobos podiam correr. Era incrível a habilidade desses cães em andar no escuro, mesmo com a lua cheia como aliada. Eram verdadeiros caçadores, e esse era seu território.

O trenó aos poucos diminuiu sua velocidade até que paramos na entrada de um portão. Parecia um abrigo de guerra com seus altos muros de aproximadamente seis metros.

– Onde estamos, Ângela?

– No meio do polo Norte. Esse local será nosso abrigo até que todos tenham saciado sua sede por sangue. É uma espécie de quartel general. É chamado de guardião. Existe aqui há aproximadamente dois mil e duzentos anos, e não se sabe ao certo quem o construiu. Dizem que foi um antigo vampiro descendente dos Griões da Romênia, uma antiga casta de sanguinários expulsos porque o filho de Alzar roubou e se casou com a filha de uma tribo inimiga. Vieram para cá e formaram uma grande família que se espalhou pelo mundo todo, e Simeon é um de seus filhos. Mas ele nunca falou nada sobre isso.

– Para falar a verdade, Ângela, eu só quero entrar e me aquecer um pouco. Quanto à origem desse local, conversaremos depois.

Tomei-lhe as mãos, que de tão brancas mostravam o desenho de suas veias azuladas. Ela sorriu e as apertou com suavidade transmitindo para mim um pouco de calor.

– Olhe para esse local, Chris, ele parece imutável há milhões de anos. Se não fosse pela neve que se muda a todo momento, poderia jurar que tudo está intacto desde a criação do mundo.

Ela me encarou, escrutando cada pedaço de meu rosto. Descobri lendo seus pensamentos que ela já havia desistido de se agarrar à vida quando me conheceu. Nada valia a pena e essa seria apenas mais uma de suas viagens.

Jack disse algumas palavras em hebraico e o portão se abriu.

Fiquei sem entender, ele parecia ser um bruxo.

Do portão até a entrada do grande casarão havia um caminho de cerca de trinta metros. Jack soltou os lobos e cada um deles tomou sua posição na entrada da casa.

– Vamos entrar, esqueçam a bagagem, mais tarde a traremos para dentro. Quero me aquecer um pouco.

A porta encontrava-se semiaberta, e na sala de entrada havia cabeças de ursos por todos os lados. Numa outra sala à esquerda havia várias poltronas feitas de couro e cobertas com lã de carneiro, dispostas na frente de uma lareira de três metros por dois de altura. Era a maior que tinha visto em toda minha vida.

Minhas esperanças estavam inquietas diante de tantas possibilidades de conhecer o fim do mundo e seus mistérios. Tinha medo de me decepcionar com Ângela e seus parentes, mas precisava controlar meu estado de espírito para saber até onde esses vampiros eram capazes de chegar.

Olhei para o teto do casarão feito de madeira e havia pendurados vários morcegos gigantes. Avalio que o maior deles deveria ter uma envergadura de aproximadamente um metro. Os pequenos se mexiam todo o tempo, enquanto alguns andavam por cima dos outros. O cheiro forte parecia uma mistura de lama com peixe morto. Foi o que veio à minha mente nesse momento para explicar algo tão desagradável.

Abaixei rapidamente meus olhos e procurei manter minha cabeça no nível do pescoço, não queria que meus olhos vissem o que não lhes interessava. Enquanto olhava sobre os ombros de Jack, algo me fez tremer, e cruzei os braços bem forte junto ao peito.

– Que barulho foi esse, Ângela?

– Não se assuste, esse é o rei dos ursos brancos. Ele já sabe que estamos de volta, dessa vez foi mais rápido do que eu previa.

À medida que o barulho se aproximava do local, respirava fundo tentando conter o medo. Os passos agora eram firmes e pesados, os quais faziam balançar alguns candelabros que havia sobre a mesa na sala à esquerda, onde se encontrava a lareira.

Passei as mãos nas sobrancelhas, fechei os olhos por um instante e, com eles agora no invisível, Jack respondeu com uma voz fraca:

– Chegou o momento de me encontrar com o grande urso branco.

Ângela parecia emocionada.

– Você tem toda razão Jack, vamos mostrar nossa soberania para esse falso rei. Vamos pegá-lo.

– Calma, minha querida, esperaremos pelos outros. Máximus nos fará falta se anteciparmos nosso desejo de vingança.

Eles queriam ser bons, mas ocultavam erros do passado. Ninguém tem tanto ódio de um simples urso branco. Na realidade, eles estavam em busca da evolução, mas ainda se comportavam como bárbaros.

Sabia que para eles era difícil controlar seus instintos selvagens, o que veio me provar que ser humano é oferecer ao espírito novos horizontes de conhecimento, que devem logicamente conduzir à tolerância. Eles ainda eram caçadores presunçosos e seu único temor era Deus. Ainda desprezavam as forças da natureza.

– Eles estão demorando, Jack!

– Devem estar demarcando nosso território, fique tranquila.

Um arrepio me fez tremer de novo. Agora eu me via em meio a um bando de sanguinários e meu espaço entre eles era zero. Parecia que eu nem existia. Tentei não pensar no que poderia acontecer comigo.

Olhei para Ângela e seus olhos do dourado passaram ao vermelho e do vermelho ao cinza. Era puro ódio e vingança.

Jack olhou em minha direção, desconfiado.

Balancei a cabeça, pensativo, sorrindo vagamente.

– Desculpe, Chris, por nossa fraqueza momentânea. É que a força ou a fraqueza pode determinar nosso destino.

Eles eram contraditórios. Suas tentativas de ser humanos estavam em constante desequilíbrio.

– Sei que deve estar pensando que estamos lhe ignorando, mas é muito importante para nós que consigamos matar o rei dos ursos brancos, conhecido no nosso mundo como Opache. Ele já matou muitos de nossos irmãos de sangue frio, todos muito jovens, e por isso será uma honra derrotá-lo um dia.

– Mas então esse é o segredo dos vampiros!

– Mais ou menos, Chris. Opache só consegue matar vampiros de castas inferiores e muito jovens. Um dia, quem sabe, você saberá do nosso verdadeiro segredo. Por ora, contente-se em saber que viemos para matar nossa sede e acabar com esse...

Se soubesse como, estava decidido a voltar. O que iria presenciar nada mais seria do que um massacre da população de ursos brancos até que o chefe deles fosse morto. O perigo era se eles falhassem, eu morreria também.

Agora eu estava numa situação de desafio concreto, e tentei lutar contra meu desespero. Respirei fundo, abri e fechei os olhos e pensei comigo mesmo: *se for para morrer, que seja então lutando ao lado de quem amo, que minha mãe me perdoe.*

– Chris, procure entender que para vocês humanos o sol é como seus corações, sem ele seus corpos morrem. Para nós vampiros o fluído que nos mantém vivos é o sangue e o ódio contra nossos inimigos acumulado em nossos corações por muitas gerações.

Dei um sorriso dizendo que estava entendo tudo.

Podia ouvi-los sorrindo por dentro, não aguentavam esperar para poder enfrentar Opache. Era hilário o que estava presenciando. Seres das trevas tão fortes e quase imortais sentirem tanto ódio de um simples urso. Rei ou não, eles é que tinham invadido seu reino. Provocá-lo era uma questão de falta de senso, e o que realmente importava a eles era o invisível que se chama perdão e tolerância.

Eles eram seres pequenos e essa é a maior prova de sua distância em relação a Deus.

Os lobos uivavam agora bem próximo ao local. Estavam perto, logo a matança começaria.

Quando eles atravessaram o portão, o céu de repente escureceu. O grupo trazia consigo um homem forte, de cabelos escuros e barba até o peito. Devia ter uns três metros de altura, usava botas de couro e um longo casaco de pele.

Ele olhou para mim, deu oito passos em minha direção, insuflou suas narinas e fez um gesto de desprezo cuspindo no chão. Todos viraram de lado para rir.

Sorri também com um ar de conivência fraterna. Afinal, eu era o mais fraco de todos.

Todos me cumprimentaram menos Ivan, que foi logo se ajoelhando próximo à lareira. *Sujeitinho de merda!*

Avançaram em direção ao fundo do casarão, entrando dentro de uma espécie de biblioteca.

Escutei os murmúrios por cinco minutos, quando a porta se abriu.

– Entre, meu rapaz, disse o grandalhão. Deixe-me primeiro me apresentar. Meu nome é Orfeu, o último dos guerreiros da tribo dos Otauas. Minha família é de origem judia, mas fui levado para a América quando pequeno e criado pelo grande chefe Juá. Você é nosso convidado nessa caçada.

Procurei um local para me sentar e só encontrei um pequeno tamborete em que mal cabia meu corpo.

Melhor ficar em pé, pensei.

Ângela se aproximou de mim, tocando levemente meu ombro.

– Fique tranquilo, Chris, ele é um velho amigo e veio de muito longe para nos ajudar.

– Você não me disse que teríamos convidados.

– Nem eu mesma sabia que ele ainda participava de caçadas, está muito velho. Mas estou satisfeita com sua presença, ele é o mais forte guerreiro que já conheci, e além do mais já caçou centenas de vezes nesse local.

O grandalhão tirou um mapa de dentro de sua roupa e inclinou-o sobre a mesa. Dei dois passos para poder entender do que se tratava, mas foi inútil.

– O que é isso, Ângela?

– Eu nunca entendi esses símbolos, apenas Simeon, Máximus e Orfeu conhecem os segredos que contém esse mapa. Creio que com ele traçam táticas de guerra e caçadas.

Fiquei paralisado. Arrisquei outra olhada, mas acabei tropeçando e caí sobre a mesa.

Amisis e Ivan me encararam.

Tentei escutar atentamente o que eles diziam, mas falavam num dialeto antigo. Meu pai era um homem muito erudito e podia jurar que já tinha ouvido ele falar essa língua. Consegui ler um pouco de suas mentes e era uma tática de perseguição aos ursos para poderem encurralar o grande urso branco.

Fingi não entender nada.

– Não fique assim, Chris, tudo vai dar certo.

Disparei um olhar excitado em direção a ela e decidi concordar por hora.

– Tudo bem, minha querida, eu confio em você.

– Que bom, não quero que nosso passeio estrague seu humor.

Parecia que eu tinha sido jogado num cativeiro em que toda minha preocupação era justificável. Tinha de carregar esse fardo, mas era direito meu desconfiar que as coisas não estavam bem.

Deixei transparecer um início de mau humor. Ângela ficou embaraçada.

– Chris, nunca fique longe de mim, aconteça o que acontecer.

Essa voz que me alertava parecia forte e destemida, mas no fundo estava com tanto medo quanto eu. Sabia que tinha medo de me perder, afinal eu era só um humano.

O grandalhão guardou o mapa entre sua roupa de pele e disse:

– Por hoje basta, agora vamos descansar um pouco e amanhã cuidaremos do nosso inimigo.

Todos desapareceram aos poucos, deixando Ângela e eu para trás.

– Chris, vamos dar uma volta lá fora e depois descansaremos.

Queria dizer não, mas na hora meu sentimento por ela me deixou impotente.

– Pois bem, podemos ir com a condição de voltarmos logo. Hoje estou com uma dor de cabeça que não me aguento.

– Vamos tomar um chá de chifre de carneiro, isso te fará bem.

Ângela colocou a água para ferver enquanto eu raspava alguns fragmentos do velho chifre que se encontrava escondido embaixo de uma lata de banha de baleia.

– Sirva-se, Chris, em poucos minutos sentirá seu corpo mais forte e sua cabeça mais leve.

– Mas ele está amargo demais!

– Em compensação, creio que já está começando a se sentir melhor.

Tentei engolir o resto para não fazer desfeita, mas acabei jogando embaixo da mesa a maior parte, que se encontrava dentro de uma caneca de bronze.

– Estou melhor, podemos ir agora.

A noite estava discretamente clara e a neve caía fina sobe o telhado do casarão. Os lobos já dormiam protegidos pelo chefe, um grande cão de pelos grossos e negros. Ao me ver mostrou os dentes e ergueu seu peito tentando me intimidar. Diante daquela expressão ameaçadora, insuflei minhas narinas e olhei fundo em seus olhos, até que o animal resolveu se deitar e ficar apenas me olhando.

De qualquer modo, eu não entendia muito bem como era capaz de fazer aquilo, a única coisa que tinha em mente é que era diferente e que tinha uma capacidade de enfrentar a natureza e as situações de uma maneira diferente dos outros humanos. Pude notar que Ângela estava ávida por saber como eu era capaz de fazer aquilo.

Ela me olhou de soslaio, mas se manteve quieta. Melhor assim, porque eu já não estava entendendo mais nada.

– Chris, você gostou desse local?

– Posso dizer que é atraente e discreto demais. Apesar do isolamento, gostaria que tivéssemos vindo fazer outra coisa aqui.

– Acredite, meu amigo, o que faremos é por uma boa causa.

Essas palavras me feriram muito mais do que uma lâmina em brasas. Amigo...

Tentei escutar seus pensamentos, mas eles estavam silenciosos e não conseguia trazê-los para perto de mim. Respirei fundo na tentativa de me concentrar melhor, mas Ângela, com um olhar rápido, tomou minhas mãos e me puxou para fora do portão.

– Minha querida, pode ser perigoso ficarmos aqui sem a presença dos outros.

Olhei para o portão e a distância que me separava dele parecia uma eternidade, minhas pernas balançaram.

Com a testa franzida, Ângela deu um ruidoso suspiro e fixou em mim um olhar frio. Sustentei o olhar sem pestanejar. Ela estava tentando me atropelar, me desafiar. Percebi que suas pretensões em relação a mim eram muito mais abrangentes do que eu poderia imaginar. Queria ligar seu destino a alguém forte e que a acalmasse nos dias de tempestade.

Pude compreender bem seus pensamentos.

Isso era realmente bom, mas eu tinha minhas fraquezas.

– Chris, olhe para cima e sinta a neve penetrar em sua boca, bater em seus olhos, é uma sensação quase tão boa quanto à paixão.

Ela estava interessada em jogar comigo.

– Por que está me dizendo isso agora?

– Quero saber o que os humanos sentem quando estão apaixonados um pelo outro.

– Você é um animal de sangue frio e não seria capaz de compreender os mistérios do amor.

– Então me ensine, talvez eu consiga aprender.

– Esqueça o amor, apenas me respeite e me trate como um amigo.

Ela protestou.

– Você não está sendo compreensivo, Chris.

Olhei para a escuridão que aumentava aos poucos com a caída da neve e algo parecia olhar para mim. Eram olhos brilhantes que vinham de uma altura de quatro metros. Fiquei pensativo.

Minha mão direita, que continha o sinal, agitou-se como se escrevesse. Depois de um instante, os olhos se recolheram após um gemido surdo.

– Você disse alguma coisa, Ângela?

– Que estranho!

Seu rosto iluminou-se de repente.

– O que é estranho, minha querida?

– Creio que algo ou alguém está nos observando.

– Vamos entrar.

– Não. Estou curiosa.

Eu precisava gritar para que todos ouvissem e viessem nos ajudar. Mas minha garganta ficou seca e resolvi ser cauteloso.

Agora podia ouvir passos em nossa direção, suspirei.

Sem dúvida deveria ser um dos ursos, ou o próprio Opache. Agora meus olhos estavam devorados de curiosidade e meu juízo encontrava-se fora de si. Minha vontade de saber de quem eram aqueles olhos fizeram com que meu espírito de vingança se abrisse em crises violentas de espasmos musculares. Era incontrolável, e a dor era tão intensa que podia ver várias imagens distorcidas sobre a neve.

– O que está acontecendo, Chris?

– Não sei dizer, apenas sinto uma excitação em meu corpo que faz doer tudo dentro de mim. Meus músculos parecem rasgar e não consigo baixar meus olhos.

Com um movimento rápido, eu separei os pés, dei um grito ensurdecedor e tomei a posição de um animal em ataque.

– Seus olhos, Chris.

– O que há com eles?

– Estão vermelhos.

Nunca me senti tão forte e, se caísse, levaria alguém comigo. O pavor agora tinha sumido e uma voz furiosa dentro de mim ordenava que fosse ao encontro daquele olhar. Parti junto com uma sensação de segurança que me inundava em direção àqueles passos.

– Espere, Chris, pode ser perigoso!

Ângela estava com as sobrancelhas franzidas e nunca a tinha visto tão resguardada quanto à minha segurança.

–Não, Chris, por favor, espere pelos outros.

Ela suspirou com força.

Ergueu um olhar esgotado e murmurou:

– Eu sei que não vou conseguir convencê-lo a ficar, apenas tenha cuidado.

– Não sei o que lhe dizer, minha querida, só não quero que se exponha.

Ela arfava com dificuldade. Seus olhos estavam convulsos, e com os dedos da mão direita lutou para que eu ficasse ao seu lado enquanto eles deslizavam sobre os meus. Os dedos interromperam um gesto de dor quase inaudível. Ela recolheu sua mão enquanto eu caminhava em direção à escuridão.

Eu podia distinguir algumas palavras que saíam de seu pensamento: *Eu lhe asseguro, Chris, que vou estar aqui se precisar. Não sei por que, mas não posso acompanhá-lo.*

Agora no completo escuro, mal podia ver meu corpo andar sobre a neve. Parecia flutuar. Ao menor estalido, de um pedaço de gelo que se quebrava, algo voou sobre mim. Tentei olhar seu rosto, mas o choque contra meu corpo foi tão grande que fiquei um pouco tonto. De minha cabeça descia um mar de sangue. Agora podia ver sua cara e continha uma raiva homicida.

Estava em crise, e aquele grande rei branco de colarinho negro caminhava em minha direção.

Era assustadora a cólera que irradiava de seus olhos indo ao meu encontro. *Queira Deus que meu futuro não termine aqui.* Podia, mesmo no escuro, com a neve caindo agora cada vez mais forte, enxergar de forma bem clara tudo ao meu redor.

Meus olhos se ardiam em chamas.

Estava aflito. Parecia uma maldição o que estava acontecendo, porque mesmo ferido de morte na cabeça, levantei-me e me preparei para o combate. Ele tinha que ter um ponto fraco. Preciso matá-lo, talvez ele possua a chave do meu passado e do meu futuro.

O rei agora estava em pé com sua boca grande bem aberta, soltando fumaça por todos os lados. Balancei a cabeça num sinal de que estava pronto para a luta. Ele pareceu entender.

Agachou-se e saltou para cima de mim. Meu coração estava apertado, e com a mão gelada e o punho cerrado como gelo, voei para cima dele. O soco atirado contra sua fronte foi tão intenso que seu urro poderia ser ouvido a quilômetros. Ele não era tão poderoso como todos temiam, ou então eu era forte demais sem saber. Dei um salto mortal em sua direção, caindo na neve fofa e enterrando meus pés até o meio da canela. Daria uma chance a ele, seria o suficiente para não ficar em desvantagem.

Ele parecia lento e voltou a caminhar em minha direção, só que agora respeitando o seu oponente. Tinha percebido claramente que não seria fácil me matar. Sua cara estava rígida e seus olhos se estreitaram em fenda. Ele tentava controlar sua raiva, e para mim a caçada tinha começado.

Ele olhava em minha direção, mas sua fúria agora era controlada. Ele tinha se recomposto e respirava bem devagar analisando qualquer movimento ao seu redor.

Hoje seria o declínio de uma falsa realeza. Eu não precisava mais ficar submisso a uma máscara de ser humano frágil e patético. Eu não era presunçoso, mais iria derrubá-lo como se derruba qualquer rei que se acha o todo soberano.

Eu não conseguia pensar em mais nada além de lutar até a morte de um de nós dois.

Eu não pensava mais em mim, mas sim no respeito que o bando, principalmente Ângela, teria pela minha pessoa.

Ele estava tentando me acalmar com seu jogo, mas para compensar isso eu estudava seu ponto fraco. Minha irritação deixava minha mente eletrizada com a possibilidade de matar um rei. Nunca gostei deles, e os achava prepotentes e vaidosos demais. Mesmo tendo nascido num berço privilegiado, não me sentia livre tendo acima de mim alguém que controlava tudo na França. Eu queria ser como todo filho de camponês, que na infância não precisa sofrer com as pressões de ter que aprender muito e de viver num mundo cercado pelos falsos amigos e um luxo desnecessário.

Agora era apenas eu, alguém que lutava por sua vida, pela sua autoestima e por seu amor. Nunca me senti tão feliz. Senti-me refinado como um lorde, mesmo em combate.

Neste momento, estava desencantado pela vida por ter que matar para poder provar algo para mim mesmo. Mesmo sendo um leve desencanto, era um grande mal matar algo que pertence à natureza. Acho que estou delirando em pensar que matar um humano seria mais fácil. Não que mereçam, mas é a única forma de alguns entenderem que tudo tem limite. Meu pai era um deles. Por toda minha vida rejeitei essa ideia, mas agora, diante da vida e da morte, via que meu lado negro dominava meus conhecimentos a respeito do que é ser civilizado.

Devo estar doente, cego pelo amor.

Apesar de toda minha sabedoria, estava arrasado por dentro, e deixei que as lágrimas escorressem em silêncio e caíssem sobre a neve.

O grande urso interrompeu sua postura de figurante em uma peça de teatro vagabunda, sacudiu seus pelos e veio em minha direção. Seu olho brilhava escondido por trás de uma cara séria e carrancuda.

Seria uma honra derrotá-lo.

Ergueu seu grande corpo a cinco passos de mim e se atirou em minha direção. Minha vida estava em risco, mas eu suportaria o sofrimento até o fim. Antes que ele caísse sobre mim com uma tonelada de banha e fúria, ergui meu corpo da neve como se pudesse flutuar, e as escórias de minha alma fizeram com que eu lutasse por cerca de dez minutos com Opache, até cairmos num local liso e escorregadio. Meus olhos estreitavam-se de ódio e minha respiração ofegante e comandada pelo instinto de matar fizeram com que eu parasse.

Nós nos encontrávamos bem machucados, mas estávamos quites. Ele sacudia sua grande boca tentando livrar-se do sangue que escorria por entre os dentes quebrados. Uma de suas patas mal conseguia apoiar no chão devido à mordida sofrida por meus caninos, que a essa altura pareciam ter dobrado de tamanho. Fiquei desconfiado de que fosse um deles.

Não podia ser. Eu era humano, apenas com uma força superior. Tentei não imaginar que poderia ser filho de um vamp...

Será esse meu segredo e por isso minha mãe era tão humilhada por meu pai? Fora enganado, daí o motivo de suas atitudes insanas. Mesmo assim, não tinha o direito de constranger tanto alguém que poderia ter sido vítima desses seres frios e calculistas.

O combate dali para frente seria bem mais difícil, não só para mim como para ele também. Podia-se notar que estava impaciente, balançando suas grandes bochechas para todos os lados.

Escutei Máximus gritar se precisava de ajuda.

– Como chegou até aqui, meu amigo?

– Ivan pode farejar o que quiser a muitas milhas.

Agora sabia que ele era meu amigo de verdade, vendo-me defender sua irmã e sua casta de um inimigo mortal.

– Obrigado, creio que esta batalha pertence só a mim.

– Tome cuidado, pois nenhum de nossos ancestrais nunca conseguiu vencê-lo, mesmo quase morto ele é um oponente perigoso.

Podia ver a impaciência nos olhos de Amisis e Simeon.

Ângela estava linda com sua brancura misturada a toda aquela neve. Seus cabelos ruivos misturados aos flocos de gelo a tornavam ainda mais atraente e sedutora. Mesmo não conseguindo interpretar claramente seus pensamentos, sabia que temia por mim, e sem saber no fundo já me amava.

Quando a luta começou, pude perceber que Ângela desviava os olhos para não ver o que poderia acontecer comigo.

Enquanto eu e o grande urso tentávamos nos recompor sobre o gelo, pude ler os pensamentos de Ângela, que diziam: *Tome cuidado, meu querido, você é muito importante para mim.*

Senti um profundo alívio.

Minha respiração voltava ao normal enquanto analisava seus traços perfeitos. Resmunguei baixinho para mim mesmo se o que sentia por ela era amor ou desejo. Tive medo da resposta.

Fiquei atordoado.

Não queria ser como a maioria dos homens, que pensam apenas no que tem por baixo de longas saias de algodão. Isso é bom, muito bom, mas eu não quero envelhecer ao lado de um corpo que não tem meu coração nem minha alma. Eu mereço isso.

Encostei minha fronte no gelo e pensei por alguns segundos em como acabar definitivamente com aquele urso branco dos infernos.

Rapidamente veio à minha mente o que precisava.

Seria minha única saída.

Bati com um dos pés no gelo e ele trincou. Deveria ter apenas uns quinze centímetros de espessura, e seria fácil quebrá-lo.

Ângela, com uma voz de medo sufocante, gritou:

– Cuidado, Chris!

O urso, quase em cima de mim com suas grandes patas, atingiu-me no rosto, quase dilacerando uma parte dele. Ouvi uma voz lá no fundo, a pouca distância de mim, ordenando que eu o matasse. A raiva agora mexia com o que eu tinha de mais perverso dentro de mim.

Brevemente ele estaria morto e eu livre desse pesadelo.

Minha mão desapareceu subitamente como uma lâmina dentro daquele imenso bloco de gelo. Ao sair da água, um pedaço de gelo misturado a muita força e explosão de meus nervos seria a minha única chance. Senti que tudo estava acabado.

Estava obstinado a matá-lo.

Dei um mergulho em direção a ele e, antes que me atingisse, furei seus dois olhos como se fossem de papel. Ele urrava de dor ou de desespero. De longe se podia ouvir o choro dos outros ursos brancos. Infelizmente não tive pena.

– Perdão, senhor!

Levantei-me com o sangue escorrendo pelo meu peito e virei para suas costas, atingindo-o por trás na altura do coração. Esse era o seu fim.

Ele demorou quatro segundos para tombar sobre o gelo, que se quebrou fazendo seu imenso corpo sumir nas águas geladas do polo Norte.

Tudo voltava ao normal enquanto eu caminhava em direção a todos.

Não me sentia um vencedor nem um guerreiro, apenas alguém que cumprira seu destino, mesmo que estivesse indo pelo caminho errado. Concentrei-me para avaliar a reação de todos. Não havia mais o que temer, o grande Opache se transformaria em lenda.

Ângela me aguardava sorrindo. Sem dúvida, ela nunca imaginou que eu seria capaz de vencer o grande inimigo de sua espécie.

Os outros estavam paralisados, até mesmo o grandalhão Orfeu.

Ela encostou minha cabeça em seu ombro, estava gelada como nunca.

– Desculpe, Chris, por colocá-lo nessa situação, mas sinto agora um profundo alívio por ter matado Opache. Posso sentir que todos estão livres desse incômodo que nos persegue há tantos anos. Mas estou surpresa com sua grande força. Você está bem?

– Na verdade, um pouco tonto.

– Deve ser o sangue que perdeu.

Ela tocou minha face machucada com delicadeza, e com pequenos círculos feitos por suas mãos aos poucos estancou o sangue que escorria.

Fiquei convencido de seus poderes sobrenaturais. Apesar de todos os meus esforços em compreender o forte poder que fechou meu ferimento, fiquei feliz. Tive a impressão de flutuar em meio à neve opaca que não parava de cair. Estava tranquilo, envolto pelos seus braços que me abraçavam com tanta força que meus pés estavam a vinte centímetros do chão.

Estava perturbado, essa era uma situação muito angustiante para quem precisava de um beijo. Eu me sentia preso ao seu corpo e tremia junto daquela que amava. Era um amor incurável e irremediavelmente dono de toda força vital que se encontrava em mim.

Tentei baixar meus lábios até os seus, mas fui interrompido pelos outros, que nos abraçaram com fraternidade.

– Ficamos ansiosos por você – disse Simeon.

– Qual é o problema, Chris, não vai apertar as mãos de todos?

Analisei seus olhares e suas feições e senti pela primeira vez que não estavam jogando, eu era o mais novo membro da família. Ivan, que sempre teve reservas em relação a mim, ao apertar minhas mãos, conseguiu esboçar a sombra de um sorriso.

– Obrigado por tudo, meu amigo, e espero que sejamos como irmãos daqui para frente.

Balancei a cabeça num sinal de concordância.

Olhei cuidadosamente para Ângela e tive a sensação de estar vivendo perto de uma doente atingida por um mal incurável do qual ela aceitava o resultado, ou seja, ignorar seus sentimentos por mim. Esse consentimento sereno me torturava.

Seu olhar parecia desamparado. Que desespero isso causava em minha alma.

Orfeu, impaciente, disse:

– Vamos todos embora. Amanhã levantaremos com a alvorada, a caçada nos espera e é o melhor horário para pegarmos os ursos.

Tentei me manter o mais natural possível enquanto caminhávamos em direção ao antigo forte. Todos estavam calados, mas podia ler em suas mentes a alegria que invadia seus caminhos. Estavam profundamente gratos.

Os lobos se mantinham imóveis, de cabeças baixas. Não participaram de nada. Eram fiéis, mas só aceitavam o comando de Jack, aquele vagabundo adorável.

Ao nos aproximarmos do local, tivemos alguma dificuldade para entrar, pois a neve, que tinha uma altura de quarenta centímetros, impedia a abertura do portão. Jack ordenou que cavassem até que o portão estivesse completamente livre da neve.

– Pois bem, se temos de morrer, que seja na companhia do fogo – disse Orfeu. – Vamos todos entrar e nos aquecer.

Jack foi na frente como se estivesse garantindo nossa segurança. Ao vê-lo, uma fêmea de olhos acinzentados se aproximou com cuidado, lambeu suas mãos e voltou a dormir. Antes que eu atingisse o primeiro degrau do casarão, partiram em minha direção dois dos machos, acariciando-me como se fossem cães de estimação.

De joelhos, retribuí o agrado dando-lhes um beijo no focinho. Foi o suficiente para darem um espirro.

Amisis sorriu e pediu para que todos entrassem. Ele parecia ansioso.

Ficamos por alguns minutos próximos da lareira para enganar o frio, e enquanto Simeon e Orfeu jogavam xadrez, os outros contavam algumas histórias de suas batalhas e andanças pelo mundo. O tempo do acontecido era remoto, mas pude ouvir, mesmo sem querer, que me achavam um perfeito guerreiro.

Apesar de todo domínio que tinha sobre mim neste momento, não deixei de agradecer pelo apreço. Ficaram sem saber o que dizer. A sensação de poderem ser expiados por um humano os inquietava.

Ângela sentou-se ao meu lado.

– Chris, você me impressionou muito hoje, os poderes conferidos por Deus a você de fato são impressionantes. Força, frieza e altivez o tornam o humano mais seleto que já conheci.

Fingi um desapontamento.

Ela esbranquiçou os lábios para tentar compensar minha atitude indelicada. Não sabia que aquele momento o que eu mais queria era ter a esperança de que algum dia seríamos pelo menos amantes. Aceitar essa situação para mim seria um grande esforço, mas era melhor viver sem medo de nunca tê-la ao meu lado.

Toquei seus cabelos confiando que minha decisão seria bem aceita.

Ela ficou paralisada.

Desci minhas mãos até sua nuca e ela eriçou os pelos. Senti que uma onda de calor emanava de seu corpo, e ela deu um salto para a frente.

O perigo estava próximo de suas entranhas. Ficou trêmula e levantou-se às pressas.

– Espere, Ângela.

Mas ela não voltou o rosto. Seu corpo estava rígido e não pude ouvir nem um sussurro. Tentava me convencer de que não conseguia pensar em nada mais concreto e condizente com o momento para me dizer.

– Volte, minha querida – ordenei em voz alta.

Os outros fingiram não ouvir e foram se retirando um a um da sala. Estava enfraquecida, sabia que detestava ser pega de surpresa. Agora estávamos sozinhos e com a voz cortante começou a me dar ordens.

– Chris, foi deselegante sua maneira de me tratar na frente dos outros. Você pelo menos poderia esperar que estivéssemos a sós. Não sei o que faço com você. Quero que vá para cama e me deixe aqui pensando um pouco em minha vida.

Ela nem havia terminado a próxima frase e eu mandei que calasse a boca.

Ela estava furiosa.

Seus olhos vermelhos banhados em brasa pareciam queimar minha alma. Ela suspirou com força. Sua vontade era de voar em meu pescoço.

Fingi um medo súbito.

Aproximei-me da lareira e fiquei analisando seu semblante diante da luz que emanava da fogueira.

– Chris, eu gostaria de jogar seus despojos no esgoto.

– Evidentemente, você iria junto.

– Não é tão simples assim, meu querido!

Ela voltou a sentar.

Ela gostaria que eu fosse apenas uma lembrança em sua vida, mas na realidade eu era uma cilada que se chama amor. Ninguém consegue se libertar dele, nem mesmo Jesus Cristo, que morreu por nós na cruz. Isso é um fato incontestável, assim como a fé.

– Sabe, Chris, eu poderia queimá-lo em praça pública que ninguém notaria.

– Se essa é a sua sugestão para nossas vidas, fique sabendo que tudo o que faço é para ter o seu amor, o seu carinho e a sua compreensão.

Agora mais calma, ela esboçou um fraco sorriso e respondeu:

– Não sei por que você insiste tanto nisso, você não tem nenhuma prerrogativa em relação a mim.

– Não preciso de sua aprovação para te querer bem, sua tola. Se você não me quiser nunca, eu vou me contentar apenas em amar na solidão.

– Chris, não seja insuportável.

– Um dia, quem sabe, eu vou conseguir expulsar você do meu coração e, neste dia, terei o maior prazer em ser diligente para que saiba o mais rápido possível.

– O que quer dizer com isso?

– Que você não merece ter alguém como eu em sua vida.

– Estamos sendo infantis. Você está fraco e precisa dormir, amanhã o dia será cheio.

Tentei obedecer, mas ao tentar me levantar, fechei os olhos e tudo girava ao meu redor. Antes que eu caísse sobre o fogo, ela me apoiou em seus braços.

– Você está muito fraco, precisa de um pouco de soro. Deite-se aqui nessa poltrona enquanto preparo algo para te fortalecer.

Meu estômago embrulhava de tanta ânsia ou medo de morrer. Tive medo de estar só. Isso para mim não era vergonha. Essa era a primeira vez que participava de uma luta em minha vida. Fiquei de olhos bem fechados esperando a tontura passar.

Após vinte minutos, Ângela apareceu com um balde cheio de água, açúcar e uma porção de sal. Improvisou uma mangueira amarrada a uma agulha de costurar sacos e injetou os dois litros da substância em meu corpo.

– Sente-se melhor agora, Chris?

– Dê-me um tempo, ainda estou com a visão um pouco embaraçada.

Segure em meus ombros, vou levá-lo até sua cama.

Bravamente arrastei meu corpo até o fundo do corredor. Parecia o lento caminhar de um guerreiro que tem a garganta ressecada após uma batalha.

– Deite-se, amanhã se sentirá melhor. Agora tenho que ir.

– Por favor, fique. Não consigo mais viver longe de você. Não me trate com indiferença.

– Você precisa dormir.

– Eu sei, mas que seja deitado em seu colo.

– Você é um sonhador, Chris!

Sentou-se gentilmente dirigindo os olhos para uma janela que tinha uma das folhas aberta.

–Só um minuto, Chris, preciso fechar a janela para que fique bem aquecido.

O local estava escuro e minha sensação de segurança em seu colo mergulhou meus pensamentos em Paris. Pensei em como estaria minha mãe. Eu tinha que voltar, ela precisava de mim por perto. Ângela parecia mais envolvida comigo do que nunca, e suas mãos macias acariciavam meus cabelos suavemente enquanto eu adormecia aos poucos.

Meu corpo foi raptado do espírito e parecia colado no colchão de penas envolto por uma manta feita de pele de urso.

Acordei com uma voz rouca ao meu lado.

– Levante, Chris, nosso objetivo começará hoje com o alvorecer. Creio que já está descansado.

A presença de Orfeu ao meu lado pela manhã era reconfortante, mesmo que Ângela ainda estivesse em silêncio.

– Onde os outros estão, grandalhão?

– Já estão prontos para a caçada, só falta você.

Eu estremeci.

– Não sei se posso.

– Deixe de besteira, homem, quer que Ângela tenha orgulho de você ou não?

Lutava valentemente para reprimir o temor que agitava meu ser.

– Tudo bem, eu vou. Só me dê um tempo, em cinco minutos estarei lá fora para partirmos.

Antes que eu pudesse me trocar, Ângela fingiu estar acordando, espreguiçou-se e se retirou sem nenhuma palavra. Isso para mim não tinha a menor importância, já que todas as evidências mostravam seu afeto por mim. Ela estava começando a reconhecer e aceitar seus sentimentos.

Rezei por dois minutos e pedi para que voltasse para minha mãe e para a minha querida Paris são e salvo.

Eu não queria matar mais nada. O fato de ter que matar algo me desagradava muito. Mas o que poderia acontecer daqui para a frente era imprevisível. Hesitar neste momento era impossível. Minha alma transpirava como um louco em busca de tamanhas seduções que preenchessem o vazio que matava o meu ser. Sem querer, agora eu era um guerreiro, e agiria com tal.

Sem dúvida gostaria de um jogo intelectual, mas essa caçada serviria para começar minha vida secreta dali em diante. Conservaria meu lado humano e deixaria aflorar meu outro lado, creio eu que de vampiro. Eu não estava decidindo nada, apenas o momento impunha suas condições.

Eu tinha me perdido da vida, mas estava bem e confiante.

– Vamos, Chris, pare de sonhar acordado!

– É você, Ângela? Nem me dei conta do tempo.

– Temos que ir imediatamente, não queremos ficar expostos muito tempo a esse frio intenso.

– Onde você foi, deixando-me aqui sozinho?

– Esperava por você junto aos outros.

– Está tudo bem. Espero que das outras vezes que dormir comigo, procure ao menos se despedir quando partir.

Sua expressão se tornou carrancuda.

– Quero deixar bem claro, Chris, que não sou mulher de dormir com homem nenhum, só te fiz companhia.

Eu sorri de leve.

– Não ria, me respeite. Procure ser sério quando falar comigo.

A inquietação em sua alma transparecia a olhos vistos.

Ela empalideceu.

– Estou admirado com sua postura de mulher puritana, inacessível.

– Fique sabendo que estou arrependida de ter conhecido você, deveria ter deixado sua maneira hostil de ser em Paris.

Infelizmente, era difícil dividir castidade com tamanha sedução, mas alguém com mais de trezentos anos, isso era demais.

– Eu procurarei fazer muito esforço para não te magoar, minha querida. Mas quando você se tornar uma mulher de verdade, me comunique.

Sua palidez acentuou seus cabelos ruivos e a nuance de seus olhos dourados. Ela queimava em ódio. Deixou o quarto por uma banalidade estúpida, sacudindo a cabeça.

Eu fiquei olhando seu porte gracioso de mulher inexperiente que deixa desabrochar em suas curvas maravilhas sem nada revelar.

Suspirei.

Ela era tudo em minha vida. Ainda ia descobrir que os humanos são tão previsíveis, que não deveria ter se magoado à toa.

Não iria pedir desculpas pelo meu comportamento, agi com confiança e não queria viver sufocado.

Quando saí pela porta, Ângela ainda parecia irritada.

O comboio parecia em perfeita harmonia, apesar de uma luta repentina de dois dos cães. Os lobos estavam em posição seguindo as diretrizes de Jack, enquanto o chefe do bando lutava valentemente com outro jovem pelo poder.

Agora eram cinco trenós. Simeon e Amisis, Ivan e Máximus, Jack, Orfeu e...

Ângela não me aceitaria como companhia.

– Ande, Chris, estamos prontos – disse Simeon. – Qual trenó lhe agrada mais?

Ela nem olhava em minha direção. Seus olhos faiscavam. Entendi seu olhar, mas ela teria que ficar comigo.

– Vou com Ângela, assim posso protegê-la.

Agora sua expressão era ilegível. Ela lutava para reprimir o tremor que a agitava.

–E você, Ângela, não diz nada?

– A decisão é só dele, pai.

– O que aconteceu com os dois?

– Podemos ir, Simeon, ela está apenas indisposta.

– Jack, separe os lobos e vamos partir.

O chefe aguardava rangendo os dentes sobre o jovem que sangrava nas orelhas. Ao menor assovio de Jack, os dois tomaram suas posições.

– Vou te dizer uma coisa, seu moleque.

– Diga, minha flor.

– Você vai dirigir o trenó, mas se me acontecer algo...

Pensei em questionar, pois nunca tinha guiado um, mas essa ideia me agradava.

– Então sente-se e vai se divertir muito.

Senti um alívio quando percebi que Orfeu estava ao meu lado.

– Siga-me, Chris, e logo encontraremos nosso primeiro urso.

Seria bom assim, pois obviamente durante a caçada não haveria mais mal entendidos.

O dia, apesar de frio, estava bom e a neve tinha cessado. Dei uma piscada para Simeon, que deu com a cabeça mostrando ter entendido o que se passava com Ângela. Olhei para a frente e só podia ver muito branco e um infinito luar que se deitava no horizonte.

Agora em silêncio, deslizávamos pela neve sendo guiados de longe por Jack. O velhote era bom, como Ângela havia dito. Conhecia cada palmo da região. Subimos e descemos alguns montes e atravessamos lagos congelados até irmos parar num local que mais parecia um abrigo de pássaros. Havia muitos deles, pois estávamos próximos do mar.

Os pingüins, imponentes e discretos, arrastavam suas pernas entre as pedras que compunham as margens do oceano. Algumas mães preocupadas tentavam defender seus filhotes dos leões marinhos que tentavam alcançá-los. Era um vaivém intenso de focas que se atiravam ao mar e saíam da água às vezes para nos olharem curiosas de longe. Creio que sabiam que corriam risco de vida e por isso não se arriscavam muito.

Ângela se livrou do saco de dormir que a firmava dentro do trenó, e foi se sentar em uma das pedras. Estava triste e fiquei sem jeito.

Não queria que as coisas tivessem tido esse rumo, mas havia muitas perguntas que eu gostaria de fazer a ela. Era difícil deduzir o que as mulheres queriam e quando iam se magoar.

Em breve ela melhorará seu humor. Assim espero.

Estava impaciente pelo começo da caçada, mas não havia nenhum sinal de ursos por perto.

Caçada na Noruega

Orfeu disse aos outros:

– Vamos comer algo, estou morrendo de fome.

O grandalhão poderia comer um leão marinho sozinho.

Fiquei arrepiado em pensar naquele monte de banha escorrendo por minha boca. Senti meu estômago enjoar.

Máximus se atirou na água com muita habilidade, e em pouco tempo estava com uma das focas na mão. Era inútil tentar escapar dele, quanto mais nadavam mais fácil ficava a caçada. Impressionante, tamanha era sua velocidade.

– Jogue-a para mim, Máximus – resmungou Orfeu.

Ele me acenou curioso.

Retribuí o aceno com cautela.

– A primeira é para Ângela.

Ela fingiu não ouvir.

– Pode jogar, Máximus, farei uma mesa para dois – respondi sem pestanejar. – Enquanto nós comemos, vocês podem caçar à vontade.

Montei um jardim de areia e gelo ao seu redor, e falei numa voz grave:

– Perdão se a magoei, mas não consigo fazer nada sem você. Sei que sua alma está machucada, mas tente entender que só quero o seu bem, e se erro é por amar demais. Não me ignore dessa maneira, não quero que todos achem que fiz algo de mal a você. Posso ir embora se isso lhe agradar. Quer ficar sozinha? Eu vou partir antes do crepúsculo. Importa-se se eu levar o trenó? Deixarei no casarão e de lá eu me viro.

– Pare de falar e se sente, seu garoto mimado. Nunca mais me trate como uma meretriz. Posso ter mais de 300 anos, mas isso não importa, o que pode me afastar de você é essa sua maneira de tratar as mulheres.

Ela estava cheia de autoridade e fui obrigado a abaixar a cabeça fingindo estar constrangido.

– Com toda sinceridade, não pretendia magoá-la, tente apenas compreender como me sinto ao seu lado, fingindo ser seu irmão.

– E é isso que somos, apenas irmãos. Simeon já o considera como um filho.

– Se é assim que quer, tudo bem. A foca é toda sua, Ângela!

– Estou sem sede no momento, vou esperar pelos ursos. Deixe essa para os pássaros se divertirem.

– Amigos de novo?

– Sempre seremos amigos. Eu não estou triste com você, apenas não consigo entender por que ajo dessa maneira comigo mesma.

Ela sorriu de leve, mas seus olhos ainda estavam ressentidos.

– Posso lhe pedir algo, minha querida?

– Não sei se posso prometer algo a você.

Insisti em voz baixa.

– Fale – ela sacudiu a cabeça para mim.

– Quando estivermos de volta sãos e salvos em terras parisienses, gostaria que me acompanhasse num passeio pelo rio Sena.

– Acredito que pode ser viável o que está pedindo, só tenho uma ressalva: não quero saber de intimidades.

– Tudo bem, não quero adeus entre nós, vou esperar por sua decisão.

Daqui para a frente, prudência seria a minha arma contra sua reluta, pensei comigo.

Pensei que em breve ela deixara de se enganar a meu respeito.

O que está escrito não tem volta, mas o que será de mim sem ela? Lancei um olhar curioso em sua direção e recebi de volta um olhar de uma mulher sedutora, que falava de forma calorosa.

– Chris, menti quando disse que nunca queria ter conhecido você.

Ela mordeu o lábio tentando disfarçar o constrangimento.

– Na verdade, não quero que desapareça de minha vida nunca mais. Quanta confusão já se passou entre nós, devo-lhe desculpas.

Ela estava me avaliando.

– Às vezes eu me perco ao seu lado, mas admito que você me faz bem, de modo que pretendo ser sua amiga para sempre. Seu rosto me lembra muito um mago que conheci há duzentos anos. Foi em Portugal, no meio do século XVI, no reinado do rei Sebastião. Ele era um ser estranho, de barbas e cabelos brancos, aparentava uns 65 anos e mentia como poucos. Sabia um pouco sobre astrologia e vivia da bondade do rei. Falava com a boca travada e, longe do castelo, falava muito em orgias e demônios e tramava contra muitos para ser dar bem. Ele, na verdade, era mais um fora da lei do que qualquer coisa. O safado tinha até uma mulher que viajava sempre com ele para Paris em busca de mais fama e dinheiro. Sempre foi, a meu ver, um ser desprezível. Infelizmente, os da sua raça muitas vezes se iludem com esse tipo de gente.

– Por que está me comparando a alguém assim?

– Apenas para me divertir.

– Tudo bem, minha rainha, eu devo ser o seu bobo da corte.

– Não é isso, apenas quero distraí-lo. Tem toda razão de não gostar da brincadeira, eu reconheço que passei dos limites. Olhe para mim, foi só uma brincadeira.

Trocamos alguns olhares que duraram apenas uma fração de segundos. Sua cara agora estava séria e emocionada por ver Amisis vencer Máximus numa corrida atrás de uma foca que estava raivosa.

– Que mãe não ficaria irritada com esses demônios atrás de seu filhote?

Ela se afastou do perigo, mas não o suficiente para se livrar das garras de Amisis, que sugou todo o seu sangue em treze segundos. O tempo pode até não ter sido este, mas é o que me veio à mente agora. Trouxeram o filhote e o colocaram na areia para que fosse morto pelos leões marinhos. Era certo que morreria sem a ajuda da mãe, mas fiquei aborrecido.

Mais uma vez eles mostravam ser duros e cruéis. Seria muito difícil a troca de identidade. Passar de demônios a humanos talvez fosse impossível. Não sei o que seria melhor: matá-los ou vê-los como qualquer humano que nunca fez nada de mal nesta vida. Deixaria nas mãos de Deus, que no final ouviria o tilintar das moedas de ouro e prata em sua mesa e saberia o que fazer com elas. Certamente, seus longos dedos de justiça seriam indiferentes aos que aqui nesse mundo foram sem alma.

– Ângela, e quanto aos ursos?

– Não se preocupe, logo alguns deles aparecerão.

– E enquanto eles não aparecem vamos nos divertir com as focas e os leões marinhos. Mas isso tem graça?

– Sim, e logo você vai compreender por quê. Quanto a você, meu querido, pode tentar caçar alguns. Desafie um de meus irmãos.

– Com toda sinceridade, não estou com fome.

– Você é um estraga prazeres.

– Não é isso, é que posso me atrapalhar e acabar com a caçada.

Ficamos sentados em silêncio por alguns minutos.

Eu não vim aqui para ser considerado um covarde, mesmo tendo vencido o grande urso branco. Ivan, a meu ver, já era meu amigo, mas não me custaria nada desafiá-lo. *É isso. Vou desafiá-lo.*

– Ivan, aceita caçar uma das focas ao meu lado?

– Como quiser. Só que para ter graça iremos para longe da costa.

Tive medo, quanto mais longe da areia, mais fria era a água e as correntes marítimas eram muito fortes.

Olhei para ele e seus olhos eram duros. Antes que pudesse dizer algo, lançou-se ao mar e já ia a uma distância de cinquenta metros.

Com um dos braços erguidos fora da água ele acenava para que eu o acompanhasse. Eu me atrapalhei um pouco ao entrar na água, mas ao deixar meu corpo deslizar sobre as ondas senti meu corpo vibrar e meus músculos se incharem aos poucos.

Conforme nos afastávamos do litoral, a temperatura da água caía bruscamente, e pensei voltar.

– Chris, está se sentindo bem?

– Sim, Ivan, apenas um pouco arrepiado.

– Tudo vai terminar bem, é só começarmos a caçada e seu sangue circulará mais rápido e sua mente ficará aliviada. Olhe para aquela foca bem grande que está a uns vinte e cinco metros de nós. Ela é um macho, e dos bons. O chefe do bando está tentando nos afastar dos seus parentes. Podemos ver quem o pega primeiro. Só tem uma condição: se você caçá-lo antes de mim, terá de sugar boa parte de seu sangue, pois sei que não está acostumado a isso ainda.

Dei um suspiro resignado. Poderia não topar o trato, mas já que passava por minha cabeça ser um deles, caso houvesse a possibilidade de perder Ângela, aceitaria.

– Aceito a condição. Podemos começar.

– Quer que lhe dê alguns metros de vantagem?

– Acho que não me conhece ainda. Ficará surpreso quando me vir nadar.

– Eu vou vencer, Chris!

Sua voz agora soava em tom de ameaça.

Mergulhei uns dez metros abaixo da superfície e disparei em direção à foca. Antes que Ivan pudesse alcançá-la, bati em seu corpo, fazendo com que se atrapalhasse no meio de um cardume de sardinhas. Sua providência foi vir para cima de mim para um combate.

Subi numa velocidade em que ele mal conseguia me alcançar, e fiquei a boiar na superfície.

– Por que fez isso, Chris?

– Se pensa que é melhor do que eu, vai ter que me enfrentar corpo a corpo nesta caçada.

– Pensei que fôssemos amigos.

– E somos, só que jogo é jogo e pretendo ganhar.

Ele me respondeu calorosamente:

– O que seria de nós sem você?

– Mas vocês viveram tantos anos sem me conhecer. E afinal de contas, eu sou apenas um mero humano.

– Engano seu, seus talentos o tornam muito mais do que isso, quase tão poderoso e forte como nós. E tem mais, somos felizes quando você está por perto.

Agora sozinhos, podia ver que eu já fazia parte de suas vidas e que nada que fizesse mudaria isso.

– Sem jogo sujo, vamos tomar distância e caçar o macho.

– Você está certo.

– Duvido que possa acompanhar meu ritmo, Chris.

Balancei a cabeça vermelho de raiva.

– Estamos a uns 200 metros dele e ao meu sinal partiremos.

Certamente Ivan nunca se imaginou sendo desafiado por um humano, mas a sua reputação não seria manchada. Caso a vitória fosse minha, diria que havia sido ele o vencedor. Não queria magoá-lo.

– Quando o vento estiver a nosso favor, partiremos com a primeira onda.

– Está demorando, Ivan!

– Precisa deixar o tempo agir. Fique tranquilo, o mar por estas bandas é assim mesmo.

– O vento está vindo, posso sentir seu cheiro. Olhe a onda, é agora. Já...

Mergulhamos 12 metros longe da turbulência das ondas numa velocidade que beirava cinquenta milhas. Quando chegamos a setenta, atingimos o macho. Nossas mãos tocaram o pobre animal ao mesmo tempo, fazendo com que ele fosse atirado meio sem jeito para trás.

Fiquei emocionado por estar competindo de igual para igual com Ivan. Seria uma disputa boa.

Podia ler em seus pensamentos que ele não estava nem um pouco incomodado com seu desempenho. Sua expressão era vacilante, e pelo jeito tinha a intenção de me deixar vencer.

Parti ao menor descuido de Ivan em direção ao macho, e quando consegui atingir seu pescoço, suguei o máximo de sangue que pude suportar.

Ele bateu palmas no fundo da água e pude notar que seu rosto não acreditava no que estava vendo. Eu era melhor do que ele.

Senti que minha sede causada pela água salgada do mar havia desaparecido ao sugar o sangue daquele pequeno animal. Meu corpo esfriou-se como nunca e meu sangue circulava cada vez mais rápido. Estranho, mas era uma sensação de prazer intenso. Havia um alívio acentuado sobre meus músculos e uma irresistível vontade de sugar mais um pouco de sangue.

– Não vou mentir que me perdi no meio das sardinhas ou que deixei você vencer, Chris. Tenho de admitir minha primeira derrota para um humano nesses cento e oitenta e nove anos de vida.

– Está desconcertado?

– Hmmm, na verdade um pouco surpreso. Mas está tudo bem, vamos voltar e falar aos outros.

Sem perceber, Ivan se aproximou de mim e disse que esperava que meu amor por Ângela a fizesse feliz, que isso para ele bastava para que fosse meu amigo para sempre.

Fiquei desconfiado, mas não tinha outro jeito senão acreditar.

Eu queria aquela mulher para sempre, nem que isso me custasse fazer parte de um jogo mortal. Quando nos aproximamos da praia, Ângela cantava como se fosse uma sereia tentando enfeitiçar algum navegador que passasse próximo à costa. Virei-me para ela e, acompanhando a música com uma discreta inclinação da cabeça, fiz-lhe um sinal para que continuasse.

Trocamos alguns olhares que duraram o tempo de um relâmpago, antes que ela abaixasse os olhos. Aquele instante bastou para acalmar meu coração, que abrasava por tê-la deixado só.

Gostaria que o desafio fosse para ver quem ficaria com essa mulher, e no final quem vencesse pudesse levá-la para a cama, mesmo que fosse por um prazo determinado.

Eu levaria a melhor no jogo, senão teria que matar meu oponente. Essas ideias homicidas que nunca passaram pela minha cabeça agora afloravam com muita intensidade quando o assunto era Ângela.

Os outros estavam a brincar na areia, fazendo apostas sobre quem mataria o primeiro urso branco. Estavam desatentos e Simeon parecia angustiado. Quando olhou para mim, sorriu.

Fiquei emocionado com sua aflição, creio que achou que eu poderia me machucar.

– Esperávamos por vocês, Chris!

Antes que eu pudesse abrir a boca, Ivan já foi logo dizendo:

– O senhor não imagina quem ganhou a aposta.

Isso não importa agora, meu filho, quem levou a melhor ou a pior. O importante é que Ângela está muito feliz que até está cantando.

Realmente o canto dela reanimava as esperanças em meu coração, e era essa felicidade que eu esperava do amor.

– Máximus, o que há com o grandalhão?

– Não sei, Chris, de repente ele ficou triste. Creio que está muito velho para caçadas.

– Importam-se se eu não fizer parte da caçada?

– O que há com você, meu amigo? – perguntou Simeon.

– Estou desatento e me deu uma melancolia. Sinto saudades de meus dois filhos que morreram quando eram pequenos.

– Mas isso foi há tanto tempo!

– Foi há muito tempo, Ivan, mas o coração de pai nunca cicatriza. Esse é o maior amor que alguém pode ter na vida. Mas não se preocupem, eu vou melhorar. Vocês caçam primeiro e eu fico por último.

A voz dele era tão surda e tão cheia de saudades que me deu um aperto no peito.

– Jack, seu preguiçoso, não vai caçar nada?

– Do que está falando, seu moleque? – ele me olhou raivoso.

– Espero que você não seja leviano e se contente com as sobras da caçada.

Podia notar seus olhos embaçados e a a voz trêmula quando partiu para cima de mim.

– Eu te mostro quem é leviano, seu...

Saltei na água e, antes mesmo que pudesse me alcançar, um dos leões marinhos o interrompeu com sua boca grande. A luta foi boa, e no final Jack saiu tão estufado que mal conseguiu sair da água. Até arrancou uma das presas do pobre animal, dizendo que faria um colar em minha homenagem.

Sua valentia era repentina, e a ameaça em sua voz era cada vez mais condizente com a de um amigo. Via-se que tinha se afeiçoado muito a mim.

Todos sorriram.

– Deixe o pobre em paz – retrucou Ângela.

– Basta de insultos por hoje!

Fui forçado a engolir toda aquela felicidade que desabrochava em meu peito. Adorava todos eles e me sentia tão à vontade que até me fiz passar por um "adolescente".

Amisis lembrou que já estava quase na hora de os ursos aparecerem.

Olhei para o mar e me senti preso nas luzes que irradiavam de suas águas. Virei de costas silenciosamente para todos e saltei em suas águas. Queria alcançar a primeira ilha que tinha à minha frente.

Precisava de mais ar puro. Estava sufocado de repente e nem sabia o por quê. Os outros me acompanharam de longe, deslizando sobre a água que de tão fria começava a congelar na superfície.

Fiquei sentado esperando que todos chegassem. Ângela foi a primeira a alcançar a pequena ilha feita de gelo e ninhos de pássaros. Havia apenas um pedaço de tronco podre de árvore trazido pela corrente marítima e algumas algas espalhadas entre os ninhos.

Com uma voz de anjo, me perguntou o motivo de ficarmos tão longe da praia.

– Não sei dizer, minha querida, mas eu tinha de estar aqui. Os outros hesitaram em chegar mais perto e ficaram a pouca distância de nós.

– Podem vir, o que há com vocês? – gritei.

Não podemos chegar até aí, essa ilha está enfeitiçada – resmungou Orfeu.

– Deixem de besteira, homens, aqui estou e não me aconteceu nada. Olhem para Ângela, está sã e salva ao meu lado.

– Muitos de nossos navios, no passado, afundaram batendo contra essa pequena ilha.

– Isso são coincidências. Vocês são prisioneiros de um passado longínquo.

Seus olhares estavam cheios de uma chama mística, segurando seus braços contra a corrente que os forçava a chegar mais perto. Um nevoeiro começou a inundar o local, então eles preferiram ficar em terra, ou mais propriamente em gelo.

– Essas suas crendices, nem parece que são vampiros de verdade.

– Tente entender, Chris, somos de um tempo remoto e ainda não nos acostumamos, ou melhor, não nos adaptamos à evolução dos últimos tempos.

– Compreendo, Simeon, mas é engraçado vocês temerem uma simples ilha.

– Nossas tradições e nossas perturbações são diferentes das dos humanos, e sempre fomos perseguidos por feiticeiros, bruxas e pela natureza.

Sorri com o canto dos lábios.

– Você também acredita nisso, Ângela?

– Em pouca coisa, a grande maioria é delírio deles.

– Ainda bem, não queria estar apaixonado por uma desmiolada.

– Engraçadinho.

– Temos que ir, os ursos já estão chegando, posso sentir o cheiro deles.

– Tem razão, Ivan, o seu faro nunca se engana.

Partimos um ao lado do outro até chegarmos ao local de partida num mergulho só. Atrapalhei-me um pouco com a correnteza e a escuridão embaixo da água, mas senti um alívio súbito em saber que poderia ficar muito tempo sem respirar ar fresco. O nevoeiro atrapalhava um pouco, porém isso tornaria a caçada mais empolgante.

As aves e os pássaros abandonavam seus ninhos, enquanto os leões marinhos esbravejavam arrastando seu corpanzil pelo gelo fino misturado a areia.

Era encantador ver o primeiro urso branco em meio a todo aquele nevoeiro. Todos pareciam um pouco tímidos diante do animal. Fui forçado a abandonar a água de tão fria.

Fitei os olhos de todos, estavam imóveis, apáticos. A troca de silêncio durou dois minutos, e em suas mentes não habitava nada, apenas seus olhares foram se transformando aos poucos, do dourado para o vermelho. Era um tom leve e Jack deixou escorrer uma lágrima avermelhada pelo rosto.

Aquele pequeno instante me mostrava que a sede que sentiam era mais relacionada ao ódio de verdadeiros caçadores do que propriamente fome.

Fiquei angustiado.

Mas o que dizer nesse momento a todos, se a caçada não era minha e afinal de contas, eu era apenas um convidado?

Notei que tinham dificuldade para abandonar a água e Simeon começou a agir como um soberano. Ordenou que dessem os braços e formassem um círculo vampiresco. Agora bem próximos à beira da praia, abaixaram as cabeças e rezaram algo incompreensível.

Sojna e soinômed manu saus saçrof e son majetorp assen adaçac.

Euq asson açar es eutepre rop sodot so solucès euq adnia metsixe essen atenalp ligárf.

Euq so sodad ad etros majes sodagoj, e euq osson onitsed oãn acrep o ossapmoc.

O que será que estão invocando?, pensei.

Foram saindo um a um do mar, com os olhos fixos no animal.

Eu estremeci em ver aquela cena. Antes que eu pudesse perguntar algo, Simeon pediu que todos se abaixassem, inclusive eu, e ficássemos a observar seus movimentos. Era mais um ritual do que uma preparação para uma caçada. Pediu para que me aproximasse dele, e estendendo a mão no ar pediu que a segurasse como se estivesse numa "queda de braço."

– Chris, esse é nosso pacto. Nossos destinos daqui em diante estão entrelaçados. Agora nossas forças e nossos conhecimentos são os mesmos e nossa encarnação pertence à mesma linhagem.

Ouvi essas palavras e não fui capaz sequer de contestar nada. Fiquei surpreso, um pouco incomodado, mas um calor ilegível transpassava do corpo de Simeon em direção ao meu, e consegui encará-lo. Passou de leve por meus pensamentos que ele era meu verdadeiro pai. Seria bom, mas isso era algo impossível.

Havia um porém: o segredo de minha mãe. Mas daí a ser uma traição da parte dela, era difícil imaginar alguém tão recatada cometer um ato desses. Agora, essas criaturas um pouco tímidas importavam-se comigo, e isso me bastava.

Com as mãos postas no peito, todos me saudaram oferecendo suas vidas em troca de fidelidade. Isso ocorreu contra qualquer expectativa que eu pudesse esperar da vida. Nossa amizade e nossa cumplicidade dali por diante seria até a morte.

Fiquei aliviado por fazer parte do bando.

– Agora, Ivan – disse Simeon –, quero que mostre ao Chris como se caça um urso branco.

Ele, com seu olhar cheio de fúria, aproximou-se do animal, que estava extremamente raivoso, e ajoelhou-se à sua frente o encarando. Tratava-se de uma maneira estranha de enfrentar um inimigo, e confesso que nunca imaginei me deparar com algo desse tipo.

Os outros olhavam sem pestanejar, calmos e serenos. Sabiam que o pobre animal não era páreo para ele.

Naquele momento, tudo em volta parecia ter morrido. O animal se ergueu nas patas traseiras e partiu em direção a Ivan. A luta começava. Parecia uma disputa entre lutadores de sumô, sem sangue, sem murros ou pontapés. Apenas a força de seus corpos misturava-se ao cenário. O jovem urso era forte, bem forte, e fez com que Ivan se afundasse até os joelhos na neve.

Olhei, e agora todos estavam apreensivos. Apesar de imóveis, podia sentir o cheiro de sangue que irradiava de seus poros.

A resistência oferecida pelo animal parecia uma surpresa para todos, talvez sua raiva viesse da morte de seu chefe. De onde vinha essa valentia não importava, o que contava agora era quem venceria. E Ivan esbofeteou o animal com uma força tão poderosa que fez girar sua cabeça para o lado.

Desatolou-se da neve, e quase voando atirou-se sobre o corpo do urso. Com as mãos presas em sua boca, tentava impedir que lhe apertasse o pescoço. Por alguma razão, o instinto do animal o mantinha vivo e em pé diante de Ivan, um ser poderoso e bem mais forte.

Não havia escolha para ambos, alguém teria que morrer. Apertei as mãos de Ângela, que retribuiu com um olhar manso e carinhoso. *Que prazer estar ao lado dessa mulher com voz de anjo, jogando minha vida ao vento, num lugar ermo e cheio de segredos. Seria uma boa história para contar ao meu filho, o herdeiro de uma tradição milenar e sangrenta que era própria da raça dos vampiros, misturada à de um humano, o qual se perdeu nos braços de uma mulher que disse que o amor não tem fronteiras.* Pelo menos eu lutava por isso, e sabia que Ângela com o tempo aceitaria minha vida entrelaçada à dela.

Que assim seja meu desafio e meu futuro.

O animal se libertou de Ivan e o lançou a cinco metros do local de combate, acertando-lhe com as unhas em seu peito. A roupa grossa, feita de pele de urso, foi incapaz de proteger seu corpo, que sangrava um sangue fino e sem vida. Ele estava fraco depois de ter ficado tanto tempo sem se alimentar de sua maior fonte de energia.

Orfeu ameaçou intervir. Máximus, com seu olhar lince agora em chamas, ficou em posição de ataque. Estavam temerosos.

Ângela, agora em minhas costas, abraçava-me com toda a sua força, apertando seus vastos seios contra minha postura forçada de donzelo, deixando-me inerte para fazer qualquer coisa.

Senti um frio em meu peito e tremi.

– Está com frio, Chris?

– Apenas surpreso com sua atitude.

Ela sorriu baixinho de meu tom abatido e desconfiado.

Ivan, agora em pé, um pouco tonto, molhou o rosto com a neve que parecia queimá-lo por dentro. Fiquei emocionado com sua postura de guerreiro diante da morte. Mesmo em desvantagem, só cairia depois de esgotada toda sua energia.

O animal enfurecido, agora sobre quatro patas, partiu em sua direção.

Os olhos de Ivan estavam duros e firmes.

Tudo estava perdido.

Ivan deu um passo para trás. Quando o urso estava a um metro dele, saltou caindo sobre seu pescoço, quebrando-o com a força de suas pernas. A queda durou quatro segundos e manchou a neve de sangue. Uma das presas do animal tinha machucado uma das pernas dele.

Ninguém se atreveu a ajudá-lo.

– Tradições são tradições. Morra como herói em nossos braços ou morra sozinho.

Interpretei essa cena como uma ironia. Ele era nosso irmão, mas onde estava nosso senso de amizade?

Nesse momento, percebi que meu amor por Ângela não era suficiente para varrer qualquer obstáculo. Simeon mostrou-me que o amor é muito mais do que um aperto no peito, uma vontade de estar junto da pessoa amada. Ele é a chance que temos de nos livrar de toda insanidade que habita nosso ser.

– Lute por ele, mas respeite se acaso alguém ou algo o tirar de você.

Ivan, agora mais fraco do que nunca, se arrastou até o pescoço do animal e, quase caindo sem forças sobre ele, sugou todo o sangue que podia.

Ele conseguiria sobreviver. O destino estava a seu favor.

Levantou-se após um breve descanso com a cabeça apoiada sobre o dorso do animal. Era como se o corpo e a alma do jovem urso pertencessem a ele. Não afrontou o pobre animal, cavou uma cova rasa e depositou seu corpo dentro para que tivesse uma morte digna.

Fiquei incomodado com tal atitude, mas mantive o equilíbrio.

Os inimigos são deixados à mercê de sua sorte após a morte em uma guerra, mas para eles não. Não eram caprichosos, e respeitavam seus oponentes.

Os olhos de Ivan brilhavam com a conquista, e sorria por dentro, não deixando transparecer que era um hipócrita. Achei-me um miserável nesse momento. Mesmo sendo humano, ainda era pequeno para perceber certas atitudes de compaixão.

Simeon aproximou-se de seu filho e abraçou-o, dizendo:

– Magnífica luta, meu filho, estou orgulhoso de sua bravura. Mas confesso que temi por sua vida.

– Eu compreendo, pai, corri muito risco com tão pouco sangue em meu corpo.

Esse era mais um segredo aquela raça, não podiam ficar sem sangue. Mas eu não cria nisso, sabia que poderiam ser mortos de outra forma. Minha intuição me dizia.

– O sangue desse jovem urso foi suficiente para você?

– Foi, pai, agora quero cuidar de meus ferimentos. Importa-se se eu me retirar?

– Não. Enquanto você aguarda, nós comemos.

Olhei de relance, mas o tempo suficiente para perceber que os ferimentos pareciam superficiais. Em pouco instantes estavam praticamente fechados. Com toda sinceridade, não conseguia acreditar naquilo. Fiquei incomodado.

Ângela balançou a cabeça para mim num gesto que dizia: "Aceite o que não consegue compreender".

Enquanto me atrapalhava tentando sentar confortavelmente em um dos ninhos, apareceram três grandes ursos. Posso dizer que eram enormes, e que senti um frio no estômago. Babavam como nunca e lançavam várias camadas de neve para cima deles. Era um insulto, uma forma bizarra de provocação.

Eles pareciam não se incomodar, mas Amisis, Máximus e Simeon resolveram matar sua sede. Seria o melhor combate. Habilidade, força e experiência contra uma fúria descontrolada.

Essa mixórdia de forças entre vampiros e meros mamíferos com uma força excedente me enojava. Queria saber por que tudo isso não passava de uma diversão.

Antes que meus sentidos pudessem perceber, a luta havia começado. Na disputa pela vida, agora a chance dos ursos era ínfima. Máximus de cara partiu para cima dos dois maiores, enquanto Amisis se desdobrava em muros e pontapés no outro.

Empalideci com a cena. Difícil acreditar numa luta corporal entre duas raças completamente opostas. Simeon nem se mexia, parecia esperar apenas o momento de almoçar sem o menor esforço.

Os dois lutaram tal qual miseráveis mendigos por seu pão, até que os três ursos tombaram de tanta exaustão. Não era justo, mas agora juntos os três, pai e filhos, se fartaram de todo aquele sangue sem a menor compaixão.

Senti uma grande volúpia. Mas logo depois senti uma cólera, que foi contida pela mão de Ângela, que tocava meu ombro.

Ela parecia tão surpresa quanto eu com a cena presenciada.

Orfeu abriu um sorriso perfeito e estonteante.

Fiquei confuso.

– Não vão enterrá-los? – questionei.

Amisis, com seu olhar curioso, foi logo dizendo:

– Estamos com frio e não faremos nada. Isso é só para nosso irmão Ivan.

Ele riu antes que pudesse se conter.

Ângela virou-se de costas insatisfeita.

Percebi que seguiam rituais, mas eram cruéis. Não consegui deixar de olhar para seus rostos num tom desaprovador.

Fingiram não se importar e se cumprimentaram.

– Pai, quem o senhor pensa que é para desprezar seus inimigos dessa maneira?

Ele se virou sem a menor vontade de responder.

– Ângela, o que posso lhe dizer é que faço tudo o que posso para poupar os humanos, mas esses ursos mereceram o fim dado a eles. Essa é uma vingança pessoal e meu peito irradia uma satisfação como nunca sentida.

– Não consigo entender, pai!

– Quando o grande urso branco morreu, sabia que enfrentaria os melhores. E eu não consegui resistir a vingar meus antepassados.

Seu coração era uma fortaleza e seu raciocínio frio como uma rocha.

Senti-me enfraquecido.

Ângela parecia envergonhada, e se deixava invadir por uma raiva fria. Com uma indiferença gélida, ela virou-se de costas e deixou cair algumas lágrimas.

– Filha, eu lamento muito pelo acontecido, posso ter agido como um imbecil, mas confesso que foi divertido e consegui concretizar meu destino. Sabia de nossa supremacia, e não foi tão desagradável assim.

Ela, meio tonta, meio enjoada, respondeu:

– Sempre esperei mais do senhor, mas estava enganada.

– Infelizmente fui rude, mas precisava ser eficaz.

– Dessa maneira?

– Tenho que confessar que meus sentimentos ficam abalados quando estou neste local. Prometo que isso nunca mais acontecerá.

Agora ele recuperara a capacidade de raciocinar.

Com a saliva nos lábios pronta para resmungar algo, Ângela abaixou a cabeça humildemente.

– Está tudo bem, pai, o senhor não teve escolha em todas essas décadas. Sempre foi nosso protetor e não posso julgá-lo por um ato isolado.

Pude notar que suas palavras eram verdadeiras.

– Eu vou guardar em minha lembrança para sempre este dia, para me lembrar quem é o mestre entre nós.

Ângela afastou-se meio desequilibrada. Acompanhei-a com os olhos até se sentar próximo ao mar. Tirei um dos casacos e o coloquei em suas costas. Era mais um ato de amizade e proteção do que de necessidade.

– Chris, agradeço por estar aqui, você é um amigo verdadeiro.

– Sabia que estava abatida de vergonha.

– Você está arrependido de ter vindo nesta caçada?

– Para mim, tudo é muito novo e difícil de entender, mas posso lhe assegurar que estou aprendendo muito a respeito da vida e dos limites que afligem qualquer ser, seja ele humano ou não. Portanto, fique sossegada, esse é o melhor momento de toda minha vida. Você não vai caçar?

Ela ignorou minha pergunta.

– Fale comigo, não tente me ignorar. Sei que seu corpo está fraco e precisa de sangue, só está um pouco magoada com seu pai.

– Lamento, Chris, por agir assim com você, mas preferia ir embora. E morrer!

– Não, isso não. Estou cheio de expectativas para o nosso passeio no rio Sena, e não quero voltar sem você. Você agora é minha vida.

– Garoto, você me faz perder o juízo, e isso não é bom. Confesso que tenho medo.

Sabia que ela relutava a todo tempo contra esse amor, apenas confessou porque estava fragilizada. Não iria pressioná-la, o importante é que a energia emanada de sua alma era boa e faria parte do final da nossa história.

– Ângela, agora é a sua vez de fazer o que tem que ser feito.

– Fazer o quê, pai?

– Manter sua vida intacta.

– Não posso.

– Não seja covarde, nunca a vi dessa maneira. E quanto a Chris, vai magoá-lo?

Ela inclinou a cabeça desconfiada, deu uma piscadela para mim e ignorou o medo.

– Como está se sentindo, Ângela?

– Bem, Chris.

Sua mente dizia o contrário, mas faria aquilo por mim.

Não me contive e a beijei levemente nos lábios.

– Por que fez isso?

– Alegria, por isso me perdoe.

Ela se afastou da praia, e em onze minutos estava de volta trazendo consigo dois ursos gordos como leitões. Foi em direção ao mar e saltou em suas águas geladas. Eles relutaram quando chegaram na beirada. Ergueram-se nas patas traseiras e desciam e subiam a todo instante seus corpos, balançando a cabeça. Sabiam que tinham que entrar se quisessem lutar de igual para igual. Não que Ângela não fosse mais forte, mas no fundo queria brincar com eles.

Timidamente saltaram e nadaram em direção a ela. Ela mergulhou. Seria uma luta interessante embaixo d'água. Todos se aproximaram, e a 20 metros da praia, onde a profundidade era de oito metros, mergulharam. Seria um local bom para vermos tudo. Deixamos nossos corpos flutuarem no fundo enquanto Ângela se divertia com os dois.

Eles eram bons nadadores, mas a cada oito minutos tinham que subir à superfície para respirar. Logo estariam exaustos. A habilidade de Ângela em conduzir o combate ao seu modo era uma verdadeira aula de como nadar perfeitamente. Mas agora sua frieza estava prestes a explodir.

Esperou que um deles subisse até a superfície, e com uma velocidade incrível subiu a três metros fora d'água, deu dois saltos mortais, e caiu sobre o pescoço do pobre sugando boa parte de seu sangue. Adiantei-me um pouco à frente dos outros e pedi que acabasse logo com tudo.

Ela se virou sem a menor vontade de fazer o que eu estava pedindo, e foi em direção ao outro. Agora ele não estava mais valente: enfraquecido e com medo, parecia esperar pela morte.

Fiquei surpreso com a covardia do urso, mas ele tinha desistido de viver.

Ele mergulhou até o fundo, entrou embaixo de algumas pedras, e lá ficou para morrer só e sem honraria alguma. Entregue agora à sua própria sorte, com o olhar triste e abafado, o urso aos poucos foi fechando os olhos e agonizando até morrer.

Todos, menos eu e Ângela, viraram as costas para ele e mergulharam em direção à praia. Estava tudo acabado, pelo menos até Orfeu matar sua sede. Ninguém comentou o fato ocorrido. O silêncio parecia incomodar a todos. Constatei que eles desprezavam os fracos e covardes.

Após um longo período de descanso, esse sentimento de desprezo que tinha enfraquecido o bando foi embora e eles recuperaram o brilho nos olhos.

Tudo isso é muito injusto, pensei. Sentia-me num cativeiro longe e frio onde não podia confiar na educação que minha mãe me dera. Eu estava um pouco assustado. Orfeu se levantou e com a voz firme e penetrante quase suplicou para que o acompanhasse até o restante do bando.

Olhei para Ângela e foi como acabar de sair de um pesadelo. Então ela disse:

– Não te falo nada, apenas lhe asseguro que não tem o direito de entrar na comunidade deles. Mas se é sua vontade, vá e proteja as fêmeas e os filhotes.

Eu sabia que sua voz delicada tinha me avisado que se algo acontecesse com os mais fracos nossa amizade estaria acabada.

Ela era outra mulher, amável, e agia como uma verdadeira dama benevolente. Não queria vingança e não queria mortes desnecessárias.

Senti orgulho dela nesse momento.

Ela colocou as mãos em meu rosto, dizendo:

– Pense em mim se tiver que fazer algo que me fará triste.

Sua meiguice quase me tirou o fôlego.

Fomos na direção dos sons do bando, que se tornavam cada vez mais precisos à medida que avançávamos no percurso. O local estava repleto de ursos brancos. Alguns dormiam em suas ocas feitas embaixo da neve e alguns bebês brincavam de mordiscar um ao outro.

O cheiro local era maravilhoso para minhas narinas, que se insuflaram como nunca. Fiquei surpreso com aquilo, mas não procurei contestar e nem entender. Olhei para Orfeu, e tinha um olhar cheio de cobiça e morte. Um dos filhotes se aproximou de mim, e começou a mordiscar a ponta dos meus dedos. Semicerrei os olhos de frenesi. Senti-me culpado em concordar com a morte daqueles inocentes. Ainda era humano.

No fundo, eu não fazia parte daquele bando. A única coisa que me importava era o amor de Ângela. Infelizmente, ela não estava livre das trevas, e eu não podia ignorar isso.

Evidentemente, eu nunca iria mencionar o acontecido naquele local enquanto fosse vivo. Estava aborrecido e peguei aquele pequeno filhote no colo, tentando me livrar um pouco de minha culpa.

Eu me senti seguro ao lado dele. Tentou lamber minha boca, mas protestei.

Orfeu olhou-me com um sorriso fraco, parecendo não entender o que estava acontecendo

– Vocês humanos...

O clima de paz foi interrompido quando Orfeu resolveu aproximar-se das ocas dos ursos. Subitamente, o novo chefe do bando partiu em direção ao grandalhão, que foi obrigado a recuar. Ele ergueu uma das sobrancelhas e resmungou. Estava irritado por ser desafiado. Agora, seu olho caramelo estava brilhando um dourado escuro.

Seu olhar era sombrio e sua atitude de indiferença.

Numa fração de segundo, ele ignorou as fêmeas e os filhotes e entrou em guerra com nove ursos brancos, e dos grandes. Atingia suas cabeças com socos poderosos que os atiravam para longe de suas casas, onde ficavam mais vulneráveis.

A briga foi intensa, e no local da luta nenhum sinal de neve havia após vinte minutos de combate. Nunca tinha visto alguém tão forte e tão astuto em minha vida. Confesso que tive medo de ter que confrontar alguém como Orfeu. Certamente morreria com o primeiro golpe.

Ele olhou em minha direção gesticulando com sua mão grande e peluda. Certamente estava querendo dizer que estava tudo bem e que logo a luta acabaria. Senti um frio na barriga, porém de felicidade. Iríamos embora e tudo acabaria bem. Ele cerrou suas grandes mãos, se aproximou dos que ainda tinham vida e esmagou seus crânios com um só golpe. Foi melhor assim: já que não podia impedi-lo de cometer tal brutalidade, pelo menos não deixaria os pobres ursos agonizarem até a morte. Escolheu os dois mais jovens e sugou o sangue de seus abdômens. Ele realmente era bizarro.

O restante do bando, um a um, foi se aproximando de seus entes queridos e parecia chorar. Os filhotes brincavam meio sem graça, sem saírem do lugar. Fiquei desconsolado.

As fêmeas aos poucos cobriram de neve seus pares e voltaram para suas ocas de cabeça baixa. Tentei distrair meu pensamento. Estava mal, e se não fosse por Ângela iria embora sozinho.

– Parece triste, Chris.

– Não é nada, Orfeu, só estou um pouco assustado.

– Com o tempo você acostuma com tudo ao longo dos séculos. Morrer ou matar é apenas uma questão de sobrevivência. Agora vamos, os outros devem estar à nossa espera para irmos embora.

Chegamos ao encontro dos outros e todos estavam sentados olhando a água do mar que terminava suas ondas próximo da praia.

Eu parei e olhei para todos, que pareciam leves como uma pluma. Parecia que não sentiam o menor remorso com o acontecido, e que tinham certeza da vitória de Orfeu. Podia bem imaginar o que estavam sentindo, mas em vez de questionar alguma coisa, preferi sentir o cheiro da água do mar.

Meus lábios ressecaram com a brisa gelada que batia sobre eles, e um sol leve fazia sombra em meu rosto. Era a segunda vez que sentia uma pequena luz tocar meu corpo por estas bandas. Agradeci a Deus.

Pelo jeito que Ângela sorria para mim, sabia que agora transpirava segurança. Fiquei parado, vendo ali sentada próxima à praia aquela mulher linda de olhos dourados. Eu me sentia um menino descalço perto dela, mas confortável e com os olhos cheios de esperança.

– Venha, Chris descanse um pouco, logo teremos que construir outro barco para irmos embora.

O silêncio voltou a cair e me senti um pouco fraco, um pouco frustrado. Após uns quinze minutos, alguns destroços surgiram lentamente na superfície da água, vindo em direção à areia. Olhei as últimas ondas morrerem próximas aos meus pés trazendo algumas algas e pedaços de paus podres.

Fiquei apreensivo.

Precisávamos de madeira, e não havia visto sinal de nem um graveto, nem que fosse queimado, nas redondezas.

Todos riam muito de tudo o que acontecera naquela caçada e de suas travessuras com mulheres em um passado distante. Falaram de suas matanças constantes, da infância que havia morrido há muito tempo. Eles não tinham a menor noção do que era decência humana. *Esses selvagens querendo ser humanos!*

Enquanto dormi um pouco apoiado nos ombros de Ângela, eles construíram uma jangada feita de cascos de tartarugas gigantes, e algas foram usadas como amarras.

Cruzei as mãos e rezei. *Terei que subir nessa geringonça?*

Simeon, com um sorriso fraco de zombaria, olhou para mim e disse:

– Não se preocupe, Chris, quando chegarmos ao sul da Noruega, faremos um barco bem grande para terminarmos nossa viagem até a França.

Não me senti nem um pouco aliviado.

Tremia de medo enquanto era empurrado à força para cima daquela engenhoca dos infernos.

Apenas um mastro ao centro, composto de pele de urso, sustentava o vento forte que assolava o mar aquela tarde de oito de setembro de 1788. Se chegasse vivo já me daria por satisfeito.

Olhei para a foto de minha mãe que trazia no bolso e concluí que o mundo tinha sido generoso comigo até o momento. Tinha esperanças de poder abraçá-la novamente.

Dobrei meu rosto sobre pernas e procurei esquecer as ondas que tentavam virar a jangada. Passei o resto do dia nessa posição, levantando a cabeça às vezes apenas para enxugar os olhos respingados pela água do mar.

Sonhei até que tinha tido um filho com Ângela e que ele havia crescido e se tornado uma pessoa de bem. Sonhei com flores e com um rebanho de ovelhas cercando uma fazenda onde vivia com meu amor. Infelizmente, na maioria das vezes os sonhos trazem coisas boas. Tive medo de acordar.

Passamos a madrugada toda no mar, e ao amanhecer nos defrontamos com alguns pescadores nas proximidades da costa da Noruega.

Que alívio.

Um deles perguntou:

– O que fazem perdidos em alto mar?

Vendo todos ali amontoados em cima daquela coisa sinistra, não era de se espantar que nos considerassem náufragos.

– É você, Jack? – perguntou um dos pescadores. – Faz tanto tempo que não o vejo por estas bandas. Estou feliz por revê-lo, achei que já estivesse morto.

Na realidade, com exceção de mim, todos naquela jangada já tinham morrido. Estava me sentindo cansado, exaurido, quase morto. Ninguém disse uma palavra sequer enquanto Jack e seu velho amigo trocavam lembranças. O homem deveria ter mais de noventa anos, mas tinha a aparência forte e aventureira como a de um jovem destemido.

– É, meu bom amigo Thomas, passaram-se tantos anos e aqui estamos em meio a este mar que não tem fim em busca de aventuras. E sua mulher, Soraia, como vai?

O homem teve um acesso de tosse e abaixou a cabeça.

– Ela se foi há dez anos, mas eu e meus dois filhos continuamos a arriscar nossas vidas em troca de nossa sobrevivência.

– Sinto muito!

– Não sinta, ela sempre foi uma boa mulher, e morreu dormindo. Fiquei feliz por ela. Logo nos encontraremos junto ao senhor.

– Mas você não me disse o que lhe trouxe à Noruega desta vez, Jack.

– Você sabe, meu amigo, são aqueles ursos brancos. Venho pesquisando sobre eles e outras espécies nesta região há anos.

– E isso dá algum dinheiro?

– Não se trata de dinheiro, meu amigo, é uma preocupação minha e de meus amigos com a preservação de certas espécies.

– Compreendo. Você e suas manias de cientista.

Baixei os olhos para não sorrir. *Um velhaco como Jack, cientista, que ironia.*

– Está precisando de alguma ajuda?

– Se possível, gostaria que nos ajudasse a construir um barco para podermos voltar à França. Isso é possível?

– Há uma condição.

– O que você está dizendo a um amigo?

– É simples, não se preocupe.

– Então fale logo!

– Da última vez que nos vimos, você me prometeu uma colônia francesa.

– Então é isso, seu velho assanhado.

Todos abriram um sorriso de alívio.

Jack tirou do meio de suas tralhas um pequeno frasco e estendeu ao homem. Sua felicidade era tanta que mal cabia em seu semblante envelhecido.

A volta

O homem pediu que saíssemos da água enquanto traziam a madeira para começar o manuseio da embarcação. Agora estávamos em vinte e uma pessoas, logo o barco estaria pronto.

– É, Ângela, ainda bem que existem bons amigos nesta vida.

– Sim, eles nos ajudam a enfrentar os obstáculos que aparecem em nosso caminho. Venha, Chris, vamos dar uma volta por aí enquanto eles constroem o barco.

– E quanto a nós, não ajudaremos?

– Já fizemos o bastante nessa viagem, quero ficar um pouco a sós com você.

Fiz um esforço enorme para encontrar as palavras certas, mas preferi me calar. Eu era só um pretexto para ela fugir do serviço, embora ela trouxesse no semblante muito cansaço.

– Eu me sinto segura ao seu lado, Chris, mas prefiro segurar em suas mãos. Na verdade, nunca tinha reparado como você é lindo dentro desses seus olhos azuis e desses seus músculos bem diferenciados. Quanto à sua boca, nunca vi outra mais bela.

Fiquei surpreso, sem conseguir libertar minhas mãos.

Se eu tivesse planejado isso, não seria tão bom. E quanto ao seu perfume, parecia mais forte do que nunca.

– Aonde vamos?

– Para qualquer lugar que não nos vejam.

Eu sorri hesitante.

Tudo o que conseguia imaginar no momento era que eu estava ficando louco.

– O que há com você, Chris? Até parece que não faz nenhuma questão da minha companhia.

– Você não pode estar falando sério, minha querida. Sempre esperei por isso.

– Então vamos e pare de me olhar como se estivesse hipnotizado.

O território da Noruega era lindo, e fomos parar num lago cercado de grandes árvores. Estava feliz, mas não sabia o que dizer. Queria compreender o que estava se passando com Ângela, mas tinha medo de me machucar.

– Tenho algumas perguntas a lhe fazer, Chris.

Fiquei calado.

– Por que se arrisca tanto por mim, mesmo sabendo que não o quero como meu homem?

Fiz um esforço enorme para não esboçar meu mau humor, mas era difícil manter a sanidade com alguém tão insensível.

– Acho que nós dois sabemos o porquê de tudo o que acontece conosco, por isso não tenho que lhe responder nada. Deixe-me, vamos olhar para a paisagem. Olhe aqueles patos selvagens nadando livremente por essas águas. Não é um cenário encantador?

– Responda minha pergunta!

– Confesso, Ângela, que você é a mulher mais complicada que conheço nesta vida. Estou a morrer de amores por você e só recebo insultos.

– Fico me perguntando por que você não desiste e não me aceita como sua melhor amiga.

– Acho que é isso que devo fazer. Mas não é tão fácil tirar esse sentimento de dentro de mim. Eu me sinto desamparado, mas não tem importância, eu tenho uma teoria para tudo o que está acontecendo conosco.

– Quero ouvir.

– Você é uma mulher que nunca amou nem sabe o que é isso, e sem esse sentimento será em vão tentar sair das trevas. O amor traz esperanças, uma nova vida, mas você é velha demais para recomeçar. Você não arrisca nada, só se preocupa com seu mundo. E tem mais, a vida é um lugar perigoso para quem já morreu.

– Vá em frente, fale mais.

– Estou aborrecido e prefiro ignorar a sua indiferença.

– Eu não sou abominável, nem quero fazer intrigas emocionais, mas quando chegarmos em Paris, enumerarei alguns bordéis para acalmar seus desejos.

– Dispenso seu cinismo.

Na verdade, estava em choque e preferi levantar e ir sentar bem longe, na beirada do lago em cima de uma pedra. Olhava para as aves subindo e descendo as águas e pensei em morrer. Talvez fosse melhor para nós dois. Porém, aos poucos, fui diminuindo minha respiração e comecei a resgatar minha identidade. Eu ainda era uma criança indefesa diante de meus próprios medos, mas eu queria aprender mais, queria sofrer mais e reconstruir tudo de novo em minha vida.

Eu não sabia quem eu era realmente, mas poderia aprender removendo todas as pedras que aparecessem pela frente. Diante da minha ideia de suicídio, me senti pequeno e pela primeira vez pensei em arranjar um novo amor. Engoli a saliva que apertava minha garganta e me senti um ignorante. Olhei para a beirada do lago e me senti mais tranquilo vendo uma mãe cisne e seus quatro filhotes nadando ao seu lado.

A morte era uma resposta curta e seria o fim da minha existência, mas eu tinha que ser humilde e aceitar os conflitos da vida. A dor em meu peito era intensa. Para minha surpresa, Ângela sentou-se ao meu lado e me ofereceu uma flor.

– Chris, você é um ser humano corajoso, um homem bom, por isso peço licença para estar ao seu lado. Eu não quero ser uma ilusão em sua vida, mas estou atormentada.

Franzi a testa.

Que homem era esse que se deixava cair na ignorância de querer perder a vida por alguém que estava mais perdida de amor do que ele? Podia perceber o desespero de seu coração. Seus pensamentos estavam perdidos como um mendigo, maltrapilho e sem direção.

Dormimos ali mesmo, um no ombro do outro, sem dizer mais uma palavra. Queria poupá-la, queria estancar seu sofrimento. Eu a amava demais.

O frio da madrugada era intenso e fez com que eu acordasse. Ângela fingia dormir em meus ombros e nem sequer deu um ruído. No fundo, essa imagem desfeita pela ocasião me fez sentir recuperado e livre. Embora apreciasse muito a sua companhia, sabia que ela ainda não tinha se entregado a mim. Evidentemente, iria relutar até o fim. Talvez esse fosse o seu segredo.

– Acorda, minha flor!

Balancei seu corpo por duas vezes e nada. Preferiu ignorar meu chamado. Eu não estava mais aguentando de frio e tinha que sair da beira da água, senão morreria aos poucos. Suavemente peguei-a no colo, sem questionar seu fingimento, e caminhei até a árvore mais próxima. Não era muito para despistar o frio, mas foi o que consegui em meio à escuridão. Pressionei seus olhos e nada. Algo tinha acontecido.

Encostei meus ouvidos em seu peito e seu coração batia lento e compassado. Inspirei fundo, insuflando bem minhas narinas, e acondicionei o aroma maravilhoso da madrugada em meus pulmões. Meu cérebro parecia agradecer ao ar que penetrava em seus circuitos.

Gostava de fazer isso, me sentia livre.

Apertei-a contra meu peito, cobrindo todo nosso corpo com os casacos de pele.

– Espero que não se ofenda, pois lhe estou fazendo um favor.

Poderia até aguentar o frio na beira do lago, mas meu coração não suportaria vê-la desamparada. *Estou pensando demais, e se causar má impressão, espero que sorria em retribuição à minha atenção.*

Quando acordei, ela balançava a cabeça olhando em meus olhos, fingindo que nada havia acontecido. Tinha que concordar que ela era uma verdadeira estrategista. Aquela fingida indiferença deixou-me embaraçado. À meia voz, ela perguntou se eu estava com fome.

– Um pouco.

– Então coma, trouxe algumas nozes para você.

Sua preocupação com minha vida foi bem recebida, visto que ela nem ficava excitada em me perguntar o que havia acontecido na noite anterior. Ela parecia me admirar enquanto eu comia algumas das nozes.

– Graças a você não morri de frio ontem. Obrigada por se preocupar comigo. É uma pena que nossos destinos não estejam na mesma direção.

– Creio que esteja enganada, pois ele pertence a Deus e o fato de você ser uma vampira não muda nada. Não tente me desiludir, porque me reservarei o direito de amá-la para sempre. E quanto a você, sei que não morreria exposta ao frio da madrugada, tentei apenas ser gentil.

– Você não percebe que sou um atraso em sua vida, Chris. Poderia ter morrido nesta viagem e em outras ocasiões.

– No momento em que iniciei minha tentativa de conquistar você e torná-la minha para sempre, tomei o rumo do meu futuro e pedi apoio aos céus, por isso não tente nada, que porque o cativeiro em que me encontro é tão pequeno quanto o seu.

– Eu não sei como interpretar suas atitudes, meu querido, mas medito cada palavra que você me diz, são as mais lindas que já ouvi em todos esses anos de vida. Sabe, Chris, amor e verdade podem se perder com facilidade, enquanto um pouco de mistério nos mantém atraídos pelo impossível.

– Eu não vou ficar desconcertado com suas palavras, se é isto que pretende. Sou pretensioso e ficaremos juntos no fim.

– Como é?

– Isso mesmo, você é minha ou então não será de mais ninguém.

Ela sorriu tanto que me senti um tolo.

– Isso o desagradou, meu menino?

– Vamos embora!

– Primeiro vou tomar um bom banho no lago.

– O que está acontecendo, Ângela?

– Não há nada que possa fazer para me impedir de nadar nua, vire o rosto se preferir.

– O que está fazendo comigo, sua ...

– Fale, tenha coragem de expor seus mais imundos sentimentos.

– Você não sabe de nada. Eu não gosto de vê-la assim, tenho tanto ciúmes!

– Deixe de ser bobo, não há ninguém por aqui.

Eu estava paralisado e, para ser franco, tinha medo de olhar para aquela mulher e não conseguir fazer nada. Pode ser uma tolice, mas quando se ama demais, o risco é grande de perdermos a noção do ridículo achar que a mulher que amamos é a melhor do mundo.

Eu estremeci.

– Venha, a água não está tão fria assim. Vamos dar um mergulho.

Ela acenava com as mãos e eu covardemente sentei na beira do lago e fiquei a observar.

O que é isto que está acontecendo comigo, meu Deus, eu suspirava sem parar. *Ela é tão graciosa, tão branca, que enche meu olhar de cobiça. Prefiro fechar os olhos. Posso parecer infantil ou ridículo, mas é melhor assim*. Eu suava na temperatura abaixo de zero.

– Abra os olhos, pois já estou vestida.

– Confesso que me sinto mais seguro assim.

– Você é tão moralista, Chris!

– Não é isso. É que sua capacidade de esconder seus sentimentos parece um feitiço, e sua corrida contra eles é uma forma muito agressiva de mascará-los.

– Pare de dizer besteiras, homem.

– Um dia, você sofrerá o que eu sofro.

– Parece fadigado, Chris.

– Não é para menos. Me deixe longe dessa perturbação, pelo menos enquanto você não decide sua vida.

– Eu não tenho que decidir nada, sou o que sou e só vou me tornar transparente aos seus olhos quando me transformar em uma humana.

– Vamos embora, os seus parentes devem estar sentindo nossa falta.

– Segure minhas mãos.

Procurei desprezar seu convite.

– Seu bobo, com medo de uma mulher qualquer.

– Deixe-me em paz.

Quando nos aproximamos da praia, todos estavam atarefados na construção do barco. Era quase impossível acreditar que já estava no fim. Realmente, suas habilidades associadas às dos pescadores os tornavam sem dúvida os melhores construtores de barcos viking do mundo. Deveria ter uns trinta metros de ponta a ponta.

– Onde vocês estavam? – perguntou Simeon.

– Fomos dar um passeio e nos perdemos por aí, pai.

– Você se perder, Ângela? Deixe de ironia.

– Queria respirar um pouco de ar puro e banhar-me nas águas do lago, é só isso.

– Deduzo que seja isso mesmo.

– E você, Chris, está bem? Parece um pouco abatido.

– Não é nada não. Encontro-me cansado e pensativo por estar tão longe de casa.

– Logo verá sua mãe e sua amada Paris, confie em mim. Pronto, está tudo acabado, só faltam os lemes.

O céu estava limpo e nem sinal de neve, fiquei aliviado. Partiríamos em breve.

– Jack, quanto tempo levaremos para chegar em Paris?

– Se tudo correr bem, creio que em sessenta e três dias.

– Tudo isso!

– Pode ficar ou ir nadando se quiser.

– Obrigado, prefiro ir nas costas de um asno como você.

– Eu te pego, seu moleque!

– Parem com isso, temos que partir antes que comece a nevar novamente.

– Desculpe, Máximus, pela brincadeira.

Eu gostava daquele velho marujo, ele me deixava tão à vontade que voltava à minha infância.

Ele franziu sua fisionomia, mas logo se aproximou e me deu um abraço.

– Estou apaixonado por você, garoto lindo – e já foi me dando um beijo no rosto.

Todos sorriram.

– Eu te amo também, meu velho.

Comecei a me aproximar da embarcação e senti voltar no tempo em mil anos. O barco era perfeito, e o primeiro assento já estava reservado para Orfeu, que trazia nas mãos um leme, e era o dobro do tamanho dos outros navegantes. Sua força era descomunal, creio que valia por dez homens.

Sentamos um atrás do outro após os pescadores colocarem muitos mantimentos para nossa viagem. O importante para os vampiros era a água, só conseguiam ficar sem ela por vinte dias. Quanto aos mantimentos, chegaria cinco quilos mais gordo de tanto comer.

Fiquei no último assento, tendo à minha frente Ângela. Não sei afirmar se gostei do local, mas poderíamos conversar um pouco durante a viagem.

Agora éramos oito remadores que silenciosamente impulsionavam a embarcação, carregada de peixe salgado, bacalhau, nozes e muita água, em direção a Paris. O mar estava calmo e no céu apenas um ganso selvagem fazia malabarismos. Algumas garrafas de vinho refrescavam-se em cestos pendurados na beira do barco, meio submersos.

A viagem caminhava sem medo e sem atropelos, e o clima de paz separava apenas nossos ombros uns dos outros. Agora não existia mais caçadas e fúria contra seres inocentes, apenas zombarias e cantigas que não ofendiam ninguém.

Todos remavam num só compasso, e a cada meia hora Orfeu e Máximus conduziam o barco sozinhos, para que todos descansassem. Eles pareciam ser indestrutíveis e incansáveis.

No meio daquela imensidão de mar, podia me esquecer que estávamos vivos. As noites e os dias pareciam intermináveis, e já não aguentava mais as dores nas pernas, mesmo andando pelo convés para arejar um pouco a cabeça e o cansaço dos dias longe da terra. Eles pareciam cada vez mais entusiasmados não sei com o quê, e nunca se cansavam. Fechavam os olhos de vez em quando e logo voltavam a remar.

Ângela, após cinco dias em alto-mar, debaixo do sol, estava bronzeada e linda como uma deusa. Eles suportavam o sol, e muito mais do que nós humanos. Minhas costas já estavam em ferida, e até uma loção milagrosa Jack passou em mim, para que eu suportasse a dor. E os seres humanos achavam que esses seres abomináveis não são capazes de ficar muito tempo expostos ao sol... Quanta crendice, eles eram mais fortes do que imaginava.

Apenas a pele de suas faces brilhava levemente quando a água do mar batia nelas.

– Chris, está tudo bem com você?

– Sim, Ângela, estou um pouco enjoado. Posso lhe perguntar algo?

– Pergunte.

– Por que mentiu para mim em relação ao sol?

– Não menti, apenas usamos algo em nossos corpos para aguentarmos a viagem. Agora relaxe. Esperava por isso, mas tenho algo para você. Tome um pouco e se sentirá melhor. Sente-se melhor agora?

– Apenas um pouco sonolento. Pareço estar enxergando algumas figuras geométricas formadas pelas ondas. Preciso de um pouco de água, minha garganta está muito seca.

– Tome, beba à vontade, vai se sentir mais forte.

Mesmo com os pensamentos confusos, comecei a desconfiar da cordialidade. Tudo ao meu redor começou a ficar turvo e caí num sono profundo.

Acordei, deitado em um colchão feito de lã de carneiro, próximo ao Canal da Mancha. Estava de volta, e mais rápido do que podia imaginar. Sei que tinha sido dopado, não suportaria todo aquele tempo em alto-mar.

– Obrigado, pai, nem quero saber dos mistérios que me mantiveram dormindo. Limito-me a aceitar que cheguei bem, são e salvo.

– Que dia é hoje, Ângela?

– Estamos dentro do dia 22 de dezembro de 1788. A viagem demorou um pouco mais, porque paramos alguns dias na Dinamarca.

– E qual a finalidade disso?

Ela tentou ignorar minha pergunta.

– Estou esperando pela resposta.

– Essa não é uma boa hora para me interrogar!

Olhei em seus olhos e estavam claros, mais claros que o mais puro brilhante.

– Tem razão, Ângela, não tenho direito a perguntas.

– Tudo bem, você tem direito a uma resposta. Visitamos alguns parentes que moram próximos à capital do país e esperamos que o destino decidisse quando deveríamos continuar.

– E por que precisavam disso?

– Ficamos com medo de prosseguir após encontrarmos alguns túmulos de nossa família abertos. Poderia ser um mau presságio.

– Até você com essas superstições!

– Você não entende. Quando nos aproximamos das sepulturas, pudemos ouvir a morte chegar bem perto e nos observar. Tivemos medo. Você não tem consciência da força do bem em nós. Às vezes, um caminho errado pode significar o fim de nossas vidas.

– Muitos humanos rezam e violam os túmulos de nossos familiares, tentando nos destruir com suas rezas e feitiçarias.

– O que você está falando é tão sem sentido! Vocês não são seres imortais?

Minha mente agora faiscava de curiosidade.

Suas pálpebras se estreitaram. Ela tentou controlar o fluxo de seu sorriso.

– Infelizmente, meu amigo, alguns de nós, que não aceitam passar para o lado do bem, são seres menos evoluídos e passam parte da vida dormindo em caixões e túmulos. Quando morrem, são enterrados como vocês humanos ou jogados ao mar após serem queimados.

Creio que meus olhos estavam arregalados.

– Eu posso imaginar o que está pensando. Esses nossos irmãos podem morrer se tiverem seus corpos amarrados e expostos a uma tempestade que dure sete dias.

Prendi o fôlego.

– Seu rosto parece ansioso, mas esperava por isso. Sabe, Chris, viver eternamente não é tão simples assim. A morte é mais fácil e mais previsível.

É preciso muita humildade para reconhecer que os nossos planos de vida não estão exatamente em nossas mãos.

Seu último pensamento triste me fez calar.

Percebi isso no seu tom de voz muito claro.

A chegada à França

Atravessamos o Canal da Mancha e desembarcamos em terras francesas. Eu parecia estar em choque de tanta felicidade. Tudo, em minha mente, não tinha passado de um golpe de sorte em um jogo vagabundo do qual saíra vencedor. Para mim, o fato de estar vivo tornava cada instante precioso. Não me arrependia do que fizera, mas preferia Paris a qualquer lugar no mundo.

Apenas o fedor de algumas embarcações atrapalhava minha chegada, e uma tempestade se armava. Os outros podiam esperar para refrescar seus corpos na beira da praia, mas eu estava pronto para partir. O Natal estava chegando e queria passá-lo ao lado de minha família, porque neste momento até meu irmão Alexander me fazia falta.

Todos olharam ansiosos em minha direção enquanto me despedia. Apenas uma pequena maré perturbava a superfície do grande lago formado pelo mar. Meu coração batia mais forte enquanto Ângela me observava com seus olhos de água-marinha. Estavam carregados de sabedoria e pareciam mergulhar numa pequena luz que estava submersa a poucos metros da superfície da água. Pude sentir seu sangue correr mais forte nas veias.

– Espere, Chris. Como sua boa e fiel amiga, vou lhe acompanhar até sua casa.

Hesitei, tentando me defender com os pulmões em fogo e as têmporas latejando, enquanto sentia um gosto de sangue que escorria por meu nariz.

Fiquei apreensivo com a situação. Precisava dela para me guiar no caminho de volta e teria de ser humilde.

– Agradeço pela consideração. Até breve a todos, e obrigado por tudo.

– Adeus, Chris, e nunca se esqueça de nós – disse Orfeu.

– Ele foi um bom amigo por muitos dias, mas creio que não vou vê-lo nunca mais – Jack deixou escorregar uma lágrima de seus olhos.

No futuro, sentiria uma nostalgia desses tempos, mas os amigos são assim: vão e vêm ao longo de nossas vidas.

Entramos mata adentro até que não pude mais ouvir o ruído das ondas do mar se arrebentarem nas pedras ancoradas na beira da praia. O cheiro de mato era maravilhoso, e estava fascinado por voltar à minha terra. O passeio, locais novos, tudo foi muito agradável, mas minhas pernas pareciam flutuar de tanta saudade ao retornar ao meu mundo.

Como minha mãe iria me receber? E os empregados, será que estavam todos bem?

Fazia tantas perguntas em minha mente enquanto caminhava ao lado de Ângela que nem notei suas mãos presas às minhas.

– Está arrependido, Chris, de ter me conhecido e presenciado um pouco do meu mundo?

– Posso lhe assegurar, minha querida, que não me arrependo nem um pouco dos momentos que passei ao seu lado. Infelizmente, durou pouco nossa aventura, mas a duração não importa. Estou feliz por ter transmitido meu amor para você nos momentos mais difíceis da minha vida. Ângela, posso lhe pedir algo?

Seus olhos ansiosos brilharam. Ela pensou, com a face pálida.

– Por que está apertando minhas mãos, Chris?

– Para que não diga não.

– Espero que não abuse de mim – ela disse com os olhos incrédulos.

– Você é tão criativa que chega a mascarar a clareza dos seus desejos.

– Ora, ora, o que vai me propor?

– Posso carregá-la nas costas até a entrada da cidade?

Ela fez um gesto vago de negação. Caminhamos mais uns quarenta metros até que de repente ela passou por trás de minhas costas e agarrou meu pescoço.

– Espero que seja forte o bastante para não me deixar cair.

Na penumbra da floresta, alguns macacos desconfiados apareciam para tentar entender aquela cena pitoresca. Pareciam rostos desconfiados de mulheres fofoqueiras que debruçam seus corpos gordos e sonolentos no beiral das janelas, tentando descobrir algo a respeito da vida alheia e para tentar esquecer um pouco do marasmo que são as suas.

Apertei minhas mãos em suas coxas, na proximidade dos joelhos, e comecei a correr. Sentia meu corpo forte como nunca e respirava pela boca toda aquela felicidade irradiada pelo momento.

– Devagar, Chris, vai atropelar algumas das árvores.

– Posso ir mais devagar se quiser.

Mas era impossível correr a uma baixa velocidade. O ritmo de meu corpo parecia uma bala que voava.

Ela me apertou um pouco mais e disse bem perto do meu ouvido:

– Faça o que tem vontade, confio em você.

Não sabia por que agia daquele modo, nem o que faria quando resolvesse se entregar ao amor que sentia por mim, mas o prazer que o momento me proporcionava fazia com que me esquecesse do destino incerto.

Corri entre árvores e pequenos riachos, molhando apenas a ponta dos pés. Não conseguia entender aquela força nem tamanha velocidade, mas não tinha dúvida de que era possível que fosse um deles.

– Chegamos, Ângela, pode descer.

– Fiquei emocionada com sua destreza e sua força, mas preferia que a viagem tivesse durado um pouco mais.

– Teremos outras oportunidades.

Ela revirou os olhos e deu um sorriso de satisfação.

Chegamos ao anoitecer, e os lampiões irradiavam uma fraca luz pelas ruas da cidade. Algumas pessoas transitavam com muitos pacotes nas mãos, e outras apenas olhavam de longe a frustração da pobreza. Eu estava calmo, mas podia perceber que havia algo de errado com os trabalhadores urbanos.

Estava tudo como antes: trabalhadores, camponeses e a pequena burguesia comercial sustentando o luxo da nobreza. O Natal que estava por vir não era um momento para dar presentes, mas me cortava o coração ver as crianças de olhos baixos e tristes e com ares indulgentes sem saber o que estava acontecendo com suas vidas.

Ângela não disse nada, mas havia um toque de descrença em seu semblante.

– Chris, esse será um Natal feliz, você não acha?

– Pelos olhares das pessoas e o modo como andam pelas ruas, sinto que algo está errado.

– Chris, você é muito mais observador do que eu imaginava. Não queria te falar, mas não tenho esse direito.

– Fale logo, não me deixe afoito.

– Pude ouvir de algumas bocas que a população anda insatisfeita com o reinado de Luis XVI, e uma revolução pode estourar caso a situação não mude nos próximos meses. Infelizmente, o povo francês terá que passar por mais essa tempestade. Sabemos, e você muito mais do que eu, que a nobreza nunca abrirá mão dos seus privilégios. Já presenciei muitas revoluções e guerras por causa da opressão do povo, e creio que essa será mais uma.

–Talvez estejamos enganados, o povo não tem coragem de enfrentar o poder.

– Chris, você é muito jovem para entender o desejo do povo. Posso lhe assegurar que toda coroa pode ser enterrada, e todo rei pode ser tirado do trono. Quando a situação de miséria e desespero de um país chega ao limite, os olhos desses curiosos que vagam pelas ruas se enchem de insatisfação e ódio, e eles se sentem envergonhados de sua covardia. Assim, partem em busca de sua dignidade, e a única maneira que encontram para manter suas cabeças erguidas é a guerra. Olhe, todos parecem esgotados pelo horror cotidiano.

Ângela falando assim, não tinha dúvida de que algo aconteceria em breve.

– Prefiro esquecer essa situação que pode vir a acontecer, mas que pode ser falsa. Vamos comprar um presente para minha mãe, quero que minha volta seja marcante. O que você sugere?

– Eu não conheço sua mãe, mas acredito que ela ficará contente com um dos meus vestidos.

– Você faria isso por mim?

– É claro, não me custa nada passar no *atelier* e pegar um dos modelos para ela. Já faz alguns meses que confeccionei, mas são exclusivos, e tenho dois que são perfeitos para as festas de Natal.

– Então vamos.

Ela riu para mim, dizendo:

– Às vezes, você parece uma criança. Eu sempre estive errada tentando evitá-lo.

– Por que está me dizendo isto?

– É que sou grata por a vida ter colocado você em meu caminho. Os seres humanos comuns nunca conseguiriam me fazer feliz.

Eu a encarei surpreso, mas ela olhou para baixo.

– Tantas coisas podem acontecer daqui para a frente, Chris, que chego a ter medo. Em outras palavras, o tempo não está sendo suficiente para que eu evite minha morte.

– Você não pode e nunca irá morrer. Pare de falar besteiras, olhe o meu desespero. O que quer que venha a acontecer, estarei ao seu lado. Eu te amo demais.

Quando chegamos na porta do *atelier*, ela me encarou e curvou seus lábios em direção aos meus. Eu virei meu rosto de lado. Precisava pensar um pouco em nossa situação. Estava inseguro, e creio que estava tentando me beijar por gratidão. Queria sentimento verdadeiro em minha vida.

Seu olhar ficou frio, e foi logo abrindo a porta, me deixando para trás. Não ousei entrar, e em quinze minutos estava de volta com o vestido dentro de uma linda caixa de presente.

– Desculpe pela demora.

Eu sacudi a cabeça.

– Estávamos falando do quê, quando você me deixou sozinho?

– De sua covardia em não aceitar um carinho de minha parte.

– Pare com essa palhaçada, Ângela, você me deixa esgotado, envergonhado com suas atitudes. Olhe para mim, o que pode ver?

– Chris, eu não sei como essas coisas do coração funcionam. Tenha paciência e esqueça seu orgulho ferido. Não se precipite, tudo tem sua hora.

– Eu procuro não pensar nessa doença que é você em minha vida. Não consigo evitar estar ao seu lado, mas procuro me controlar e quero que se permita fazer isso também.

No caminho até minha casa, de vez em quando mergulhava o olhar nos olhos de alguns curiosos que tentavam flertar com Ângela. Ela estava linda, muito mais do que qualquer homem poderia imaginar, dourada de sol com sua face escondida atrás de dois olhos caramelo reluzentes como o mais puro brilhante.

Havia muitos homens bonitos pela cidade, mas não a ponto de me deixarem desesperado. Quanto mais numerosos fossem, mais eu lutaria para derrotá-los. Antigamente eu nunca brigaria por mulher alguma, mas naquele momento seria capaz de matar por ela, mesmo estando errado.

– Chegamos.

Notei que estava preocupada.

– Por que parou de repente, Ângela?

– Você sabe, sua mãe pode não gostar de me ver aqui. Eu sei que ela preferia uma mulher mais jovem para você. Também pensaria assim se fosse meu filho.

– Você está se aborrecendo à toa. A sua preocupação me convence cada vez mais de que sua intenção é fazer parte da família.

– Conhecer você pode levar qualquer pessoa ao desespero ou então deixá-la louca.

– É só você se manter como amiga e não despertar suspeitas.

– Pela primeira vez na vida estou sem chão, e pareço sufocada.

Seu rosto angelical estava pálido.

– Vamos entrar?

– E tenho outra alternativa?

Bati na porta e ninguém atendeu. Talvez estivessem fora, na casa de algum parente. Num impulso, empurrei a fechadura, e minha mãe já estava bem à minha frente, no pé da escada. Não tinha dúvidas de que aquela era a mulher mais importante da minha vida. Corri ao seu encontro e abracei seu pescoço um pouco desajeitado. Ficamos assim por alguns minutos, até que ela notou a presença de Ângela.

– Filho, senti tanto a sua falta.

Olhei para ela e seus olhos estavam calorosos.

– Eu também, mãe, todos os dias tentava me convencer de que estava sonhando. Mas foi bom ficar alguns meses longe para perceber o quanto te amo. Trouxe alguém comigo, a senhora talvez se lembre dela.

– Claro, ela é a moça da viagem e do *atelier* lá do centro.

– Muito prazer, senhora.

– O prazer é todo meu, senhorita. Chris fala muito de você. Olhando para você calmamente, posso sem dúvida dizer que é a mulher mais linda que já vi em minha vida.

– Perdoe-me, senhora, mas posso garantir que a acho tão bonita quanto eu.

– Pode ser, mas já estou velha e descrente da vida. Vamos nos sentar e conversar um pouco. Devem estar com fome, vou pedir para prepararem algo.

– Inez, traga-nos um pouco de chá e bolachas.

– Pois não, senhora.

Olhei para toda a entrada da casa e mantinha-se a mesma. Apenas um pequeno presépio, de diferente, decorava o interior. Ângela se aproximou do pequeno menino Jesus e tocando sua fronte fez o nome do pai. Fiquei envergonhado, pois era difícil eu fazer esse gesto, e ela, uma vampira...

– Antes que me pergunte sobre a viagem, mãe, lhe trouxe algo. Abra.

Curiosa, ela logo abriu.

– É perfeito, filho, mas onde encontrou essa preciosidade?

– Foi Ângela quem o desenhou. A ideia foi dela de lhe oferecer este presente, pois eu estava pensando em outra coisa.

– Digo que tinha feito outra imagem de você, minha filha, perdoe-me.

Ângela estava calma e se manteve observadora, olhando nos olhos de mamãe.

– Espero que não esteja aborrecida com o que lhe disse.

– Conheço as preocupações de mãe, mas eu sou apenas uma amiga de seu filho. Ele me faz feliz e me faz sentir compreendida, é só isso.

– Compreendo – disse ela, denunciando com o olhar de soslaio a mentira que acabara de ouvir. – Claro que vocês são apenas amigos. Estou vendo em seus olhares.

Ângela sorriu.

– Sabe, minha filha, se é que posso chamá-la dessa maneira carinhosa, a sorte das pessoas está no fato de elas compreenderem o que é melhor para as suas vidas, e na hora certa você vai entender o que estou falando.

– Esqueci-me de agradecer pelo vestido, é perfeito para a noite de Natal. Você é nossa convidada.

– Não sei se devo.

Podia-se ver um largo sorriso saindo dos lábios de Ângela. Ela olhou para mim calorosamente, refletindo o brilho de seu olhar.

– Onde estão os seus sentimentos de boa cristã?

Um olhar de preocupação atravessou seu rosto.

– Tenho sua palavra que virá?

– Como posso dizer não? Será uma satisfação estar ao lado de vocês. Só tenho um pedido a fazer.

– Pois faça.

– Chris fará um passeio comigo pelo rio Sena após a ceia de Natal. Esse é um costume que tenho há anos.

Minha mãe ficou se questionando, tentando entender o motivo daquele capricho.

– Todos os anos eu atravesso o rio de uma margem à outra jogando rosas e pedras perfumadas para as almas que dormem no seu fundo. Elas me trazem sorte. Eu já tenho seguidores, só que eles fazem esse cortejo ao amanhecer.

– Se isso tem tanta importância para você, não sou eu que tenho que consentir nada, Chris faz o que é melhor para sua vida.

Juro que fiquei desconcertado. Esperava que minha mãe dissesse algo, mas pelo visto gostou, e muito, de Ângela. Isso era bom, mas senti um leve medo por dentro.

– E você não vai dizer nada, Chris?

– Por mim está tudo certo.

– Olhem quem está descendo as escadas. Pensei que não viesse dar um abraço em seu irmão, Alexander.

– Acho que cochilei um pouco, mãe, mas escutei o barulho da conversa e resolvi descer. Como vai, Chris, pensei que não voltaria mais.

Sua satisfação era me provocar, mas desviei o assunto.

– Olhem quem está aqui! Alexander!

Ele parecia hipnotizado ao rever Ângela. Desviou os olhos dela, percebi seus sentimentos aflorarem ao vê-la, mas ela era minha, só minha, e nada mudaria isso. Enchi meus pulmões de um ar tão fresco como a mais leve das brisas da madrugada.

– Não vai cumprimentá-la?

Eu tinha que demonstrar meu poder em relação a ele, pois isso me enchia de uma satisfação tão grande que mal podia me conter.

– Olá, como vai, Ângela?

Ela balançou a cabeça tentando evitá-lo.

Minha mãe olhou curiosa.

– Vamos tomar o chá, Ângela deve estar morrendo de fome.

– Tem razão, Chris, vamos nos sentar à mesa.

O chá, de tão quente, deixou os lábios dela aveludados e rosados como nunca. Estavam umedecidos, e não me contive em lhe oferecer o lenço de seda que havia à sua esquerda. Dei dois toques neles, o suficiente para secar.

– Obrigada, meu querido.

Alexander levantou sem se despedir e subiu as escadas correndo.

– Espero que não se incomode com os modos dele, Ângela, você sabe esses adolescentes são intempestivos.

– Eu compreendo, senhora. Quero que saiba que me sinto muito à vontade em sua casa. Agora tenho que ir. Voltarei para o Natal.

– Obrigada por trazer meu filho de volta são e salvo.

– De nada.

– Até logo.

– Até.

– Eu a acompanho até a porta, Ângela. Estou envergonhado por Alexander, infelizmente ele é um covarde.

Ela fez uma careta como dizendo deixa para lá.

– Vá com Deus, minha linda. Cuidado com as ruas de Paris.

Aquela era a pior hora, a sua partida. Porém, precisava de um tempo para pensar e tentar me livrar um pouco do fascínio que aquela mulher me causava. *Tenho consciência da minha limitação em relação a esses seres, mas o sabor da minha existência consiste em amá-la.*

Em poucos segundos, ela escondeu sua imagem de mulher atraente nas ruas escuras de Paris. Melhor assim, porque para mim era difícil resistir à tentação de reencontrá-la antes dos dois dias.

– Entre, Chris, é melhor se abrigar, porque uma tempestade está se formando.

– Tudo bem, mãe, só um minuto apenas.

Lutava com todas as minhas forças para esquecer que tempestades duradouras poderiam matar Ângela. Quando me disse que só os menos evoluídos podiam morrer após sete dias de tempestade, fingi que acreditava. Um tremor irresistível me dominou por dentro.

– O que está esperando para entrar, meu filho?

– Nada, mãe, estou apenas um pouco confuso.

Tentei falar algo que justificasse minha dúvida, mas as palavras em que pensava aos poucos se transformavam em cores e sons que animavam minha alma. Senti-me mais leve.

Eu já não era mais o mesmo, receber ordens me sufocava. Parecia que estava traindo Ângela não indo atrás dela para protegê-la. *Mas deve ser um temporal passageiro, nada que mereça preocupação.*

Dei meia volta e entrei empurrando a porta com toda força.

– Filho, você parece muito atormentado. O que há com você?

– Nem eu sei dizer o motivo dessa minha angústia, mas quando fico longe dela o mundo não tem mais sentido.

– Receio não poder fazer nada para ajudá-lo, você parece enfeitiçado.

– Mãe, segure minhas mãos, algo está acontecendo de errado comigo. Meus pensamentos estão imóveis.

Minha mãe me encarou petrificada.

Detestava ter medo, mas meu coração estava acelerado demais. Era impossível ficar tranquilo sem tomar algo.

– Venha, eu tenho algo para acalmá-lo. Tome um pouco desse chá de hortelã com gengibre e vá se deitar. Amanhã se sentirá bem melhor. Não se preocupe, essa mulher te ama, pude ver em seus olhos. Não vou negar que ela traga uma sombra negra escondida em seu semblante, mas creio que seja de medo de amar e de se entregar. Posso estar enganada, mas sou mulher e sei o que estou dizendo.

Após tomar aquela bebida, fui sentindo minhas pernas cada vez mais fracas e a voz de minha mãe longe e abafada. Não conseguia dar nem um passo para trás e nem para frente. Sentei-me.

– Chris, creio que a dose foi um pouco demais para você. Suas pupilas estão reduzidas e suas sobrancelhas arqueadas. Apoie seu corpo em mim, eu o levo até o quarto.

Apenas um espasmo de lembrança se encontrava em minha mente de tudo que passara naquela viagem e desde o dia em que conhecera Ângela. Não queria dormir aquela noite, precisava pensar no que fizera. Sabia que tinha que conversar com Deus e pedir desculpas pela monstruosidade contra aqueles pobres ursos. Queria entender toda aquela minha força repentina e meus instintos selvagens.

Lentamente meus olhos foram se fechando e no outro dia uma mão firme apoiava minha cabeça.

Assustei-me, deveria ser tarde.

– Acalme-se, Chris, estou aqui ao seu lado. Ontem foi um dia cansativo para você, apenas lhe dei um bom sonífero para que pudesse esquecer um pouco daquela mulher.

– Que horas são, mãe?

– Ainda é cedo, não passa das 6 da manhã. Fique mais um pouco na cama enquanto acabo alguns decorativos para o Natal.

– Eu tinha esquecido que amanhã já é Natal. Preciso comprar algo para Ângela.

Sabia que minha mãe estava desconcertada por me lembrar sempre de minha querida. Mas eu estava certo do que queria, e ela seria minha para sempre.

Enquanto minha mãe descia as escadas, levantei-me rápido e troquei de roupa. Estiquei os passos e logo estava no centro de Paris. A cidade parecia maior do que de costume, ou talvez esses meses ao lado de vários amigos tenham me transformado numa sombra longe deles. As ruas estavam cheias de senhoras de chapéu e homens de bengala. Quase nenhum sinal de miséria. Apenas alguns garotos olhavam as vitrines das docerias. Estavam maltrapilhos e com semblante de cera. Assim eu via o Natal para aqueles pobres famintos, uma fortaleza inatingível, um muro rodeado de serpentes.

Eu fiquei imóvel olhando toda aquela cena de tortura.

O que estava acontecendo com a sociedade francesa?

Percebi que meu mundo não era mais a pequena burguesia, prestando atenção nos horrores da miséria.

Minha cabeça latejava e senti um calafrio por dentro da alma.

Um garoto se aproximou e pediu uma moeda. Falava como se estivesse machucado, quase chorando.

– Fale direito, garoto, o que você quer de mim?

– Desculpe, tio, estou com fome. Pode me dar algo?

– Tudo bem, tome esse dinheiro e coma algo. Mas perca essa mania de falar chorando.

Ele deu um sorriso involuntário.

Achei as duas lojas onde encontraria o presente de Ângela. Queria dar dois presentes a ela, senão meu coração ficaria partido ao meio. Uma jovem de cabelos negros e olhar afetuoso disse que eu tinha bom gosto. Agradeci.

Pronto, um dos presentes era perfeito. Atravessei o quarteirão, onde podia avistar muitos quadros e apetrechos de pintura. Alguns eram de pintores em início de carreira e outros de pintores em ascensão. Comprei o que precisava e tratei de voltar logo para casa.

No percurso de volta, pude ouvir comentários de algumas pessoas que se diziam insatisfeitas com a nobreza e que pensavam que algo deveria ser feito. Entrei numa taberna para descansar os braços e resolvi pedir um uísque. Alguns homens olharam para mim com suas armas escondidas na cintura.

Abaixei a cabeça e pedi mais um trago. Era o mínimo que podia fazer para disfarçar minha permanência no local.

Um deles me perguntou o que fazia ali.

– Apenas descansando um pouco, pois o peso está demais para meus braços. Continuem a conversa, eu não quero incomodar. Eles se fecharam em um círculo e sussurraram algumas palavras.

Tentei ouvir algo, mas a única certeza é que estavam irritados, mas comportados, até que um dos homens bateu na mesa derrubando dois dos copos de cerveja.

– A revolução será a única solução para os trabalhadores urbanos e os camponeses.

Os outros ergueram os copos num sinal de apoio. Levantei da mesa, paguei a conta com uma boa gorjeta e me atirei na rua arrumando as dobras de minha roupa. Logo aquele cheiro de mofo misturado a fumaça de fogão à lenha deixaria minhas narinas e minha roupa confeccionada em seda e algodão.

Que alívio.

Não estava fugindo, só não queria encrenca com aqueles caras. *Sei que a causa deles é minha também, mas perto do Natal não quero pensar nisso.*

Fui tomado por um acesso de raiva e um toque de descrença amarrou meus passos. Não iria traí-los nem interferir em seus destinos, mas queria ficar longe de violência. Às vezes, algumas catástrofes como as revoluções são inevitáveis, mas eu me perguntava se aquilo valia a pena. Tentei me distrair, mas minha cabeça martelava que a única solução seria a força.

Fiquei chocado com minha maneira de pensar.

Agora meu corpo chamejava uma energia que me fazia partir para ajudar minha mãe com os preparativos.

Um velho de cabelos grisalhos muito emagrecido, vendo minha dificuldade em carregar tudo aquilo que eu havia comprado, ofereceu-me uma carona em uma velha carroça.

Olhei para os lados e não consegui resistir à tentação.

– Para onde vai, filho?

– Pode me deixar próximo à Rua Vicenne, depois sigo a pé até minha casa.

– Você não acha melhor descer e seguir numa carruagem de aluguel?

– Sei o que o senhor está pensando, mas eu prefiro seguir ao seu lado, já está mais do que na hora de abraçar a causa dos menos favorecidos. E além do mais, o preconceito da sociedade não me atinge.

O homem ficou imobilizado com minha coragem, mas aos poucos o brilho sereno dos seus olhos voltou ao normal e a carroça seguiu em frente.

Alguns curiosos nos olhavam descaradamente, mas confortavelmente eu seguia sentado ao lado daquele velho camponês. Alguns soldados da corte ergueram os olhos e se mantiveram determinados atrás da comitiva do Lorde Bornie.

Quanto luxo e dinheiro dos impostos desperdiçado para manter um ser inútil como esse.

– Chegamos, filho, essa é sua parada.

– Quer ir até minha casa e tomar uma boa xícara de chá?

– Eu não seria bem aceito, quem sabe numa outra ocasião.

O homem deu um sorriso entremeado de dentes podres e imperfeitos e balançou a corda fazendo com que os dois cavalos, suados e sofridos, partissem. Balançou a mão num gesto de adeus e conduziu a carroça rumo à zona rural.

Dali até minha casa seriam apenas quatro quarteirões, mas o suficiente para que eu chegasse até ela ofegante. Apenas os empregados se encontravam na propriedade. O senhor John Luis, um velho serviçal de meu avô, descendente de uma família nobre que perdera seu título por intrigas na corte, vendo minha dificuldade com os pertences, me ajudou a levá-los até meu quarto.

Tinha ainda bastante tempo até o Natal, e queria que tudo saísse perfeito. Guardei o pequeno presente num baú que trazia aos pés da cama e coloquei-me a arranjar o outro. Improvisei algumas prateleiras e deixei um cavalete bem próximo à varanda principal da casa, que dividia meu quarto com o fundo do casarão.

Poderia mobiliar Paris toda se fosse preciso, só para ver o sorriso no rosto de Ângela. Fiquei sentado em silêncio olhando para as flores silvestres que nasciam no fundo do quintal e desci para fazer um pequeno buquê. Misturei várias cores, do branco ao preto seguindo todas as tonalidades, combinando pequenas e grandes, uma a uma, até formar uma linda cesta. Molhei cada uma delas com um pouco de água e deixei na varanda para que tomassem o sereno da madrugada.

Minha mãe chegou à noitinha com vários pacotes e um livro nas mãos.

– É para mim o livro, mãe?

– Infelizmente não, trouxe para Ângela.

Fiquei curioso, mas não queria nem imaginar o que poderia haver escrito naquelas folhas. Tentei ler a mente de minha mãe, mas ela só conseguia pensar nos preparativos. Talvez eu não tivesse motivos para ficar preocupado. Acabei fazendo um esforço para me acalmar.

Com o coração angustiado, propus uma barganha com minha mãe pelo livro. Ela ergueu a cabeça na minha direção, nossos olhares se fundiram e ela disse:

– Fique tranquilo, Chris. Você acha que eu seria capaz de prejudicar o que um sente pelo outro? Faço gosto que fiquem juntos, vocês nasceram um para o outro.

– Desculpe, mãe, sei que estou sendo inconveniente.

– Você sabe que não tem motivos para ficar preocupado.

Vi o rosto de Ângela na mente de minha mãe. Os dois rostos estavam juntos, suspensos, até se fundirem num só, brilhando uma paz interior.

Que loucura! Minha mãe gostar tanto de alguém que mal conhece.

Engoli o jantar o mais rápido que pude e subi para meu quarto. Estava ansioso pelo dia seguinte. Aquele Natal seria diferente. Sem a presença de meu pai, mas em compensação ao lado da mulher que amava.

Quando cheguei, encontrei a cama arrumada com lençóis brancos e um travesseiro amarelo trazendo duas rosas sobre a fronha. Pensei em gritar pelo nome de Ângela, mas minha voz parecia estrangulada. Olhei para a varanda e as flores e resolvi me deitar um pouco. Passava das oito da noite e a cidade encontrava-se toda iluminada à sua maneira. Vi o rosto de Ângela em cada estrela espaçada na abertura da janela. Algumas fugiam, outras se aproximavam, me deixando confuso quanto ao meu destino ao lado dela.

Eu estava só esperando por ela, e nenhuma estrela me notou.

Fiquei abatido.

Fiz um esforço enorme para dormir, mas a ansiedade me deixava paralisado.

É, aqui estou deitado na cama, com os olhos arregalados, contando círculos no teto feitos pelo lampião, e me sentindo como um remador sem fôlego em alto-mar numa tempestade.

Fechei os olhos enquanto Ângela estendia a mão direita em minha direção. Daí ela virou-se e afastou-se em meio à multidão. Infelizmente, eu não tinha controle sobre os acontecimentos, e trinquei os dentes de raiva.

Transportei-me para um tempo no universo no qual havia muitos soldados e rebeldes, e Ângela estava mal, quase morrendo em meus braços. Em alguns relances em meu sonho, a paisagem era da França e suas florestas. Uma mulher morria na fogueira e a população sem rumo olhava atentamente seu corpo sumir em meio às chamas.

Senti uma mão fria tocar minhas costas.

– Não se preocupe, sou eu.

Parecia a voz dela. Em que suplício tinha se transformado minha vida! Estava cheio de perguntas e resolvi abrir os olhos. Ela estava elegante com um lenço preto preso ao pescoço, com um vestido branco bordado nas pontas com rosas miúdas.

Imediatamente, quando tentei falar algo, ela colocou a mão fria como a neve em minha boca e pediu que me calasse.

– Ninguém me viu entrar, fique tranquilo, Chris.

– Mas...

– Senti sua falta e resolvi dormir com você.

Eu estava disposto a tudo, porém com o coração angustiado. Seria mais uma noite de tormento. Era tão difícil me acostumar com seu jeito!

Ela sorriu, dizendo:

– Obrigada por me deixar ficar. Espero que não toque em mim, Chris, tenha uma boa noite.

Que loucura, essa mulher dormindo ao meu lado, sem poder tocá-la! Eu suava frio, e ela, serena, emanava uma calma de fazer inveja.

Naquele momento me senti um infeliz, desgraçado que nem sequer tinha coragem de tomá-la a força. Nossos espíritos estavam fundidos, mas nossos corpos diante de uma muralha.

Levantei-me e fui encostar meu corpo numa poltrona a oito metros dela. Ela se fez de despercebida. Eu queria ignorá-la, mas uma onda profunda e funesta me atirou ao chão. Assim me sentia, esperando por um amor que me fazia sofrer. Fiquei a observando até que adormeci.

Quando acordei pela manhã, encontrava-me deitado na cama, coberto até a cabeça com uma manta azul celeste, e de pijamas. Ela foi abusada em trocar minha roupa.

Fiquei tenso.

Reprimi um grito de ódio por ter aceitado suas condições. Deveria tê-la jogado pela janela. Levantei-me desajeitado com aquele pijama velho e os olhos turvos, e debrucei meu rosto em uma tigela de água. Mergulhei minha cabeça e suspirei bem fundo. Queria descarregar a tensão da noite anterior e consegui.

Olhei para o presente que havia comprado para Ângela, mas nem sinal da tela nua. Avancei até a varanda e meus olhos não acreditavam no que estavam vendo.

Fiquei embaraçado.

Era o nosso retrato, de rosto colado em meio às nuvens. Estávamos alegres e ela trazia um colar em forma de coração no peito. Não podia ser.

O baú parecia intocado. Fiquei enfurecido.

Ela era uma mulher de coragem, porque sabia o que tinha feito e teria um preço a pagar. Creio que ela não vira a cesta, uma vez que estava escondida atrás de um vaso cheio de copos de leite.

Que alívio.

Pensei andar um pouco pela cidade, mas não, hoje não. Ajudaria com o peru e as outras aves de caça. Refrescaria minha cabeça com o trabalho. Desci até a cozinha, beijei a mão de minha mãe e me ofereci para os preparativos.

Preparativos para o Natal

– Mãe, esse banquete faz parte da minha vida, quero cuidar de tudo.

– Você pode cuidar dos doces, o resto fica por minha conta e dos empregados.

Tinha que me contentar, afinal de contas a ceia de Natal sempre ficou a cargo de minha mãe. Era uma loucura, de tanta comida e bebida que compunha o cardápio.

Preparei as cocadas e os doces de manga e carambola. Mirna pediu que a ajudasse com os perus, mas já estava exausto. Que pretensão a minha cuidar de tudo! É, na vida tudo tem que ser devagar, para a chave poder se encaixar perfeitamente no buraco que abre para a lua da felicidade.

Entrei no salão onde seria a festa de Natal. Olhei para a mesa e quase tudo estava pronto. Sentaria defronte a Ângela, e fiquei imaginando como seria sentir a cabeça dela no meu peito, o perfume dos seus cabelos, e como seria bom fazer amor com ela.

Infelizmente, tinha que me contentar apenas em jantar ao seu lado.

Subi, tomei um bom banho e coloquei minha melhor roupa. Abri o baú, tirei o presente de Ângela e o coloquei no bolso do paletó.

Sentei um pouco na varanda enquanto escurecia. Estava com as pernas doendo e resolvi passar uma mistura de cânfora e jasmim para suavizar meus músculos. A poção esfriou tanto minha pele que senti um alívio quase imediato.

Pelo horário, meus dois tios e tias com meus primos já deveriam ter chegado. Um deles morava no interior do país, mas nunca deixava de comparecer aos festejos de Natal. Devoto de Nossa Senhora Aparecida, sempre trazia alguns terços bentos de Roma para os convidados.

Ele era um homem franzino e de cabelos encaracolados. Gostava de exibir seus grandes bigodes. Ele era bizarro, mas um bom homem. Adorava suas piadas e superstições a respeito de almas penadas. Até jurava que já tinha visto uma, na época em que o correio passava dentro de sua propriedade.

Segundo ele, havia uma ponte que os mensageiros do correio tinham que passar, mas que nunca conseguiam chegar ao seu destino. Ele, com toda sua bravura, resolveu esperar o mensageiro numa madrugada fria de inverno do ano de 1750. Quando o cavalo se aproximou da velha ponte, quem apareceu: uma mulher de cabelos longos e olhar penetrante, nua da cintura para cima, reclamando seus direitos ao local.

Ele manteve seus olhos baixos enquanto se aproximava dela, em sinal de respeito, e pediu para que se sentassem e conversassem um pouco. Ela começou a chorar.

Ele fez mil perguntas a ela sem obter resposta. Quando se levantou, pronunciou a palavra Virgínia. A mulher agradeceu por lembrar o nome de sua filha morta de sarampo quando bebê, e assim o encanto se desfez e todos puderam passar pelo local livremente.

Assim era meu tio, com suas lembranças e crendices. Mas eu o amava.

O barulho que vinha lá de baixo era grande, e resolvi descer. Todos estavam presentes, felizes e se cumprimentando. Faltava apenas Ângela. Era cedo e logo ela estaria entrando por aquela porta linda e sedutora como sempre. *Que bela namorada o Chris arranjou*, pensariam. Sentiriam uma ponta de inveja e logo me cumprimentariam pelo bom gosto. Menos Alexander, que certamente me jogaria uma praga.

Abracei e cumprimentei um a um. Que saudade dos velhos tempos, quando meu pai estava presente! Minha mãe sentou-se ao piano e tocou uma canção de Natal enquanto tudo ficava pronto. Ao final de três canções, todos bateram palmas. Ela era realmente sensacional. Minha mãe era uma artista fora dos bastidores. Meu pai sempre foi contra que se apresentasse ao público, mas eu ficaria muito orgulhoso.

Agora de mãos dadas, rezamos e sentamos à mesa. Onde estaria Ângela?

Tentei me levantar, mas minha mãe fez um sinal para que eu me acalmasse.

Levantei-me, andei de um lado ao outro da sala, até que alguém bateu à porta. Era ela, só podia ser. Meu coração disparou.

– Está esperando por mais alguém? – perguntou minha tia Eduarda à minha mãe.

– Sim, espero por uma amiga de Chris. Vocês vão gostar dela, é uma moça encantadora.

Ela estava magnífica vestida num tradicional vestido romeno, cor de vinho, enfeitado de dourado até os pés.

Suspirei de alivio enquanto ela não tirava os olhos de mim.

Ela sorriu para todos e desejou boa noite. Beijou minhas mãos e foi dar um abraço em minha mãe. Vi o rosto dela na mente de cada um deles. Não conseguiam pensar em nada, estavam entorpecidos com tamanha beleza e carisma. Cumprimentou um a um dos convidados até Alexander e, finalmente, sentou ao meu lado. Aos poucos, todos à sua maneira começaram a perguntar muitas coisas sobre a sua vida. Ela respondeu tudo, sem constrangimento.

Olhava de vez em quando para mim com os olhos estreitos, e apertava minha mão por debaixo da mesa.

Eu ficava parado, efetivamente sem saber o que fazer.

Isso não era considerado adequado, mas eu ficava imaginando como seria dizer a todos que ela era minha namorada, que nossas alianças de casamento estavam prontas e que no próximo ano estaríamos juntos para sempre.

Infelizmente, por uma fração de segundo estava sonhando.

Olhei para todos, e uma de minhas primas estava vestida com a cor da primavera, um vestido azul e verde, com um sorriso juvenil, quase sem inocência dentro dos seus 16 anos. Ela apenas olhava para Ângela sem perguntar nada. Tentava imitar seus modos finos e às vezes olhava para baixo curiosa.

Aos poucos, todos foram se soltando, e Ângela parecia ser da família há muito tempo. Após terminarmos o jantar, dançamos um pouco até que um a um, os convidados foram se ajeitando nas poltronas e piscando os olhos semiabertos. O dia tinha sido cheio para todos, principalmente para os meus parentes que haviam vindo de longe.

Sentei num sofá ao lado de Ângela e segurei sua mão disfarçadamente por debaixo das almofadas feitas de algodão. Seu rosto pela primeira vez ficou vermelho. Todos ficaram olhando para nós, e sussurrei para eles que a amava. Ninguém ousou perguntar há quanto tempo estávamos juntos e nossa diferença de idade. Lembro ter desejado fugir dali para evitar mais perguntas que surgiriam, pois meus tios àquela altura já estavam altos com o vinho.

Bia, minha prima que ficou encantada com Ângela, levantou-se com os olhos miúdos, aproximou-se dela e a abraçou dizendo:

– Eu vi o que vocês dois estavam fazendo e senti um pouco de inveja. Não consigo acreditar que exista um amor tão grande quanto o seu. Espero que não se importe em me ter ao seu lado, Ângela.

– É claro que não, minha querida.

Olhei para Ângela, grato por não se importar com a tensão causada por minha prima. Afinal de contas, ela era apenas uma adolescente encantada com uma mulher maravilhosa.

Quando beirava meia-noite, tomamos um bom chá verde de origem indiana e começamos a abrir os presentes. Tirei o presente de Ângela do bolso e fiz questão de colocá-lo em seu pescoço. Ela pediu que eu o abrisse. Naquela noite, descobri a ternura e o carinho de uma mulher por mim. Em ambos os lados do coração, aberto em forma de livro, havia uma foto, a mesma desenhada no quadro em meu quarto.

Eu a beijei.

Seus olhos me diziam que aquela não era a forma ideal de quebrar o gelo que nos separava, mas fiquei grato por aceitar meu carinho.

Minha mãe se aproximou, perguntou se ela tinha gostado de tudo e se algo a tinha deixado constrangida.

– Imagina, senhora, tudo estava perfeito. Não consigo acreditar que fui tão bem recebida em sua casa. Gostaria de tocar algo ao piano para confortar a todos, principalmente a uma mulher sensível que é a mãe do meu melhor amigo.

Minha mãe sorriu.

Pude ler em sua mente que a amizade que passava por sua cabeça tomava o tom de várias cores, como um buquê que se rompe como fogos de artifício.

Ao pé da orelha, minha mãe disse a ela:

– Não acredito em sua amizade. Agora fique à vontade e toque algo para nós.

Ângela, com o coração angustiado por ter escancarado em seu semblante o amor que tentava esconder de mim, abriu caminho com dificuldade por entre os convidados, indo se sentar em frente ao piano de cauda. Minha mãe a seguiu e sentou-se ao seu lado.

– Olhe para o meu filho, Ângela. Não vê como o tortura? Você acha que tem esse direito?

– Ainda não estou preparada, senhora.

– Preparada para quê? Então por que não se afasta dele?

– É difícil explicar minha vida a alguém que conheço há tão pouco tempo, mas posso assegurar-lhe que tudo ficará bem. Não precisa se preocupar, não há motivos para isso.

– Tudo bem, vou ficar em silêncio enquanto você toca a mais bela canção que já ouvi em minha vida. Sei que é capaz disso.

Embaraçada com a abordagem de minha mãe, as mãos dela tremiam. Ela virou-se em minha direção, e procurei transmitir para seu pensamento: *não se preocupe comigo, está tudo certo.*

Um lamento surdo ficou preso em sua garganta.

Ergueu as mãos agora comedidas, lançou um olhar em direção às teclas do piano e deixou o tempo parar. Parecia petrificada ao piano, mas a canção era brilhante e mereceu mil aplausos ao fim.

Todos estavam calmos, tão calmos que nem perceberam quando eu e Ângela nos retiramos e fomos direto para meu quarto.

– Que loucura foi essa noite, minha querida!

– Para mim, Chris, foi muito difícil encarar sua mãe com suas desconfianças. Quase não conseguia respirar ao seu lado, simplesmente fiquei apavorada.

– Peço perdão por ela.

– Pois não peça, ela tem razão, temos que nos afastar um do outro. Eu sou um estorvo em sua vida.

– Não fale isso nem de brincadeira. Eu não aguentaria sua ausência. Não estou lhe cobrando nada e quero você sempre ao meu lado.

– Acho melhor...

– Não ache nada. Olhe para aquele retrato nosso que você desenhou, é tão lindo e me traz tanta paz interior! Venha até a varanda, tenho algo para você.

– Mais surpresas.

– Veja se gosta.

Ela se abaixou, tocou as flores, e sentou-se na varanda olhando para a imensidão da noite.

– Chris, eu não estou mais suportando tudo isso. Detesto que alguém me veja chorar.

– Não era minha intenção.

Eu a abracei por trás, me enrolando em seus cabelos.

– Você está tão elegante, minha princesa. Não quero vê-la triste. Essa noite foi feita para nós. Prefere ir embora?

– Eu decido o que quero e vou ficar. E tem mais, nosso passeio pelo rio Sena ainda está de pé. Você tinha se esquecido?

– Você é mesmo surpreendente, Ângela, prefere fazer o sinal da cruz a desistir de um capricho.

– Entenda minha alegria, estou disposta a tudo para não te decepcionar. Você deve imaginar como isso é difícil para mim. Quando nossos espíritos se unirem, não quero me lamentar de nada. Os acontecimentos não podem escapar do meu controle, mas admito que você mexe comigo.

Eu me sentia afundando sozinho num pântano, em um monte de areia movediça, mas agora algo parecia mudar e minha vida recomeçar. Sabia que ela não estava mais aguentando todo aquele sentimento preso em seu peito. Suspirei de felicidade.

– Está com medo do nosso passeio, Chris?

– Estou pronto – incitei-a.

– Posso fazer só uma pergunta para você? Você está tão cauteloso ultimamente, parece um animal que pressente a tempestade se aproximar, mas não demonstra medo, apenas tenta se esconder. Estou certa?

Desviei os olhos tentando refletir algo.

Ela suspirou.

– Não consigo pensar em nada aceitável para dizer, apenas venho tentando me distrair de suas evasivas. Talvez espere por algum milagre, ou quem sabe por um punhal que perfure desordenadamente meus sentimentos.

– Então está tentando se matar?

– Eu não vou rir de sua maneira objetiva de enxergar as coisas, porque apesar de tudo vejo uma parte de você como uma aberração, algo que mistura feitiçaria com desejo.

Ela enrijeceu a face.

– Odeio ser avaliada por um humano!

– Abandone-me se quiser ou se conseguir.

– Durante toda minha vida, matei pessoas como você, mas agora sofro só de pensar que algo pode lhe acontecer.

Nesse momento, um relâmpago azulado cruzou os céus, seguido por um forte trovão.

– Sabe, Chris, hoje o sangue derramado dos inocentes nesses longos anos de fúria existente aqui neste mundo será levado em forma de cinzas pelo rio para purificar suas almas. Um dia o fim do mundo foi feito de água, mas o término dessa geração será feito diante das trevas, transformando em cinzas os corpos daqueles que não foram escolhidos para alcançar o reino de Deus.

Ela soltou um lamento rouco que mais parecia o urro de um animal.

Essa ideia me deixou aterrorizado.

– Essa noite, minha querida, não precisa ser de lembranças e de tristezas. Vamos passear pelo rio e sepultar suas lembranças desagradáveis.

– Sempre quis isso, mas ouço vozes em minha mente a todo instante.

Ela olhou para mim e seus olhos estavam dispersos.

– Sua bondade e sua compreensão, Chris, conseguem me livrar desse maldito passado, mas preciso que me amarre ao barco enquanto você joga as flores e as pedras perfumadas nas margens do rio.

– Adoro navegar por esse rio quando o tempo está frio e com pouco nevoeiro.

Fiquei animado com a ideia de tê-la ali, bem perto de mim, amarrada. Seria como um caçador apreciando sua caça antes de comê-la.

Todo o amor que sentia por aquela mulher me fez tremer dos pés à cabeça, mas eu iria atender seu pedido.

– Quando partimos?

– Quando o sino da matriz tocar duas horas, partiremos.

Ficamos deitados um ao lado do outro, e tentei imaginar se ela escaparia de seus tormentos. Pretendi falar algo, mas resolvi olhar os ponteiros do relógio. Desviei os olhos do seu rosto e pensei: *neste mundo passamos a vida toda enfrentando e aceitando regras, mas quando amamos, muitas coisas caem por terra e o que é certo se torna curioso.*

Mesmo tendo acesso a muitas coisas de sua mente, era como se eu estivesse fora de sintonia. Eu precisava modular tudo aquilo para compreender o mundo de minha querida, mas tinha medo de perdê-la ou de magoá-la para sempre.

Eu simplesmente ia cruzar as mãos e viver o meu amor enquanto tivesse chance. Senti-me um tolo querendo esclarecimentos de uma pessoa que já vivera mais de trezentos anos.

Olhei para a sombra do lampião e pedi que Deus me abençoasse.

– Ângela, posso lhe perguntar algo? Você está satisfeita por conhecer minha família ou está com raiva de mim?

Ela ofereceu um riso curto e defensivo.

– Qual é o problema, não quer falar?

– Hoje, Chris, muitas mãos se estenderam para mim, algumas pesadas, outras leves como um grão de mostarda. Sinto-me feliz, porque quanto mais me aproximo dos humanos, mais diluo dentro de mim o sangue derramado durante minha longa vida. Por que você me pergunta tantas coisas? Espero que não desvie os olhos de mim para responder.

Eu me enfureci com sua maneira de falar.

– Ainda estou esperando que você me conte mais a respeito de sua vida e de seus amores passados.

Ela olhou para mim mordendo os lábios carnudos e seminus. Por um instante pensei que iria conseguir que falasse algo de sua vida.

– Chris, está tentando me seduzir para que lhe conte algo. Você é muito curioso, tente se distrair com outras garotas, pois assim ficará menos dependente de mim.

Eu me senti um tolo diante de sua desaprovação. Nunca tinha sofrido tanto por alguém sem nem menos saber se valia a pena. Levantei-me, abri a porta do guarda-roupa e tirei de dentro de uma caixa um punhal, atravessando-o em minha cintura. Poderia precisar dele. Foi então que os cabelos de Ângela pareceram se eletrizar.

– Por que está com medo, meu menino?

– Sinto-me perdido.

– É só não tirar os olhos de mim.

– Muito engraçado seu senso de humor.

Suspirei quando o ponteiro do sino bateu duas horas.

O passeio pelo rio

– Vamos andar devagar até o rio, Chris – resmungou ela.

Olhei para seus olhos e pareciam suaves e gentis. Suas mãos delicadas, entrelaçadas uma na outra, imitavam sua expressão.

Abandonei cada passo que dava para sair de casa, como se fosse um adeus.

Eram 2h18 da sexta-feira, 25 de dezembro de 1788, quando ganhamos a rua em direção ao Sena.

– Ainda com medo, Chris?

– Meu maior medo é perder você.

Pude perceber um sorriso em seu pensamento.

– No que está pensando, Ângela?

– Nos problemas que posso vir a causar em sua vida.

– Por que não fala a verdade sobre o que está acontecendo?

– Muito horror está por vir com a revolução que há de estourar em breve.

– Por que mente?

– Não minto, Amisis previu uma revolução do povo francês contra a nobreza. Os trabalhadores urbanos, os camponeses e a pequena burguesia já não aguentam mais os impostos. A revolução terá como lema: "Liberdade, igualdade e fraternidade".

– E isso não é bom?

– Você parece animado com a ideia da revolução, mas ninguém sabe quem sairá vencedor e quantas vidas serão jogadas fora em vão.

Fingi não ouvir seu comentário, fazia tempo que pretendia ver o rei Luis XVl fora do trono.

– Deus irá ajudar quem precisa mais, minha querida. Imagino que assim seja.

Tentei fazer com que a mentira dita a deixasse impaciente.

– E tem mais, a guerra não pode ser evitada, apenas adiada em favor do inimigo.

– Christofer, você me envergonha por não querer sentir nenhuma emoção pelo massacre que virá.

– Não sinta nada, nem lamente, porque não quero e não vou chorar pelos que caírem lutando por sua causa, em prol de viverem com dignidade. E também não quero me privar da dor comum a todos os humanos que é a morte.

– Mas eu suponho que deveria sentir tristeza – acabou dizendo com a voz quase nula.

– Deixarei as lágrimas caírem livremente no meu rosto, e juro a você que erguerei os olhos aos céus, cairei de joelhos, e suportarei as mortes e a tristeza sem muita dificuldade.

Ela ficou a me observar intensamente, sem desviar o olhar.

– Estou espantada com você.

Ela agora está tentando fazer com que eu me sinta envergonhado e desesperado, e quer que eu admita que sou um fraco como os outros humanos. Queria me convencer disso.

– Parece desesperada, minha querida.

Com a náusea à beira dos lábios, ela balançou a cabeça, e seus olhos dourados chamuscaram sob as pálpebras sentindo uma terrível raiva. *Como podia me odiar com tanta rapidez?* Para ela era difícil lidar com um humano com sentimentos tão duros quanto os seus. Estava espantada por eu sentir uma pequena emoção, a qual não passava de um alívio um pouco amargo do qual eu não me envergonhava.

Pousei as mãos em seus ombros, dizendo:

– Vamos andando, não queremos chegar atrasados.

Ela parecia ter recebido uma punhalada no ventre e se curvou de dor. Parecia uma santa, se não fossem por seus olhos que agora sangravam de irritação. Ela sempre me achou um ser insignificante, podia ler em seus pensamentos, e agora tinha que lidar com alguém tão forte que era difícil acreditar.

De repente, ela sorriu para não enlouquecer. Sua angústia era brutal, mas sua inteligência foi maior e teve que aceitar o vazio que continham meus olhos.

A fragrância da madrugada misturada a sua pele quase me fez empurrá-la para algum beco ali mesmo para fazer amor como um carrasco que cumpre a sua tarefa. Estava farto daquele jogo. Mas, mesmo com dificuldade, continuei a andar em direção ao rio, como se estivesse ao lado de uma garotinha ingênua de apenas seis anos.

Que vergonha ainda teria de suportar?

Queria explodir em soluços, mas convenci a mim mesmo que estava fraco e que não suportaria aquela cena. Não ousei dizer mais nada até chegarmos ao rio. Seus olhos ardiam quando se encontravam com os meus. Ela odiava saber que eu não era um covarde.

– Onde está o barco, Ângela?

– Está dez metros abaixo de nós. Traga-o até aqui enquanto preparo as flores e as pedras.

Tudo pronto.

– Agora é só me amarrar e fazer o serviço por mim.

Queria tomar a decisão certa, mas ela fez um movimento brusco e beijou meus lábios com ternura.

Tentei me afastar e pensar com clareza.

– No que está pensando, Chris?

Pensei em fugir dali antes que pudesse pronunciar palavras que me fariam segui-la até o fim. Algo me intrigava, mas perdi meus pensamentos em conjecturas enquanto ela se aconchegava no pequeno barco.

– Não estou pensando em nada, apenas estou aproveitando a oportunidade de estar ao seu lado nesta noite de Natal.

– Você está em paz e parece muito certo no que está por fazer.

Ela pegou minha mão e colocou em seu rosto.

– Sente como está quente?

– O que aconteceu?

– Nada, meu amigo. Estou surpresa por você não estar com medo dessa minha mudança repentina. A maioria dos humanos se intimida com nossa maneira estranha de ser.

Ela parou de falar de repente, olhando em meus olhos para certificar-se de que não tinha me perturbado.

– Agora vou me deitar no barco. Quando não puder mais ouvir minha pulsação, comece a me amarrar.

Era difícil amarrar mãos tão lindas na lateral do barco. Prendi a respiração e prossegui.

– As amarras estão muito apertadas, minha querida?

– Hoje não estou com dor.

Eu podia perceber que por dentro de seu ser um sorriso tão grande quanto o céu acima de nossas cabeças cobria sua face de rubor.

– Agora minhas pernas. Não me deixe sentir dor.

Sorri educadamente ouvindo seu tom de brincadeira.

Deslizei minhas mãos por suas coxas esbeltas até chegar ao tornozelo. Essa era a minha pobreza, não conseguir resistir sempre a este belo corpo.

– Sente-se no barco, Chris, e amarre meus pés, senão ele pode virar.

– Tudo bem – eu disse tentando aliviar o constrangimento causado por minhas mãos.

– Agora cubra meu corpo todo com as flores.

Nesse momento, uma ventania provocou uma leve ondulação no rio, fazendo com que um de seus seios saísse de dentro do vestido. Me lembrei de uma velha história que dizia: "Nunca enfrente um urso branco se não tiver condições de criar seus filhotes". Desviei o olhar, respirei fundo após insuflar minhas narinas ao máximo e acolhi seu vasto seio como se acolhe um filhote perdido.

– Que desgraça de vida!

– Você não fez nada de errado, meu lindo. A culpa foi toda minha por ser tão descuidada.

Minha excitação me deixava desconcertado.

– Chris, essa é a pobreza dos humanos, nem sempre fazem o que querem.

Eu já tinha descoberto isso sozinho, e fiquei sentado ao seu lado um bom tempo sem me mexer. Sabia que um dia ouviria aquilo de sua boca. Eu me senti próximo à entrada do inferno. O corpo quente e cheio de desejo sem poder fazer nada para abandonar o emprego recente de remador de donzelas.

– Antes que a tempestade que está por vir se forme, Chris, reme até um casebre florido situado um pouco acima da catedral de Notre Dame.

Dei uma volta no meio do rio e passei pela catedral debaixo de algumas árvores das quais ramos pendiam até quase tocar a água. Passei os braços sobre o peito de Ângela ternamente, sem deixar que ela percebesse que podia sentir seu tremor. Tentei evitar que os galhos a machucassem.

– Não se preocupe, Chris, as flores me protegerão.

– Tive medo que algo a ferisse.

– Obrigada – ela disse com a voz sedosa misturada a um sussurro gélido.

Acariciei sua face enquanto ela fechava os olhos que pareciam esculpidos como uma pedra.

Remei mais um pouco, agora pelo meio do rio, e lá estava o pequeno local, feito de sapê e flores, à beira do barranco, tentando abraçar o rio Sena.

O casebre, com seus três metros quadrados, tinha ao fundo um buquê feito de rosas negras, e ao centro uma vela que quase se apagava com a força do vento que entrava pela porta feita de pequenas orquídeas.

– Chegue até a entrada, sente-se e me diga o que vê.

– Estranho, posso ouvir vozes, presenciar algumas crianças brincando no local e ver a imagem de um homem ferido. O que isso significa?

– Ele é um enviado dos mortos que estão descansando nas águas do rio. E quanto às crianças, representam a tristeza de seus pais quando elas morreram sem ter tido um enterro digno.

– É tão estranho tudo que você está me mostrando.

Ela riu da maneira inflamada como falei.

– Nesta noite, toda dor que causei aos seres humanos terminará. Pegue o buquê, apague a vela e deixe que todos os espíritos descansem em paz.

Deixei os sapatos na porta e com uma pequena dificuldade fiz o que ela havia mandado.

– Chris, você não fez nada de errado lá dentro?

– Creio que não, apesar de estar um pouco escuro. Onde coloco o buquê?

– Quando passarmos pela sombra negra da catedral no rio nas madrugadas de Natal, jogue-o bem no centro. Amanhã bem cedo, com a alvorada, as flores se dispersarão uma a uma até desaparecerem nas águas do rio.

– E depois?

– Depois eu penso. Vou sentir falta de sua complexidade quase humana quando for embora.

– Por que diz isso?

– Pela primeira vez, sinto que isso vai acontecer. É a vida seguindo seu percurso.

– Tenha calma, tudo vai dar certo.

– Não se preocupe, você ficará seguro.

Minha vida acabará se ela for embora, pensei. Queria segurar suas mãos que agora pareciam tão frágeis, mas suspirei fechando os olhos.

Soltei o pequeno barco em direção à catedral. Ao me aproximar da sombra, joguei o buquê. Pude perceber a revoada de alguns pássaros que habitavam as árvores nas proximidades. Ângela me disse:

– Agora siga em frente e comece a jogar uma flor e uma pedra perfumada da mesma cor em direção à margem do rio enquanto descemos.

Fiquei sentado o tempo todo fazendo aquilo enquanto sentia algo de estranho acontecer dentro de mim. Meu sinal contido na mão direita brilhava, e um buquê de margaridas desceu sobre meu pescoço posto por alguns morcegos.

– O que significa isso, Ângela?

– Desamarre-me e deixe que eu sinta o perfume dessas flores.

Ela segurou minhas mãos entre as dela, inclinou lentamente suas narinas em direção às flores e as insuflou o máximo que pode.

– Não sei o que dizer, Chris.

– Por que está me observando dessa maneira?

– Para mim, você não é completamente humano.

– Do que está falando?

Senti que ela tentava preservar a calma enquanto, no fundo, sentia um medo mortal da minha presença.

– Deixe de ser covarde e me fale o que está acontecendo.

– Prefiro esperar para obter a resposta.

– Diga-me algo.

– Não sei como ficar mais perto de você.

– Não posso entender isso de repente.

Ela tentou arrumar uma maneira elegante de dizer que eu não pertencia mais à sua vida, e tudo por causa de algumas margaridas.

– Está bem, Ângela, só quero saber o que significam essas flores deixadas sobre mim.

– Significa que você está morto.

– O quê? Mas você também, e nem por isso lhe abandonei.

Finalmente descobria que o seu sentimento não era tão grande quanto o meu.

– Não me considere uma criatura deplorável, apenas compreenda que preciso de um tempo para pensar a respeito de nós, e que preciso protegê-lo. Encoste o barco e o levarei a um lugar seguro. É um local escondido no meio da mata. O casarão está velho e acabado, mas servirá para escondê-lo por uns tempos. Pertence à minha família há muitos séculos, mas hoje está abandonado, caindo aos pedaços. Durante muito tempo foi nossa colônia de férias e caça. O local ainda preserva nosso cheiro, e ficará livre de ameaças.

– Que ameaças? Mas me esconder por quê, não fiz nada a ninguém.

– Vamos andar um pouco e te explico tudo. Você tem que ficar longe dos outros humanos por uns tempos, creio que se os outros vampiros lhe encontrarem, vão querer matá-lo por sua forma indeterminada.

– E você, para onde vai?

– Preciso lutar na revolução e impedir que o general Napoleão Bonaparte tome o poder.

– Você agora é vidente? Quem garante que existirá revolução e que esses malditos vampiros virão atrás de mim?

– Você não sabe o que está dizendo.

De repente, tomei ciência de que não poderia saber de alguns detalhes se não fosse como eles. Estava esgotado de tanta angústia.

– Tente ser confiante, Chris. Isso é muito mais doloroso para mim do que para você.

– Só falta se transformar em morcego.

Ela hesitou.

– Lembre-se que você é tudo para mim – disse ela em voz baixa. – Posso entender sua desolação, mas não me pressione. Apenas quero seu bem e sei que vou sentir muito a sua falta.

Ela deu um meio sorriso e tocou meus lábios de leve.

– Vamos andando, Chris. Suba em minhas costas e chegaremos mais rápido.

Seu hálito estava frio, e senti queimar minha face. Tremi por dentro.

– Não seja prepotente, você me guia enquanto lhe carrego pela mata.

Ela pegou meu rosto em suas mãos, tentando me privar de alguma dor que estaria por vir. Alguma coisa a intrigava. Ela me puxou pelo colarinho, aninhando-me em seu peito como a uma criança que precisa de ajuda. Encostou seus lábios com delicadeza nos meus sem fazer nenhum movimento com o corpo. Fiquei espantado por ela não transmitir nenhuma emoção. Baixei o olhar, mas não consegui chorar.

Minhas pernas ficaram desajeitadas, encostando meus joelhos em suas coxas. Meu rosto queimava, enquanto sua respiração nem se alterava.

– Você está branco feito um fantasma, Chris.

– Ângela, você me enfeitiçou, acredite em mim. Um dia a cólera que invade sua alma deixará seu coração livre para amar e ser amada. Eu não quero possuí-la, e sim conhecer seu destino, que está abandonado. Prefiro que me deteste, mas não me despreze.

– Nunca tive essa intenção desde o dia que lhe conheci.

– Mas às vezes seus olhos deixam transparecer isso. Eu quero partilhar do seu sentimento e depois amá-la para sempre.

– Estou enjoada, acho que um pouco tonta.

– Sente um pouco e sinta o cheiro da natureza, feche os olhos e não pense em nada.

Não havia nenhum som na floresta, apenas o ruído de nossas respirações. Isso favoreceria qualquer amor que estava por despertar.

– Escute, minha querida, não podemos fazer mais nada em relação à tristeza e à dor que nossos corações venham a experimentar.

– Você não sabe o que está dizendo, Chris. Coração livre é o segredo da liberdade.

– Não vou falar nada, você sempre tem razão. Está melhor, podemos prosseguir?

Ela hesitou em se levantar, tinha que ter certeza que estava segura em relação à sua saúde.

– Precisa de ajuda?

– Segure minhas mãos para que eu possa me levantar.

– Lembre-se de comer algo antes de sair de casa.

Ela riu.

O dia já começava a se iluminar enquanto ela subia em minhas costas.

– Segure firme, minha linda, não quero que se machuque. Disse alguma coisa, Ângela?

– Tenha cuidado.

Saí andando em silêncio, enquanto esperava que ela se recuperasse mais um pouco. O caminho continha muitos arbustos e um pouco de cascalho, dificultando meus passos. Quando ela agarrou bem firme meu pescoço, resolvi começar a correr. Minha visão estava um pouco perturbada e quase bati em algumas árvores. O sono e o cansaço da madrugada inundavam meus olhos, que ardiam como fogo.

Quando a luz do dia começava a se apagar, já nos encontrávamos diante do casarão.

O casarão

– Fique aqui fora, Chris, vou me certificar que está tudo bem.

Olhei para o jardim ao redor da velha mansão e pude ver que estava mal cuidado, contendo apenas algumas trepadeiras e alguns gerânios. Senti um imenso vazio olhando para aquele local deserto. Estava anestesiado.

– Entre. Não se preocupe com o espetáculo de desolação que vai encontrar dentro dessas paredes.

– Não trouxe minha bagagem, Ângela!

– Deve ter perdido quando quase bateu nas árvores. Pare de ser bobo, você não precisará de nada. Lá em cima poderá encontrar algumas roupas que meus irmãos deixaram para trás quando fugimos desse lugar.

Fiz uma careta de decepção.

– Não gostou daqui?

– Tinha tantos planos para nós, e isso agora.

– Confie, aproveite para descansar e ler alguns livros e logo virei buscá-lo.

Minha cabeça girava, mas pensei: *tenho que ser forte*. Peguei a mão gelada de Ângela e disse:

– Vá e faça o que tem de ser feito. Mas volte, eu não quero morrer sozinho nesta vida.

Seus olhos estavam perdidos num ponto inacessível. Agora recuperava o tom dourado e um vago sorriso aflorava na comissura dos seus lábios. Ângela arrumou suas botas de pele, preparadas especialmente para viagem, ajeitou o corpo, e antes de partir lançou-me um sorriso brincalhão.

– Muito obrigada por tudo, Chris. Procure não ficar maluco nesse lugar, fiz muito esforço para mantê-lo vivo até aqui.

Ela ergueu as sobrancelhas, franziu os lábios e saiu voando como um raio.

Suspirei vendo meu grande amor se transformar em cinzas floresta adentro. Só me restava esperar e tentar manter minha cabeça lúcida até sua volta. Tentei gritar, mas minha voz se calou, e sentei em uma das velhas poltronas que se encontravam no andar de baixo.

Talvez ficar um bom tempo longe dela livre meu coração dessa doença que é o amor, murmurei comigo mesmo. Fiquei acordado a noite toda pensando no que faria para passar o tempo. Àquela altura já tinha conhecido todos os aposentos da casa, e resolvi que ela seria minha e de Ângela quando voltasse.

Arranjei um emprego em uma fazenda não muito longe dali e comecei a reforma. Os dias eram longos longe de Paris e da presença de minha mãe e de Ângela, mas tinha que continuar. Tentava pensar o menos possível para não enlouquecer. Algumas noites, olhava para a lua, pura e virtuosa, e me perguntava como ela conseguia sobreviver sem nunca sequer ter um namorado.

Ela piscava para mim e jogava na minha cara que queria apenas se divertir, e que não podia ficar trancafiada em um sentimento para o resto da vida.

Às vezes desejava que ela morresse.

– Que merda! Tudo é tão injusto nessa vida – eu gritava tentando fazer com que os minutos passassem mais rápido.

No outro dia, conversava um pouco com os outros empregados da fazenda de madeira e todos tinham problemas. Às vezes, me via enxugar uma lágrima que corria pelo meu rosto. Consegui até uma amizade com um rapaz que morava nos subúrbios de Paris. Ele era alegre, extrovertido, e sempre me contava de suas aventuras com garotas. Lembro-me da primeira vez que fomos a um vilarejo próximo dali, bebemos um pouco e quase nos matamos num rio que passava por perto. Ele era destemido, e até conseguiu vencer o campeonato de corrida atrás do leitão embebido em banha. Ficou completamente sujo, mas conseguiu apanhar o animal.

O casarão estava ficando lindo, todo pintado de branco com uma grande sacada na frente.

Apenas cinco meses tinham se passado, mas a saudade agora era suportável. Passei o meu aniversário sozinho, pois Stevens, meu amigo, tinha partido para Paris em junho para ajudar na revolução que estava prestes a explodir.

Naquela época já se ouvia falar que muitos oposicionistas estavam sendo presos na Bastilha ou condenados à guilhotina. Havia muita violência por parte da guarda real do rei Luis XVI, o qual mandou fechar as portas de Paris e pôs de prontidão as guarnições das fortalezas da Bastilha.

Os trabalhadores das redondezas cogitavam que a revolução se iniciaria com a queda da Bastilha. A violência e a radicalização política da época eram algo constrangedor para o povo francês. Muitos falavam, e eu não podia ter certeza se tudo era verdade, mas a revolta era grande.

Tinha que fazer algo, pois não aguentava mais ficar de braços cruzados ouvindo as barbaridades cometidas contra a população. Terminei o casarão, tranquei tudo e parti rumo a Paris, deixando para trás apenas lembranças e meu cão de estimação. Jorge era um fiel companheiro, mas poderia muito bem passar alguns meses na casa de dona Sirlei, uma velha solteirona que se afeiçoou muito a mim.

Quando cheguei a Paris, no dia 14 de julho de 1789, a multidão corria por todos os lados, e os soldados matavam e batiam no povo sem piedade. Era o começo da revolução. Havia muitos gritos de cólera. Pessoas consideradas feiticeiras eram queimadas em fogueiras em praça pública. Enquanto Joana D'Arc, que segundo muitos era mentora da revolução, queimava com a boca aberta num rugido mudo, eu mantive meus olhos fixos nessa e em outras cenas que se passavam ao meu redor.

A briga era intensa. A população vivia cheia de um medo nunca visto. Olhei de relance, e lá estava Ângela caída em meio à multidão. O céu escureceu mais ainda, mergulhando a praça onde me encontrava em trevas. A fogueira lançava reflexos sangrentos nos rostos dos revoltosos, que continuavam a rechaçar os guardas. Para meu alívio, ela ainda continuava viva, e com os olhos serenos diante do horror instalado.

Eu me perguntei se era verdade o que estava acontecendo, e tentei agradecer por tê-la encontrado. Ela agora parecia indefesa em meio àquelas pessoas desconhecidas, mas seu rosto, quando me viu, começou a recuperar as cores, e seus olhos perdidos agora tentavam se manter fixos em direção aos meus.

Pensei bem alto para que ela pudesse compreender meu desespero e disse: *Você não tem o direito de morrer.*

Ela tentou se levantar, mas desistiu. Tive que avançar sozinho em meio à multidão. Fiquei perdido em pensamentos antes de prosseguir, mas a voz suave que partia de seus pensamentos dizia que eu era a razão de sua vida e o motivo de sua desgraça.

Tentei compreender, mas parecia que aquele momento eu havia caído de um penhasco. Ela estava morrendo e não tinha tempo para questionamentos. *Ela não faria isso comigo, morrer não.*

– Procure respirar, minha querida – eu gritei, antes que ela pudesse tombar o seu rosto perfeito na rua empoeirada de Paris.

Ela havia me escolhido, podia perceber isso em seus olhos. Quando me aproximei, não mostrei surpresa, deixei que as palavras perdidas entre nós saíssem de sua boca. Ela tentou falar algumas palavras, mas impedi que exaurisse o resto de forças que havia em seu corpo.

Nossos olhos falavam por si só. Foi difícil encarar alguém que amava tanto à beira da morte. Mas mesmo com todo aquele sofrimento, eu não queria que ela fosse uma vampira imortal, mas sim alguém de carne e osso como eu, sensível a todos os sentimentos e angústias da vida. E aquele momento ela se encontrava assim, frágil e dependente da minha ajuda.

Lancei um olhar interrogador e perguntei:

– Ângela, você me ama?

Havia perplexidade no rosto criado para fugir da resposta. Seu olhar era penetrante e não precisava de respostas para confirmar o que sentia por mim.

– Me ajude, Chris. Estou fraca e não quero morrer aqui neste lugar.

Empalideci. Ela não podia desistir, nós não havíamos combinado isso.

– Ângela, eu te adoro e faço qualquer coisa para tê-la junto a mim. Por favor, não me deixe. Lute pela vida – eu a estimulei tentando ganhar tempo.

– Preciso de você, Chris. Sei que pode ler meus pensamentos, e faça o que lhe estou pedindo se for de sua vontade. Feche os olhos e verá a luz do dia novamente.

Cortei a marca em minha mão direita e deixei cair em seus lábios três gotas de sangue. Ouvi ela gemer baixinho. Ela começou a despertar e aos poucos conseguiu se levantar apoiando em meus ombros.

A ameaça da morte parecia ter ido embora, e o futuro tinha mudado naquele momento.

– Ângela, você é única, e quero entrar para sempre em seu mundo.

– Esqueça o que falei no passado e me abrace, Chris. Eu te amo com toda força do universo. Morreria por você, mas fui salva pela força do seu amor.

A vida não tinha sentido sem ela. Definitivamente essa era a única certeza que alcançava meu pensamento.

– Ângela, você está bem?

– Estou.

– Quero ficar com você até os seus últimos dias. Lembro-me da primeira vez que a vi, e jurei para mim que morreríamos abraçados um ao outro de mãos dadas.

– Tire-me daqui, Chris, estou farta de tantas mortes e de tanta violência sem sentido.

Agora na escuridão, que chegou após o crepúsculo, ela andou ao meu lado até chegarmos ao casarão.

– Entre, essa é nossa casa.

Foi mais fácil dizer isso no escuro, pois ainda temia que ela tivesse uma recaída.

– Você trabalhou esse tempo todo para me impressionar?

– Não, sabia que o amor que sentimos um pelo outro a traria de volta. E trouxe.

– Como conseguiu o dinheiro?

– Esqueça os detalhes e descanse um pouco. Deixe que a pegue no colo e a leve para o seu quarto.

– Que sorte ter você em minha vida. Quero ser sua, mas não sei como – sussurrou ela com a voz presa, sem afastar os olhos dos meus.

Sabia que a partir dali nossa vida não seria mais a mesma. Caminharíamos juntos, olhando na mesma direção. Ela abriu os olhos e chorou em silêncio.

– Deite um pouco, você está esgotada.

– Precisava da escuridão, meu corpo já estava começando a queimar exposto tanto tempo à luz do sol. Amanhã conversaremos, lhe devo algumas explicações. Agora me ajude a me despir e me cubra, estou com frio.

Desamarrei as fitas de sua blusa e observei a delicadeza de seu pescoço, era admirável, seus seios redondos e altivos agora apareciam bem à minha frente. Inclinei meu corpo e dei um leve beijo em seus seios. Após despi-la por completo, deixei o lençol de algodão deslizar por seu corpo até se prender por um momento no bico de seus seios. Com um leve toque, ele escorregou ao longo de seu corpo num roçar que soou como uma canção em meus ouvidos.

Não sei por que não consegui abraçá-la nem deitar-me ao seu lado, apenas suspirei. Fiquei onde estava esperando que a inquietação e a angústia passassem.

Olhei para ela e pensei: *Paris não quer que queimemos suas feiticeiras.* Estava perturbado com tantas emoções, e fui me deitar no outro quarto. Ela era aquilo e muito mais na minha vida.

Senti a umidade do suor que descia do meu rosto esfriar meu peito como o vento que corre sobre as águas do riacho em tempos de inverno. Alguns breves arrepios me incomodaram por alguns instantes, mas preferi lamentar sozinho a me aproximar de alguém que estava indefesa naquele momento. Não conseguia imaginar uma criatura divina fazendo amor como um vício, como uma forma de gratidão.

Eu não sou um mau caráter, pensei enquanto a luz do lampião se apagava.

Agora não estava mais só. Tinha certeza de que ela nunca mais iria embora. Ela estava ali ao meu lado no outro quarto, segura e linda como sempre. Estava derrotada e não podia mais vencer o nosso amor.

Aquele era um momento abençoado em minha vida. Depois de ter atravessado o pátio do inferno, estava descendo a escadaria que terminava num jardim inundado de sol e luz. Sua sensação de amizade por mim agora representava o único sentimento sincero que ela conhecera em sua existência repleta de trevas. Dali em diante não existiria fingimentos nem discórdias entre nós.

Tudo estava em silêncio, até a violência da revolução se perdera nos rumores da cidade empoeirada de Paris.

Suspirei.

Ângela tinha acabado de viver fatos muito violentos que a deixaram machucada. Iria precisar de tempo para que as feridas da alma fossem cicatrizadas, porque mesmo sendo uma vampira, tinha encontrado sua alma gêmea. Sua verdadeira vida começaria com o coração e o espírito em um acorde perfeito. Precisava que ela se sentisse assim, pois queria a minha razão de existir anunciando com calma e sem temores que agora tudo era luz em sua vida.

Engraçado, eu nem tinha me virado na cama e o dia já começava a amanhecer. Um raio fraco de sol inundava um sexto do quarto, deixando uma penumbra que mais parecia uma forragem no chão. Não iria incomodá-la, deixaria que descansasse até o pôr do sol.

Alguém disse:

– Você é interessante quando dorme.

Girei a cabeça e no mesmo instante, como um relâmpago, estava ela do meu lado, pegando minhas mãos com cuidado.

Tentei me afastar.

Em outra ocasião, cairia em seus braços, mas senti um aperto no peito. Estava enrijecido agora preso neles. Era algo sem sentido, mas estava sentindo e não conseguia me libertar daquele rápido instante que tinha deixado minha face paralisada.

– Está ofendido, Chris?

Fiquei sem graça.

– Sua cara está redonda e suas faces coradas. A vida é um cavalo disparado, suba a bordo e viveremos todas as emoções que tentei desprezar quando o conheci – disse ela com naturalidade.

Fiquei me perguntando se ela tinha saído de algum conto hilário, mas sua delicadeza tocando meus cabelos deixaram-me sem conseguir questionar nada. O encantamento que eu conseguia causar nela agora era algo que envergonharia qualquer dama da sociedade. É claro que eu sabia que ela podia estar jogando, mas sua expressão corporal desmentia qualquer suspeita.

Tinha esperanças que minha voz saísse, e um sorriso convincente dado por ela entregou-me aos seus braços.

Estava toda nua, com as partes íntimas tocando as minhas. Lábios semicerrados e presos uns nos outros. Queria amá-la o dia todo. Respirações profundas, e um toque leve em suas nádegas foi o suficiente para que ela desaprovasse o ato.

Fiquei atordoado.

Ela riu, depois um nada entre nós.

Sua expressão serena era a mesma, mas me senti um completo idiota.

– Como está seu coração, Chris? Diga-me, não consigo compreender sua atitude.

Queria correr, queria introduzir minha cabeça num lamaçal e ficar me perguntando o porquê de ela fugir tanto do que poderia ser belo entre nós. Sabia que a nossa sociedade condenava tal ato antes do casamento, mas eu queria tanto, mas tanto, que chega a doer minha cabeça.

– Maldição, meus hormônios estão fervilhando tanto que seria capaz de nadar o dia todo com a água numa temperatura abaixo de zero.

– Chris, não fique surpreso. Com os homens é mais fácil, mas ainda não estou preparada. Perdoe-me.

Sentamos na cama um ao lado do outro. Sua mão agora se encontrava fria, e podia ouvir as batidas do seu coração. Nenhum de nós ousou falar nada por alguns instantes. Pensei comigo: *não devo ter pressa, tudo será na hora certa.*

– Você parece desanimado – observou ela. – Não tem nenhum plano para nós?

Meus olhos varreram a penumbra formada no quarto e refleti um pouco. Ela nunca havia emitido um brilho tão claro de seus olhos em minha direção, senti um arrepio gelado nos rins. O perigo iminente agora estava se desfazendo aos poucos, e meu coração estava se tranquilizando.

Naquele momento, senti a força superior que invade os corações dos humanos e comecei a entender que quando se ama de verdade, vale a pena esperar. O cavalo, que tinha os olhos loucos e as narinas fumegantes, arrastava os pés machucados tentando se livrar das esporas que lhe cortavam o corpo, que sangrava. Consegui me soltar das rédeas e me vi deitado na relva salpicada por flores silvestres.

Nada parecia real e tinha muito sentido, apenas um desconforto ria atrás de mim.

Levantei-me enquanto ela acabava de colocar sua roupa, e descemos. Pedi que ela tocasse algo ao velho piano que mandara restaurar.

– Nem mesmo um louco entenderia meu comportamento, meu amor, mas o importante é que estamos juntos e agora devo minha vida a você. Desde a infância sabia que quem me esperasse estava em uma larga encruzilhada, porém consegui vencer o medo de amá-lo.

Estendeu-me a mão e descemos as escadas com passos lentos e cansados.

– Você é bom demais, Chris, talvez isso tenha feito eu me entregar a esse amor que pode me matar.

– Por que diz isso?

– Longe de você, eu morrerei. Quando meu corpo começar a fraquejar, precisarei de algumas gotas de seu sangue. Agora você entende por que temia amá-lo.

Ela apertou os lábios e olhou de esguelha.

– Eu compreendo, mas vale a pena esse sacrifício?

– Eu sempre quis sentir o efeito do amor, e ninguém em toda minha vida conseguiu me impressionar o bastante a ponto de me entregar. Muitos da minha espécie vieram até mim suplicando que ficasse com eles, mas as coisas do coração são assim, são sombras impenetráveis que nunca conseguiremos compreender quem escondem em seu intimo. Felizmente, elas escolheram você, um humano ou quase um. Não temo mais por minha vida, e sim por não conseguir fazê-lo feliz.

Concordei, ouvindo com cuidado suas palavras enquanto ela se ajeitava ao piano. Balançando uma das pernas à vontade, ela deixava seus dedos mimosos deslizarem nas teclas do piano de cauda. Dona de si como jamais estivera, fechou os olhos e tocou duas sonatas de Beethoven.

Esperei que ela se cansasse para que pudéssemos conversar um pouco mais, só que agora como eternos namorados. Ela parou, levou a mão a meus cabelos e deslizou os dedos por meus lábios, dizendo:

– Cante algo para mim, Chris, preciso ouvir sua voz para acreditar que nada do que está acontecendo é mentira.

Ela gesticulou com uma das mãos para que eu ao menos tentasse.

Talvez esse fosse o meu castigo, um castigo merecido. Tomei alguns goles de água e soltei a voz.

– O que você acha, Ângela?

– Estou tranquila, não é tão ruim quanto imaginava.

Fiz uma careta.

– É assim que você agradece meu esforço?

Ela abraçou meu rosto lentamente e sentou uma das pernas em meu colo.

– Não seja bobo, adorei a canção. Nunca imaginei que fosse capaz de tanto.

– Enquanto cantava, tentei não pensar no que sairia, mas se você gostou fico feliz.

Agora eu era uma estátua que ganhava vida, e seu comprador entusiasmado não conseguia enxergar o defeito de fabricação.

Ela deu um tapinha em meu joelho e disse:

– Você será uma bom marido.

Estava mais tranquilo agora. Seus olhos me avaliaram após a pergunta.

– Precisei de um minuto para me recompor. Estou tentando respirar após ter passado por mais um teste.

– Não foi fácil?

– Nem tanto, mas você me ajudou muito sendo compreensiva.

Senti o tremor de sua respiração em minha face enquanto tentava recuar para chegar até a cozinha e comer algo. Estava morrendo de fome.

Coloquei dois copos do leite recém deixado em minha porta em cima da mesa da cozinha, e pedi que se aproximasse.

– Você não espera que eu compartilhe disso com você, espera?

Ela deslizou o nariz pelas bordas do copo e fez cara de ânsia de vômito.

– Sei que é difícil, mas tente.

– Não sou capaz.

– Por mim.

Ela ergueu meu queixo, dizendo:

– Você é um cão danado.

– Talvez, senhorita.

Ergui o copo até sua boca e esperei que o virasse num só gole.

– Está feliz agora, Chris?

– Você já é quase humana.

– Engraçadinho...

– Ângela, preciso ir ver minha mãe. Ela deve estar angustiada com meu sumiço.

– Tinha me esquecido dela. Você é especial em tudo, meu querido, nunca se esquece de nada. Então vamos. Chris, lamento muito pelo que aconteceu hoje à tarde lá no quarto. Eu não deveria ter forçado a barra entrando nua e deixando você daquela forma.

– Esqueça, já nem me lembro disso. Foi imperdoável da minha parte comportar-me daquele jeito.

– Não tinha que acontecer nada e assim foi. Foi um choque para mim, mas já superei. Agora vamos, sua mãe deve estar muito aflita – ela falou com o rosto sério.

– Você parece tão entusiasmada em rever minha mãe!

– Eu não sei por quê, mas tenho uma profunda admiração por ela. Ela é uma mulher marcante e inteligente.

Fiquei surpreso com a sua maneira de falar de minha mãe. Seu rosto agora estava imóvel como uma máscara de pedra. Os olhos brilhavam e podia ler seus pensamentos rumo às lembranças de quando estivera com ela. Parecia que a conhecia há muito tempo.

Ela franziu o cenho e disse:

– Vamos, quero rever meu pai e meus irmãos antes de ir até sua casa.

Partimos entre ramos e árvores centenárias, deslizando nossos corpos um no outro até chegarmos próximo à cidade.

A floresta estava escura e meus olhos ainda estavam um pouco turvos.

De volta a Paris

Ela estava ao meu lado e entramos cidade adentro.

Saímos pelas ruas de Paris e tudo já havia se acalmado. O general Napoleão Bonaparte tinha sido colocado no poder com o objetivo de controlar a instabilidade social e implantar um governo burguês.

Ainda era cedo para saber se isso seria bom para a população francesa, mas com certeza a revolução tinha sido um avanço para uma sociedade tão oprimida.

– Ângela, o que você acha dessa calmaria após a revolução?

– Sabe, Chris, nem sempre as pessoas lutam pelos mesmos objetivos, mas temos que ser otimistas e achar que tudo sairá bem. Não devemos ser prisioneiros de muitas regras sociais, para não acabarmos com nosso senso de liberdade e realidade. A glória da primeira batalha não pode vencer a guerra se formos incapazes de deixar nossa voz seguir seu desejo.

Ela sorriu um sorriso tão suave que fiquei surpreso.

Alguns minutos depois, estávamos na porta do *atelier*. Nos deparamos com Simeon e Máximus.

– Olá, como vai, Chris? – disse Simeon.

– Bem, senhor, feliz por vê-lo.

– Onde estão Amisis e Ivan?

– Aqueles dois malandros foram para a Rússia, treinar para o campeonato de balé que acontece todos os anos. Sei que um dia os esportes unirão os povos do mundo todo. Será uma grande conquista para a sociedade.

– Deve ser engraçado aqueles dois dançando com o corpo cheio de músculos. Isso é inacreditável, vampiros dançando balé.

Atirei a cabeça para trás e sorri.

Simeon de repente ficou sério.

– Entendo a sua ironia, Chris, mas somos quase tão humanos em nossa maneira de viver como você. Gostamos de música, dança, caçadas e balé, por que não?

Notei que sua voz estava cheia de rancores.

– Não quis insultá-lo, tenente. Apenas fiz uma observação.

– Entendo – disse franzindo a testa. – É uma surpresa agradável ter vocês aqui, ficamos com medo que algo tivesse acontecido. Muitas pessoas morreram na revolução.

Todos tínhamos motivos para estarmos felizes, mas notei um olhar vazio de Máximus para mim e Ângela quando percebeu nossa ligação de afetividade. Percebi o choque em sua face, percebi que fez até uma careta.

O que será que estaria pensando?

Esperei ansioso alguns segundos até que ele falasse algo. Mas nada, nem um sussurro. *Talvez esteja com ciúmes.*

Comecei a me perguntar se ele não diria nada, estava incomodado com seu silêncio.

– Não precisa me olhar preocupado, garoto, eu não serei o responsável por sua infelicidade nem a de minha irmã. Fique tranquilo, Chris, porque eu aprovo e muito sua ligação com Ângela. Eu e meu pai sabemos que ela corre risco de vida longe de você daqui por diante. Mas sabemos também que ela sempre mereceu ser feliz e ter alguém na vida, e é bom que essa pessoa seja você.

Suas palavras fluíam corajosamente e suaves em meus ouvidos. Tentei me desconcentrar, mas meu corpo ainda estava rígido com o susto de ter que enfrentar o preconceito deles.

– Já estão dormindo juntos? – perguntou Simeon.

Disse que não, temendo uma irritação por parte deles. Eles sorriram.

– Vocês dois estão parecendo duas donzelas à espera do príncipe encantado.

Fiquei escutando sem ter certeza se estavam dizendo a verdade. Mas estava aliviado com a expressão de concordância por parte de Máximus e Simeon.

– Eu tinha certeza que já tinha acontecido tudo entre vocês – disse Máximus.

Ângela pegou minha mão apertando de leve em seu rosto e disse:

– Chris é um cavalheiro e vai esperar quando eu estiver pronta para ele. E agora parem com essas perguntas mal intencionadas e vamos entrar.

Os dois olharam de lado, os dentes brilhando de tanta alegria.

– É uma surpresa tão agradável para mim e nossa espécie ter em nossa família e o primeiro humano nos últimos quinhentos anos! Foi há tanto tempo e Jack ficou tão doente que quase morreu. Seria bom se tivesse dado certo, talvez já estivéssemos salvos das trevas. Mas infelizmente sua namorada Carolina faleceu com a lepra, e desde então nada mais aconteceu fora do nosso convívio vampiresco – disse Simeon.

Ele agora estava sério e pensativo.

– O senhor nunca tinha me falado disso, pai – retrucou Ângela.

Ele, com seu nariz elegante, recurvado, olhou bem para os olhos de Ângela e disse:

– Eu sempre tive medo que isso acontecesse com você. Desde menina tão curiosa e exuberante, seria fácil um humano se encantar.

– Então...

– Isso mesmo, Chris, Ângela só soube de sua vulnerabilidade diante dos humanos assim que percebeu que a relação entre os dois estava evoluindo para o amor. Sempre fomos muito ligados, desde que era criança, mas quando você apareceu tudo mudou, se é que me entende. Tive medo, e ao mesmo tempo senti ciúmes, mas o sentimento que os aproximava era mais poderoso do que eu podia imaginar.

Senti um aperto forte em meu peito quando ele disse aquelas palavras.

– Queria dizer sinto muito senhor, mas não consigo. Ângela é a razão da minha vida.

– Está tudo bem, Chris, quero que sejam felizes da melhor maneira possível.

Ele lutava com as palavras, respirando tão forte que podia perceber suas narinas se insuflarem cada vez mais rápido.

– Está satisfeito em fazer parte de nossa família Chris? – perguntou Máximus.

– Muito. Quando eu era criança, só considerava meu pai como meu amigo. Hoje tenho vocês e Ângela, e me sinto profundamente otimista em relação ao nosso futuro como irmãos, caso tenha que transformar meu sangue. Mas mesmo como humano, digo que vocês são a desgraça que sempre pedi a Deus.

Seus lábios vibraram algo que foi impossível decifrar.

– Não pense nisso, Chris. A dor da transformação em vampiro é muito intensa e você pode não suportar.

Calei-me por um instante.

– Se eu tiver que me juntar a vocês, que assim seja. Até as flores de outros jardins são capazes de suportar os odores da dama-da-noite. Mesmo que eu fique pálido, irei até o fim.

– Não vou contrariá-lo – disse Máximus. – Apenas sua amizade já é suficiente para nós.

Um sorriso de triunfo iluminou meu rosto.

– O que faremos hoje à noite? – perguntou Ângela.

– Poderíamos dormir, mas quero que conheçam minha mãe. Sei que ela vai gostar de vocês.

– Mas por que isso? – Ângela perguntou friamente.

Ergui os olhos e notei um tom dourado cinza em seu semblante. Estava assustada. Passou-se um longo minuto, e ela continuava temerosa. De repente, ela soltou minhas mãos e desapareceu.

– Deixe, Chris, ela só está um pouco insegura.

– Mas por quê, Simeon?

– As mulheres são assim mesmo, às vezes parecem tão fortes com algumas coisas e com outras agem como crianças. Por quase seiscentos anos tentei entendê-las, mas hoje não me incomodo mais com suas perturbações. Assim é melhor, quando falam, ouço e tento compreender.

Ele parecia conhecer tão bem as mulheres e vivia tão só! Deveria estar procurando alguém, algo do passado ou do presente que o fizesse feliz.

Meu coração batia agora em silêncio e de uma maneira irregular, parecia que iria sair pela garganta. Eu não deveria estar assim, mas fiquei com raiva porque ela agia como uma menina. Olhei para uma das paredes da sala do *atelier* e pude ver uma foto minha e de Ângela pendurada bem ao centro. Fiquei surpreso e tentei perdoar sua maneira hostil de me deixar sozinho com sua família. Quem visse nossa fotografia poderia garantir que éramos casados. Talvez tivéssemos sido no passado.

Fomos até outra sala, onde um recorte de seda caía do teto, refletindo o brilho avermelhado das brasas. Parecia um sinal, mas o que significaria aquilo?

– Chris, está tudo bem? – perguntou Simeon.

Fiquei sem palavras.

– Não se impressione com o que vê, pois a força do destino sempre nos encontra. Esse brilho que se encontra em sua frente mostra que as coisas vão caminhar bem. Pode acreditar, eu sei o que digo.

Procurei ficar mais tranquilo, tentando evitar pensar no contrário.

Sentamos à mesa e procurei acompanhar com os olhos as linhas prateadas que o fogo da lareira projetava por cima de uma das cadeiras. Fechei os olhos e me concentrei em Ângela. Ela estava lá no alto, sentada em uma das árvores que havia nos fundos do *atelier*. Estava com ciúmes de minha mãe. *Mas por que isso agora?*

Mergulhei meu rosto em seus pensamentos e disse que ela era minha vida e que o amor que sentia por minha mãe era diferente do que sentia por ela. Talvez fosse o mais forte do mundo, e que era tudo para mim.

Estava frágil e indefesa como um animalzinho fora do ninho, mas, aos poucos, passo a passo, desceu da árvore e veio sentar-se ao meu lado.

Estava imóvel e respirando com cuidado ao meu lado.

– Fique calma, não existe e nunca existirá competição entre vocês duas. Em meu coração navegam dezenas de barcos, mas nenhum maior do que o seu.

Ela se ajeitou na cadeira abrindo um sorriso maroto.

– Sinto muito, Chris. Nunca imaginei que o ciúme fosse algo tão poderoso. É estranho, chega a ser irracional.

– Deixe isso para lá – resmunguei.

Senti um aperto quase insuportável em meu peito ao pensar numa possível diferença entre as duas.

– O que temos para o jantar? – perguntou Máximus.

– Temos fígado de boi acompanhado de um bom vinho francês. E para sobremesa, musse de maracujá.

– Isso é bom – murmurei em tom baixo.

Ângela era uma boa cozinheira e tinha preparado tudo com muito carinho, apesar de sua cabeça estar confusa de ciúmes.

Jantamos com os olhares baixos e sem dizer nada. A noite caía aos poucos, e pela janela do *atelier* podia-se observar apenas uma clareira ao longe. Não sabia o que todos estavam pensando naquele momento, e nem o que faríamos dali para a frente. Só importava olhar para o rosto de Ângela e ter certeza que sua tristeza repentina já era algo antigo.

Em seguida ao jantar, sentamos um pouco na sala de estar e descansamos por trinta minutos. A sensação de acordar após uma breve refeição era como se uma suave brisa tivesse escolhido minha face para livrá-la de uma terrível ameaça. Eu sabia que não podia ignorar aquilo. Há algum tempo as forças da natureza eram marcantes em minha vida.

Suspirei acordado e balancei a cabeça com cuidado. Espreguicei os ombros e perguntei a todos se podíamos ir. Antes de sairmos, Ângela pediu desculpas pelo incidente e disse que sabia que não existia competição entre ela e minha mãe, pois o que ela procurava há tanto tempo estava ali do seu lado e para sempre.

Ganhamos a Rua Dalfle de Marine e Simeon e Máximus voaram pela escuridão da noite parisiense, deixando aos poucos apenas os sons de nossos passos invadir as ruas. Podia sentir Ângela tremer ao menor ruído, um tremor de ansiedade sem demonstrar qualquer temor. Ela era forte e, como uma ave noturna, lançava seu olhar de predador em todas as direções. Seus olhos dourados estavam habituados à escuridão, e nada, nenhum demônio solitário, poderia ameaçá-la. Ninguém nos perseguia, parecia que estávamos sozinhos no mundo. Sabia que estava obstinada em enfrentar minha mãe diante de seus parentes, mesmo que ela pudesse cair num abismo insondável.

As estrelas naquela noite cintilavam e navegavam pelo céu como se fossem cair sobre nós. Sentamos em um banco num parque no centro da cidade. Uma mãe jogava uma bola de encontro aos braços de sua filha e pedia que ela não os abrisse muito. Lembrei de quando era criança e meu pai me levava ali e ficávamos brincando a tarde toda. Infelizmente, tudo passa nessa vida, e ele se foi.

Fiquei reparando naquela pequena criança e achei estranho seu comportamento. Fechei os olhos e pude ver que sua mãe comandava seus movimentos, ela era cega. Pobrezinha, tão pequena.

Esse era um segredo entre as duas, creio eu, pois brincavam à noite para não despertar curiosidades. Ela era esperta, de cabelos loiros cacheados e sobrancelhas espessas e claras, luminosas como a noite. Não tinha um aspecto frágil, nem tampouco parecia se importar com sua leve diferença em relação às outras pessoas.

Agora eu sabia de seus limites, mas a sensação de assistir alguém tão pequeno brincando feliz e descontraidamente me fez reviver o que havia de mais humano dentro de mim. A solidariedade.

Eu tinha tudo, e esse tudo às vezes me causava um mal estar. *Sempre há um jeito de ser feliz e equilibrado de novo*, pensei. Disse isso para mim mesmo enquanto Ângela se ajeitava em meus ombros.

Ouvi um leve sibilo que não sabia de onde vinha. A menina saiu de perto de sua mãe, atravessou o canteiro sem pisar em nenhuma flor e parou próximo à minha querida.

– Quer brincar, senhorita?

Meu coração esmagou-se dentro do meu peito.

– Gostaria, minha criança linda, mas agora já é tarde e temos que ir para casa. Você entende, não é?

Pensei que Ângela tinha sido muito fria com a menina, poderia ao menos brincar um pouco.

– Posso cantar para fazê-la dormir?

Ela se aproximou de mim e pediu que cantasse também, encostando sua cabeça levemente em minhas pernas. Ela sorriu mostrando seus pequenos dentinhos, faltando um na parte de baixo. Ouvi sua respiração parar enquanto aguardava que cantássemos para ela.

Que lindo olhar para aqueles dedinhos miúdos e dobrados dentro daquelas pequenas mãozinhas oferecendo todo o carinho que o mundo lhe escondia!

Eu chorei.

Aquela noite eu me senti livre por ter sido presenteado com os primeiros sorrisos e as primeiras palavras de afeto de alguém que podia me ensinar tanto.

Ângela encostou a testa na minha, dizendo:

– Não se sinta triste por ela, só precisa dar vazão à sua natureza bondosa e a humanidade lhe será menos insuportável.

Abaixei a cabeça tentando compreender.

– Chris, esta criaturinha tão frágil é como uma mariposa que pousa em nossos cabelos, de vez em quando, dizendo que devemos ser fortes e seguir nosso futuro da melhor maneira possível.

Podia notar que Ângela não estava mais temerosa. Ela cantarolou uma cantiga, agora com a menina no colo para niná-la.

A menina pegou no sono com um breve sorriso no semblante.

– Deixe-me ajudá-la a levar sua filha até sua casa, senhora.

– Agradeço por sua gentileza, mas moro do outro lado da rua e meu marido poderia não gostar. Ele não consegue enxergar com seus próprios olhos que nossa criança é muito mais feliz do que ele possa imaginar, e que o preconceito só o faz sofrer.

– Posso entender.

– Obrigada pela canção.

– De nada.

A mulher saiu altiva e cheia de satisfação com a filha nos braços, sumindo do outro lado da rua num pequeno sobrado.

Aquela noite eu não iria conseguir dormir pensando na criança. O que eu procurava encontrei ali, naquela noite enluarada. Cheguei à conclusão que o que realmente importava era estar vivo e livre para ser feliz.

Ainda com a vista um pouco turva e um pouco atordoado, parti em direção à minha casa quase mudo, quase querendo gritar e correr para não dormir de alegria.

Senti o nariz frio de Ângela percorrer todo o contorno posterior do meu pescoço, e seu hálito floral me dizer:

– Chegamos, aqui está sua casa.

Minha mãe, não sei por quê, já me aguardava no portão.

– Gostei das flores, Chris, são lindas. Mas estava preocupada com seu sumiço.

As rosas não tinham sido encomendadas por mim, achei estranho.

– Ainda bem que gostou, mãe.

Ângela riu e tocou meus ombros.

– Deve ter sido meu pai quem mandou estas flores, ele costuma fazer isso.

– Me dê um abraço, sua mãe achou que não voltaria mais. E você, minha querida, está tão linda e seu semblante irradia uma luz que beira o amor. Estou errada?

Ângela revirou os olhos e deixou as palavras ao vento.

– Entrem. Quero saber por onde andaram.

– É uma longa história, mãe, ainda bem que tudo terminou bem e a revolução acabou.

– Menos para seu irmão.

– Por que diz isso, mãe?

– Ele foi ferido por uma bala e está acamado. Não corre risco de vida, mas temo por sua vida agora que faz parte do exército de Napoleão. Depois subiremos até seu quarto, vamos falar de seus planos para o futuro, porque pelo que vejo estão se entendendo.

Nunca tinha visto minha mãe tão animada com meu futuro. Fiquei radiante percebendo que não tinha ciúmes de Ângela, e que a queria como nora.

– Estou curiosa para saber tudo que passou com vocês nesse tempo.

– Foram tantas revelações e provações em nossas vidas, que andei até trabalhando numa fazenda de madeira, e construí uma casa ao gosto de minha Ângela.

– Quando se casarem vão morar nela?

– Não posso afirmar isso agora, mãe, ainda há muita coisa a se acertar pela frente.

Senti que minha mãe queria falar, desabafar talvez, que tropeçava em tantas perguntas.

– O que foi, mãe?

– Nada.

Parecia que ela tinha saído de uma depressão, esfregava os olhos e tirava as pedras arrastadas pela chuva. Seus olhos tinham um brilho ofuscante e olhavam inteiramente abertos para o infinito. Tinha saído de um sono de esquecimento, e agora sem dor tinha à sua frente alegria e esperança.

– Minha filha, você está feliz ao lado de meu filho?

Ângela ficou em silêncio. Parecia curiosa com tanta simpatia e tanta inquietação.

– Sabe, senhora, essa é uma fronteira que nunca sonhei cruzar, mas agora que o destino assim quis, espero poder responder suas perguntas com o passar dos anos. Os homens mudam muito com a chegada do amadurecimento.

– Eu que o diga.

Pensava em meu pai, pude ler sua mente.

Permaneceram por alguns instantes uma olhando para a outra, sem fazer um movimento.

– Vamos evitar olheiras antes da hora, querida. Agora sentem-se enquanto sirvo algo para comerem.

Senti-me petrificado. Elas pareciam duas irmãs.

Antes que eu me virasse para tocar a xícara de chá, alguém bateu à porta.

Ângela ficou inquieta.

– Não estou esperando por ninguém – disse minha mãe. – Só um minuto e já volto.

Minhas mãos suavam como nunca, e tentei prender a respiração. Parecia que alguma pedra estava fora do lugar e que se ela caísse, o susto seria grande. Assim permaneci, com os olhos parados, incapaz de fazer qualquer movimento.

A euforia tomava conta da noite. Segurei firme as mãos de Ângela e fiquei feliz por não conseguir ler seus pensamentos. Queria que a luz se apagasse e interrompesse aquele momento de angústia e tensão.

– O que querem, senhores?

– Somos parentes de Ângela e viemos conhecer a família de Chris. Espero que entenda que não queremos ser inconvenientes, apenas queríamos nos certificar de que a senhora gostou das rosas.

– Tudo bem, compreendo.

Um barulho de algo caindo ao chão fez com que eu corresse até a porta.

– Mãe!

Ela não respondia, e seus batimentos pareciam tão fracos!

– Sua mãe deve ter se assustado, Chris, vamos colocá-la em seu quarto para que descanse.

Simeon parecia tão satisfeito que até corou sua face branca.

– Não fique com medo, ela vai ficar bem.

Fiquei me perguntando o porquê daquela imobilidade súbita de minha mãe, quem sabe andaria com a saúde abalada.

– Ângela, o que tem a me dizer sobre isso?

– Não posso dizer nada por enquanto, apenas sinto uma voz gemer dentro de minha cabeça. Estou confusa.

Eu queria abraçar o universo inteiro só para saber o que havia acontecido naqueles poucos instantes em que minha mãe ficou bem de frente com os parentes de Ângela.

Sem que nada pudesse fazer, olhei para Máximus tentando tirar algo de seu olhar, porque sua mente estava fechada como nunca.

A energia que irradiava dos corpos de Simeon e Máximus impulsionava meu corpo até bem próximo da cama de minha mãe. Perguntei para mim mesmo se isso seria verdade. Preferia estar louco. Enquanto a luz do sinal de minha mão reluzia como fogo em meio à escuridão, a lareira se apagou.

Um sopro dado por Simeon reacendeu o fogo. As brasas estavam vivas de novo, e uma leve fumaça branca começou a flutuar exalando algumas essências perfumadas. Enquanto toda lareira se iluminava com um brilho estranho, um livro secreto aparecia no meio das chamas que rondavam as cores do arco-íris.

Tentei me concentrar onde uma poeira cinza atrapalhava minha visão. Era ele, só podia ser. O livro que encontrei na biblioteca antes de o sinal aparecer em minha mão e que provavelmente mudara a vida de minha mãe.

Agora eu vou descobrir quem sou realmente. Posso não ser humano, mas quero saber de onde vim e o porquê desses meus poderes.

Simeon parecia satisfeito.

Ângela tentava entender o que estava acontecendo calada.

Minha mãe abriu os olhos suavemente, e estes palpitavam ao ver Simeon sentado com toda calma do mundo próximo à lareira.

Agora ela estava recuperada, e disse ao pai de Ângela que ele não tinha o direito...

– Nunca me esqueci de você!

Que conversa era essa, e de onde os dois se conheciam? Fui procurar essas e outras respostas no subconsciente de minha mãe, e nada. Parecia uma pirâmide sobre brasas, e eu estava preso nesse deserto. Respirei fundo e olhei para Simeon.

Ele nem recuou sua face, e parecia completamente dono da situação. Mostrava quem realmente era, um ser frio e manipulador.

No momento, não acreditava em mais nada, parecia que havia perdido tudo quando Simeon me disse:

– O livro secreto revelará no momento certo, pelas mãos de uma cigana chamada Zoltana, quem sou em sua vida e o que representei para sua mãe. Na hora certa, agora não me pergunte nada. Apenas aceite este momento como uma visão, um conjunto de coisas que não pode ser compreendido.

Abaixei os olhos em direção à lareira enquanto Simeon e Máximus deixavam a casa. Eu não podia perder o controle, mas estava com medo de saber de certas verdades.

Ângela ainda estava paralisada. Olhava cautelosamente para tudo e para todos. Andava de lá para cá como um felino em busca da melhor posição de ataque.

Minha mãe, num murmúrio delicado, pediu que eu fosse embora e que quando descobrisse a verdade, se fosse capaz de perdoá-la, que voltasse para que tivéssemos uma conversa de mãe para filho.

– Chris...

– Por favor, Ângela, me deixe quieto, se não morri de amor, não morrerei de curiosidade.

Ouvi minha própria voz gemer dentro de minha cabeça. Senti meu corpo flutuar num estado de semiconsciência, dividindo um espaço de dúvidas e incertezas lentamente.

Estava agora no meio do universo, tentando abraçar o mundo inteiro ao mesmo tempo.

– Quer que eu vá embora, Chris, para que pense melhor?

Fui incapaz de responder. Meu coração voltou a pulsar lentamente, minha respiração se tornou regular e o calor voltava às extremidades dos membros. Parecia que tinha saído de um sono profundo.

Depois de agradecer minha mãe pelas alegrias e pelos ensinamentos que ela tinha me proporcionado, fui procurar meu destino no casarão ao lado de Ângela.

– Chris, feche os olhos e deixe que eu o guie até nossa casa. Tire os sapatos, vai lhe fazer bem caminhar um pouco pelas ruas empoeiradas de Paris, e em seguida pisar nos campos. Procure respirar fundo o cheiro da mata e da noite. Pense que agora você está pulando alguns muros altos e que o tumulto da cidade ficou para trás. Agora estamos andando por labirintos e becos envoltos em fileiras de hortênsias. Você se sente cada vez mais leve, e seu corpo é capaz até de flutuar. Agora você passou por uma confeitaria no meio da mata, comeu um doce de amêndoas e, após amarrar os sapatos, acendeu um cigarro. A primeira tragada lhe deixou tonto, mas da segunda em diante uma sensação de prazer completo invadiu seu corpo e sua mente. Você está livre.

Pensei que seria menos frustrante não falar nem pensar em nada naquele momento. Apenas queria sentir o calor repentino que exalava do corpo dela.

– Aqui estamos, pode abrir os olhos.

– Obrigado pela gentileza, não sei o que seria de mim sem você.

– Sente-se um pouco, Chris, enquanto esquento água para relaxar seus pés. Vai lhe fazer bem.

– Não me deixe sozinho, querida!

– É só por um instante, volto logo.

Ainda não queria pensar em nada do que havia acontecido em minha casa, mas estava curioso e uma voz leve dizia que eu precisava de respostas.

– Coloque os pés na água morna, Chris, vai se sentir melhor.

Me senti tão frágil!

Enquanto espreguiçava meus pés e sentia um prazer infinito, Ângela, com toda sua doçura, deixava seus cabelos desajeitados caírem sobre seus ombros.

– Gosta da massagem?

– É maravilhoso e ao mesmo tempo estranho vê-la assim de joelhos bem à minha frente massageando meus pés ainda recobertos de poeira. Mas é bom, nunca senti nada melhor.

– Fico feliz.

Agora eu conseguia sorrir com o canto direito da boca.

– Chris, suponha que você descubra algo que o faça sentir o pior dos homens. O que pretende fazer?

Fiquei paralisado. Senti um amargo no fundo da garganta e suspirei.

– Minha cara Ângela, muitas roupas estão penduradas secando ao sol, e eu tenho uma única mala para carregá-las. Entrei nessa vida para ser feliz e só levarei comigo os momentos bons. É assim que me sinto, sei que terei que fazer escolhas, mas já sou adulto suficiente para compreender que a vida nem sempre é como desejamos. Levarei as roupas mais limpas e as mais bonitas. Mas se não conseguir, me contentarei com alguns farrapos.

– Seus instintos humanos me comovem, principalmente vendo que consegue superar as dificuldades de cabeça erguida. Conheci tantos de sua raça que por nada resumem suas vidas a pó!

Eu pensava que não poderia perder o controle perto dela. Não por vergonha, mas sim porque queria que ela se transformasse num humano repleto de virtudes.

– Ângela, sinto meu corpo forte, mas gostaria que ficasse ao meu lado esta noite enquanto durmo. Poderia morrer, pois pela primeira vez em minha vida posso dizer que vi o sol da meia-noite.

Ela delicadamente pousou a mão em meu rosto.

– É tão macia, querida. Nunca consegui imaginar que poderiam me machucar. Sei que está se perguntando o que vem a ser o sol da meia-noite. É simples. É como se esta noite tudo estivesse iluminado, tudo à nossa volta está num completo silêncio. O sol e a lua são uma única luz, e o nosso caminho entre o céu e a terra apenas transcreve em nossos passos cheios de vida uma estrela gravada com a palavra amor. É isso, você é tudo para mim.

Por um segundo, pude notar duas lágrimas caírem dos seus olhos. Eram sinceras, e nem consegui acreditar que eram verdadeiras. Ouvi em seus pensamentos um gemido de carinho e afeto por mim, o qual invadiria o universo em busca de uma estreita passagem que se abriria revelando uma estátua de bronze. Ela mostraria que o nosso sonho de ficarmos juntos daria certo e sempre seria uma promessa a quem se propusesse a amar pelo menos por um segundo.

Soltei um bocejo involuntário. O dia tinha sido cheio.

– Vamos subir, Chris, descansará bem esta noite e amanhã partiremos para Moscou. Nada melhor do que umas férias geladas para aliviar o pensamento das coisas más pelas quais passamos.

– Tem razão. Estou precisando de uma longa viagem.

Deitei na cama com a cabeça apoiada no colo de Ângela e pensei em falar algo, perguntar se estava feliz, mas o sono me pegou tão subitamente que nem consegui sonhar.

Pela manhã, senti a pele fria de minha querida encostada em meu pescoço. Embora imóvel e com os olhos fechados, sabia que estava apenas descansando e avaliando meu próximo passo. O importante era sentir sua presença. Limitei-me a ficar observando-a. Tão suave, tão bela e serena que pensei... Eu não podia oferecer-lhe nada, mas mesmo assim sacrificou sua vida para ficar ao meu lado.

Fiquei inquieto, deixando apenas meus desejos respirarem por si só. Eu sorri satisfeito.

As mãos de Ângela empurraram levemente meu crânio para cima do travesseiro. Pousou o olhar sobre mim e abriu uma pequena caixa. Continha um anel de esmeralda e outro de ouro com um pequeno brasão desenhado ao centro.

– Esta é a hora, meu querido.

– Que hora? Não consigo entender.

– A hora de calarmos nosso coração e misturarmos nosso sangue.

Seus olhos pareciam de pedra, e sua face branca deixava transparecer uma silhueta de tom purpúreo, que inundava sua pequena covinha feita pelo sorriso de uma mulher que havia conseguido amar sem precisar se esconder nas sombras de um leão. Agora ela não precisava de nada para defendê-la, porque a serpente que havia em seu coração se transformara numa linda libélula.

Colocou o anel em meu dedo enquanto deixava que a esmeralda deslizasse cintilante no quarto dedo de sua mão esquerda.

Seus olhos brilharam.

Ela sorriu, dizendo que jamais tivera dúvida alguma de que eu seria seu marido para sempre.

– Não estamos casados, Chris, mas está escrito que somos um do outro.

Suas sobrancelhas espessas deixaram que ela desviasse o olhar. Ela estava sorrindo.

Naquele momento, senti que os desejos humanos eram os mesmos daquela espécie. Eles apenas tentavam ocultá-los para serem preservados, mas agora não tinha mais volta.

– Quer ficar um pouco só para pensar, Chris?

Passei os braços em seus ombros e lhe dei um longo abraço.

– Hoje é um dos dias mais felizes da minha vida – respondi com a voz embargada. – Uma coisa é certa, Ângela, a vontade de Deus existe mesmo. Antes que ela fizesse alguma pergunta, eu disse:

– Vamos fazer nossas malas, porque a viagem será longa até a Rússia.

Ela se calou por um instante e depois beijou meus lábios apressadamente.

– Tem razão, se nos apressarmos, no mais tardar em outubro estaremos lá.

– Como chegaremos até Moscou, Ângela?

Ela sorriu abertamente.

Fiquei constrangido.

– Está com medo?

Não é isso. É que não tinha pensado em como chegar a um local tão distante que eu nem mesmo conheço.

– Chris, não se preocupe. Você, daqui em diante, pode ser o senhor do mundo, basta confiar em seus instintos e aceitar suas deficiências. O importante é ser feliz e amar, as outras coisas pequenas que existem, todas ficarão para trás.

Ela me olhava com aquele olhar eterno tentando, diminuir minha ansiedade. Em seguida partimos.

Como eu já esperava, andamos por horas, dias, sem que eu tivesse uma resposta. Aceitei sem questionar nada, cada rio, cada lago que tive que atravessar a nado até chegarmos nas montanhas da Iugoslávia.

Fiquei deslumbrado com a sedução do lugar. Lá do alto, podia-se ver uma espessa floresta da qual emergiam, ao longe, alguns campos coalhados de animais selvagens. Desde o dia que saímos de Paris, era a primeira vez que sentia o calor do sol cobrir meus cabelos. Ângela se preservava ao máximo, e andávamos somente à noite. Às vezes sentia um pouco de medo, mas os animais não tinham coragem de se aproximar. O cheiro exalado do corpo de Ângela era um perfume tão forte que levei dias para me acostumar. Até os macacos, que pareciam amigos no começo, com o tempo sumiram.

– Está curioso por termos parado aqui, Chris? – perguntou ela com a voz leve.

– Como qualquer humano, gostaria de saber o que estamos fazendo no alto destas montanhas, e por que se manteve calada esse tempo todo.

– Pensei a viagem toda no que estava fazendo ao seu lado e o que queria para minha vida daqui para frente. Quero que conheça um templo feito pelos meus antepassados e que foi construído pelo imperador dos vampiros há dois mil anos, o conde Jinno Naldasha. Independentemente de eu continuar sendo o que sou, esta é a ultima vez que procuro este templo.

Naquele momento ouvi a voz suave de um arcanjo dizer em meus ouvidos que o bem tinha vencido o mal para sempre dentro do seu coração.

Olhei para ela e sorri.

Escondi meu rosto em seu ombro e disse:

– Eu te amo, minha querida.

Quando me afastei, seus olhos estavam mais dourados do que nunca.

– Não me deixe fragilizada! Agora olhe para dentro do templo, situado em plena floresta, mais parece uma fortaleza rodeada de águas tão profundas que ninguém jamais conseguiu ser encontrado no fundo. Este trono não tem herdeiro há quinhentos anos, após a morte do barão Bertrand.

Senti uma leve indisposição olhando todo aquele grande salão contendo figuras estranhas e um tanto medievais.

– Olhe, Chris, aquela estrela gravada no altar, ela é o símbolo da morte.

Ela retirou a figura com tamanha velocidade que meus olhos não conseguiram acompanhar.

– Mas por que está fazendo isso?

Ela me ignorou.

– Vamos embora, eu não preciso mais do consentimento do mal para sobreviver. Você é minha vida daqui para a frente.

Ela me atirou em seu ombro e descemos montanha abaixo. Queria ter certeza de que tudo aquilo não era um sonho. Quando tentei sentir o cheiro da sua pele misturado ao da floresta, ela me deixou cair.

Quase enchi toda minha boca de folhas secas. Que realidade dura!

Com toda elegância do mundo, ela me perguntou se tinha machucado.

Pensei em fechar a cara, mas logo em seguida sorri dizendo:

– As mulheres não são confiáveis mesmo.

Ela sentou ao meu lado e apertou minhas mãos perguntando se estava perdoada.

– Foi só uma brincadeirinha.

Coloquei-me de pé e abracei-a por um momento. Quando seus olhos me olharam, compreendi que sua alma estava salva. Sua vontade e seus gestos agora eram reais, e seu rosto glacial afirmava que ela se curvaria diante de minha autoridade, nem que fosse só para me agradar. Ela era uma princesa de sangue azul, mas sua máscara não ameaçava mais ninguém, e seu desprezo pelos humanos agora havia se transformado numa dor que não a deixava inquieta, mas sim com o coração cheio de humildade, pronto para respeitar alguém.

Apertei suas mãos contra meu peito e ela me fitou com uma vontade real de ser minha mulher. Seu semblante agora não era mais ignóbil como antes, e pude sentir seus olhos examinando os meus.

– Desculpe-me, Chris, pelo passado. Infelizmente a gente é o que pode ser. Jamais imaginei um dia que amaria um humano, mas o que importa é que estou feliz.

Ela me ergueu num pulo a um metro do chão, e antes do anoitecer já estávamos atravessando a fronteira do país.

– Chris, dentro de alguns dias estaremos na fronteira da Rússia, e o frio será intenso. Suas roupas não são apropriadas para baixas temperaturas, e devemos conseguir algo melhor para vestir.

– O que você sugere?

Sua testa petrificada se enrugou.

– Não quero caçar, compraremos uma boa roupa feita de pele. Se for de seu agrado, tenho alguns conhecidos que vivem da caça na fronteira do país. Eles lhe fornecerão uma das suas roupas usadas.

– Por mim tudo bem. Não preciso de luxo.

Caminhamos por vários dias até encontrarmos a fronteira da Rússia, quando ouvi o cantar de vários homens. No momento em que avistaram Ângela, senti que ela era muito querida por aqueles pobres caçadores.

– Como vai, minha querida – disse um dos homens.

– Bem, muito bem.

– A sua música sempre foi a salvação da minha alma.

O homem, meio desconcertado, mas satisfeito, beijou suas mãos.

– Sente-se ao lado da fogueira e vamos tomar um bom chá.

Seus olhos cintilavam ao rever antigos amigos, e ela adormeceu com o falatório.

Inclinei-me para consertar seu corpo e um deles me disse:

– Sei que ela é muito importante para você, mas não se preocupe, pode ir dormir, sei que estão exaustos. Amanhã será um novo dia e ela será toda sua novamente.

Não tive coragem de sair do seu lado, e encostei meu corpo cheio de frio bem junto ao seu.

Um jovem apareceu, ofereceu sua roupa e um cobertor.

– Obrigado, amanhã garanto que devolvo.

– Tenho certeza que sim, mas esse é um presente para você em consideração a Ângela. Ela salvou a vida de meu pai numa caçada, e isso a torna minha amiga até a morte. Nota-se que ela o escolheu para ser seu homem, e isso nos faz muito feliz, ela sempre foi muito solitária.

Felizmente, ele não estava enganado, e eu não quis questionar nada, para não ser rude.

Antes da alvorada, Ângela me acordou, e após olhar um por um dos homens, fez o sinal da cruz pedindo proteção a eles. Partimos sem despedidas.

– Não me pergunte nada, Chris. É que adoro esses patifes e não gosto de deixá-los aqui nessa terra fria à mercê da sorte.

Ela estava pálida.

Suas emoções agora eram irreconhecíveis. Mais humana e exalando agora um suave perfume, seguimos para Moscou.

– Ângela, já estamos próximos à capital? Meus pés estão me matando.

– Pode esperar sentado aqui no meio do gelo se quiser.

– Não é necessário, estou ansioso para chegar o mais rápido possível.

Ela já tinha se acostumado a mim, já conseguia soltar brincadeiras e insinuações que nos aproximavam mais. Estava radiante. Agora eu refletia e a desejava ao mesmo tempo, sem que isso fosse perigoso para nossa relação.

– Chris, antes que fique sabendo por intermédio de meus dois irmãos, Ivan e Amisis, fiz uma aposta com eles.

Tentei sorrir, mas a encarei com desconfiança.

– Trata-se de amor?

– É apenas uma simples aposta.

Senti o sangue fugir-me das extremidades. Com a carne gelada e a mente vazia, mordi o lábio.

– Prefiro não saber de nada antes da hora, é melhor.

Estava esperançoso que seria algo que me faria bem.

Antes que ela se virasse e eu não conseguisse mais ver seus olhos, os dois apareceram como um relâmpago a um metro de distância. Em volta, o silêncio era absoluto naquela noite fria de Moscou.

Tremia dos pés à cabeça e quase vomitei.

– Você está muito ofegante, Chris!

– Não que seja de meu costume me irritar com amigos, mas vocês merecem uma boa surra.

Amisis sorriu.

– Você já sabe por que veio até a Rússia?

– Acredito que para assistir a um campeonato de balé, suas donzelas.

Ivan, pouco à vontade, fitou-me abruptamente.

– Saiba, seu aprendiz de vampiro, que meu histórico de conquistas protege-me de qualquer insinuação maldosa de sua parte.

– Não quis ofendê-lo.

– Acredito em você, só que o maior segredo da festa é que você será um dos competidores.

Revirei os olhos.

Encarei-o inocentemente tentando não acreditar no que estava ouvindo.

– Mas eu não entendo nada disso!

– Não se preocupe, Chris, meus irmãos sabem como prepará-lo para o espetáculo. E, acredite-me, você nunca mais vai se esquecer desse dia.

Meu Deus, essas mãos robustas abraçando meu quadril. Que desgraça.

– Falou algo, Chris?

– Não, minha querida, não consigo me manter calmo esperando por tal situação. Se meu pai visse isso, certamente me deserdaria, valente e autoritário como era.

Reprimi minha tentativa de mandar todos para o inferno, se bem que já estavam lá. Fingi um sorriso amarelo e bati nas costas dos dois.

– Podemos começar a treinar quando quiserem.

– Primeiro conhecerá o local da competição, saberá das regras, e deve procurar se familiarizar com o público. Nunca se esqueça, você é o melhor quando está competindo, e as pessoas que lhe assistem esperam por isso. O torneio durará duas semanas, e tenho certeza que fará bonito em suas apresentações.

Minhas pernas estavam displicentes, mas na verdade eu estava me borrando de medo.

– Acha que é capaz de fazer isso por mim?

– Creio que sim, minha querida, sei que isso é importante para você.

– Não espero que vença, apenas que faça bonito.

Algo passou a perturbar meu espírito, mas se eu não fizesse o que tinha que ser feito seria uma afronta para eles. Eu podia ver em seus olhos que eles sabiam que eu poderia sair como vencedor. Agora a expressão de Ângela era insondável e irreprimível.

Deixei transparecer que estava mais vivo do que nunca, e que a agitação tinha tomado conta da minha vida.

– Chris, a aposta o deixou triste?

– É difícil namorar uma vampira, mas a partir de hoje vou procurar não me desesperar ao seu lado. Quanto aos meus sentimentos, prefiro estar vivo nesta cidade encantadora ao seu lado.

Ela avaliou minha expressão por um momento com os olhos e o espírito vagando a doze léguas. Era um espaço pequeno, mas parecia que tinha um monstruoso monte de pedras à sua frente. Mas aqueles eram os caminhos do mundo e ela havia escolhido sua estrada.

– Então venha e conheceremos o local da competição. Agora!

Ela balançou a cabeça rapidamente, pegando minhas mãos.

– Encontramos vocês lá, Ivan.

– Tudo bem. Eu e Amisis temos algo a fazer antes.

– Sua família deve achar que sou louco, Ângela.

– Pode estar certo de que esses vampiros já o aprovaram.

– Isso é tão absurdo!

Seus lábios esboçaram a sombra de um sorriso tímido.

Daí para a frente, esconderia minha surpresa e tentaria fazer de mim um verdadeiro bailarino. Enquanto uma procissão passava por nós, entramos num enorme salão ao final do último tilintar do sino da igreja central. Havia cerca de trinta pessoas no recinto, alguns sentados em poltronas confortáveis e outros ensaiando passos.

– Vamos trocar de roupa, meu querido.

Nessa hora, empalideci.

Minhas partes íntimas ficaram flácidas dentro daquela roupa, e as sapatilhas faziam meus dedos latejarem. Eu estava parecendo uma pomba depenada: peito para a frente e bunda para trás.

Estava ofendido.

Ângela olhou para mim, perguntando se eu queria desistir.

Ergui os olhos tentando disfarçar o desconforto e disse que faria o máximo para não envergonhá-la.

Entramos no recinto coberto de gelo sob nossos pés. Quase caí, mas ninguém olhou de lado. Isso foi reconfortante.

Ângela recuou dois passos, estendeu as mãos e disse para acompanhá-la.

Era difícil de explicar, mas em duas horas me sentia completamente à vontade no meio de cinco casais de bailarinos. Segurei delicadamente a cintura de Ângela, olhei em seus olhos e pude ler sua mente. Estava tonta com minha aparência, mostrando toda a musculatura de meu corpo, e com minha facilidade de patinar.

Seus olhos se iluminaram quando dei uma rodopiada no ar e caí aos seus pés.

– Não esperava por isso, Chris!

Eu avaliei sua expressão por um tempo. Estava intrigada. Não era para menos, estar ao lado de alguém que aprendera as regras e as artimanhas do balé em uma noite!

– Bravo, Chris, você é inacreditável – sussurrou Ivan.

– Me dá a honra de dançar com você?

– Suas virgens desgraçadas, veremos quem vencerá o campeonato.

– Gostamos muito da sua roupa.

– Posso dançar nu se quiserem.

– Temos medo do que veremos, o mais certo é que veremos uma coisa encolhida, do tamanho de uma criança de oito anos.

Procurei entender a infantilidade do momento.

– Agora temos que ir, tem uma carruagem nos aguardando para nos levar até a casa de alguns parentes.

– Não me olhe assim, Chris, você vai gostar deles.

Eu sorri para ele.

Enquanto partíamos, mantivemos silenciosos até contemplarmos uma estranha construção. Havia uma ponte protegida por dois homens, mantendo a fachada do castelo medieval imponente e com uma aparência desconcertante. A estranha construção, erguida ao longo dos anos, abriu uma de suas portas permitindo nossa entrada.

Não sabia o que me esperava lá dentro, mas certamente não imaginava isso. Um homem grisalho, rosto altivo de traços bem marcados, vestindo um roupão roxo até os pés. Parecia mais um bruxo.

– Confie em mim, rapaz, eu não sou capaz de amedrontar ninguém da raça humana. Estou muito velho e este é o lar dos vampiros aposentados.

Conhecia aquele homem, um fluxo de imagens invadiu minha mente. Seu tom grandiloquente não era mesmo capaz de amedrontar ninguém.

– Não é um milagre termos o filho de ... aqui conosco? – ganiu uma voz áspera.

Fiquei confuso.

– É muito bom conhecer você, meu jovem. Um dos outros homens estendeu a mão para mim. Seu aperto era frio, mas sincero.

– Obrigado, fico feliz por conhecê-lo também.

Apesar da idade, a perfeição de suas faces era ultrajante.

– Sentem-se um pouco, devem estar cansados de andar nesse frio intenso. Mesmo em carruagens, sinto um arrepio em minhas costas. Devo estar muito velho.

Olhei para o interior da casa, que aparentava ter uns mil anos. Era pintada de branco e possuía dois andares.

– Gosta do que vê, meu rapaz?

Comecei a me perguntar se tinham atirado aqueles velhos vampiros no lugar fortemente iluminado para que não fossem para alguma prisão.

– Sei o que está pensando, filho, mas não estamos sofrendo de nenhuma doença.

Sem perder a calma, ele estendeu a mão para mim.

– Me desculpe, senhor.

Uma enorme escada em cruz dominava o meio da sala. Os tapetes grossos possuíam os mais variados tons de preto e branco. As janelas e as portas pareciam intransponíveis a não ser para os amigos e parentes.

– De onde você vem, rapaz?

Sem perder a calma, disse que do mesmo lugar em que ele andou por muito tempo.

– Você é corajoso.

Ele ergueu a cabeça, deixando mostrar uma longa cicatriz cinzenta que lhe riscava a têmpora esquerda.

– Quem fez isso em você?

– Foi numa luta contra os anjos de Cristo.

Seu rosto mostrava um constrangimento extremo.

Simplesmente suspirei.

– Minha liberdade dependia dessa luta. Humildemente venci, e hoje estou convertido.

– O que achou de Moscou?

– Uma cidade que se fosse feita de vidro seria a mais bonita do mundo. As sombras das florestas são encantadoras, e a noite é perfeita.

– Vocês passam esta noite conosco, Ângela?

– Não podemos, amanhã começa o campeonato e precisamos treinar mais um pouco.

– Então adeus.

– Até breve.

Ângela estava entusiasmada, partimos de volta ao salão e nos preparamos a madrugada toda.

Ivan e Amisis ensaiaram alguns passos, mas pude notar que o verdadeiro competidor seria eu. Ângela parecia nervosa, mas seu rosto estava iluminado. Parecia perfeita e graciosa dançando por todo o circuito de gelo.

Ela me estendeu a mão aberta, dizendo:

– Desde criança que venho competir nesta cidade, então precisamos ganhar. Nunca perdi.

Eu sabia que ela podia sentir minha tensão, mas também não era para menos, vencer todos aqueles excelentes competidores sendo um aprendiz.

Enquanto esperávamos o início do campeonato, havia rumores nas poltronas de que Napoleão Bonaparte atacaria a Rússia. Dessa vez, eu iria lutar ao lado dos russos e tentar impedir que o reinado de Napoleão se prolongasse. Ele não havia feito nada pela França, e certamente não faria nada por nenhum país. Suas promessas de riqueza e glória ao povo francês eram patéticas.

E isso era tudo que podia fazer pelo meu povo, mesmo lutando contra eles. Era uma maneira constrangedora de ajudar um país, mas para impedir que um louco se mantivesse no poder, eu era capaz de tudo. Sentia-me forte como nunca, e sabia que precisaria de muitos soldados para me enfrentar. Eu não queria me destruir nem tinha esse direito, pois minha querida e minha mãe não mereciam esse sofrimento.

Ângela ergueu as sobrancelhas delicadas e perguntou se era aquilo que eu queria.

– Sem dúvida, minha querida, só voltarei para a França depois de fazer o que é melhor para todos.

– Mas você lutará contra seus compatriotas.

– Meu instinto de preservar o mundo é mais forte do que o sangue que corre em minhas veias. Pretendo impedir esse bugre cretino de expandir seus territórios. Minha responsabilidade é impedir o avanço de suas tropas contra qualquer nação, seus soldados não me interessam. A porta está aberta para que se neguem a atacar outros povos.

– Você é quem sabe.

– A nossa música começou a tocar, vamos.

Pelo canto do olho, pude ver que Ivan e Amisis torciam por nós.

Olhei para Ângela e sorri timidamente.

A música era lenta e, às vezes, se transformava numa melodia envolvente e rápida. Os dias se passaram, até que ficamos nós e mais dois casais de competidores.

– Olhe, Chris, a plateia gosta de você. Estão torcendo por nós. O que acha disso?

– Fico feliz, nunca imaginei que poderia vir a ser um campeão de balé na Rússia.

Dançamos por cerca de quarenta minutos. A única expressão que podia notar nos olhos dos outros dois casais era de perda do equilíbrio. Fiz tudo isso por Ângela, e não queria magoá-los. A música tocava sem pausa enquanto os outros dois casais se esforçavam ao máximo para vencer.

Quando o juiz pediu a palavra para anunciar os vencedores, eu suspirei e franzi a testa. Tinha a certeza de que seria o vencedor, embora isso me incomodasse. Meus olhos vagaram pela plateia e senti que eu era a novidade mais importante do momento.

– Os vencedores são: Ângela e seu novo par Christofer.

Pude notar um pouco de inveja nos olhos dos concorrentes, mas humildemente tomei a palavra e agradeci pela oportunidade de competir e de estar ao lado de talentosos bailarinos.

Não tinha certeza se queriam ouvir isso, mas era o mínimo que podia fazer naquele momento. Ângela me olhou pensativa por alguns segundos, dizendo-me que as tropas de Napoleão haviam invadido a Rússia há poucas horas.

Eu tremi.

Meus olhos vagaram lentamente por todo aquele recinto de felicidade, e agora meu olhar se voltaria para uma guerra que havia tomado como minha, pois já estava cansado da proteção a favor da burguesia.

Ângela deu um suspiro fundo.

Quando saí na rua, notei a presença de alguns soldados caminhando para a periferia da cidade. Aproximei-me e pedi ao tenente roupas e uma arma.

Sem questionar, me ofereceu tudo o que eu precisava, e caminhamos até a frente de batalha. O inverno estava rigoroso demais e a chance de sobreviver sem roupas adequadas seria mínima.

Eu não era um mercenário, e sim um aventureiro que queria ajudar o povo russo a se livrar de um tormento chamado Napoleão. Não foi preciso andar muitos dias para encontrarmos várias cidades arrasadas. O frio intenso associado àquela tática fez com que Napoleão começasse a perder a batalha.

Eu carregava algumas perfurações a bala na barriga e nos membros. Sabia que iria morrer sozinho, em meio ao frio. Talvez nunca mais visse Ângela e minha família. Minha voz era fraca, mas continuava lutando, pois minhas forças ainda permitiam. Alguns soldados franceses e russos choravam copiosamente em meio à grande nevasca que caía. Queria poder olhar em seus olhos e dizer que suas vidas estavam sendo salvas, e que a partir do momento em que suas vozes se calassem, o sol irradiaria mil reflexos, e eles estariam junto ao senhor.

Mas não era tão fácil dizer isso, então preferi me calar.

Pensei em me desculpar, mas só consegui perguntar se estavam bem.

Um deles disse que apenas a dor o incomodava, mas que logo ela traria o seu descanso final.

Gotas de sangue brotavam de todo o meu corpo, mas eu não gemia. Apenas um gemido surdo passava entre meus dentes trincados.

Fui irracional, mas agora é tarde.

Em meio à tempestade de neve, fui obrigado a clamar por socorro enquanto arrastava meu corpo quase morto sobre a neve. Um dos soldados apoiava minha cabeça, colocando um pouco de rum em minha boca para tentar aquecer meu corpo. Eu disse:

– Vá embora, amigo, senão nós dois morreremos. Você já fez muito por mim.

Foi nesse momento que Ângela e seus dois irmãos apareceram.

– Olhe para ele, Ângela, está morrendo!

– Eu sei, Ivan, mas o que posso fazer?

– Você sabe, e tem que ser feito agora.

– Ângela, olhe para mim e não me explique nada. Apenas faça o que tem que ser feito. Eu quero viver ao seu lado para sempre. Eu te amo.

– Não posso, meu amor.

– Pode sim, estou implorando. Olhe todo este sangue embaixo de mim.

A tempestade aumentava cada vez mais, e de ambos os lados havia sobrado poucos homens, alguns dos quais agonizavam em meio a tanto frio.

Naquele momento, quando ela cravou seus caninos em meu pescoço, uma angústia, uma melancolia tomou conta de minha alma. Olhei para ela interrogativamente e tudo tinha chegado ao fim.

A dor em meu corpo era intensa, mas os ferimentos a bala, associados ao medo de perder Ângela para sempre fizeram com que suportasse toda dor com resignação.

À medida que recobrava a memória, podia notar uma luz intensa enchendo meus olhos. Todos me observavam cuidadosamente. Levantei a mão e toquei o rosto de Ângela.

– Obrigado, minha querida.

Ela parecia insegura, mas feliz.

Meu coração batia mais rápido e minha visão podia alcançar centenas de metros mesmo diante de toda aquela nevasca. Minha vida não me pertencia mais. Mas eu seria como eles, e não causaria nenhum mal aos humanos.

– Vamos, Chris, o frio está forte demais e pode até queimar nossa pele.

Quando já estávamos próximos a Moscou, nos deparamos com uma cigana. Perguntei o que ela queria, mas nada respondeu.

– Meu nome é Zoltana. Não tem perguntas para fazer a mim?

Era a cigana que Simeon tinha falado. Parecia um milagre.

Ela abriu um sorriso, mostrando seus dentes brilhantes misturados a um pouco de ouro.

– Sente aqui, filho, e me dê sua mão. São macias e de pouca labuta, mas trazem um segredo.

– Fale logo, mulher, você está me matando de curiosidade.

– Como está se sentindo, meu rapaz?

Suspirei.

– A senhora é muito gentil, mas posso garantir que meu coração está saindo pela boca.

– Mantenha-se em silêncio enquanto leio suas mãos. Posso ver um livro que foi mexido no passado e trouxe à tona um mistério que não deveria ter sido mostrado prematuramente. Agora você está pronto.

Quanto mais ela falava, mais eu estremecia. Meus olhos ardiam e meu corpo queimava de medo. Resistiria?

– Essa mulher que está ao seu lado é digna do seu amor, assim como você do dela. Aconteceu devido a um imenso amor entre sua mãe e Simeon.

Eu precisava de evidências, já não aguentava mais.

– Espere, minha mãe e Simeon?

– Desse amor nasceu uma criança linda que é você.

Pensei em refugiar-me, mas eu tinha muitas perguntas.

– Essa sempre foi a revolta de seu pai, criar o filho de outro. Mas o melhor é que ele nunca soube que você era filho de um vampiro. Daí vêm todos os seus poderes inexplicáveis. Entende agora?

Suas palavras soaram em meus ouvidos como o mais belo hino à vida.

Ângela encontrou meu olhar e sorriu.

– Você não pode fazer mais nada a partir de agora, Chris. Tudo será decidido pelo destino que começou a ser traçado quando você nasceu. Sabe que posso ler seus pensamentos, e você está radiante de tanta felicidade.

Ela deu outro sorriso para mim e segurou minhas mãos.

Eu devolvi um sorriso amável e perguntei:

– O que faremos agora?

– Basta olhar para seu coração e saberá o que é mais importante para ele nesse momento.

– Eu e Ivan iremos na frente, minha irmã, e encontraremos vocês em Paris.

– Sua inteligência sempre me impressionou, Amisis.

– Até breve, meus irmãos.

Os dois, com toda a força da juventude, partiram com a chegada do crepúsculo.

– Seu rosto parece preocupado, Chris!

– Espero que minha mãe não esteja decepcionada comigo.

– Nada é fácil nesta vida, meu querido, mas não importa o que aconteça, você não é um traidor. Como podia saber do acontecido em sua vida há tantos anos?

Meu coração batia forte e a angústia me sufocava. Reprimi um suspiro.

– Quer fugir?

– Não pretendo fugir para lugar nenhum, apenas quero abraçar minha mãe e dizer que a amo e sempre amarei, aconteça o que acontecer.

Ela admirava meu refinamento e minha capacidade de compreender as situações. Um precisava do outro para reafirmar sua grandeza.

– Espere enquanto arranjo dois cavalos. Você ainda não está em condições de andar por estas florestas.

Os ferimentos ainda doíam, uma dor leve e aguda, mas já conseguia me sentir mais forte e quase indestrutível.

– Partiremos na velocidade de nossos corações, e quando os cavalos cansarem, seguiremos a pé.

Quando chegamos, minha mãe ficou olhando meu rosto. O silêncio se prolongou e suas feições estavam imóveis.

– Senti saudades, mãe.

Seu ar de felicidade não dava lugar a nenhuma dúvida de que ela me aguardava ansiosa. Ela fechou os olhos e me abraçou. Após um instante, o suficiente para matar as saudades, ela me olhou com seus olhos cor de safira e me abençoou como se fosse o seu bebê.

Ergui-a a um metro do chão e pisquei bem devagar os olhos. Queria poder ver o quanto ela era linda e meiga.

– Que saudades...

Seu rosto congelou ao ver o sinal em minha mão. Desviou o olhar para um ponto inespecífico, mas transformei o momento sombrio em boas-vindas com um beijo duradouro em sua face.

– Mãe, eu já sei quem sou e posso dizer que nada mudou. Nunca tive dúvidas de que a senhora era a melhor mãe do mundo e de que deveria passar mais tempo ao seu lado. Nessas minhas andanças, aprendi que seus ensinamentos são mais importantes do que qualquer guerra ou qualquer dor que possa vir a sofrer.

– Vamos sentar um pouco na varanda, o que tenho a dizer pode ser um tanto desagradável. Não sei nem por onde começar!

– Siga seu coração, minha senhora, e tudo sairá como Deus quer.

– Obrigada, querida.

Sua mente transbordava em cores desconexas e pensamentos prolongados, mas se mantinha imóvel.

– Precisa respirar, mãe.

– Tudo bem, eu sei que posso.

Seu rosto começou a se atenuar e as palavras aos poucos saíram suavemente de sua boca.

– Conheci seu pai, Chris, depois de uma desilusão com Simeon. Não por culpa dele, mas porque eu o amava muito e não queria que morresse. Nos relacionamos por dez meses, os quais foram os mais felizes de minha vida. Infelizmente, descobri sua verdadeira identidade e seu segredo. Se me amasse, morreria. E isso quase aconteceu. Quando estava grávida de dois meses, contei a ele e pedi que partisse, porque senti que sua paixão começava a se transformar em amor. Sei que nunca me perdoou. Mas tinha que ser assim, pois eu não queria me transformar em uma imortal. Seu pai sempre quis que fosse sua mulher, e você sabe, uma mulher grávida e solteira seria expulsa da França ou queimada em praça pública. Nunca me envergonhei ou quis me livrar de você, porque desde o primeiro dia que soube que estava grávida já o amava. Casamos, mas com o tempo ele descobriu e nunca aceitou, por mais que me amasse. Eu consigo entender sua revolta e o perdoo por suas faltas comigo. Ele é um bom homem, só que nunca conseguiu ser feliz com esse peso em sua mente. Em geral os homens são assim, possessivos e machistas.

– E quanto a vocês?

Franzi a testa, tentando despistar.

Ela ficou pensativa.

– Nós nos amamos e vamos ficar juntos. Por enquanto não contarei nosso segredo.

– Ângela é uma boa mulher e sei que o fará muito feliz.

– Demorei muito tempo para encontrar alguém, senhora, mas hoje sei que valeu a pena porque não consigo me assustar com a solidão.

Ângela possuía um sorriso delicado de anjo em sua expressão.

– Subam e descansem um pouco, amanhã passearemos pelo Sena bem cedo.

Com as mãos entremeadas uma na outra subimos passo por passo as escadarias até meu quarto.

– Ângela, você é tudo que eu sempre imaginei encontrar em uma mulher. Eu te amo.

– Deite-se ao meu lado e fique calado, porque eu não sei viver sem você.

Adormecemos abraçados um no outro.